…n, Selbsthilfegruppe, Gefrierbrand

W0266895

…gfalt

…ch

…, anfällig für Störungen

Luftschloss

Fuchsteufelswild

…fühl)

Logolepsie – eine Obsession mit Wörtern

…ce; a missing part

…of rain; someone who finds joy and peace

…d during rainy days

…ch von Intelligenz angezogen / erregt fühlt

…: Das Überwinden von Melancholie durch Tanzen, ein starker Drang zu tanzen

ANNE FREYTAG

NICHT WEG UND NICHT DA

ANNE FREYTAG

NICHT WEG UND NICHT DA

Roman

WILHELM HEYNE VERLAG
MÜNCHEN

MIX
Papier aus verantwortungsvollen Quellen
FSC® C083411

Penguin Random House Verlagsgruppe FSC® N001967

5. Auflage
Copyright © 2018 by Anne Freytag
Copyright © 2018 dieser Ausgabe
by Wilhelm Heyne Verlag, München,
in der Penguin Random House Verlagsgruppe GmbH,
Neumarkter Str. 28, 81673 München
Redaktion: Martina Vogl
Umschlaggestaltung und -illustration: Ann-Kathrin Hahn, Das Illustrat, München
Innenillustrationen: Das Illustrat, München
Satz: Uhl + Massopust, Aalen
Druck und Bindung: CPI books GmbH, Leck
Printed in Germany

ISBN: 978-3-453-27159-3
www.heyne.de

Dieser Roman ist für alle,
die einen Weg aus der Dunkelheit suchen.
Und für die, die ihnen entgegengehen.

Ich wünsche euch serendipity.

MITTWOCH, 1. FEBRUAR,
07:06 UHR

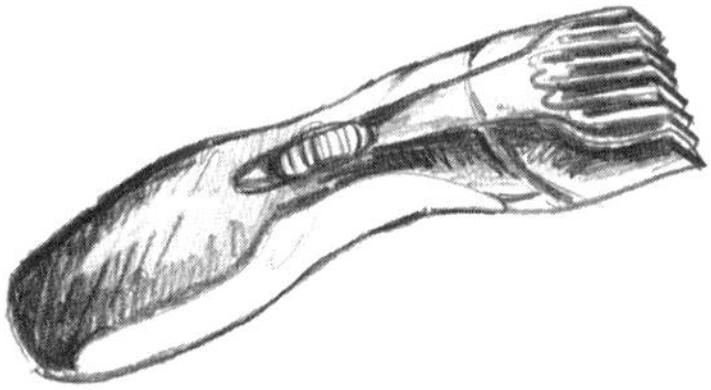

Ich halte noch immer den Langhaarrasierer in der Hand. Er vibriert monoton durch meinen Körper. Dunkelbraune Haarbüschel liegen wie kleine Vogelnester im Waschbecken. Wie ein Überbleibsel von einer Person, die ich nicht mehr bin. Als hätte ich von meinem alten Ich nur drei Millimeter übrig gelassen. Ich schaue in den Spiegel, direkt in meine Augen und sehe die meines Bruders. Ich habe nie kapiert, wie ähnlich Kristopher und ich uns sehen. Bis jetzt. Bis zu diesem Moment. Mein Kopf ist nackt und mein Blick skeptisch. So wie seiner. Nur in Tintenschwarz. Ich schalte den Rasierer aus und lege ihn auf die Ablage. Direkt neben das verkalkte Glas, in dem jetzt nur noch eine Zahnbürste steht.

Durch den menschlichen Körper fließen im Durchschnitt fünf bis sechs Liter Blut.

Ausgesehen hat es nach mehr.

MITTWOCH, 8. MÄRZ

Jacob

Sie fixiert die Tür wie eine Zielscheibe. Den Schal und die Mütze hat sie in der Hand, ihre Jacke ist noch offen. Darunter trägt sie einen riesigen blauen Pullover, der sie fast verschluckt. Er geht ihr bis zu den Knien. Die Ärmel sind zu lang.

Ihre Schritte hallen durchs Treppenhaus. Ich stehe bei den Briefkästen in der Nische neben den Stufen und beobachte sie. Eigentlich wollte ich nur wissen, wer da so trampelt, aber dann konnte ich nicht mehr wegsehen.

Ich kenne sie. Sie war an meiner Schule. Die kleine Schwester von einem Typen aus meiner Stufe. Ganz hübsch, aber irgendwie mausgrau. Und außerdem zu jung. Jetzt ist sie das nicht mehr. Weder mausgrau noch zu jung. Ich betrachte ihren Nacken, den kahl geschorenen Kopf, ihre langen Beine. Sie hat die Statur eines Rehs, bewegt sich aber wie eine Kriegerin. Stampft die Treppen hinunter, zielstrebig und abgehackt. Von dem unscheinbaren Mädchen, das sie mal war, hat sie nur drei Millimeter übrig gelassen. Den Rest hat sie abrasiert.

Ihr Gesicht ist schmal mit einem unnachgiebigen Ausdruck. Die dunklen Augenbrauen heben sich von ihrer hellen Haut ab wie eine Stammesbemalung. Die Unterlippe ist gepierct. Ein silberner Ring mit einer kleinen Kugel. Er glänzt im schwachen Licht des Flurs.

Als sie auf meiner Höhe ankommt, bemerkt sie mich und bleibt unvermittelt stehen. Als hätte jemand auf Stopp gedrückt.

Ich warte darauf, dass sie etwas sagt, aber das tut sie nicht. Sie runzelt nur die Stirn und sieht mich aus schmalen Augen an. Sie sind so schwarz wie nasse Erde.

Wir teilen einen Blick, der etwas zu lang ausfällt. Ein paar Sekunden. Dann schlingt sie sich den Schal um den Hals, setzt die Mütze auf und verschwindet im Schnee.

Luise

Mama und ich sitzen am Küchentisch und essen schweigend ein Curry, das nach fast nichts schmeckt. Die Soße ist zäh und gelb und das Fleisch trocken. Aber man wird satt. Ich schaue neben mich. Auf das unbenutzte Platz-Set, das wie ein Mahnmal zwischen uns liegt. Wir sind wie Spielfiguren eines Brettspiels. Angefangen haben wir zu viert, jetzt sind es nur noch wir zwei. Aber immerhin ist meine Mutter mal zu Hause.

Als Papa vor eineinhalb Jahren ausgezogen ist, haben wir den Tisch an die Wand geschoben, weil Mama meinte, dass die Küche so etwas geräumiger wäre. Aber das war nicht wirklich der Grund. In Wahrheit ging es um die Leere, die wir zu dritt nicht füllen konnten. Ein Tisch hat nun mal vier Seiten.

Ein paar Tage später hat Kristopher an die Wand über Papas Tischseite ein großes Bild gehängt. Einen hässlichen Clown. Er sah unserem Vater ziemlich ähnlich. Kristopher hat ihn gut getroffen. Ich werde nie vergessen, wie wir gelacht haben. Mama, mein Bruder und ich. Es war eine beschissene Zeit. Aber wir haben gelacht.

Mein Blick fällt auf den Clown, und ich stehe unvermittelt auf, die Stuhlbeine schrammen über die Fliesen, Mama hält in der Bewegung inne, den Löffel auf halbem Weg zwischen Teller und Mund.

»Kann ich das abhängen?«, frage ich und zeige auf das Bild. Sie legt den Löffel weg und nickt.

Ich stelle den Clown mit dem Gesicht zur Wand auf den Boden und setze mich wieder hin.

»Wie war es bei Dr. Falkstein?«, fragt Mama, ohne mich anzusehen.

»Ganz toll«, sage ich. »Ich glaube, ich bin geheilt.«

»Wie war es wirklich?«, fragt sie.

»Es war okay«, antworte ich und behalte für mich, dass ich außer *Hallo* nichts gesagt habe. Nicht ein Wort.

»Es wird dir guttun, darüber zu reden.«

Darüber. Das ist ein faszinierendes Wort, weil sich bei jedem Menschen etwas anderes dahinter verbirgt. *Darüber* ist ein Deckmantel für Dämonen. *Darüber wird nicht gesprochen*, oder *darüber wurde Stillschweigen vereinbart*, oder *darüber wage ich nicht einmal nachzudenken*.

Ich möchte mein *Darüber* einfach nur vergessen. Ohne darüber zu reden.

Jacob

Ich verlasse das Haus. Die Luft ist kühl und schwer, aber es hat aufgehört zu schneien. Ich schaue nach oben. Die Wolken sind aufgerissen, und der Himmel hat große blaue Flecken. Sie sind dunkel. Schwarz-Blau mit einem Schuss Violett. Wie Blutergüsse. Dieser Farbton erinnert mich an meine Kindheit.

Ich laufe die Stufen zur U-Bahn hinunter. Die Luft, die mir entgegenweht, verrät, dass ich sie gerade verpasst habe. Ich schlendere bis zum anderen Ende des Bahnsteiges und setze mir im Gehen die Kopfhörer auf. Ich drücke auf *Play*, lehne mich an die Säule und schließe die Augen. Ich höre dieses Lied zurzeit andauernd. »The Only Thing« von Sufjan Stevens. Mein Bruder kann es nicht mehr hören. Er sagt, meine Musik macht ihn wahnsinnig. Oder depressiv. Aber mich macht sie ganz. Deswegen hat er mir die Kopfhörer geschenkt. Es sind richtig gute. Damit ich ganz sein kann, ohne dass er ausrastet.

Ich sage immer *mein Bruder*, aber korrekt wäre *Halb*bruder. Er ist mir der wichtigste Mensch auf der Welt. Alles, was er viel tut, tue ich wenig. Lachen, reden, Freunde treffen. Ich bin vor drei Jahren zu ihm gezogen. Seitdem sind es nur noch er und ich. Und seine diversen Freundinnen. Bis zu meinem achtzehnten Geburtstag gab es noch Frau Kubicki vom Jugendamt, die darauf aufgepasst hat, dass auch alles mit rechten Dingen zuging. Dass ich die Schule nicht vernachlässige, meinen Abschluss mache, nicht in Schwierigkeiten gerate. Ich würde nicht so weit gehen zu sagen, dass ich sie mochte, aber sie war in Ordnung. Ich hätte es wirklich schlimmer treffen können.

Mein Bruder dagegen ist großartig. Dafür ziemlich unselbstständig. Er hatte immer eine Stiefmutter, die alles für ihn erledigt hat. Sie wollte Mutter sein, und er wollte eine haben. Es war also die perfekte Symbiose. Bis er ausgezogen ist. Da ist ihm dann aufgefallen, dass er von nichts eine Ahnung hat. Aber anstatt es zu lernen, hat er Andrea angerufen. Seitdem kommt sie ein Mal die Woche zu uns, holt seine Wäsche ab und bringt sie dann zwei Tage später sauber und gebügelt wieder. Arthur mischt meine Sachen unter seine, weil ich koche und für uns beide einkaufe. Seit ich da bin, ist es ordentlich, sagt Andrea. Und das Wäschewaschen macht ihr wirklich nichts aus. Sie sagt, sie tut das gern.

Eisiger Wind weht mir entgegen, die U-Bahn fährt ein. Die Luft, die sie vor sich herschiebt, riecht abgestanden und metallisch. Ich öffne die Augen. Die Türen gehen auf. Menschen fließen an mir vorbei. Ich steige ein, stelle mich in Fahrtrichtung neben die Tür und denke plötzlich an das Mädchen. An ihre dunklen Augen und ihren runden Hinterkopf. Ich frage mich, wie er sich anfühlt. Ihr kurzes Haar auf meiner Handfläche.

Luise

Ich sitze im Schneidersitz auf meinem Bett, höre »No Other Way« von Paolo Nutini und warte auf Mings Anruf. Gleich ist es zwanzig nach acht – telefonieren wollten wir vor fast einer Stunde.

Das ist das Problem daran, nur eine Freundin zu haben: Wenn sie sich nicht meldet, tut es keiner. Andererseits ist Ming viel mehr als nur eine Freundin. Sie ist eher so etwas wie zehn Freunde in einer Person. Ein Konzentrat.

Wir kennen uns seit knapp vierzehn Jahren und damit länger, als wir bewusst denken können. Ming war immer da. Seit ich ganz klein bin. Wir sind zusammen in den Kindergarten und in die Grundschule gegangen und danach an dasselbe Gymnasium. Wir waren unzertrennlich. Bis vergangenen Juni herauskam, dass Mings Vater in den vielen Überstunden gar nicht gearbeitet hat. Zumindest nicht an Projektplänen. Misaki – so heißt Mings Mama – hat ihm daraufhin den Prozess gemacht. Erst kam die Scheidung, dann der Umzug nach Berlin. Ming wollte bei ihrem Vater bleiben, damit sie nicht aus München wegmuss, doch der ist zu seiner Kollegin Schrägstrich Freundin Schrägstrich dem Grund der Trennung nach Stuttgart gezogen. Und Ming? Die hat ihr Leben in Kisten gepackt, sich von mir verabschiedet und ist ins Auto ihrer Mutter gestiegen. Das war am 12. August morgens um sechs. Jetzt führen Ming und ich eine Fernfreundschaft. Sie ist der eine Mensch, der weiß, wie es hinter meiner Maske aussieht – der andere, der das wusste, ist tot.

Das Lied ist zu Ende. Ich spiele es von vorn. Und dann endlich springt das Skype-Icon in meinem Dock auf und ab. Ich nehme den Anruf an, und die Videoverbindung wird aufgebaut.

»Es tut mir so, so leid, Lu«, sagt Ming, »aber unser blödes *Familienessen*« – sie setzt das Wort mit den Fingern in Anführungszeichen – »hat natürlich viel länger gedauert, als ich wollte.«

Familienessen. Das Wort ist wie ein Schlag. Ich stecke ihn weg und frage: »Was war denn?«

»Ach, nichts weiter«, sagt sie und wechselt das Thema. Früher haben Ming und ich über alles geredet. Über die großen und die kleinen Dinge. Über Wichtiges und Unwichtiges. Jetzt reden wir hauptsächlich über mich. Darüber, wie es mir geht. Oder über sichere und seichte Themen, die eigentlich keinen interessieren. Ich bin wie ein Kriegsgebiet, wie ein Feld voller Tretminen, das Ming zu überqueren versucht. Sie prüft die Inhalte und schneidet alles heraus, das mich verletzen könnte. Sie tut es aus Rücksicht. Weil sie es nicht noch schlimmer machen will. Und genau damit macht sie es schlimmer. Weil sie mich ausgrenzt. Mir zuliebe.

»Du hast dir die Haare wieder rasiert«, sagt sie.

Ein seichtes, sicheres Thema.

»Ja, vorgestern«, sage ich, »Ich habe mich für meinen ersten Termin bei Dr. Falkstein schick gemacht.«

Ming grinst. »Verstehe. Dann bleibst du also dabei?«

»Ich glaube schon«, sage ich und füge dann hinzu: »Warum? Findest du es blöd?«

»Nein«, sagt sie. »Gar nicht. Wäre ich nicht so ein unglaublicher Feigling, würde ich es selbst mal probieren.«

Ich versuche, mir vorzustellen, wie Ming mit einem kahl rasierten Kopf aussehen würde. Es wäre schade um ihre Haare –

sie sind mittelbraun und lang und glänzen wie verrückt. Sie hat asiatische Haare. Ich glaube, die glänzen mehr als andere. Trotzdem würde es Ming stehen. Ich glaube, es gibt nur wenig, das ihr nicht stehen würde.

»Ich habe nur gefragt«, sagt Ming schließlich, »weil du sie jetzt schon eine ganze Weile nicht mehr rasiert hast.« Kurze Pause. »Deswegen dachte ich, du lässt sie wieder wachsen.«

»Nein«, sage ich und streiche mit den Händen über meinen Kopf. »Ich mag es so.«

»Ich auch«, sagt Ming. Das Bild wackelt kurz, als sie das Handy von der einen in die andere Hand nimmt.

»Was ist mit dir?«, frage ich. »Gibt's was Neues?«

»Nicht viel«, sagt sie.

Das sagt sie immer.

»Und wie ist dieser Dr. Falkstein so? Ich meine, ist er nett?«

Und wieder sind wir bei mir angekommen. Alles, was ich will, ist ab und an zu vergessen, was passiert ist. Die Wahrheit für ein paar Minuten zu leugnen und mich in Alltäglichkeiten zu verlieren. In Geschichten über Mings Leben. Über Berlin und ihre neue Schule. Über Jungs. Über all die Dinge, von denen sie mir früher erzählt hätte.

»Na ja, er ist ein Therapeut«, sage ich.

»Und die Praxis?«

»Sehr britisch.«

Ming mustert mich mit ihrem vorsichtigen Blick. »Wirst du mit ihm reden?«

Alle denken, das hilft. Manchmal frage ich mich warum.

»Keine Ahnung«, sage ich. »Ich weiß nicht, was das bringen soll.«

Sie lächelt. »Ich stelle es mir irgendwie ganz schön vor, jemandem alles erzählen zu können.«

»Du kannst mir alles erzählen«, sage ich.

»Ich weiß«, sagt sie. »Aber ich meine einer fremden Person. Jemandem, der einen nicht kennt. Der nichts von einem weiß, außer die Dinge, die man ihm selbst gesagt hat.«

Vielleicht hat sie recht. Vielleicht kann man anders mit jemandem reden, der nur dazu da ist zuzuhören.

»Ach ja, was ich dich noch fragen wollte«, wechselt sie das Thema. »Was hat deine Mutter eigentlich zu dem Piercing gesagt?«

Ich fasse automatisch an meine Unterlippe und drehe die kleine Kugel zwischen meinen Fingern hin und her.

»Nichts«, antworte ich. »Ich habe Narrenfreiheit. Vermutlich denkt sie, das ist meine Art, damit umzugehen.«

Damit. Das ist genauso wie darüber.

Jacob

Ich bin müde vom Training. Meine Arme sind schwer, und mein Nacken ist verspannt. Ich hätte echt vorher einkaufen gehen sollen. Der Supermarkt ist voll. Der Boden braun und matschig.

Ich gehe durch die Reihen und bleibe vor dem Kaffee-Regal stehen. Auf einer der Packungen ist eine Plantage auf der Vorderseite abgedruckt. Menschen ernten Kaffee und lächeln dabei. Die Erde ist schwarzbraun. Wie ihre Augen. Ich sehe ihren kahl rasierten Kopf und diesen harten Blick. Ein Blick wie ein Schlag. Wie eine Wand aus Wut, hinter die sie niemanden lässt. Ich bin genauso.

MITTWOCH, 15. MÄRZ

Luise

Sein Sessel, die Couch, die schweren Vorhänge an den hohen Fenstern, die holzgetäfelten Wände: Alles hier schreit nach englischem Landhaus. Nach einer Mischung aus Jane Austen und Bed and Breakfast an der Küste. Unterschiedlich gemusterte Stoffe, prall gefüllte Daunenkissen und seltsame Tischchen, auf denen nutzlose Dinge aus Porzellan stehen – rechts neben mir zum Beispiel ein weißer Dackel. Das Einzige, was die Illusion zerstört, sind die Zertifikate an den Wänden. Sie hängen zwischen wuchtigen Bilderrahmen, in denen Menschen, Blumenvasen und Landschaften festgehalten wurden. Gegen ihren Willen. So wie ich.

Auf einem der Gemälde erkenne ich eine Fuchsjagd. Viele Pferde und Hunde, einen Wald, ein paar Männer in roten Uniformen, einer von ihnen bläst in eine Trompete oder ein Horn – ich kenne mich da nicht so aus. Daneben ist das Bild einer jungen Frau, die an einen Kamin gestützt dasteht, die Stirn an den Unterarm gelehnt. In der linken Hand hält sie etwas. Es sieht aus wie ein Brief. Zu ihren Füßen sitzt ein Hund, der mitfühlend zu ihr aufblickt. Es ist ein trauriges Bild.

»Ich möchte dir wirklich helfen, Luise.«

Mir helfen. Alle wollen sie mir helfen. Als wäre ich eine alte Frau, die es nicht mehr allein über die Straße schafft.

»Aber das kann ich nur, wenn du mit mir sprichst.«

Ich glaube, er kann es auch dann nicht.

Das Polster, auf dem ich sitze, ist steif. Es sieht gemütlicher aus, als es ist. Ich sehe noch einen Moment in das Gesicht der Frau, dann schaue ich weg. Zurück zu ihm. Er hat sich in meine Richtung gebeugt, stützt die Ellenbogen auf seinen Knien ab. Fachmännisch und freundschaftlich. Sein erwachsenes Gesicht ertrinkt in einem einfühlsam-wohlwollenden Ausdruck. Seine Augen sagen: *Ich war auch mal fünfzehn. Ich weiß, wie es dir geht.*

Einen Scheißdreck weiß er.

»Manche Dinge können wir nur verarbeiten, wenn wir über sie sprechen«, sagt er sanft.

Manche auch nie, denke ich, schweige aber. Es gibt Momente, da wäre es schön, wenn man sein Leben umschalten könnte wie ein schlechtes Fernsehprogramm. Das gerade ist so einer.

»Über traumatische Erlebnisse zu reden kann uns dabei helfen, sie zu überwinden und die entstandenen Wunden zu heilen.«

Ja. Ungefähr so, wie ein Pflaster auf eine Schusswunde zu kleben.

Ich mustere ihn teilnahmslos. Er seufzt und verschränkt die Finger, als würde er beten, dass ich endlich etwas sage. Aber ich sage nichts. Ich schaue lieber weg. Wieder zu den Bildern. Neben der traurigen Frau hängt ein dunkles Gemälde. Ein Wald, dichte Büsche und hohe Bäume. An der Lichtung steht ein Hirsch mit einem riesigen Geweih. Er sieht mich an. In meiner Fantasie geht er ein paar Schritte auf mich zu. Und einen Augenblick lang ist alles friedlich und still.

»Erzähl mir, was passiert ist.«

Ich blicke auf meine Hände. *Was passiert ist.*

»Luise.«

Ich schaue auf. Nicht, weil ich es will, sondern weil ich gelernt habe, auf meinen Namen zu reagieren. Es ist ein Reflex. Ich kann gar nicht anders.

»Es geht hier nicht nur darum, deine Zeit abzusitzen.«

»Ach, nein?«

Beim Klang meiner Stimme zuckt er kurz zusammen, fängt sich aber sofort wieder.

»Nein«, antwortet er ruhig.

»Ach ja, richtig«, sage ich, »es geht darum, mich *zu heilen.*« Pause. »Nicht wahr?«

Er ignoriert den Sarkasmus, fragt stattdessen: »Warum hast du deine Mitschülerin geschlagen?«

»Weil sie es verdient hat«, sage ich ohne Umschweife. Ich klinge kalt. Als wäre es mir egal.

»Und warum hat sie es verdient?«

Weil sie ein widerliches Miststück ist. Ich könnte es laut aussprechen. Ein Teil von mir will es auch. Aber was würde das ändern? Sie wäre noch immer ein Miststück, ich hätte sie noch immer geschlagen und es würde mir noch immer nicht leidtun.

»Was war der Grund?«

Ich denke an das, was Isabelle gesagt hat. An ihre blöde Stimme und ihren Blick. Und die Art, wie sie vor mir stand in ihren Skinny-Jeans und mit diesem selbstgefälligen Grinsen im Gesicht. Danach hat sie nicht mehr gegrinst. Danach lag sie auf dem Boden. Blutiger Rotz ist ihr aus der Nase gequollen. Sie hat geheult. Und ich habe mich so gut gefühlt wie lange nicht mehr.

Ich kann mich nicht daran erinnern, wie ich zugeschlagen habe, nur an das dumpfe Gefühl, wie meine Faust auf ihr Gesicht trifft. Die Knöchel meiner rechten Hand pochen, als wäre dieser Moment in ihnen gespeichert. Ich hatte keine Ahnung, wie weh es tut, jemanden zu schlagen. Und auch nicht, wie gut es tut.

»Luise«, murmelt er und seufzt.

Wenn er noch ein Mal meinen Namen sagt, werde ich

schreien. Ich werde aufstehen und schreien. Oder den Dackel gegen die Wand schmeißen.

»Ich will dich verstehen. Das will ich wirklich.« *Nicht nur Sie,* denke ich. Er wartet, aber er wartet umsonst. Ich bin gut darin, Menschen in den Wahnsinn zu treiben. Meine Mutter. Meinen Vater. Herrn Weidinger – den Vertrauenslehrer.

»Gib mir wenigstens eine Chance«, sagt er matt, aber ich reagiere nicht.

Dr. Falkstein lehnt sich geschlagen zurück. Dieses Mal war es nicht meine Faust, es war mein Schweigen. Ich halte seinem Blick stand und stelle mir vor, wie sich elektrische Linien zwischen seinen und meinen Augen spannen. Er starrt mich an, und ich starre zurück. Wir spielen ein Spiel, von dem ich nicht weiß, ob er weiß, dass wir es spielen.

»Warum hast du dir die Haare abrasiert?«, fragt er.

»Wieso, finden Sie, es steht mir nicht?«, frage ich zurück.

»War es der Wunsch nach Veränderung?«

Ich hasse diese Psycho-Scheiße.

»Vielleicht«, sage ich. »Vielleicht wollte ich aber auch einfach nur mal den Langhaarrasierer meines Bruders ausprobieren. Der braucht ihn ja jetzt nicht mehr.«

Beim letzten Satz versteift er sich, sieht kurz weg und verliert damit unser Spiel.

»Das war geschmacklos«, sagt er leise.

»Oder passend«, antworte ich.

Sein Blick findet meinen. Es muss frustrierend sein, sich mit jemandem wie mir rumzuärgern. So viele Zertifikate an den Wänden und dann mich auf der Couch. Ich glaube, er mag mich nicht. Jedenfalls ist er gereizt, versucht aber, es sich nicht anmerken zu lassen.

Dr. Falkstein beugt sich wieder zu mir.

»Du kommst um diese Therapie nicht herum«, stellt er nüchtern fest. »Das weißt du, oder?«

»Ja«, erwidere ich knapp.

Ein paar Sekunden sehen wir einander einfach nur an, dann sagt er: »Erzähl mir von Kristopher.«

Luise

Ich habe ihm nichts erzählt. Gar nichts. Nicht nur, weil ich nicht wollte, sondern weil ich nicht wusste, wie. Wo hätte ich anfangen sollen? Bei Kristophers Geburt? Bei seiner Krankheit? Oder doch gleich ganz am Ende: bei seinem Tod.

Ich war nicht dabei, als mein Bruder geboren wurde. Es gab mich noch nicht. Damals war ich Sternenstaub. Das hat er mal gesagt. *Lise, früher waren wir Sternenstaub, du und ich.* Ich höre seine Stimme. Wie einen akustischen Schnipsel, den er in meinem Kopf zurückgelassen hat. Zusammen mit der Erinnerung an sein Lachen, das jedoch mit jedem Tag immer mehr verblasst. Er hat lange nicht gelacht. Wochenlang. Vielleicht sogar Monate. Ich habe Angst davor, diesen warmen kehligen Klang irgendwann völlig zu vergessen. Und noch mehr Angst habe ich davor, dass es eines Tages so sein wird, als hätte es meinen Bruder nie gegeben. Als wäre er nicht mehr als die Figur einer Geschichte, die ich einmal als Kind gehört habe.

Ich war noch klein, als bei Kristopher die Bipolare Störung diagnostiziert wurde, aber ich erinnere mich daran, wie dunkel er schon damals sein konnte. Mein Bruder war die finsterste Nacht und das hellste Licht. Ein Vakuum und drei Tage später wieder euphorisch und voller Tatendrang. Früher dachte ich, alle Menschen wären so. Aber nur er war so. So laut und so leise.

Mein Bruder glaubte nicht an Gott. Er glaubte an die Naturwissenschaft. An Zellen, die sterben. An Gehirne, die irgendwann tot sind. Ich habe ihm immer wieder gesagt, dass er mehr ist als nur die Zellen, und dann hat er gelächelt und den Kopf geschüttelt. Vor ein paar Monaten habe ich ihn gefragt, wie es sein kann, dass Tabletten nichts bringen, wo sie doch auf den Prinzipien der Naturwissenschaft basieren. Er hat gelächelt und geantwortet: *Hat dir eigentlich schon mal jemand gesagt, dass du ziemlich klug bist, Lise?* Vielleicht hatte er recht, und wir sind nur Zellen. Gehirne, die irgendwann tot sind. Aber noch glaube ich es nicht.

Ich ziehe meine Jacke an, wickle mir den Schal um den Hals und verlasse die Praxis. Meine Schritte hallen durch den Flur, die Stufen knarzen unter meinen Füßen. Meine Beine sind schwer.

Ich würde gerne sagen, dass Kristopher nicht allein gestorben ist, dass ich in seinen letzten Sekunden bei ihm war. Dass ich seine Hand gehalten habe. Aber ich war nicht da. Niemand hat seine Hand gehalten. Niemand war bei ihm. Seinen letzten Schritt hat er allein gemacht.

Kristopher wollte nicht, dass ich ihn so sehe. Und das hätte ich auch nicht, wenn ich nicht früher nach Hause gefahren wäre. Ich wusste, dass etwas nicht stimmt. Es lag über Wochen in der Luft, unbestimmt wie eine Ahnung von Regen. Ich habe gespürt, dass mein Bruder sich immer weiter entfernt, dass ihn nichts hält, wenn ich es nicht tue. Dass er mir entgleitet.

Ich habe ihn nicht lange da liegen sehen. Nur ein paar Sekunden. Dann hat mich jemand weggezogen. Ich weiß nicht, wer es war. Doch ich erinnere mich an das Blut. Es hatte die Farbe von reifen Kirschen.

Was danach passiert ist, ist weg. Ausgelöscht. Eine Leerstelle in meinem Kopf. Ich war niemals zuvor bewusstlos. Ich kannte nur wach sein oder schlafen, jetzt weiß ich, dass es noch einen weiteren Zustand gibt. Mein Körper ist zusammengebrochen, bevor ich wirklich begriffen habe, was passiert ist. Dass das Bild echt war. Das Bild und das Blut. Ich bin zusammengeklappt, bevor ich verstehen konnte, dass es Kristopher nicht mehr gibt. Alles, was geblieben ist, ist die Erinnerung an den Horror, gefolgt von einem blanken Stück Vergangenheit, das auch Monate später noch wie ein unfertiges Puzzle vor mir liegt.

Ich weiß nicht, wie ich in die Wohnung gekommen bin. Und ich erinnere mich nicht daran, wann meine Mutter nach Hause gekommen ist. Plötzlich war sie da. Und ich war da. Und zwei Polizeibeamte und eine Psychologin. Und Kristopher war weg. Irgendwo allein. In der nächsten Dunkelheit.

Mama hat mit den Beamten geredet. Sie klang nicht wie sie. Sie klang anders. Fremd und ferngesteuert. Ich bin in mein Zimmer gegangen. Und sie mit ihnen ins Bad und dann in Kristophers Zimmer. Es kam mir falsch vor, dass sie einfach hineingehen, aber ich habe nichts gesagt. Ich habe auch nicht geweint. Ich bin einfach in mein Zimmer gegangen, habe die Tür hinter mir zugemacht und mich auf mein Bett gesetzt. Leer und betäubt.

Ich habe den Zettel nicht gleich gesehen. Erst nach ein paar Minuten. Er lag neben mir auf dem Kopfkissen. Weiß und quadratisch. Die Art von Zettel, auf den man sonst Einkäufe oder Telefonnummern notiert. Auf so einen Zettel hat mein Bruder seine letzte Nachricht an mich geschrieben. Sie bestand aus vier Wörtern: *Es tut mir leid.* Es war nicht mal ein Abschiedsbrief. Es war ein Abschiedssatz.

Den Zettel habe ich noch. Und die Albträume. Und die irrationale Hoffnung, dass das alles nicht wahr ist. Dass Kristopher wiederkommt. Dass er noch lebt. Dass das alles ein Irrtum ist, weil es mich ohne ihn einfach nicht geben kann.

Ich umfasse das Geländer und versuche, ruhig weiterzuatmen,

aber die Luft ist so dick wie Sirup. Meine Handfläche quietscht auf dem glatten Holz, und meine Knie zittern. Ich bleibe stehen. Der Flur dreht sich, ich schmecke Galle und klammere mich am Handlauf fest. Kristopher hatte schmutzig-blondes Haar und stechend blaue Augen. Meine Beine geben nach. Ich setze mich auf die Treppe und lehne den Kopf an die kühlen Metallsprossen.

»Ist alles okay?«, fragt eine tiefe Stimme, und ich schlage die Augen auf. Es ist der Typ von letzter Woche. Der, der bei den Briefkästen stand und mich angeschaut hat, als wäre ich eine Gewebeprobe unter dem Mikroskop. Er steht in Trainingsklamotten am Treppenabsatz und mustert mich. »Brauchst du ein Glas Wasser?«

»Nein«, sage ich tonlos. »Es geht mir gut.«

Er geht vor mir in die Hocke. Sein Gesicht ist direkt vor meinem. »So siehst du aber nicht aus.«

Sein Atem riecht nach Kaugummi.

»Ist nur der Kreislauf«, murmle ich und versuche aufzustehen. Er streckt mir die Hand entgegen, aber ich winke ab. »Geht schon«, sage ich, aber es geht nicht.

»Warte hier«, sagt er und geht an mir vorbei die Stufen hoch. Dann ist er weg. Nur sein Duft ist noch da. Ein Duft, den ich nur mit *Mann* beschreiben kann. Ich frage mich, ob er mich erkannt hat. Ob er weiß, dass wir an derselben Schule waren. Und ich frage mich, ob er weiß, dass Kristopher tot ist. Mir ist schlecht.

Es vergehen ein paar Minuten, dann höre ich das Knarzen von Holzstufen. Neben mir erscheint ein kleiner weißer Teller, auf dem zwei Brote liegen. Jeweils mit Käse und Marmelade. Kristopher hat diese Kombination geliebt. *Das Beste aus zwei Welten*, hat er immer gesagt. Ich nehme eines der Brote und beiße ab. Ein Mal, zwei Mal, drei Mal. Ich esse es auf, dann greife ich nach dem zweiten. Er beobachtet mich.

Ich spüre Schweißperlen auf meiner Stirn, auf meinem Kopf, an meinem Bauch. Mein Oberteil klebt an mir fest. Bestimmt riecht er es. Er riecht nach Mann und ich nach Schweiß.

Als ich alles aufgegessen habe, reicht er mir ein Glas Wasser.

»Trink das«, sagt er.

Ich setze es an, und bei jedem Schluck stößt die kleine Kugel meines Piercings sanft gegen die kalte Oberfläche. Kling. Kling. Kling. Ganz leise. Immer wieder. Bis es leer ist. Mir läuft ein Tropfen übers Kinn, ich wische ihn weg.

Er nimmt mir das Glas ab. Seine Augen sind dunkel und seine Wimpern lang.

»Besser?«

Ich nicke.

»Gut.«

Mit diesem *Gut* greift er nach dem Teller, der neben mir auf der Stufe steht, dreht sich um und verschwindet. Einfach so. Ich weiß noch nicht mal, wie er heißt.

Jacob

Ich lehne am Küchenfenster und schaue durch nackte Äste zur Trambahnhaltestelle. Es schneit. Alles verschwindet unter einer weißen Schicht. Dicke Flocken fallen aus dem Himmel. Sie sitzt auf der Bank, die Kapuze ihrer Jacke tief ins Gesicht gezogen. Ab und zu schaut sie hoch. Dann sieht man die himmelblaue Strickmütze. Sie reibt die Hände aneinander, um sie zu wärmen, dann vergräbt sie sie in ihrem Schal. Ich könnte sie stundenlang ansehen. Und ich habe keine Ahnung warum. Etwas an ihr ist besonders. Sie wirkt, als wäre sie allein in einer Schneekugel. Abgeschnitten vom Rest der Welt. Auf eine Art einsam, die mir bekannt vorkommt. Mein Blick fällt auf das Glas in der Spüle. Auf den Abdruck, den ihre Lippen hinterlassen haben. Als ich wieder zur Haltestelle schaue, ist sie weg.

Und ich muss zur Arbeit.

Luise

Ich sitze in einer menschenleeren Trambahn, die sich wie ein steifer Wurm durch die verschneiten Straßen schiebt, und denke an die seltsame Situation im Flur zurück. Ich frage mich, wie er heißt. Und warum er mir geholfen hat. Ich meine, er hätte mich auch einfach dort sitzen lassen können. Er war nett zu mir. Na ja, vielleicht nicht gerade nett, aber er hat sich um mich gekümmert.

Ich schaue aus dem Fenster. Eine weiße Welt zieht an mir vorbei. Wieso bringt er erst die zwei Brote und verschwindet dann, ohne sich zu verabschieden? *Wahrscheinlich, weil du dich nicht mal bei ihm bedankt hast*, denke ich.

Ich sehe sein Gesicht vor mir. Dunkle Augen. Nachdenklich und irgendwie zornig. Die Falten zwischen seinen Brauen ergeben zusammen ein Pi: zwei senkrechte Linien und eine ganz dünne, die knapp darüber liegt. Bei diesem Gedanken spüre ich ein Lächeln auf meinen Lippen, das jedoch im selben Moment wieder verschwindet.

Ich frage mich, ob er und mein Bruder sich kannten. Ob sie vielleicht mal miteinander gesprochen haben. Aber vermutlich nicht. Ich habe sie nie zusammen gesehen.

Es wäre nicht schwierig, seinen Nachnamen herauszufinden. Ich müsste nur zu dem Briefkasten gehen, neben dem er vorige Woche stand. Es war der vierte von rechts in der oberen Reihe. Ich könnte nächsten Mittwoch nachsehen. Und dann in den alten Jahresberichten nach seinem Foto suchen.

Da gibt es nur zwei Probleme. Erstens liegen die Jahresberichte in Kristophers Zimmer – das ich, seit er tot ist, nicht mehr betreten habe –, und zweitens könnte der Typ einen totalen Standardnamen haben, von denen es nicht selten gleich mehrere pro Klasse gibt.

Ming würde jetzt sagen: *Frag ihn doch einfach das nächste Mal, wie er heißt.* Aber das werde ich nicht tun. Mysteriösen, schweigsamen Kerlen mit Denkerfalten und eigenwilligem Modegeschmack liegen die Frauen zu Füßen. Er ist so ein Typ. Und nur, weil er mir Brote gemacht hat, bedeutet das noch lange nicht, dass er mich mag. Es bedeutet gar nichts.

Ich finde trotzdem, dass er sich hätte verabschieden können. Ist mir egal. Er ist eben kein Mann der vielen Worte. Das muss er auch nicht sein – seine genetische Überlegenheit spricht eindeutig für sich selbst.

Ich lehne den Kopf an die beschlagene Scheibe und atme dagegen. Schneeflocken rasen auf mich zu. Ich fröstle. Mir ist auf diese Art kalt, die man nur im heißen Badewasser wieder loswird. Aber wir haben keine Badewanne.

Als ich eine Viertelstunde später die Wohnungstür aufschließe, ist alles dunkel. Die Kälte hat meine Knochen erreicht, und ich habe immer noch Hunger. Am liebsten würde ich einfach schlafen gehen, aber es ist noch nicht einmal 18:00 Uhr. Ich gehe in die Küche, fülle den Wasserkocher auf und schalte ihn ein.

Morgen habe ich Geburtstag. Den ersten ohne meinen Bruder. Den ersten als Einzelkind. Ich weiß nicht, wie das gehen soll. Meine Welt funktioniert nicht ohne Kristopher. Es ist wie bei einer Gleichung. Wenn er fehlt, komme ich nicht weiter. Man kann nicht einfach auf der einen Seite etwas wegnehmen, ohne es auf der anderen anzupassen. Ich bin unvollständig. Und ich werde niemals herausfinden, was x ist.

Natürlich habe ich nicht nur gute Erinnerungen an meinen Bruder. Es waren auch viele schlechte dabei. Sehr schlechte. Seine Launen, seine Wutausbrüche, seine depressiven Phasen. Unser ganzes Leben drehte sich immer nur um ihn. Um seine kreativen Episoden und die schwarzen Löcher, die darauf folgten. Um seine Medikamente, um seine Therapien, darum, wie man ihm helfen könnte. In unserem Universum war er die Sonne und ich einer der ganz kleinen unbedeutenden Planeten in den äußeren Umlaufbahnen, die nicht mal einen Namen haben.

Mein Bruder wollte sterben. Ich weiß das. Die ersten beiden Male hat er es mit Tabletten versucht, beim dritten Anlauf wollte er sichergehen. Keine Medikamente mehr. Das war kein Hilferuf. Es war ein letzter Ausweg.

Ich greife blind in den Vorratsschrank und nehme die erstbeste Packung heraus. *Pitta Tee*. Den hat Papas Freundin mir zu Weihnachten geschenkt. Ich wollte ihn nicht mögen, aber er schmeckt leider doch ganz gut. Und der Tee kann schließlich nichts dafür, dass ich sie nicht leiden kann.

Ich starre aus dem Fenster. Die Küche riecht nach Süßholz und Zimt, und ich denke daran, wie Kristopher und ich noch vor ein paar Wochen zusammen im Haus der Kunst waren. An dem Tag ging es ihm gut. Seine dunkelblauen Augen haben geleuchtet, als wäre die ganze Welt schön und als wäre er der Einzige, der das wirklich verstanden hat. Er fehlt mir. Er fehlt mir auf eine Million unterschiedliche Arten.

Ich werfe den Teebeutel in den Müll, schalte das Licht aus und gehe in den Flur. Und wie immer fällt mein Blick auf Kristophers Zimmertür. Und es fühlt sich an, als wäre dahinter das Nichts.

Mein Bruder war mein ganzes Leben lang da. Jeden Tag davon. Jetzt ist er weg. Und in ein paar Stunden werde ich ein Jahr älter. Ohne ihn.

Jacob

Es ist schon spät, als ich nach Hause komme. Und verdammt kalt. Ich gehe durch die Wohnung, aber Arthur ist nicht da. Vermutlich ist er bei Julia. Ich suche nach dem Grund für die Kälte und finde ihn in seinem Zimmer. Mein Bruder hat ein Faible dafür, Fenster zu kippen und sie dann nie wieder zuzumachen. Die eisige Luft hatte stundenlang Zeit, sich auszubreiten. Sie klebt an den Wänden wie eine kühle Krankheit, die jeden, der zu lange bleibt, anstecken wird. Ich schließe das Fenster, drehe die Heizung voll auf und gehe in mein Zimmer. Sogar hier ist es kalt. Und das, obwohl die Tür zu war. Der Jahresbericht liegt noch offen auf meinem Bett. Ich setze mich und greife danach.

Das Mädchen auf dem Foto sieht ihr irgendwie ähnlich und doch auch wieder nicht. Es sind dieselben dunklen Augen, in die ich schaue, aber der Ausdruck ist ein völlig anderer. Kindlicher, unscheinbarer. Das Mädchen auf dem Foto ist keine Kriegerin. Ich frage mich, was sie zu einer gemacht hat. Mein Blick fällt wieder auf ihren Namen. Luise König. Auf dem Bild ist sie vierzehn Jahre alt, aber inzwischen dürfte sie sechzehn sein. Sie sieht aus wie eine dunkle Version ihres Bruders. Was wohl aus ihm geworden ist? Kristopher war ein netter Kerl. Ein bisschen seltsam vielleicht, aber ich mochte ihn, wenn auch nicht genug, um mich mit ihm anzufreunden – was jedoch nichts mit ihm zu tun hat.

Ich öffne Facebook und gebe seinen Namen ein. Nichts. Danach ihren. Vier Treffer, aber keiner davon ist sie. Sie hat kein Profil. Und auch ihr Bruder scheint keins zu haben. Oder sie haben nur eines zum Spionieren. So wie ich.

Mein Handy klingelt. Auf dem Display erscheint der Name: *Nicht drangehen.* Evelyn. Ich frage mich, wie oft sie noch anrufen wird, bevor sie endlich kapiert, dass ich nichts von ihr will. Warum tut sie sich das an? *Vermutlich, weil du immer wieder mit ihr ins Bett gehst,* sagt eine Stimme in meinem Kopf. Ich kann diese Stimme nicht leiden. Sie hat meistens recht.

Evelyn legt auf, aber nur ein paar Sekunden später trifft eine Nachricht von ihr ein.

Nicht drangehen: Hey Jacob, ich wollte nur mal hören, wie es dir geht.

Ich antworte nicht. Sie tippt.

Nicht drangehen: Bist du da?

Ich schüttle den Kopf und verdrehe die Augen. *Hör doch einfach auf, mir zu schreiben.*

Nicht drangehen: Vermutlich bist du gerade im Training. Oder du duschst. ☺

Nein und Nein.

Nicht drangehen: Ich dachte, ich könnte mit einer Pizza bei dir vorbeikommen? Ich bin grad in der Nähe.

Wieso sind sich die Stimmen in meinem blöden Kopf eigentlich nie einig? Ich will nicht, dass Evelyn vorbeikommt. Ich will nicht mit ihr reden. Und ich will nicht gemein zu ihr sein. Aber allein sein will ich gerade auch nicht. Außerdem habe ich Hunger. Und mit ihr zu schlafen wäre auf jeden Fall besser, als weiter über ein Mädchen mit kahl rasiertem Kopf und schwachem Kreislauf nachzudenken. Zumindest würde ich kurz damit aufhören.

Nicht drangehen: Ich schaue jetzt einfach mal bei dir vorbei und klingle. Vielleicht habe ich ja Glück.

Ich atme tief ein und schließe die Augen. Ich weiß, dass ich ihr antworten sollte. Ich weiß sogar, *was* ich ihr antworten sollte. Aber ich tue es nicht.

Bald wird es klingeln, und dann werde ich sie hereinbitten. Wir werden eine Weile laut schweigen und dann rummachen. Es ist wie ein perverses Spiel, das wir immer wieder spielen. Ich werde mit ihr schlafen und danach nicht einschlafen können. Sie wird neben mir liegen und den ganzen Platz brauchen, und ich werde wach sein und die Tatsache verfluchen, dass ich es einfach nicht fertigbringe, sie nach dem Sex wieder nach Hause zu schicken. Und obwohl ich das alles weiß, werde ich sie reinlassen. Keine Ahnung warum.

DONNERSTAG, 16. MÄRZ,
00:00:43

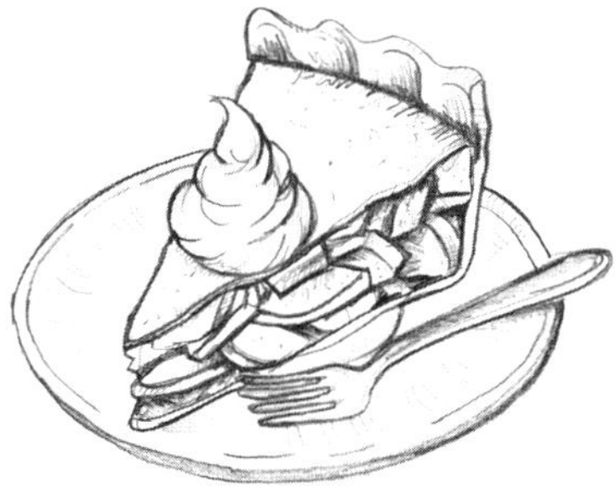

Luise

Um Punkt 00:00 Uhr ruft Ming an. Sie will mir bestimmt gratulieren, aber mir ist nicht nach Reden. Und auch nicht nach fröhlichen Worten. Also gehe ich nicht dran. Ich weiß, dass sie das verstehen wird. Sie weiß, wie ich bin.

Wäre Ming nicht umgezogen, wäre sie jetzt vermutlich hier. Sie würde neben mir liegen. Ich frage mich, ob wir uns unterhalten würden, aber ich kann es nicht sagen. Alles, was ich weiß, ist, dass ich in diesem Augenblick froh darüber bin, allein zu sein. Nicht sprechen zu müssen. Mit niemandem. Ich liege einfach nur auf meinem Bett und denke daran, wie Kristopher und ich genau jetzt vor einem Jahr gemeinsam in der Küche saßen und angestoßen haben. Mit heißer Schokolade, weil er wegen seiner Tabletten keinen Alkohol trinken durfte. Es war die beste heiße Schokolade, die ich je hatte. Wobei … eigentlich stimmt das nicht. Sie war gar nicht so gut. Es war der Moment. Das *Außenrum*. Mein Bruder und ich und eines unserer vielen Gespräche. Wir haben »Free Stuff« von Edward Sharpe & The Magnetic Zeros auf Endlosschleife gehört und bis spät in die Nacht geredet. Über das Leben und die Liebe und unsere Pläne. Kristopher wollte sich verlieben, ausziehen und an die Akademie der Künste gehen. In Wirklichkeit hat er diese Wohnung so gut wie nie verlassen, er hat nicht studiert und sich auch nicht verliebt. Stattdessen hat er sich das Leben genommen, bevor es richtig anfangen konnte.

Damals dachte ich noch, dass alles gut wird. Dass er einen Weg aus seiner Dunkelheit gefunden hat. Jetzt – ein Jahr später – ist er tot. Vielleicht war das der Weg. Vielleicht ging es nicht anders. Für mich bedeutet das keine heiße Schokolade mehr. Und keine Pläne für die Zukunft. Und keine Geschenke. Nie wieder eines von seinen Geschenken.

Kristopher hat nicht einfach nur irgendwas gekauft, er hat sich immer etwas einfallen lassen. Etwas Persönliches. Etwas, das gezeigt hat, wie wichtig man ihm ist.

Ich drehe mich zur Seite und betrachte die Kugelschreiberzeichnung, die er mir vergangenes Jahr zum Geburtstag geschenkt hat. Der Rahmen war in goldenes Papier gewickelt. Mit einer großen roten Schleife drumrum.

Kristopher hat immer mit Kugelschreiber gemalt. Und immer nur blau. Er hat gesagt, jeder Künstler braucht einen Wiedererkennungswert. Das war seiner. Er hatte eine Schublade voll mit PaperMates – seine Lieblingskugelschreiber. Ich weiß nicht, wie viele es waren, aber er konnte nicht genug davon haben. Wenn mein Bruder eine von seinen manischen Episoden hatte, war er tagelang wach. Rastlos. Er hat gemalt. Auch nachts. Das Licht schien dann immer unter seiner Tür in den schwarzen Flur, und ich wusste, dass er da ist.

Ich streiche über das Glas. Es ist staubig. Eine dünne gleichmäßige Schicht. Ich wische mit einem Stück Bettdecke darüber und betrachte das Bild. Die blauen Linien, die Kristopher einmal gezogen hat. Dünn wie Papier. Zwei Hände mit ineinander verschränkten Fingern. Sie sind schematisch und zweidimensional. Genauso wie der riesige Tacker, der sich über ihre Handflächen schiebt und sie zusammenhält. Wie lose Seiten. Als Kristopher mir diese Zeichnung damals gegeben hat, meinte er: *Du und ich, wir sind für immer verbunden. Das weißt du, oder?* Ich habe genickt. Heute frage ich mich, ob er zu dieser Zeit schon wusste, was er sich antun würde.

Ich setze mich auf und trinke einen Schluck Tee. Er ist kalt geworden, aber das stört mich nicht. Mein Handy vibriert, und das Display leuchtet auf. Drei neue Nachrichten. Die erste ist von Ming. Die zweite von meinem Vater. Und die dritte von Mama, in der sie mir schreibt, dass sie es vor eins nicht nach Hause schafft, weil gerade noch ein Notfall reingekommen ist, aber dass sie einen Kuchen gekauft hat und hofft, dass ich noch wach bin, wenn sie dann da ist.

In dem Moment, als ich das Handy weglege, kommt eine E-Mail an. Ich öffne das Mail-Programm. *Absender: Futureme.org.* Scheiß Spam. Ich will sie gerade löschen, als ich den Betreff bemerke: *Nicht löschen, Lise. Ich bin's.*

Jacob

Es ist halb eins, und Evelyn schläft tief und fest. Als wäre mein verdammtes Bett der Ort auf der Welt, an dem sie sich am wohlsten fühlt. Ich sehe dabei zu, wie sich ihr Brustkorb gleichmäßig hebt und senkt. Sie liegt neben mir und ist doch ganz woanders. Ich wünschte, sie wäre wirklich ganz woanders.

Mein Magen knurrt. Ich rapple mich auf, bücke mich nach meinen Boxershorts und meinem T-Shirt, ziehe beides an und verlasse leise das Zimmer. Im Flur fällt mir auf, dass Arthur nicht nach Hause gekommen ist. Seine Schuhe sind nicht da. Genauso wenig wie sein Schlüssel. Ich gehe in die Küche, setze mich an den Tisch und esse ein Stück kalte Pizza. Mein Handy liegt immer noch neben dem offenen Karton. Der Sperrbildschirm zeigt zwei neue Nachrichten an.

Arthur Reichenbach: Hey kleiner Bruder. Ich bleibe über Nacht bei Julia. Wollte dir nur kurz Bescheid geben. Sehen wir uns morgen? Lust auf Kino? Arthur

Ich schreibe ihm zurück.

Jacob Becker: Kommt auf den Film an. ☺ Bis morgen.

Dann öffne ich die neue WhatsApp-Nachricht. *Verena Bormann.* Ich kenne keine Verena Bormann.

> **Verena Bormann:** Hallo Jacob, ich weiß nicht, ob du dich an mich erinnerst – wir haben uns beim Cat-Power-Konzert letzten Monat kennengelernt. Du hattest nur wenig Zeit, weil du arbeiten musstest, aber wir haben uns im Anschluss kurz unterhalten. Ich war seitdem noch vier Mal im Ampere, weil ich gehofft hatte, dich dort wiederzusehen, aber du warst nie da. Ich habe den anderen Barkeeper (ich glaube, er heißt Luca?) nach deiner Nummer gefragt, und er hat sie mir gegeben. Ich hoffe, das war okay. ☺ Wäre schön, dich mal zu treffen.
> Bis hoffentlich bald, Verena

Warum nur tut er das? Ich habe diesem blöden Idioten bestimmt schon tausendmal gesagt, dass er meine Nummer nicht weitergeben soll. Aber er macht es immer wieder. Manchmal glaube ich, es macht ihm Spaß. Ich lösche Verenas Nachricht, ohne weiter darüber nachzudenken. Sie weiß es nicht, aber ich tue ihr einen Gefallen damit.

Das mit Evelyn und mir hat genauso angefangen. Eine Nachricht und meine Antwort darauf. Ich wünschte, ich hätte ihr nie zurückgeschrieben.

»Jacob?«

Das glaub ich ja jetzt nicht. Ich schließe genervt die Augen, dann schaue ich auf. Evelyn trägt eines meiner T-Shirts, ihre Haare sind offen und zerzaust. Würde sie mir etwas bedeuten, wäre das ein schöner Anblick. Aber das Einzige, was ich sehe, ist, dass sie an meinen Schrank gegangen ist, ohne mich zu fragen.

»Kannst du nicht schlafen?«, fragt sie und kommt auf langen Beinen auf mich zu.

»Ich kann nie schlafen, wenn du da bist.«

Stille.

»Das wusste ich nicht«, sagt sie leise.

»Wie könntest du auch?«, antworte ich tonlos, »du schläfst schließlich.«

Noch mehr Stille.

»Hab ich was falsch gemacht?«

Warum sind Mädchen so? Warum?

»Nein«, sage ich und stehe auf, »ich bin bloß müde.«

»Wäre es dir lieber, wenn ich gehe?«

Mein Blick sagt Ja und ich: »Nein. Schon okay.«

»Du lügst.«

Ich atme tief ein und fahre mir mit der Hand durch die Haare. »Was willst du von mir hören?«

»Keine Ahnung«, murmelt sie, »die Wahrheit?«

»Die Wahrheit«, wiederhole ich abschätzig. Alle wollen sie immer die Wahrheit, aber nur, bis man sie ihnen sagt. Ich schaue ihr direkt in die Augen. »Du hast recht. Es war gelogen.«

Sie schluckt auf die Art, wie man Tränen schluckt. Schwer und laut. An einem Kloß vorbei. Ich wusste, dass sie das nicht hören wollte. Sie wollte, dass meine Lüge die Wahrheit ist. Dass ich will, dass sie bleibt. Evelyn steht barfuß und verletzlich vor mir. Mit nackten Beinen und einem Blick, der mir bestimmt zusetzen würde, wenn ich in sie verliebt wäre. Aber das bin ich nicht. Manchmal weiß ich nicht, ob ich ein Arschloch bin, weil ich will, dass sie geht, oder ob sie dumm ist, weil sie immer wieder kommt? Warum denken Mädchen immer, dass sie einen retten müssen? Dass sie das, was in einem kaputtgegangen ist, mit genug Liebe wiedergutmachen können?

»Weißt du, wann die U-Bahn fährt?«, fragt sie schließlich.

»Keine Ahnung«, antworte ich. »Wie gesagt, du kannst bleiben.«

»Denkst du, ich möchte bei jemandem sein, der mich nicht dahaben will?«

»Es ist spät«, entgegne ich.

»Ich gehe trotzdem«, sagt sie.

Und ich bin froh.

So froh, dass ich sie nicht mal darum bitte, das T-Shirt auszuziehen. Sie kann es behalten.

Luise

Futureme.org
An: luise.koenig@gmail.com
Nicht löschen, Lise. Ich bin's.

Meine liebe Lise,

wenn du das hier liest, bin ich tot und du hast Geburtstag. Alles Gute zu deinem Sechzehnten, kleine Schwester! Wenn ich noch da wäre, würde ich uns jetzt eine heiße Schokolade machen und dich ganz fest umarmen. Ich hoffe, Mama ist da und trinkt mit dir heiße Schokolade und umarmt dich.

Mir ist klar, dass du wütend auf mich bist, und du hast jedes Recht dazu. Was ich getan habe, war verdammt selbstsüchtig. Und es ist okay, dass ein Teil von dir mich dafür hasst. Ganz ehrlich, Lise, ich verstehe das. Hätte ich einen anderen Weg gesehen, hätte ich ihn genommen, ich hoffe, das weißt du. Für dich gibt es einen. Für mich gab es keinen. Dafür hätte ich anders sein müssen. Mehr wie du und weniger wie ich. Jemand, der das Leben nicht nur irgendwie aushält, sondern liebt. Aber ich bin nicht wie du, Lise. Ich bin von allem zu viel. Zu traurig, zu laut, zu jähzornig, zu müde – und zu einsam. Du kannst das nicht verstehen, weil dein Kopf nicht so dunkel ist, wie meiner es oft war. Ich kann dir nicht erklären, wie es sich anfühlt, nicht mehr aus sich selbst herauszufinden, wie es ist, immer wieder in den eigenen Gedanken verloren zu gehen und das teilweise nicht einmal mitzukriegen. An manchen Tagen war die Welt so bunt und grell, dass ich sie kaum ertragen habe, und dann, gefühlt einen Wimpernschlag später, gab es plötzlich gar keine Farben mehr. Kein Licht. Nichts als Dunkelheit. Das Leben und die Freude waren aus allem herausgesaugt. Ich war betäubt, als wäre ich in mir selbst eingesperrt. Schwarz und Grau und dazwischen irgendwo ich. Es war ein Gefühl, als wäre man nicht mehr da. Ein Nichts, das einfach nicht verschwinden kann. Und dann war ich wieder unbesiegbar. Großartig und so viel klüger als alle anderen.

Ich war eine Krankheit. Eine Belastung. Und das bis zum Schluss. Du hast keine Vorstellung, wie oft du mir das Leben gerettet hast. Einfach, weil du da warst. Weil du mich so geliebt hast. Jede Seite von mir. Trotzdem wünschte ich, ich hätte dir das alles ersparen können. Ich wünschte, ich hätte dir *mich* ersparen können. Meine wechselnden Episoden und die vielen Male, in denen du zurückstecken musstest, weil dein beschissener Bruder mal wieder irgendeine Störung hatte. Die Male, in denen du Angst um mich hattest, weil ich mal wieder abgehauen bin. Oder in denen ich nicht ansprechbar war. Oder ausfallend.

Bei dem Gedanken daran, dich allein zu lassen, hasse ich mich selbst. Aber ich kann nicht bleiben. Ich bin nicht der Mensch, den die Medikamente aus mir machen. Mein echtes Ich ist der Welt zu viel, und mein ruhig gestelltes ist mir zu wenig. Ich fühle mich hier nicht sicher. Ich fühle mich, als wäre ich nicht echt. Nicht Ich. Und nicht genug. Deswegen wähle ich das Ende. Mein Ende. Aber bevor ich den entscheidenden letzten Schritt mache, muss ich wissen, dass es dir ohne mich gut gehen wird. Und glaub mir, das wird es. Alles wird gut.

Ich habe dir E-Mails geschrieben, in denen ich mich nach und nach von dir verabschieden werde. In Ruhe. Und bei vollem Bewusstsein. Ohne Tabletten, die mich weich im Kopf machen. Ohne den medikamentösen Filter, mit dem die Welt mich besser aushält. Das hier ist E-Mail null. Die nächste bekommst du in einer Woche.

Was dein Geburtstagsgeschenk angeht: Das habe ich in meinem Zimmer versteckt. Du weißt, wo. Ich gehe davon aus, dass du es seit Tag X nicht mehr betreten hast. Aber es ist nur ein Zimmer, Lise. Kein böser Geist. Und demzufolge gibt es auch keinen Grund, Angst davor zu haben.

Wenn du das Geschenk gefunden hast, lies bitte erst die Karte. Das ist wichtig.

Also, meine liebe kleine Schwester, ich wünsche dir alles Gute zu deinem Geburtstag! Du hast so viel Liebe in dir, so viel Herz und so viel Feingefühl. Denk immer an die Person, die du warst, bevor die Welt dir beigebracht hat, wer du sein solltest. Denn du bist wunderbar, wie du bist, Lise.

Ich hab dich lieb.

Dein Kristopher

Meine Gedanken rasen. Sie jagen durch meinen Kopf wie Splitter. Bruchstücke von Unterhaltungen, Kristophers Stimme, meine Antworten.

»Wenn ich dann irgendwann tot bin …«

»Red nicht davon, dass du irgendwann tot bist«, falle ich ihm ins Wort.

»Aber irgendwann bin ich es, und wenn ich es bin …«

»Kristopher, hör auf.«

»Dann melde ich mich aus dem Jenseits bei dir.«

»Aus dem Jenseits? Und wie?«

»Du kennst mich. Ich finde einen Weg.«

Ich gehe durch den Flur. Wie ferngesteuert. Vor seiner Tür bleibe ich stehen, dann drücke ich die Klinke runter und betrete sein Zimmer. Jetzt kann ich es. Noch vor ein paar Minuten wäre es unmöglich gewesen.

Sein Duft ist weg. Ich war seit Wochen nicht hier drin. Das letzte Mal an dem Tag, als er sich umgebracht hat. Ich stand im Türrahmen und habe mich von ihm verabschiedet. Da wusste ich noch nicht, was er vorhatte. Ich frage mich, ob ich es hätte wissen müssen.

Ich atme tief ein. Vor eineinhalb Monaten hat dieser Raum noch nach meinem Bruder gerochen. Sauber und warm und nach irgendwelchen Zutaten, die nur sein Körper herstellen konnte. Jetzt tut er das nicht mehr. Ich habe nie verstanden, warum jeder Mensch anders riecht. Wie ein Fingerabdruck für die Nase. Alles hier drin gehörte Kristopher, aber nichts davon konnte seinen Geruch festhalten. Weder sein Bettzeug noch die Vorhänge oder seine Kleidung. Mein Bruder hat gut gerochen. Nach Duschgel und Deo und manchmal nach Parfum. Jetzt riecht es abgestanden und alt. Nicht mal mehr nach Waschpulver. Es ist, als wäre nichts von ihm übrig geblieben.

Ich glaube, davor hatte ich am meisten Angst. Dass alles von ihm verschwinden würde. Erst er und dann sein Geruch und dann sein Lachen. Ich zittere. Meine Hände, meine Arme, meine Knie. Wenn ich jetzt etwas sagen würde, würde auch meine Stimme zittern. Ich stehe wie angewurzelt mitten im Zimmer. Einem Zimmer, das niemandem mehr gehört und das nach niemandem mehr riecht. Ein Zimmer, in dem sich ein Großteil meiner Kindheit abgespielt hat. Ich stehe da und weine. Lautlos.

Kristopher hat mir aus dem Jenseits geschrieben. Ich höre seine Stimme in meinem Kopf. Ich höre wieder, wie er sagt: *Du kennst mich. Ich finde einen Weg.* Und das hat er. Das hat er immer. Vielleicht werde ich mich irgendwann nicht mehr an sein Gesicht erinnern. Vielleicht wird es die Zeit nach und nach aus meinem Kopf radieren. Und vielleicht wird an seine Stelle etwas Verwaschenes treten, ein Gefühl, das immer irgendwie schwer sein wird. Aber jetzt noch nicht. Noch nicht. In diesem Augenblick ist mein Bruder wieder da.

Ich sehe seine dunkelblauen Augen und sein schmutzig blondes Haar und dieses Grinsen, das so breit ist, das es zwei längliche Grübchen in seine Wangen frisst. Und dann lächle ich. Unter Tränen und mit eiskalten Händen. Ich kann nicht anders. Das war immer so. Wenn er auf diese Art gegrinst hat, musste ich lächeln. Sogar wenn ich sauer auf ihn war. Es war die natürliche Reaktion meines Körpers.

Mein Herz klopft schnell. Fast so, als wollte es für uns beide schlagen. Ich gehe auf seinen Schrank zu, dann öffne ich die rechte Tür und gehe in die Hocke. Die untere Bodenplatte ist lose. Man kann sie herausnehmen. Darunter sind knapp fünfzehn Zentimeter Platz. Fünfzehn Zentimeter für das, was niemand sehen soll. Eine verborgene kleine Welt, von der keiner weiß. Kristopher hat dort gern seine Medikamente versteckt, wenn er sie mal wieder heimlich abgesetzt hat. Und sein Geld. Und ein paar andere persönliche Dinge. Kristopher war phasenweise besessen von dem Gedanken, dass unsere Mutter heimlich sein Zimmer durchsucht, wenn er nicht da ist – was sie jedoch nie getan hat. Manchmal frage ich mich, warum er mir sein Versteck gezeigt hat. Er hat es nicht groß erklärt, aber er wollte, dass ich es kenne. Ich weiß noch, wie er mir zugezwinkert hat. *Das bleibt unser Geheimnis, Lise.* Mein Bruder hat Geheimnisse geliebt. Und schöne Wörter. Und Zahlen. Und Kugelschreiber. Und Kunst. Und viele andere Dinge, die ich nie ganz verstanden habe.

Ich greife nach der losen Bodenplatte, dann nehme ich sie vorsichtig heraus und lege sie neben mich. Ich beuge mich ein Stück vor. Im schwachen Licht erkenne ich einen flachen Karton. Er passt wie abgemessen in den hohlen Sockel. An seinen Kanten ist gerade genug Platz für meine Finger. Kristopher muss ihn selbst gemacht haben. Die Oberfläche ist rau und geriffelt. Aus grauem mattiertem Karton. Auf dem Deckel klebt ein Umschlag, auf dessen Vorderseite nur ein einziges Wort steht: *Lise.*

Mein Bruder hat mich nicht vergessen. Er hat mich lieb gehabt. Und bei diesem Gedanken breche ich in Tränen aus.

Jacob

Evelyn ist gegangen. Aber ich kann trotzdem nicht schlafen. Ich liege mit geschlossenen Augen auf dem Bett und höre die Rolling Stones. »Little Rain«. Ein großartiger Song. Musik schafft das, was Evelyn seit Monaten vergeblich versucht: Sie berührt mich. Sie dringt zu mir durch. Durch jede Schicht.

Manche Menschen brauchen Gesellschaft. Ich brauche nur Musik. Mein Bruder begreift nicht, wie man ein und dasselbe Album stundenlang anhören kann, ohne sich zu langweilen. Ohne irgendwas dabei zu machen. Wie aufräumen, duschen, vögeln. Wenn bei ihm Musik läuft, *tut* er etwas. Wenn ich Musik höre, höre ich Musik. Ich löse mich darin auf wie eine Brausetablette im Wasser. Und dann bin ich einfach weg. Die Stimmen in meinem Kopf schweigen, und die Vergangenheit ist vergangen. Und alles ist gut.

Ich liege ausgestreckt auf meinem Bett, die Finger im Nacken verschränkt. Mein Herz schlägt ruhig, und meine Haut ist warm. Ich wippe mit den Füßen im Takt. Und dann denke ich auf einmal an Luise. An ihre tiefen, dunklen Augen und ihren zierlichen Körper, der so gar nicht zu ihrem Blick passt.

Sie kam aus der dritten Etage. Da sind nur zwei Praxen. Entweder war sie zufällig zwei Mal hintereinander mittwochs beim Zahnarzt, oder sie macht eine Therapie. Sie hat schöne Zähne. Zu schön für zwei Mal hintereinander Zahnarzt. Vielleicht war sie einmal davon bei der Zahnreinigung. Manche Leute machen ja so was. Ach, was weiß ich. Außerdem interessiert es mich nicht. Dann war sie eben beim Zahnarzt. Oder sie macht eine Therapie. Mir doch egal. Aber weswegen könnte sie eine Therapie brauchen? Und warum hat sie sich den Kopf kahl rasiert? Was ist zwischen der braven Luise aus dem Jahresbericht und der mit dem Lippen-Piercing passiert? Ich drehe mich auf die Seite und sehe, wie sie zusammengekauert auf den Stufen sitzt und die Brote verschlingt, die ich ihr gemacht habe. So, als hätte sie seit Wochen nichts gegessen. Sie hat sich an dem Teller festgeklammert wie ein kleines Tier an einem Ast. Ich frage mich, ob es ihr besser geht. Und was mit ihr los war. Und warum sie so traurig ist.

Das sind ganz schön viele Fragen dafür, dass es mich nicht interessiert.

Luise

Ich kann nichts sehen außer verschwommenen dunkelblauen Kugelschreiberlinien, die wässrig übers Papier zucken. Ich wünschte, man könnte Tränen kontrollieren, ich wünschte, man könnte sie abstellen wie einen Wasserhahn. Aber es geht nicht. Sie laufen einfach weiter. Ich sitze schluchzend auf dem Fußboden und wische mir mit den Handflächen übers Gesicht. Immer wieder.

Minuten vergehen. Und bis auf mein abruptes Atmen ist es totenstill. Ich presse mir die Handballen auf die Lider, atme tief ein und wieder aus und konzentriere mich auf das Gefühl, wie die Luft meine Rippen dehnt. Dann öffne ich die Augen. Es muss meinem Bruder gut gegangen sein, als er diese Karte geschrieben hat. Kristopher hatte verschiedene Schriften. Das ist seine schöne Schrift. Die mit den langen g's und geschwungenen l's. Die eines Künstlers. In seinen manischen Phasen wurde daraus ein einziges bizarres Gewirr aus Linien, das außer ihm niemand entziffern konnte. Seine Gedanken waren dann schneller als seine Hände. Sie konnten nicht mithalten. Niemand konnte das. Er war der König der Welt. Charismatisch und anstrengend und laut. Er war aufbrausend und selbstbewusst und lustig. Und irgendwann war er dann leer. Als hätte er sich verbraucht. Als hätte er alle Worte gesprochen und müsste sich erst wieder aufladen.

Wenn mein Bruder depressiv war, hat er aufgehört zu sprechen. Manchmal über mehrere Wochen hinweg. Ab und zu habe ich ihm Musik angemacht oder ihm sein Papier und seine Stifte hingelegt. Doch meistens konnte er sich nicht dazu durchringen, einen in die Hand zu nehmen. Er lag dann nur da und hat mit leeren Augen in ein großes Nichts geschaut.

Aber an dem Tag, als er *das hier* geschrieben hat, war er er selbst. Mein großer Bruder.

Liebe Lise,
alles, alles Gute zu deinem 16. Geburtstag! Ich weiß, wir hatten viel für heute geplant – das Tattoo, Pizza bestellen und House of Cards weiterschauen. Ich habe es nicht vergessen. Doch ich kann nicht dabei sein. Das heißt jedoch nicht, dass du es nicht tun sollst. Ich weiß, was du jetzt sagen wirst. Dass wir das zusammen machen wollten, dass es nicht dasselbe ist, wenn ich nicht dabei bin, dass du gar kein Tattoo willst … Aber ich weiß, dass das nicht stimmt. Und du weißt es auch.
In dem Karton findest du drei Dinge. Mach ihn jetzt auf und öffne das Geschenk mit der Nummer eins.

Ich hebe den Deckel an und lege ihn auf die Bodenplatte neben mich. In der Schachtel liegen drei einzeln verpackte Päckchen. Sie sind nummeriert. Das erste ist das größte. Es ist weich und zerknautscht. Ich ziehe die Schleife auf und löse vorsichtig den Tesafilm. Das Papier knistert, als ich es aufschlage. Es ist ein T-Shirt. Als ich erkenne, *welches* es ist, heule ich sofort wieder los. Ich drücke mein Gesicht in den dunkelgrauen Stoff. Kristopher hat es so oft angehabt, dass es sogar noch nach ihm riecht. Es konnte ihn festhalten. Ich lege das Shirt auf meinen Schoß und gleite mit den Fingerspitzen über den Schriftzug auf der Brust. *ALLERGIC TO IDIOTS.* Das war sein Lieblingsshirt. Er hat es andauernd getragen. Ich greife nach der Karte und lese, was Kristopher dazu geschrieben hat.

Ich habe mein halbes Leben in diesem Teil verbracht, die andere Hälfte gehört dir. Ich hätte es dir schon viel früher geben sollen. Jetzt ist es deins. Zeit für Geschenk Nummer zwei.

Geschenk Nummer zwei ist ein Umschlag. Er ist nicht zugeklebt. Ich ziehe eine kartonierte Karte hervor und drehe sie um. Auf der Vorderseite steht *Jahreskarte* und darunter *363 Tage zeitgenössische Kunst*. Ich müsste nicht lesen, was mein Bruder dazu geschrieben hat. Aber ich tue es trotzdem.

Das T-Shirt war mein Kleidungs-Zuhause. Das Haus der Kunst mein Lieblingsort. Ich weiß, dass du das weißt. Ich habe es oft genug erwähnt und dich oft genug dazu gezwungen, mit mir hinzugehen.
Kunst kann uns Dinge beibringen, die in keinem Buch stehen, Lise. Weil sie zu jedem etwas anderes sagt.
Es ist egal, ob du ein Mal hingehst oder 363 Mal. Du musst auch gar nicht gehen. Aber ich wollte, dass du einen Ort hast, wo du (zumindest fast) immer hinkannst. Einen schönen Ort, der dich zur Ruhe kommen lässt und der dich an mich erinnert. Ich war unglaublich gern mit dir dort. Es hat sich jedes Mal so angefühlt, als würde ich zwischen all den Bildern und Installationen ein Stück von mir selbst finden.
So. Und nun zum letzten und wichtigsten – dem eigentlichen – Geschenk. Wenn du es siehst, wirst du wissen, worum es geht. Ich habe mich von Picassos Dackel inspirieren lassen, weil ich weiß, wie sehr du den magst.
Und jetzt mach es auf.

Meine Hände zittern, als ich das letzte Geschenkpapier öffne. Darunter verbirgt sich ein kleiner Bilderrahmen mit einer Kugelschreiberzeichnung. Zwei winzige Fische, deren Umrisse jeweils nur aus einer einzelnen zusammenhängenden Linie bestehen. Wie bei Picassos Dackel.

Ich hoffe, die Zeichnung gefällt dir. Wenn du mich fragst, würden sie perfekt an die Stelle unterhalb deines Fußgelenks passen. Oder an deinen Nacken. Aber das sind nur Ideen. Du lässt es da machen, wo du es haben willst. Immerhin bleibt es ein Leben lang – im Gegensatz zu mir.

Ich habe bereits mit Daniel gesprochen. Das Tattoo ist bezahlt, und er wird auch nicht nach einem Ausweis fragen. ☺ Anfangs war es nur ein Fisch (du), aber dann dachte ich, es müssen zwei sein: du und ich.

Wir beide.

In einer Woche bekommst du wieder eine E-Mail von mir.

Pass bis dahin gut auf dich auf. Geh ins Haus der Kunst. Lass dich tätowieren. Fahr übers Wochenende zu Ming. Mach, was dir Spaß macht.

Und vergiss nicht: Ich bin immer bei dir.

Dein Kristopher

Jacob

Der Tag vergeht nur schleppend. Ich habe kaum geschlafen und bin entsprechend gereizt. Normalerweise macht es mir nichts aus, andere zu bedienen. Das ist nur, was ich tue und nicht, was ich bin. Aber heute nervt es mich, lächeln zu müssen. Und höflich zu sein. Alles nervt mich. Meine drei Jobs und die Tatsache, dass ich keine Ahnung habe, was ich mit meiner Zeit auf diesem Planeten anfangen soll. Es heißt immer, man soll den Moment leben, aber was ist mit dem Danach? Ich kann doch nicht für immer kellnern. Oder Hotelzimmer aufräumen. Oder Essenslieferungen mit dem Fahrrad ausfahren. Ich rede mir gerne ein, dass ich arbeite, um zu leben und nicht lebe, um zu arbeiten. Aber das tue ich nicht. Ich mache Betten, befülle Minibars, serviere Drinks und bringe irgendwelchen faulen Leuten ihre Pizza. Mehr ist es nicht.

»Hier … zwei Cappuccinos und zwei Mal Kräutertee für Tisch siebzehn. Danach kannst du abhauen.«

Ich nicke Tom zu, stelle die Tassen auf mein Tablett und bringe die Getränke zu vier Frauen, die mich alle ansehen, als wären sie seit Jahren nicht mehr gevögelt worden. Sie sitzen an einem beliebigen Donnerstagnachmittag in einem Café und lassen sich von mir bedienen, aber glücklich sind sie auch nicht.

»Ein Cappuccino für Sie, einer für Sie und für Sie beide einen Kräutertee«, sage ich in meiner Kellnerstimme. »Kann ich Ihnen sonst noch etwas bringen?«

Sie schütteln die Köpfe wie fünfundvierzigjährige Schulmädchen, und ich gehe zur Bar zurück. Früher habe ich gefragt, ob es sonst noch etwas gibt, das ich für sie tun kann. Aber das habe ich mir abgewöhnt. Es hatte etwas von einem unmoralischen Angebot, das die meisten einsamen Frauen nur zu gern angenommen hätten. Vor allem die verheirateten.

Ich stelle das Tablett ab, ziehe die Schürze aus und hänge sie auf.

»Wir sehen uns dann übermorgen, Tom«, rufe ich über den Lärm der Kaffeemaschine hinweg.

Er hebt die Hand und grinst. Und ich verlasse die Bar. Die Musik wird leiser und das Licht heller. Ich bin gerne hier. Die hohen kargen Räume machen mich auf eine gute Art klein. Sie erinnern mich daran, dass ich auf einem Steinbrocken durch die Galaxie rase und wahnsinnig unbedeutend bin. Wenn man das weiß, ist keine Entscheidung wirklich wichtig. Wir sind dem Universum so was von egal.

Ich gehe am Museumsshop vorbei. Patrick sitzt an der Kasse und schaut auf eine Art leer vor sich hin, die verrät, dass er fast umkommt vor Langeweile. Bei seinem Anblick muss ich grinsen. Ich schaue weg. Und sehe sie.

Luise

Das letzte Mal waren wir zu zweit hier. Kristopher hat mich von einem Gemälde zum anderen geschleppt, und ich habe so getan, als würde ich verstehen, warum sie ihm so viel bedeuten. So getan, als würde ich sehen, was er sieht. Wir haben dieselben Bilder und Skulpturen betrachtet, aber mich haben sie angeschwiegen. Sie hatten wohl nur meinem Bruder etwas zu sagen.

Ich zeige einem uniformierten Mann meine Eintrittskarte und betrete den ersten Raum. Warum genau ich hier bin, weiß ich nicht. Die Ausstellung ist bedrückend. Und sie ohne Kristopher zu besuchen erinnert mich nur noch mehr daran, dass er tot ist.

Ich bleibe vor der Installation von Beuys stehen und versuche, sie zu mögen.

»Gefällt sie dir?«, fragt plötzlich eine dunkle Stimme neben mir, und ich zucke zusammen.

Er? Hier? Typen wie er gehen nicht ins Museum. Nicht, dass ich eine Ahnung hätte, wo genau sie hingehen, aber sicher nicht ins Museum.

»Ich nehme an, das ist ein Nein?« Er lächelt. Es ist das kleinstmögliche Lächeln, aber es ist ein Lächeln. Dann ist es weg.

»Ich weiß nicht, ob ich sie mag«, sage ich nach einer Weile. Mein Blick wandert über die scheinbar willkürlich herumliegenden Klumpen. Auf mich wirken sie einfach nur unordentlich. Und ein bisschen wie abgerissene Gliedmaßen. »Ich habe keine

Ahnung, was er damit sagen will.« Kurze Pause. »Ich habe generell nicht viel Ahnung von Kunst.«

»Ich bin mir sicher, wenn ich dir ein paar Dinge zu dieser Installation erzähle, wirst du sie anders sehen.«

Ich hebe die Augenbrauen und warte. Er mustert mich, dann kommt er einen Schritt näher. So nah wie neulich bei ihm im Treppenhaus. Er riecht nach einer Mischung aus Mann und Seife und einem winzigen Anflug von Schweiß.

»Diese Installation heißt *Hirschdenkmäler*«, sagt er.

»Und wie heißt du?«, frage ich.

Er lächelt, und dieses Mal ist es ein richtiges Lächeln.

»Jacob.«

Ich schaue zu ihm hoch und sage: »Ich bin Luise.«

»Ja«, antwortet er, »ich weiß.«

Jacob

Ich glaube an Zufälle. An den freien Willen. An Kettenreaktionen. Wenn es nach mir geht, ist das Schicksal was für Leute, die zu viel Angst davor haben, Verantwortung für ihre Entscheidungen zu übernehmen. So ist immer jemand anders schuld. Alles sollte so kommen. Sie sind den Launen der Vorsehung hilflos ausgeliefert. Ich halte das für Blödsinn.

Aber dass gerade *sie* in demselben Moment durch dieselbe Halle desselben Museums geht wie ich, ist schon ein unglaublicher Zufall. *Das* Mädchen, über das ich seit Tagen immer wieder unfreiwillig nachdenke. In einem Kaufhaus, einem Supermarkt oder in der Fußgängerzone wäre das etwas anderes. Aber hier? Im Haus der Kunst? In der *Post War*-Ausstellung?

»Also«, sagt sie und mustert mich, »warum *Hirschdenkmäler?* Ich sehe da keinen Hirsch.«

Einen Moment bin ich nervös. Aber dann lächelt sie, und das Gefühl verschwindet.

»Was siehst du denn?«, frage ich.

Sie schaut auf die Einzelteile, die auf dem Boden liegen, und ich beobachte sie dabei.

»Für mich sehen diese Dinger da aus wie abgetrennte Gliedmaßen.«

Sie weicht meinem Blick aus, als hätte sie Angst, dass das eine blöde Antwort war.

»Genau das stellen sie auch dar«, sage ich.

Sie schaut mich an. »Im Ernst?«

Ich nicke. »Das, was da liegt, ist aus Lehm. Beuys hat viel mit mythischen Symbolen gearbeitet. Mit christlichen und germanischen. Laut der Bibel hat Gott den Menschen aus Lehm geformt und ihm dann Geist eingehaucht.«

Sie mustert mich skeptisch, als hätte ich mir das gerade ausgedacht.

»Und das Holzteil da in der Mitte auf den vier *Beinen*« – ich setze das Wort *Beine* mit den Fingern in Anführungsstriche – »steht für den Hirsch.«

Sie legt den Kopf schräg und runzelt die Stirn. »Es sieht eher aus wie ein Sargdeckel.«

»Du hast recht«, sage ich und muss lächeln. »Angeblich war es das Bügelbrett seiner Mutter.«

Luise schaut in meine Richtung, als würde sie darauf warten, dass ich jeden Moment anfange zu lachen. Aber ich lache nicht.

»Und warum ein Hirsch?«, fragt sie schließlich.

»Der Hirsch hat viele Bedeutungen. Er steht unter anderem für Neuanfänge.«

Sie fixiert mich mit einem Blick, der mich nervös macht, also schaue ich weg.

»Warum steht er dafür?«, fragt sie.

»Vermutlich, weil sein Geweih immer wieder nachwächst. Es ist ein Sinnbild von Wiedergeburt und Erneuerung. Der Hirsch spielt in fast allen Naturvölkern und Religionen eine wichtige Rolle.«

»Wieso weißt du so viel darüber?«

Ich spüre, dass sie mich noch immer ansieht, und starre weiter auf die Lehmklumpen vor meinen Füßen.

»Ich arbeite hier.«

»Als was?«

Mein Blick findet ihren. Ich suche nach etwas Herablassendem in ihren Augen, kann aber nichts entdecken.

»Ich kellnere«, antworte ich distanziert, als wäre das ein Job, für den ich mich schämen sollte.

»Wo?«, fragt sie.

»Da hinten in dem Café. Es heißt die *Goldene Bar.*«

»Ich wusste nicht, dass es hier ein Café gibt.«

»Ich bin zwei bis drei Mal die Woche hier.« Kurze Pause. »Wenn ich früh genug fertig bin, mache ich die Führungen mit. Deswegen weiß ich so viel darüber.«

»Verstehe«, sagt sie und vergräbt die Hände tief in den Hosentaschen. »Was du vorhin gesagt hast, hat übrigens gestimmt.«

»Was genau meinst du?«, frage ich.

»Dass ich die Installation anders sehen werde.«

Eine Weile stehen wir schweigend nebeneinander. Erst ist es angenehm, dann nicht mehr.

Als ich mich abwenden will, um zu gehen, fragt sie plötzlich: »Weißt du auch etwas über das Bild da drüben?«

Luise

Wir verbringen zwei Stunden miteinander. Und auch dann verabschieden wir uns nur, weil das Museum schließt.

»Das war schön«, sage ich und wundere mich darüber, dass ich es laut ausspreche.

»In welche Richtung musst du?«, fragt er, und ich frage mich, ob er deswegen nicht sagt, dass es ihm auch gefallen hat, weil es ihm nicht gefallen hat, oder ob er es nicht tut, weil Typen wie er das einfach nicht tun.

»Ich gehe zur Münchner Freiheit«, antworte ich.

»Zu Fuß?«, fragt er erstaunt.

»Nein«, sage ich, »ich fliege auf meinem Drachen. Den hab ich da drüben angebunden.«

Er lacht. Es ist ein lautes, ansteckendes Lachen. Ich hätte nie gedacht, dass er so lachen kann. Plötzlich hat er kleine Fältchen um die Augen, der zweifelnde Ausdruck in seinem Gesicht ist weggewischt.

»Hast du was dagegen, wenn ich dich begleite?«, fragt er.

»Nein«, sage ich.

Wir gehen nebeneinander her. Die Luft ist so kalt, dass es sich anfühlt, als würde sie mir tief in die Haut schneiden.

»Was machst du heute noch?«, nuschelt Jacob in seinen Schal.

»Ich habe Geburtstag«, antworte ich, »meine Mutter und ich gehen später wahrscheinlich essen.« Ich sage es, ohne nachzudenken. Ohne mir darüber im Klaren zu sein, wie viele Fragen das aufwerfen könnte. Jacob bleibt stehen und hält mich am Arm fest. Es ist das erste Mal, dass er mich berührt. Er trägt Handschuhe und ich einen Daunenmantel.

»Du hast Geburtstag?« Ich nicke. »Und das sagst du erst jetzt?«

»Wieso?«, frage ich. »Was hätte das denn geändert? Hättest du mir Luftballons organisiert?«

»Lass uns in die *Goldene Bar* gehen.«

»Was?«, frage ich.

»Wir essen jetzt noch einen Kuchen. Komm.«

Erst will ich Nein sagen, aber dann nimmt er meine Hand, und ich gehe mit.

Luise

Ich spüre seine Wärme durch den Handschuh. Wir laufen die Stufen auf der Rückseite des Gebäudes hoch, weil das Museum bereits geschlossen hat. Und kurz frage ich mich, ob mein Bruder je hier war. In dem Café oder auf der Sonnenterrasse im Sommer. Jacob steuert auf den Eingang zu. Und unser Atem umgibt uns in weißen Wolken. Ich will nicht, dass er meine Hand loslässt, aber er tut es. Er zieht die schwere Holztür auf, und ich gehe rein.

In dem kleinen Vorraum ist es warm. Die Wände sind hoch und dunkelgrün gestrichen, links steht eine kleine goldene Palme, die von hinten angestrahlt wird, daneben ein dunkelbrauner Lesersessel. Der untere Teil der Wand ist in dunklem Holz getäfelt, darüber hängt ein weißes Bild mit schwarzer Schrift. Für den Bruchteil einer Sekunde fühle ich mich an Dr. Falksteins Behandlungszimmer erinnert – nur in weniger britisch und moderner. Wir betreten einen schmalen langen Raum mit altem Parkettboden und einem Podest auf der rechten Seite, auf dem mehrere Sofas im Stil der Fünfzigerjahre um längliche Couchtische herumstehen. Ein paar Leute sitzen dort und lesen Zeitung und trinken Kaffee. Darüber ist ein von hinten beleuchtetes Kunstwerk angebracht, das sich über einen Großteil der Länge des Zimmers erstreckt. Gegenüber hängen Spiegel an den Wänden. Das warme Licht scheint von überall zu kommen.

Wir gehen vorbei an runden Tischchen und Holzsesseln, die fürchterlich unbequem aussehen, vorbei an den Toiletten und einer kleinen weißen Theke, bis zu einer weiteren Tür am Ende des Raums. Jacob bleibt stehen und hält sie für mich auf. Dahinter ist alles gold und grün. Es fühlt sich an, als hätte ich mich in ein Gemälde verlaufen. Oder in einen uralten Atlas. Oder ein riesiges Schmuckkästchen. Man merkt, dass Jacob häufig hier ist. Während ich mich umschaue wie ein beeindruckter Tourist, verhält er sich wie ein Einheimischer, der das alles schon viel zu oft gesehen hat. Im Hintergrund läuft Musik. Sie vermischt sich mit den Unterhaltungen und dem Lärm der Kaffeemaschine. Jacob gibt mir ein Zeichen, kurz zu warten, und verschwindet hinter der langen Bar. Er begrüßt jemanden, erklärt etwas, zeigt auf mich, und ich schaue schnell weg. Ich ignoriere, wie heftig mein Herz schlägt und dass meine Handflächen schwitzen. In meinem Daunenmantel ist es viel zu heiß. Ich öffne den Reißverschluss und ziehe mir die Mütze vom Kopf. Mein Blick wandert durch den Raum wie ein neugieriges Kind. Die Holzvertäfelungen sind smaragdgrün, genauso wie die Fensterrahmen und Türen. Entlang der goldenen Wände stehen schwarze Tische, ein länglicher thront in der Mitte des Raums. Darüber hängt ein großer Lüster.

»Magst du Apfelkuchen?«

Jacob steht direkt hinter mir, sein warmer Atem kitzelt in meinem Ohr. Ich drehe mich um und schaue ihn an. Er ist viel größer als ich.

»Es gibt auch noch andere Sorten, wenn du die lieber magst«, sagt er leise.

»Nein«, antworte ich. »Apfel ist gut.«

»Möchtest du dazu einen Kaffee?«

Ich zögere, dann sage ich: »Lieber eine heiße Schokolade.« Pause. »Ich meine, nur, wenn das geht.«

Er grinst. »Natürlich geht das. Such du einen Platz. Ich bin gleich da.«

Jacob

Tom rümpft die Nase. »Sie will *was*?«

»Eine heiße Schokolade«, antworte ich. »Hast du ein Problem damit?«

»Wie alt ist sie? Zwölf?«

»Wenn dich diese Bestellung irgendwie überfordert, kann auch ich mich darum kümmern«, entgegne ich kalt.

Tom legt den Kopf schräg und kneift die Augen zusammen. »Du magst die Kleine …«

Ich ignoriere ihn und sage: »Und dazu noch einen Apfelkuchen.«

Er schaut mich einen Moment lang an. »Okay, geht klar. Mit Sahne oder ohne?«

»Mit«, sage ich. »Sie hat Geburtstag.«

Luise hat sich einen Tisch in der Ecke ausgesucht. Sie überblickt den Raum wie ein Wachhund. Als ich mich zu ihr setze, lächelt sie. Ich will etwas sagen, weiß aber nicht, was. Dann sagt sie: »Es ist wirklich schön hier.« Luise sieht sich um. Und für einen kurzen Moment erinnert sie mich an ein glückliches Kind. Dann taucht Tom an unserem Tisch auf, und ihr Blick wird wieder ernst.

»So, da hätten wir einmal den Apfelkuchen mit Zimtsahne und eine heiße Schokolade für dich« – wissender Seitenblick zu mir – »und eine Tasse schwarzen Kaffee für dich, Jacob.« Kurze Pause. »Braucht ihr sonst noch was?«

Ich schüttle den Kopf. »Nein«, sage ich. »Danke.«

Tom zwinkert mir zu und geht. Idiot.

»Warum wusstest du eigentlich meinen Namen?«, fragt Luise plötzlich.

»Was?«, frage ich zurück.

»Na, vorhin, als ich dich gefragt habe, wie du heißt. Da wusstest du meinen Namen.«

Scheiße. Ich weiche ihrem Blick aus.

»Ich habe dich erkannt«, sage ich nach einer Weile. »Im Flur. Auf den Treppen.« Ich formuliere es vage, weil ich nicht zugeben will, dass ich sie schon beim ersten Mal zuordnen konnte. »Und dann habe ich in einem alten Jahresbericht nach dir gesucht.«

Habe ich das gerade wirklich gesagt?

»Du hast nach mir gesucht?«

Ich nicke.

»Warum?«, fragt sie und mustert mich.

»Weil ich wissen wollte, wie du heißt.«

Sie schaut mich an, dann trinkt sie einen Schluck heiße Schokolade. *Wechsle das Thema. Wechsle einfach das Thema.*

»Wie geht es eigentlich deinem Bruder?«, frage ich. »Ist er noch in München?«

Ihr Gesichtsausdruck wird hart. »Nein«, antwortet sie, »er … er ist weg.« Luise sticht in den Apfelkuchen, als wäre er daran schuld.

»Zum Studieren?«, frage ich.

»Ja. Er studiert Kunst.« Pause. »In Berlin.«

»Du wolltest wohl nicht, dass er geht …«

Ihr Blick findet meinen. »Nein, das wollte ich nicht.« Etwas Schweres liegt in ihren Augen. Aber nur kurz, dann ist es verschwunden. Luise probiert den Kuchen. »Der ist echt gut.«

»Freut mich«, sage ich und hebe meine Tasse. »Alles Gute zum Geburtstag.«

Sie lächelt. »Danke.«

Es ist nur ein Wort. Ein einziges Wort. Aber die Art, wie sie es sagt – sanft und leise – und mich dabei ansieht, fühlt sich an wie ein perfekt platzierter Schlag. Als würde ich zu Boden gehen, ohne mich zu bewegen.

Ihr Handy vibriert. Ich bin fast erleichtert, dass es den Moment unterbricht. Luise legt die Gabel weg.

»Hallo?« Sie wendet sich ab, und ich mustere sie. Ihren nackten runden Hinterkopf und ihre langen Wimpern. Sie hat ein hartes und weiches Gesicht. Schöne Lippen. Ich spiele mit meiner Kaffeetasse herum. Das mache ich nur, wenn ich nervös bin. Aber warum bin ich nervös?

»Ist okay«, sagt sie und hält das Handy weg. Sie schaut auf die Uhr, dann presst sie es sich wieder ans Ohr. »Ja, das schaffe ich …« Sie sieht mich an. Ich mag ihre Stimme. »Toll … ja, ich mich auch.«

Luise

Zwischen seinen Augenbrauen sind wieder die Pi-Falten. Er wippt mit dem Bein und spielt mit seiner Kaffeetasse herum. Wahrscheinlich langweile ich ihn.

»Tut mir leid, dass ich mich erst jetzt wegen unserem Abendessen melde«, sagt meine Mutter. »Aber es war wieder so viel zu tun.«

»Ist okay«, antworte ich.

»Was hältst du von acht Uhr im *Blockhouse*?« Sie weiß genau, wie sehr ich das *Blockhouse* liebe. »Denkst du, das schaffst du?«

Ich halte das Handy weg und schaue auf die Uhr, dann sage ich: »Ja, das schaffe ich.«

»Sehr gut, ich habe den Tisch nämlich schon reserviert.«

»Toll.«

Ich blicke in seine Augen. Sie sind dunkel und ernst. Als hätten sie Dinge gesehen, die sie nicht hätten sehen sollen.

»Ich freue mich schon«, sagt meine Mutter.

»Ja, ich mich auch.«

Jacob

Wir stehen draußen in der Kälte. Ein Teil von mir will wegrennen, der andere will sich nicht verabschieden. Ich bin gerne mit ihr zusammen.

»Wo musst du hin?«, frage ich.

»Ins *Blockhouse*«, sagt sie und zeigt in Richtung Ludwigstraße.

»Soll ich dich begleiten?«

Sie schüttelt den Kopf. »Das brauchst du nicht.«

Ich will aber, denke ich und sage: »Okay.«

»Danke für den Kuchen.«

»Keine Ursache.«

»Also dann …«, sagt sie und geht ein paar Schritte rückwärts. »Ich schätze, wir sehen uns.«

Es klingt nach einer Mischung aus Feststellung und Frage.

»Ja«, sage ich und will nicht bis Mittwoch warten.

»Mach's gut, Jacob.«

»Du auch.«

Sie wendet sich ab und geht die Straße hinunter. Ein paar Sekunden lang sehe ich ihr nach. Dann drehe auch ich mich um und gehe in die andere Richtung.

Luise

Ich schaue mich kurz um, aber Jacob ist schon weg. Vermutlich ist er erleichtert. Gegen diese These spricht die Art, wie er mich angelächelt hat. Dafür spricht das Pi auf seiner Stirn. Ich biege auf die Ludwigstraße ab, und plötzlich fühlt es sich so an, als hätte es die vergangenen Stunden nicht wirklich gegeben. Als hätte ich sie mir eingebildet. Wie dieser Zustand zwischen Schlafen und Wachsein, wo sich die Realität mit den Träumen vermischt.

Ich habe lange nicht mehr geträumt. Gott sei Dank. Es gibt Tabletten gegen alles. Meine heißen Dorminox und knipsen mich einfach aus. Als hätte ich einen Schalter. Eine halbe Stunde nach der Einnahme verliere ich das Bewusstsein und spüre nichts mehr. Ich träume nicht. Ich bin weg. Als wäre ich tot. Nur, dass ich wieder aufwache.

Aber das heute, das gerade eben, war echt. Das habe ich nicht geträumt. Jacob hat mir ein Stück Kuchen geschenkt. Und eine heiße Schokolade. Beides hat ihn nichts gekostet, aber Ming würde sagen, das spielt keine Rolle. Sie würde sagen, dass die Geste zählt. Und dass Zeit die teuerste Währung ist.

Ming. Ich muss sie anrufen. Genau genommen hätte ich das schon längst tun sollen. Mit steifgefrorenen Fingern fische ich das Handy aus meiner Tasche, ziehe mir die Kapuze tiefer ins Gesicht und gehe zu meinen Favoriten. Es sind nur drei Einträge: sie, meine Mutter und eine Nummer, die nicht mehr vergeben ist.

»Na endlich«, meldet sich Ming, noch bevor es überhaupt geklingelt hat. »Ist alles okay? Ich hab mir Sorgen gemacht.«

»Tut mir leid«, sage ich, »ich hätte mich früher melden sollen.«

»Das hättest du. Aber das Wichtigste ist, dass es dir gut geht.« Pause. »Also, ich meine den Umständen entsprechend.« Noch eine Pause. »Es geht dir doch gut, oder?«

»Ja«, sage ich, und irgendwie stimmt es. Und irgendwie auch nicht.

»Und? Was hast du heute gemacht?«

»Ich war in der *Post War*-Ausstellung.«

»Hast du die nicht schon gesehen?«

»Doch«, sage ich.

Und ihr Schweigen fragt: *Ist das die, in der du mit Kristopher warst?*

Und mein Schweigen antwortet kleinlaut: *Ja.*

Ich gehe weiter, und der Schnee knirscht unter meinen Füßen, und die Autos klingen weiter weg als sonst. Sie fahren langsam. Fast wie in Zeitlupe.

»Ming?«, sage ich.

»Hm«, macht sie.

»Erinnerst du dich noch an diesen Jungen aus unserer Schule? Den, mit den dunklen Haaren, der mit niemandem gesprochen hat? Er war mit Kristopher in einer Stufe.«

»Meinst du den, der erst zur elften an unsere Schule gekommen ist? Den gut aussehenden, mit diesen unglaublichen schwarzen Augen?«

»Genau den«, sage ich.

»Klar«, erwidert Ming, »So einen Typen vergisst man nicht.« Kurze Pause. »Was ist mit ihm?«

Und dann erzähle ich ihr alles. Von unserer ersten Begegnung bei den Briefkästen, dann von der zweiten mit den Broten. Und schließlich von Kristophers E-Mail, der Jahreskarte fürs Haus der Kunst, der Installation von Beuys und von Jacob, der plötzlich neben mir stand.

»Jacob, also«, sagt sie.

»Ja«, sage ich.

»Und wie ist er so? Ich meine, in echt?«

»Er ist nett. Aber irgendwie auch seltsam.« Pause. »Er spricht nicht besonders viel.«

»Du auch nicht.«

»Eben«, sage ich. »Das ist ein Problem.«

»Seht ihr euch wieder? Ich meine, habt ihr Nummern getauscht?«

»Bist du verrückt? Wir haben uns *zufällig* getroffen. Ich habe erwähnt, dass ich Geburtstag habe, und dann hat er das mit dem Kuchen vorgeschlagen. Er wollte nur nett sein.«

»Dann war es *sein* Vorschlag?«

»Als ob ich das je vorgeschlagen hätte.«

»Auch wieder wahr. Und jetzt?«

»Nichts ›und jetzt‹.«

Die Ampel schaltet auf Grün, ich gehe weiter.

»Glaubst du, er will was von dir?«

»Bestimmt«, sage ich sarkastisch, »ich bin genau sein Typ.«

»Warum nicht? Könnte doch sein?«

»Ming, Typen wie er stehen auf Mädchen mit Haaren.«

»Vermutlich«, sagt sie.

Noch eine Pause.

»Und Kristopher hat dir wirklich eine E-Mail geschrieben?«

»Ja«, sage ich.

»Das ist ziemlich abgefahren«, antwortet sie.

»Das ist es.«

»Er hat ja gesagt, dass er sich bei dir melden würde«, sagt Ming.

»Ja, das hat er«, sage ich.

Ich erkenne den Schriftzug des Lokals, dann stehe ich davor. Um den Aschenbecher neben dem Eingang kauern drei Leute in langen Mänteln. Sie schweigen und rauchen.

»Ich bin jetzt da«, sage ich leise zu Ming. »Ich treffe meine Mama zum Essen. Sie wartet bestimmt schon.«

»Okay«, sagt sie. »Nur eins noch.«

»Hm?«

»Alles Gute zum Geburtstag, Lu.«

Jacob

Als ich endlich zu Hause ankomme, spüre ich mein Gesicht vor lauter Kälte nicht mehr. Ich ziehe die Handschuhe und den Schal aus, dann hänge ich die Jacke auf. Wieso denke ich eigentlich immer, dass der Frühling im März beginnt? Das tut er nie.

Der Flur riecht nach Eiern und Butter. Wenn mein Bruder kocht, dann Spiegeleier. Normalerweise macht er nur Toast. Ich stelle meine Schuhe weg und schließe die Wohnungstür hinter mir ab, dann nähere ich mich dem Geklapper in der Küche.

Arthur steht oben ohne und in Jogginghose am Herd. Erst denke ich, er ist allein, doch dann bemerke ich eine junge Frau, die am Tisch sitzt und ihn anlächelt. Das muss Julia sein. Sie ist hübsch, aber nicht auf die Art wie die Frauen, die mein Bruder sonst mit nach Hause bringt. Kurze blonde Haare, klein, wenig Oberweite, echte Fingernägel.

»Oh, hi, Jacob«, sagt Arthur gut gelaunt, legt den Pfannenwender weg und kommt auf mich zu. »Wo warst du denn so lange?« Er umarmt mich und wuschelt mir durch die Haare. Normalerweise stört mich das nicht, aber normalerweise beobachtet uns auch niemand dabei.

Ich schiebe ihn weg und nicke in Richtung Tisch. »Willst du uns nicht vorstellen?«, frage ich leise.

»Das will ich schon seit Stunden«, sagt er grinsend. »Also, wo warst du?«

»Unterwegs«, antworte ich ausweichend.

»*Unterwegs* also«, sagt er. »Und wo?«

Ich ignoriere ihn und gehe zum Tisch. »Hallo«, sage ich und strecke ihr die Hand entgegen, »ich bin Jacob.«

Sie lächelt. »Julia. Schön, dich endlich kennenzulernen. Arthur spricht viel von dir.«

»Ein Großteil ist bestimmt nicht wahr«, sage ich mit einem Seitenblick zu meinem Bruder.

»Alles ist wahr«, sagt er und wendet die Spiegeleier.

Julia lacht. »Willst du auch ein Bier, Jacob?«

Eigentlich will ich in mein Zimmer gehen und Musik hören, aber es wäre unhöflich, Nein zu sagen, also sage ich: »Gerne« und setze mich zu ihr.

Arthur stellt zwei Teller auf den Tisch. Spiegeleier und Buttertoast. Seine Spezialität. Er muss sie wirklich gernhaben, wenn er für sie kocht. Das tut er sonst nie.

»Willst du was essen?«, fragt Julia und deutet auf die Pfanne. »Wir könnten dir auch noch was machen, wenn du willst.«

»Keine Chance«, sagt Arthur lachend. »So etwas isst mein Bruder nicht.«

Ich schaue ihn genervt an, dann erwidere ich: »Ich habe keinen Hunger. Aber danke für das Angebot.«

»Wieso, was isst du denn dann?«, fragt Julia.

»Ich esse alles.«

»Was *er selbst* gekocht hat«, fügt Arthur grinsend hinzu.

Julia schaut mich an. »Du kochst? Ehrlich?«

»Wie ein junger Gott«, antwortet mein Bruder.

»Arthur«, murmle ich. »Hör auf.«

»Was denn?«, fragt er. »Es stimmt doch.« Er wendet sich Julia zu. »Es stimmt. Er kocht fantastisch«, sagt er und legt mir die Hand auf die Schulter. »Ein absolutes Naturtalent.«

»Er übertreibt«, sage ich.

»Tue ich nicht«, sagt er.

Mein Bruder schneidet ein Stück von seinem Spiegelei ab und schiebt es sich in den Mund.

»Kennst du den Film *Ratatouille*?«, fragt er schmatzend. Julia nickt. »*Das* ist mein Bruder.«

»Eine kleine Ratte, die kocht?«, frage ich. »Sehr charmant.«

Er verdreht die Augen. »Du weißt genau, wie ich das meine.«

Julia trinkt einen Schluck Bier und sagt: »Frauen lieben Männer, die kochen können.«

»Sie lieben Jacob auch so. Da muss er noch nicht mal für sie kochen«, sagt Arthur.

»Das glaube ich sofort. Ich nehme an, du hast eine Freundin?«

Ich kann es nicht leiden, wenn mich Fast-Fremde persönliche Dinge fragen, aber bei ihr finde ich es nicht schlimm – was seltsam ist, weil es mich sonst immer stört.

»Nein, keine Freundin«, sage ich.

»Warum nicht?«

»Ich weiß nicht. Ich schätze, es war wohl einfach noch nicht die Richtige dabei.« Ich denke an *sie*. Und diese Augen, die so tief sind wie Abgründe.

»Muss ganz schön lästig sein, so eine große Auswahl zu haben«, sagt Julia halb belustigt, halb ernst.

»Na ja«, sagt Arthur, »man wächst mit seinen Aufgaben.«

Sie lacht und stößt ihn in die Seite.

»Ihr beide seid schon sehr verwandt.«

»Wie bitte?«, frage ich. »Ich habe doch gar nichts gesagt.«

»Das musst du auch nicht«, sagt sie. »Ich erkenne einen Frauenvernichter, wenn ich einen sehe.« Stille. Ich würde gern widersprechen, kann aber nicht. »Wo waren wir? Ach ja, kochen. Wie kamst du dazu?«, fragt sie.

Ich weiß nicht, was ich darauf antworten soll. Auf keinen Fall die Wahrheit.

Arthur sieht meinen Gesichtsausdruck, dann sagt er: »Wenn man mit mir zusammenwohnt, bleibt einem gar nichts anderes übrig, als kochen zu lernen.« Er zuckt entschuldigend mit den Schultern. »Außer natürlich, man steht total auf Spiegeleier. Da bin ich nämlich der absolute Experte.«

»O ja, das bist du.«

Ich schiebe den Stuhl zurück. Die Beine schrammen über den Boden. »Ich geh dann mal«, sage ich.

»Nicht so schnell«, sagt Arthur und hält mich am Ärmel fest.

»Was ist denn noch?«

»Bevor du wieder in deinem Zimmer verschwindest, musst du mir erst verraten, wo du warst.«

»Wo wohl? Arbeiten«, antworte ich gereizt.

»Ja«, sagt er. »Bis um fünf.« Er grinst. »Und danach?«

»Ich war erst in der Ausstellung und dann noch ein bisschen in der Bar.« Das ist nicht gelogen.

»Das ist furchtbar langweilig«, sagt er. »Du und ich sind kein bisschen verwandt.« Ich muss lachen. »Du bist echt ein hoffnungsloser Fall, Jacob, weißt du das?«

»Ja«, sage ich, »und du verdammt neugierig.«

Luise

Das Essen ist gut und das Lokal brechend voll. Die Tische sind wie verstreute Inseln mit rot-weiß karierten Tischdecken, deren Bewohner viel zu laut reden.

»Schmeckt es dir nicht?«, fragt Mama über den Lärm hinweg.

»Doch«, sage ich. »Es ist sehr gut.«

Sie lächelt. Und dann tun wir beide wieder so, als wäre es nicht seltsam, dass wir zum ersten Mal nur zu zweit hier sind. Ich finde, wir machen das ziemlich gut. Außenstehende würden nicht merken, dass etwas nicht stimmt. Dass jemand fehlt. Dass wir traurig sind.

Mama schneidet ihr Steak in kleine Stücke. Sie sieht müde aus. Als hätte sie seit Wochen nicht geschlafen. Ich weiß, wie sich das anfühlt. Wir sind wie Geister, die sich ab und zu im Flur begegnen. Oder in der Küche. Oder im Bad. Blasse Hüllen, die *Guten Morgen* sagen und *Schlaf schön*. Wenn jemand sich das Leben nimmt, nimmt er auch ein Stück von deinem. Er nimmt ein Stück von dir. Ich frage mich, ob ich meiner Mutter von Kristophers E-Mail erzählen soll. Aber ich tue es nicht. Ihre Augen sind zu leer und ihre Wangen zu eingefallen.

Seit ich angekommen bin, hat sie sich vier Mal dafür entschuldigt, dass sie erst so spät Zeit für mich hatte, und ich habe vier Mal geantwortet, dass sie sich darüber keine Gedanken machen soll. Sie hat immer viel gearbeitet. Aber früher hatte ich noch einen Bruder. Da ist das nicht so aufgefallen.

Ich mustere sie. Jetzt, wo sie aufgehört hat zu lächeln, wirkt sie wieder echt. Nicht mehr wie eine Pose fürs Fotoalbum. Die Falten sind tiefer und ihre Haut fahl. Manchmal höre ich sie weinen, wenn sie denkt, dass ich nicht da bin. Ganz leise. Und ab und zu, wenn sie spät nach Hause kommt, geht sie in Kristophers Zimmer und setzt sich auf sein Bett. Sie denkt, ich weiß das nicht, weil ich schon schlafe, aber meistens bin ich da noch wach. Meine Mutter schaut auf, und als sie bemerkt, dass ich sie ansehe, schaltet sie die Freude in ihrem Gesicht wieder ein. Wie eine Lampe.

»Erzähl mal, wie war dein Tag?«

»Alles gut«, sage ich.

»Was hast du denn gemacht?«

»Erst war ich im Museum und danach in einem Café.« Das ist nicht gelogen.

Mama legt ihr Besteck weg. »Ganz allein?«

Wenn ich jetzt Ja sage, wird sie ein noch schlechteres Gewissen haben und sich ein fünftes Mal entschuldigen, dass sie nicht früher Zeit hatte, und ich werde ein fünftes Mal sagen, dass es kein Problem war. Aber wenn ich Nein sage, muss ich ihr von Jacob erzählen, und aus irgendeinem Grund will ich das nicht. Sie würde etwas hineininterpretieren, das da nicht ist. Also entscheide ich mich für Option Nummer drei: »Ich war nicht allein. Ich habe in der Ausstellung zufällig einen Jungen aus der Schule getroffen.«

»Ehrlich?«

Ich nicke. »Ja, und danach sind wir Kuchen essen gegangen. Es war schön.«

Sie mustert mich wie ein Lügendetektor. Als würde sie abwägen, ob ich mir diese Geschichte gerade ihr zuliebe ausgedacht habe. Damit sie sich nicht fühlt wie die schlechteste Mutter der Welt.

»Ist er in deiner Klasse?«

»Nein. Er ...« Pause. »Er war in Kristophers Jahrgangsstufe.«

Es ist jedes Mal komisch für mich, seinen Namen zu sagen. Vorhin mit Ming und jetzt mit meiner Mutter. Normalerweise denke ich ihn nur. Als wäre ihn laut auszusprechen ein Eingeständnis, dass er tot ist und nie wiederkommt.

»Dann hat er also letztes Jahr mit Kristopher zusammen Abitur gemacht«, stellt sie fest.

»Schätzungsweise ja«, sage ich.

»Dementsprechend ist er so ... was? Neunzehn, zwanzig?«

»Er ist vor allem nicht an mir interessiert«, antworte ich und beiße in meinen Burger.

Ich spüre, dass sie noch etwas sagen will, es hängt unausgesprochen in der Luft. Wie eine riesige Sprechblase. Dinge wie *Pass bloß auf mit älteren Jungs* oder *Also, als ich in deinem Alter war...* Doch sie sagt nichts davon. Stattdessen greift sie wieder nach ihrem Besteck und isst weiter.

Zwanzig Minuten später räumt ein Kellner unsere halb vollen Teller ab. Er fragt, ob wir die Reste einpacken wollen, und wir nicken.

Als er wieder weg ist, reicht Mama mir ein Päckchen, und ich nehme es. Es ist weder leicht noch schwer. Ein grüner Karton mit einer großen Schleife aus rotem Stoff. Es sieht aus wie Weihnachten.

»Alles Gute zum Geburtstag, Hummel.«

Hummel. So hat sie mich lange nicht genannt. Vielleicht ist Hummel ein zu fröhliches Wort. Vielleicht kann man es nicht benutzen, wenn eines der Kinder sich umgebracht hat.

Mama beobachtet mich beim Auspacken. Es ist dieser gespannte Blick, der fragt, ob es mir gefällt. Solche Situationen machen mich immer nervös. Ich bin eher der »Geschenke-alleinauspack-Typ«, weil ich Angst habe, mich nicht angemessen zu freuen. Zumindest nicht so, wie mein Gegenüber es gerne hätte. Bei meinem Bruder war das anders. Da wusste ich, dass es gut wird. Ich hoffe, das hier wird es auch. Und falls nicht, hoffe ich, dass ich überzeugend bin. Ich hebe den Deckel des Kartons an. *Kopfhörer.* Es sind Kopfhörer.

»Ich dachte, so kannst du auch abends Musik hören, ohne dass die alte Gerber von oben sich beschwert.« Pause. »Und sie sind ohne Kabel.«

Sie hat sich gemerkt, dass ich mir Kopfhörer gewünscht habe. Trotz allem, was passiert ist. Ich habe es nur ein Mal erwähnt, und das ist mehrere Monate her. Aber sie hat es sich gemerkt.

»Angeblich sind es richtig gute Kopfhörer«, sagt sie. »Ich habe mich informiert, und sie sind mit deinem Handy und deinem Laptop kompatibel.« Ich schlucke angestrengt. »Wenn sie dir nicht gefallen, können wir sie aber auch gerne umtauschen, und du suchst dir andere aus.«

Sie lächelt unsicher. Ich spüre schwere heiße Tränen über mein Gesicht laufen. Und ich weiß, wenn ich jetzt etwas sage, kann ich nicht mehr aufhören zu weinen. Also schüttle ich nur den Kopf. Und ich lächle. Und meine Mutter versteht es. Sie versteht jedes Wort, das ich nicht sagen kann.

MITTWOCH, 22. MÄRZ

ALLERGIC
TO IDIOTS

Luise

Kristophers E-Mail kam vergangene Nacht um kurz nach zwölf. Ich habe nicht damit gerechnet. Ich lag in seinem T-Shirt auf meinem Bett und habe mit meinen neuen Kopfhörern Musik gehört.

Keine Ahnung warum, aber ich dachte, seine nächste Nachricht würde erst am Donnerstag kommen. Eben genau eine Woche nach der ersten. Ich habe mich gefreut. Dann habe ich sie gelesen. Seitdem bin ich wütend.

In einer Dreiviertelstunde habe ich meinen nächsten Termin bei Dr. Falkstein. Ich würde am liebsten einfach nicht hingehen. Aber das kann ich nicht machen, denn er würde es sofort meinem Vater sagen. Und der dann meiner Mutter. Papa würde wohl oder übel vorbeikommen, sich auf Kristophers alten Platz am Küchentisch setzen, weil er keinen mehr hat, und dann würden wir *reden* – was meistens damit endet, dass meine Eltern sich anschreien. Das letzte Mal ging es um den hässlichen Clown, der jetzt nicht mehr an der Wand hängt. Mein Vater fand ihn *unmöglich,* und meine Mutter meinte, es ginge ihn nichts an, was sie an ihre Wände hängt.

Also gehe ich zu Dr. Falkstein. Weil es besser ist, bei ihm zu schweigen, als meinen Eltern beim Streiten zuzuhören. Gestern habe ich mich fast noch auf den blöden Termin gefreut, weil ich dachte, dass ich dann vielleicht Jacob wiedersehen würde. Jetzt hoffe ich, dass ich es nicht tue. Denn vermutlich wäre es seltsam, weil ich so mies drauf bin, und wir würden schweigen, und das würde mich nervös machen.

Ich nehme meinen Rucksack und gehe rüber ins Bad. Die Tür ist zu. Ich mag es nicht, wenn die Tür zu ist. Aber ich mag es auch nicht, wenn sie offen ist. Ich drücke die Klinke nach unten und schalte das Licht ein. Ich hasse diesen Raum. So, als könnte er etwas dafür. Als wäre das Fenster schuld und nicht der, der gesprungen ist. Dieses Badezimmer erzählt eine Geschichte, die niemand hören will – die außer mir und meiner Mutter auch niemand hören kann. Wie eine Stimme in unseren Köpfen.

Mama wollte umziehen, aber das geht nicht, weil wir uns in dieser Stadt nichts leisten können. Wir wohnen jetzt schon seit über dreizehn Jahren hier und zahlen dementsprechend fast nichts. In unserer Wohnung sind die Mietpreise stehen geblieben, um uns herum sind sie explodiert. Wenn man es genau nimmt, sind wir in diesen vier Wänden gefangen. Sie sind wie ein Käfig, zu dem wir die Schlüssel haben.

Ich atme tief ein und trete ans Fenster. Der Vorleger ist weich unter meinen Füßen. Genau hier ist er gestanden. Da, wo ich jetzt stehe. Ich stütze mich auf dem Fensterbrett ab und schaue durch das Glas in die Tiefe. Auf den hässlichen Brunnen. Und dann frage ich mich, ob das wohl das Letzte war, was mein Bruder gesehen hat in den letzten Sekunden, in denen es ihn noch gab.

Mein Handy vibriert in meiner Hosentasche. Ich ziehe es heraus. Auf dem Display steht *Termin Dr. Falkstein in 30 Minuten.* Ich stecke das Handy wieder ein und schaue kurz in den Spiegel. Und das Mädchen, das zurückblickt, ist mir noch immer ein bisschen fremd. So haarlos und hart. Und trotzdem bereue ich nicht, dass ich mir den Kopf rasiert habe. Es ist wie ein Vorher-nachher-Bild.

Bei diesem Gedanken schalte ich das Licht aus, gehe in den Flur und verlasse die Wohnung. Ich hätte nicht gedacht, dass ich je so empfinden würde, aber ich hasse meinen Bruder.

Jacob

Ich stelle das Wasser ab, steige aus der Dusche und wickle mir ein Handtuch um die Hüften. Der Spiegel ist beschlagen und die Luft heiß und voller Dampf. Ich habe einen komischen Magen. Als hätte ich Hunger. Aber ich kann keinen Hunger haben. Ich habe erst vor einer halben Stunde etwas gegessen. Doch es ist nicht nur das mit dem Essen. Es ist alles. Gestern Abend meinte Arthur: *Ist alles okay? Du schleichst schon seit Tagen durch die Wohnung wie eine rollige Katze.* Ich habe nur die Augen verdreht und bin ins Training gefahren. Zum dritten Mal seit Donnerstag. Ich habe Muskelkater. Ich hatte seit Ewigkeiten keinen Muskelkater. Ich frage mich, ob ich sie heute sehen werde. Obwohl ich es mich nicht fragen will. Ich will mich so vieles nicht fragen. Und ich will nicht an sie denken. Aber ich tue es die ganze Zeit.

Ich gehe in mein Zimmer, greife nach meinem Handy und scrolle mich durch meine Playlisten. Letzten Endes entscheide ich mich für ein Mixtape von Spotify, weil ich keine Ahnung habe, was ich hören will.

Die Wohnung ist leer. Arthur hat zwar Semesterferien, aber er muss irgendwelche Kurse belegen, wenn er nicht von der Uni fliegen will. Wie es aussieht, ist er tatsächlich mal hingegangen. Oder aber er ist bei Julia. Ich tippe auf Letzteres.

Ich trockne mich oberflächlich ab, werfe das Handtuch auf den Boden und ziehe mir was an. Im Hintergrund läuft irgendein Lied, das ich nicht kenne. Gerade laut genug, dass es meine

Gedanken übertönt. Anfangs achte ich nicht darauf, was der Typ singt, doch dann höre ich hin. Und dann kann ich nicht mehr weghören.

Manchmal finden wir Musik. Und manchmal findet sie uns. Ich erstelle eine neue Playlist und speichere den Song.

Ich nenne sie *Luise.*

Luise

Ich sitze auf dem unbequemen Sofa, schaue ins Leere und denke an Kristophers E-Mail. Aber ich will nicht an seine E-Mail denken. Und auch nicht an ihn. Noch sieben Minuten, dann kann ich gehen. Dr. Falkstein musste einen dringenden Anruf entgegennehmen. Das ist fast eine halbe Stunde her. Seitdem sitze ich allein in seinem Behandlungszimmer und hoffe, dass er nicht wiederkommt. Ich frage mich, ob er wirklich telefoniert oder ob er nur einen Vorwand gesucht hat, hier rauszukommen. Im Grunde ist es mir egal.

Mein Blick fällt auf den Hirsch an der Wand und dann an die Zimmerdecke. Ob Jacob wohl zu Hause ist? Und wenn er es ist, ist diese Decke dann sein Fußboden? Wahrscheinlich nicht. Vermutlich ist er unterwegs. Arbeiten. Oder irgendwo anders. Ich denke daran, was er mir über Beuys erzählt hat. Und über die Bedeutung des Hirsches in der Mythologie. Ich habe nie hinterfragt, warum J.K. Rowling einen Hirsch als Harrys Patronum gewählt hat. Es war eben einfach ein Hirsch. Kristopher hat mir die *Harry Potter*-Bücher vorgelesen. Alle sieben Bände.

Die Tür geht auf, und Dr. Falkstein betritt den Raum.

»Es tut mir wirklich leid, Luise«, sagt er, »aber es ging leider nicht schneller – das war ein Notfall.«

»Kein Problem«, sage ich.

Sein Blick fällt auf die Uhr. »Ich habe leider im Anschluss direkt den nächsten Termin.«

»Schon okay«, antworte ich, stehe auf und gehe in Richtung Tür.

»Wir holen die heutige Sitzung selbstverständlich nach«, sagt er. *Muss nicht sein*, denke ich, nicke aber. Dr. Falkstein begleitet mich nach draußen in den Eingangsbereich. »Wir sehen uns dann am Mittwoch, Luise. Und noch einmal: Es tut mir leid.«

»Bis nächste Woche«, sage ich und betrete den Hausgang. Ich ziehe die Tür hinter mir ins Schloss und schalte das Licht ein, dann gehe ich die Treppen hinunter. Bis auf meine Schritte ist alles still. Als ich die Stufe erreiche, auf der mir vergangene Woche schwarz vor Augen wurde, bleibe ich stehen. Fast so, als wäre sie eine heimliche Klingel, auf die man sich stellen muss, wenn man Jacob sehen möchte und zu feige ist, auf die echte zu drücken. Aber es passiert natürlich nichts. Das Licht geht aus. Ich warte einen Augenblick, dann komme ich mir blöd vor und laufe weiter ins Erdgeschoss. Die Glühbirne über den Briefkästen leuchtet schwach. Auf dem vierten von rechts in der oberen Reihe steht: *Reichenbach/Becker*. Warum zwei Namen? Und welcher ist seiner? Ein paar Sekunden stehe ich reglos im Hausgang und warte. Dann gehe ich zur Trambahnhaltestelle.

Ich bin enttäuscht, dass er nicht da war. Als wäre es irgendwie seine Pflicht, mittwochs um diese Zeit in seinem Hausgang herumzustehen.

Als ob er nichts Besseres zu tun hätte.

Jacob

Ich stehe am Küchenfenster und schaue auf die Trambahnhaltestelle. Vor ein paar Minuten hatte ich noch wirklich gute Gründe, nicht rauszugehen. Aber jetzt, wo ich sie alleine dort unten stehen sehe, fallen sie mir plötzlich nicht mehr ein. Luise hat die Arme vor der Brust verschränkt, der breite Schal verdeckt ihr Gesicht. Ich will mich abwenden, aber es geht nicht. Jeden Moment wird sie in die Tram steigen und wegfahren. Aber ich will nicht, dass sie wegfährt. Ich gehe vor dem Fenster auf und ab, lasse sie aber nicht aus den Augen. Dann sind da plötzlich drei Jungs. Der in der Mitte ist ziemlich groß. Die beiden anderen eher klein. Sie gehen auf Luise zu wie eine Mauer, und ich bleibe stehen.

Der Große sagt etwas zu ihr, und sie antwortet. Offensichtlich kennen sie sich. Vielleicht holen sie sie ab. Ich spüre, wie sich meine Muskeln anspannen. Etwas ist falsch, aber ich weiß nicht was. Der Typ macht einen Schritt auf Luise zu, und sie weicht zurück. Ich bewege mich nicht, schaue nur nach draußen. Nur zu ihr. Dann schubst er sie. Und ich renne los.

Luise

Ich stoße mit dem Rücken gegen die Werbefläche neben den Sitzbänken, verliere das Gleichgewicht und falle hin. Es tut nicht wirklich weh, eigentlich erschrecke ich nur. Trotzdem zittern meine Gelenke zu sehr, um wieder aufzustehen.

»Wenn du Isabelle noch mal zu nahe kommst, mach ich dich fertig!«

Fabian beugt sich über mich. Sein Nacken ist so breit wie sein Gesicht. Ich kauere mich zusammen, ziehe die Beine näher an den Körper.

»Hast du gehört?«, fragt er. »Leg dich bloß nicht mit mir an.«

Er reißt mir die Mütze vom Kopf und wirft sie auf den Boden.

»Du Scheißfreak!«

Fabian tritt nach mir und erwischt mich am Schienbein. Ich halte mir die Arme schützend vors Gesicht. Fabian schreit mich an, aber ich verstehe nicht, was er sagt, weil ein Autofahrer laut hupt.

Und plötzlich ist er da. Jacob.

Er packt Fabian und schleudert ihn von mir weg. Der strauchelt, fällt fast hin. Jacob hat keine Jacke an, seine Schnürsenkel sind offen. Alles geht unglaublich schnell, als würde jemand mein Leben vorspulen. Aber gleichzeitig ist es langsamer. Jacob stellt sich zwischen Fabian und mich. Er schreit ihn nicht an. Er sagt nichts. Er holt nur aus und schlägt zu.

Jacob

Der Typ liegt auf dem Boden. Ich habe seit Jahren niemanden mehr geschlagen. Immer nur im Training. Nie woanders. Und Sandsäcke. Stundenlang. Ich will ihn treten, aber ich bewege mich nicht. *Regel Nummer zehn: Ist der Gegner am Boden, zieht man sich in eine neutrale Ecke zurück.* Er ist am Boden. Ich muss aufhören. Seine Lippe ist aufgeplatzt. Sein Blut tropft in den dreckigen Schnee, und seine Freunde stehen reglos da. Ich spüre, dass sie mich anstarren.

»Jacob?«

Luises Stimme klingt nach Tränen. Ich drehe mich um. Sie kauert auf dem Boden und hält sich mit beiden Händen das Schienbein, sie weint. *Regel Nummer zehn: Ist der Gegner am Boden, zieht man sich in eine neutrale Ecke zurück.* Sie wischt sich über die Wangen. Ich gehe vor ihr in die Hocke und hebe ihre Mütze auf. Sie ist schmutzig.

Luise sieht aus wie ein Kind. Sie sitzt vor mir mit diesem nackten Kopf und diesen großen dunklen Augen und sieht mich an. Ich könnte ihn umbringen. Luise versucht, sich an der Bank hochzuziehen, aber sie schafft es nicht. Ich helfe ihr auf. Ihre Hände sind kalt.

»Komm«, sage ich, »lass uns gehen.«

Luise

Er kocht Tee. Und sagt kein Wort. Ich glaube, ich habe noch nie jemanden gesehen, der so wütend ist. Und so kontrolliert. Er stellt zwei Tassen auf den Tisch. Er tut es ganz ruhig. Aber ich spüre, dass er sie am liebsten gegen die Wand werfen würde.

»Du musst den Eisbeutel fest hindrücken.« Es ist eine Anweisung. Und ich folge ihr. »Was wollte dieser Typ von dir?«, fragt er und setzt sich neben mich. »Wer war das?«

»Fabian«, sage ich.

»Fabian«, wiederholt er.

»Ja.«

Stille.

»Du sollst den verdammten Eisbeutel hindrücken«, sagt er und legt seine Hand auf meine. »So.«

Ich nicke. »Okay.«

Stille.

»Wo hast du gelernt, jemanden so zu schlagen?«, frage ich nach einer Weile.

»Boxtraining«, antwortet er einsilbig und fügt dann hinzu: »Was wollte der Typ von dir?«

»Mir Angst machen, schätze ich«, sage ich. »Eigentlich bin ich selbst daran schuld.«

»*Selbst daran schuld*?«, brüllt er und springt auf. Sein Stuhl fällt um, Tee schwappt über den Tassenrand, ich zucke zusammen. »*Scheißegal*, was du gemacht hast, er darf dich nicht anfassen!« Jacob ist groß wie ein Turm. Seine Halsschlagader vibriert. »Dieser Wichser ist eineinhalb Köpfe größer als du und wiegt das Doppelte!« Seine Stimme bricht. »Man schlägt niemanden, der schwächer ist als man selbst!«

Ich starre ihn nur an und drücke weiter den Eisbeutel auf mein Schienbein. Jacob atmet flach, seine Hände sind zu Fäusten geballt, seine Augen unergründlich schwarz.

»Er hat nicht das Recht, dich anzufassen. *Niemand* hat das Recht, dich anzufassen, wenn du das nicht willst.« Pause. »Verstehst du das?«

Ich nicke wieder. Ein paar Sekunden sehen wir einander einfach nur an, dann stellt er seinen Stuhl hin und holt einen Lappen. Er wischt die Teepfützen auf und setzt sich wieder.

»Was hast du denn gemacht?«, fragt er schließlich.

»Ich habe seine Freundin geschlagen.«

Er zieht die Augenbrauen hoch. »Du hast seine Freundin geschlagen?« Ich nicke. »So siehst du gar nicht aus.«

»Ich weiß. Ich habe davor auch noch nie jemanden geschlagen.« Kurze Pause. »Das ist der Hauptgrund, warum ich diese Therapie machen muss.« Noch eine Pause. »Eigentlich wollten meine Eltern schon vorher, dass ich eine mache, aber ich habe mich geweigert. Jetzt muss ich hingehen. Sonst werde ich von der Schule suspendiert.«

»Die würden dich suspendieren, weil du ein Mal jemanden geschlagen hast?« Er runzelt die Stirn. »Das ist ein bisschen übertrieben, wenn du mich fragst.«

Ich denke an Isabelle und an diese seltsame Situation, die mir inzwischen total unwirklich erscheint. Als wäre es nicht mir passiert, sondern jemand anders.

»Warum hast du es getan?«, fragt er.

»Sie hat etwas gesagt, das …« Ich kann nicht weitersprechen, sonst fange ich an zu weinen. Und ich will nicht schon wieder vor ihm weinen.

»Was hat sie gesagt?«, fragt er leise.

Ich schlucke. Und dann sage ich es doch: »Wann ich endlich Selbstmord begehe so wie mein geisteskranker Bruder.«

Jacob

Ich schaue sie an, und sie schaut weg.

»Ich dachte, dein Bruder ist in Berlin«, sage ich nach einer Weile.

»Ist er nicht.« Sie legt den Eisbeutel weg. »Da habe ich gelogen.« Stille. »Kristopher ist tot.«

Ich starre sie an. Ich will sie nicht anstarren. Aber ich kann nicht wegsehen.

»Wann?«, frage ich.

»Ende Januar«, sagt sie.

»*Diesen* Januar?« Sie nickt und schaut auf ihre Knie. »Waren es … Tabletten?«

»Damit hat er es vor knapp einem Jahr versucht«, sagt sie tonlos. »Aber es hat nicht geklappt. Dieses Mal wollte er sichergehen.« Sie macht eine Pause. »Mein Bruder ist aus dem Fenster gesprungen.«

Ich mache den Mund auf und wieder zu. Luise greift nach ihrer Tasse, trinkt aber nicht. Sie hält sich nur daran fest.

Ich reiße mich zusammen und frage: »Warum? Ich meine, warum hat er es getan?«

»Mein Bruder hatte eine Bipolare Störung«, sagt sie leise. Es ist kaum mehr als ein Flüstern.

Ich möchte ihre Hand nehmen, tue es aber nicht. Stattdessen sehe ich sie einfach nur an. Ihr Blick geht hin und her, schnell und rastlos. Als würde sie mit offenen Augen träumen. Luise spielt am Henkel der Tasse herum, trinkt einen Schluck, denkt nach.

»Er hat mir eine E-Mail geschrieben«, sagt sie schließlich. »Zum Geburtstag. Und letzte Nacht kam wieder eine.«

Ich runzle die Stirn. »Wie geht das denn?«

»Über eine Internetseite«, sagt Luise. »Sie heißt futureme.org.« Plötzlich schaut sie mich an, ganz direkt, als könnte mich ihr Blick festhalten. Dann fragt sie: »Kennst du das Gefühl, dass du so wütend bist, dass du dich selbst nicht wiedererkennst? Als wärst du auf einmal jemand anders?«

Ich nicke. Es ist absolut still. Nur die Heizung tickt. »Auf wen bist du wütend? Auf dich oder auf ihn?«

Sie denkt einen Moment nach, dann sagt sie: »Auf uns beide. Aber auf ihn noch mehr.«

Sie schaut mir weiterhin in die Augen. Eine Sekunde, zwei Sekunden, drei Sekunden. Dann greift sie nach ihrem Rucksack, zieht ihr Handy aus der vorderen Tasche und tippt die PIN ein.

»Das ist die E-Mail von gestern«, sagt sie und reicht mir das Handy.

Erst zögere ich, aber dann nehme ich es. Und beginne zu lesen.

Futureme.org

An: luise.koenig@gmail.com

Kleiner Reisebericht

Liebe Lise,

ich habe dir in meiner letzten Nachricht nicht geschrieben, wo ich gerade bin – das wäre auch unpassend gewesen, immerhin war es dein Geburtstag. Aber jetzt verrate ich es dir: Ich bin in der Zwischenwelt.

Du musst dir das so vorstellen wie in der griechischen Mythologie, in der der unbestechliche Fährmann Charon die Toten für eine Münze in seinem Binsenboot über den Totenfluss Acheron bringt – nur nicht ganz so griechisch.

Auf seine Fähre darf nur, wer die Begräbnisriten empfangen hat und bezahlen kann. Ich also nicht, weil ich Selbstmord begangen habe. Das sieht man hier unten gar nicht gern. Ich habe mit meinem Fährmann gesprochen, und es gibt ein Hintertürchen. Eine Reihe von Aufgaben. Wenn ich sie löse, nimmt er mich mit auf die andere Seite, scheitere ich, muss ich hundert Jahre lang als Schatten am Ufer des Flusses umherirren. Glaub mir, das ist nichts für mich – du hast die Leute hier unten nicht gesehen. Ziemlich düstere Gestalten. Und alle wollen sie auf dieses Binsenboot. Die schrecken echt vor nichts zurück.

Da ich keinen Körper mehr habe, weil ich tot bin, brauche ich einen Verbündeten – und da kommst du ins Spiel. Ohne dich habe ich keine Chance. Du bist mein Telefonjoker, mein Verbindungsstück zur echten Welt, mein Ass im Ärmel. Der Fährmann sagt, Selbstmörder brauchen einen Lebenden, der für sie einsteht. Der stellvertretend die von ihm gestellten Aufgaben erfüllt. Das ist der einzige Weg auf die andere Seite. Ein Plan B für die weniger Erwünschten. Du weißt, was mir blüht, wenn du Nein sagst. Was ich dann ertragen muss. Hundert Jahre sind eine lange Zeit, Lise. Aber du bist du, und du wirst mich nicht hängen lassen. Das würdest du nie tun. Immerhin liegt mein Seelenheil in deinen Händen. ☺

Zur ersten Aufgabe. Sie ist eigentlich ganz einfach. Du musst nur deinen Geburtstag nachfeiern. Nichts weiter. Einzige Bedingung: Ihr müsst mindestens zu dritt sein. Mama gilt nicht. Genauso wenig wie Papa und Phlegmarion. Du kannst feiern, wie du willst, aber du musst feiern. Die Aufgabe gilt nur dann als erfüllt, wenn du Spaß hast. Wenn du lachst. Wenn du alles andere für ein paar Stunden vergisst.

Natürlich musst du das nicht tun. Das hier ist nur eine E-Mail, oder? Und ich bin tot. Wer sollte also mitkriegen, ob du es wirklich umsetzt oder nicht? Aber jetzt stell dir nur mal vor, es gibt meinen Fährmann wirklich. Und dieses Boot. Und mich, der hier unten am Fluss steht und nicht auf die andere Seite kommt. Das kannst du unmöglich für mich wollen.

Du hörst in einer Woche wieder von mir.

Pass auf dich auf.

Kristopher

Ich schlucke, dann lasse ich das Handy sinken und lächle. »Dein Bruder muss dich wirklich sehr geliebt haben.«

»Wie bitte?«, fragt sie fassungslos. »So etwas schickt man doch nicht jemandem, den man liebt!«

»So etwas schickt man nur jemandem, den man liebt«, sage ich.

Sie steht auf und starrt mich an. Sie ist nicht viel größer als ich, wenn ich sitze.

»Es ist eine Sache, dass er sich umgebracht hat. Das kann ich sogar noch irgendwie verstehen. Und vielleicht verzeihe ich ihm eines Tages sogar, dass ich ihn so sehen musste«, sagt sie laut, »aber dass ich jetzt auch noch für sein verdammtes Seelenheil zuständig sein soll …«

Ihre Stimme bricht, sie presst sich die Hand auf die Lippen und wendet sich von mir ab. Sie ist zierlich und klein, ihre Schultern beben, aber sie gibt keinen Laut von sich. Als hätte sie über die Jahre gelernt, tapfer zu sein.

Ohne weiter darüber nachzudenken, stehe ich auf, drehe sie zu mir und nehme sie in die Arme. Kurz versteift sie sich, doch dann lässt sie los. Und ich halte sie fest.

Luise

Seit Kristophers Tod habe ich so gut wie gar nicht geweint. Also, nicht richtig. Nicht *so*. Jetzt kann ich nicht mehr aufhören. Meine Nase läuft, und meine Augen brennen. Ich glaube, ich habe noch nie so geheult. Vielleicht als kleines Kind. Hemmungslos und laut. Als würde es niemand mitbekommen.

Wenn ich mich gerade sehen könnte, wäre es mir wahrscheinlich peinlich. Wie ich schluchzend an ihm dranhänge. Wie ich meine Hände in seinem T-Shirt vergrabe. Wie heftig ich weine. Aber mir ist alles egal. Mein Körper ist wie eine Begleiterscheinung, etwas, das eben da ist.

Jacob hebt mich hoch, meine Füße baumeln haltlos über dem Boden, meine Seele liegt offen zwischen uns. *Alles wird gut*, murmelt er wieder und wieder. Ich spüre seine Stimme als dumpfes Brummen in meinem Brustkorb und seine Arme, die mich umschließen wie eine Mauer. Er hält mich auf eine Art fest, auf die ich noch nie festgehalten wurde. Als könnte mir nichts passieren. Als wäre ich am sichersten Ort der Welt.

Ich weiß nicht, wie lange wir so dastehen, Brust an Brust, Herzschlag an Herzschlag, aber irgendwann habe ich mich leer geweint, und ich höre auf. Ich liege mit der Wange auf seiner Schulter, meine Nasenspitze berührt seinen Hals. Wir bewegen uns nicht. Wir atmen nur. Er hält meinen Hinterkopf. Seine Handfläche ist warm. Noch nie war ich einem Jungen so nah. Ich wollte es auch nicht. Jacobs Körper berührt meinen an Stellen, die noch nie zuvor von jemandem berührt wurden. Auch nicht mit Kleidung. Ich warte darauf, dass es mir unangenehm ist, aber das ist es nicht.

Ich lasse sein T-Shirt los. Meine Finger sind steif, weil ich es so fest gehalten habe. Dann setzt mich Jacob wieder auf dem Boden ab. Und der Moment ist vorbei.

Jacob

Ich schaue ihr in die Augen. Sie sind rot und glasig und traurig. Und ihr Blick ist verloren und klein. Nicht der einer Kriegerin.

»Hast du Hunger?«, frage ich. Ihre Nase ist verstopft und ihr Gesicht rot gefleckt. Sie nickt. »Gut«, antworte ich. »Ich koche uns was.«

»Das musst du nicht«, sagt sie schnell und zeigt in Richtung Flur. »Ich kann auch zu Hause essen.«

»Oder du bleibst, und ich koche uns was.«

Sie sieht mich an. »Okay«, sagt sie. »Was kann ich tun?«

Normalerweise koche ich allein. Ich mache alles allein. Luise mustert mich. Sie wirkt verunsichert.

»Es ist hauptsächlich Gemüse schneiden«, sage ich.

»Gemüse schneiden kann ich«, antwortet sie. Und ich muss lächeln.

Die Lasagne ist im Ofen, die Küche riecht nach geschmolzenem Käse, mein T-Shirt ist noch nass von ihren Tränen.

Ich mache einen Salat, Luise deckt den Tisch. Sie reißt zwei Stück Papier von der Küchenrolle ab und faltet sie wie Servietten im Restaurant. Es rührt mich, dass sie das tut. Plötzlich schaut sie auf. Unsere Blicke treffen sich, bevor ich Zeit habe wegzusehen. Dann schrillt der Küchenwecker los, und wir zucken zusammen.

Das Essen ist fertig.

Luise

Ich hätte nicht gedacht, dass Jacob kochen kann. Und dann auch noch ohne Rezept. Er boxt, und er kocht. Und er kennt sich mit Kunst aus. Und mit germanischer Mythologie. Seltsame Mischung.

Ich beobachte ihn beim Essen. Kristopher war davon überzeugt, dass die Art, wie jemand sein Besteck benutzt, viel über ihn verrät. *Merk dir eins, Lise,* hat er gesagt, *so, wie jemand mit einer Gabel umgeht, geht er auch mit Menschen um. Am schlimmsten sind die, die ihre kleinen Finger abspreizen. Bei denen musst du besonders aufpassen. Die halten sich nämlich immer für was Besseres.* Mein Bruder hatte viele solcher Theorien. Diese mochte ich besonders.

Jacob isst langsam. Er schneidet ein Stück nach dem anderen von der Lasagne ab. Seine langen Finger und die großen Handflächen umschließen die Griffe des Bestecks. Er hält sie nicht verkrampft, aber fest. So wie vorhin mich. Kristopher würde sagen: *Er hat Stil.* Mein Bruder mochte Menschen mit Stil. Laut ihm ist das eine aussterbende Art. *Der Dinosaurier unter den Charakteren.*

Jemand sperrt die Wohnungstür auf, und kurz schließt Jacob die Augen.

»Jacob? Bist du da?«, ruft eine Männerstimme. Sie klingt nicht väterlich. Sie klingt jünger. »Es riecht nach echtem Essen, also musst du da sein.«

Jacob grinst und schüttelt den Kopf. »Ich bin in der Küche«, sagt er.

»Rieche ich da etwa Lasagne?« Ein Typ mit dunklen Haaren betritt den Raum. Er sieht irgendwie aus wie ein Schriftsteller. Müde und mit Brille. Als er mich bemerkt, bleibt er abrupt stehen. Als hätte er mit allem gerechnet, nur nicht mit mir. »Du hast Besuch«, stellt er fest.

»Es ist dir also aufgefallen«, sagt Jacob.

»Natürlich. Bildhübsche Mädchen mit kahl rasierten Köpfen fallen mir immer auf.« Ich muss lachen. »Ich bin Arthur«, sagt er. »Jacobs Bruder.«

»Ich bin Luise«, antworte ich.

»Luise«, wiederholt er und lächelt. »Schön, dich kennenzulernen.«

»Gleichfalls«, sage ich und klinge seltsam schüchtern.

»Stört es euch, wenn ich mich dazusetze?«, fragt er, wartet aber nicht auf eine Antwort. Er lässt sich auf den Stuhl neben mir fallen und stützt die Ellenbogen auf der Tischplatte ab.

»Wie war der Kurs?«, fragt Jacob.

»Welcher Kurs noch gleich?«, fragt Arthur.

»Na der, den du belegen musstest.«

»Keine Ahnung«, antwortet er, nimmt Jacob die Gabel aus der Hand und isst ein Stück Lasagne von seinem Teller. »War nicht dort.«

»Wie meinst du das, du warst nicht dort? Ist da nicht Anwesenheitspflicht?«

Arthur lacht unbekümmert. Kristopher konnte genauso sein. So fröhlich und sorglos. Jemand, der nicht an morgen denkt. Nur an den Moment. Jacob ist ganz anders. Viel ernster und härter.

Die beiden haben durchaus Ähnlichkeit – dunkle Augen und

Haare, lange Wimpern, einen markanten Kiefer. Aber Jacobs Augen sind viel dunkler. Sie haben beide eine schmale Nase, aber Arthurs ist gerade, während die von Jacob so aussieht, als hätte er sie sich schon mal gebrochen. Jacob ist einen halben Kopf größer als sein Bruder. Und sportlicher. Arthur ist schlank, aber gedrungen. Er redet und gestikuliert viel mehr als Jacob. Alles an ihm ist laut. Sein Lachen, seine Mimik. Er füllt einen Raum mit Leben. Jacob nicht. Er ist still. Beobachtet. Im direkten Vergleich bewegt er sich kaum. Er nickt oder schüttelt mal den Kopf. Bei ihm sind es ganz kleine Veränderungen, die verraten, dass er zuhört. Nuancen. Arthur ist zerzaust und chaotisch. Und er hat diese natürliche Selbstsicherheit, die man nicht lernen kann. Er ist der Unterhalter. Jemand, der andere mühelos zum Lachen bringt. Jacob hingegen ist undurchsichtig. Schweigsam. Skeptisch. Er sieht so aus, als würde er niemandem vertrauen. Vielleicht rede ich da aber auch von mir.

Dann plötzlich bricht Jacob in schallendes Lachen aus. Und dieses Lachen stellt alles andere in den Schatten.

FREITAG, 24. MÄRZ

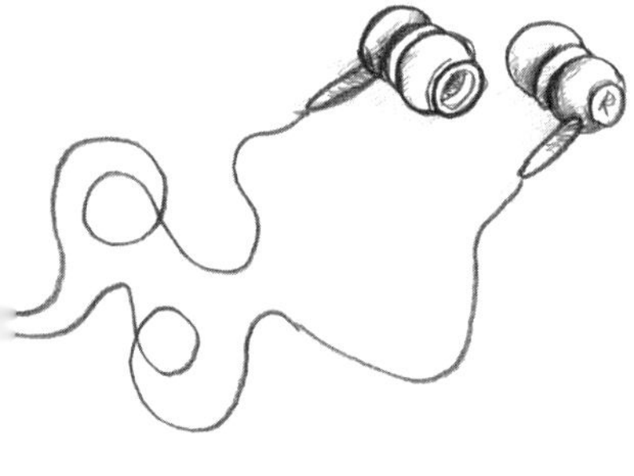

Jacob

Manchmal verselbstständigen sich Dinge. Vor allem, wenn Arthur seine Finger im Spiel hat. Als wir heute Morgen gefrühstückt haben, hat er gefragt, was mit Luise los war. Warum sie so verheulte Augen hatte. Mein Bruder tut nur immer so unaufmerksam. Eigentlich entgeht ihm nichts.

Und am liebsten hätte ich ihm alles erzählt. Aber ich habe es nicht getan. Stattdessen habe ich gesagt, dass es bei Luise zu Hause gerade nicht so einfach ist und dass sie vergangene Woche Geburtstag hatte und dass es schön wäre, ein bisschen nachzufeiern. Vielleicht zu viert. Er, Julia, Luise und ich. Ab dem Zeitpunkt hat Arthur die Planung übernommen.

Er: »Also, wir vier, Freitagabend ab acht. Wie wäre es mit Raclette? Julia liebt Raclette.

Ich: Okay.

Er: Sehr gut. Fleisch, Soßen, Guacamole, Käse … Wir brauchen einen Kuchen. Wenn wir ihren Geburtstag nachfeiern, brauchen wir auch einen Kuchen. Was mag sie denn?

Ich: Keine Ahnung.

Er: Schokoladenkuchen geht immer.

Ich: Okay, Schokoladenkuchen.

Er: Wir brauchen Kerzen. Wie alt ist sie denn geworden?

Ich: Sechzehn.

Er: Ah … *Sweet Sixteen*. Du kümmerst dich ums Essen, ich um die Deko.

Ich (unsicher): Aber bitte übertreib es nicht.

Er (zwinkert): Du weißt doch, wie subtil ich bin.

Das Fleisch wartet geschnitten und mariniert im Kühlschrank, der Kuchen ist fertig und die Salate vorbereitet, und ich weiß noch nicht mal, ob sie Zeit hat. Ich hätte sie nach ihrer Nummer fragen sollen. Als ich sie heimgebracht habe und wir vor ihrer Haustür standen, da hätte ich sie fragen können. Aber ich habe nicht daran gedacht.

Ich schaue auf die Uhr. Es ist 12:58 Uhr. Wenn sie um eins aushat und zwanzig Minuten nach Hause braucht, könnte ich es rechtzeitig schaffen. Zumindest, wenn ich mich beeile. Ich decke schnell die Salatschüsseln mit Tellern ab, laufe in den Flur, ziehe mir Schuhe an und greife nach meiner Jacke. Als ich die Tür hinter mir zuwerfe, ist es genau 13:00 Uhr.

Luise

Der Bluterguss in Isabelles Gesicht ist wieder fast verheilt. Da ist nur noch ein grüner Schatten. Ganz im Gegensatz zu dem an Fabians Kinn. Er sieht aus wie eine halbe Birne mit lila Stellen. Ich weiß, dass mich das nicht freuen sollte, aber irgendwie tut es das doch. Das alles. Dass er jetzt so aussieht. Dass er sich nicht mal mehr traut, in meine Richtung zu atmen. Als hätte er Angst, dass jeden Moment Jacob aus dem nächsten Gebüsch springt und ihn zu einer ganzen Birne macht. Ich muss lachen. Ein symmetrisches Gesicht ist ein schönes Gesicht.

Seit Jacob mich vorgestern nach Hause gebracht hat, denke ich an ihn. Nicht ununterbrochen. Aber viel. Wir standen noch eine Weile vor meinem Haus. Nicht neben dem Brunnen. Auf der anderen Seite. Es wäre übertrieben zu behaupten, dass wir uns unterhalten haben, aber wir haben uns angeschaut. Als ich in der Wohnung war, bin ich zum Küchenfenster gegangen und habe ihm nachgesehen. Er ist kleiner und kleiner geworden, und dann war er weg. Danach habe ich eineinhalb Stunden mit Ming geskypt. Und als ich ihr erzählt habe, was alles passiert ist, klang das nicht wie mein Leben, sondern wie eine Geschichte, die ich mir ausgedacht habe, um sie zu unterhalten.

Am Ende war Ming sprachlos. Sie hat mich mit Fragen gelöchert wie: *Er hat ihn wirklich geschlagen?*, und: *Du hast ihm Kristophers E-Mail gezeigt?*, und: *Und welche Körperteile genau haben sich bei eurer langen Umarmung berührt?*, und: *Er hat dich heim-*

gebracht?, und: *Und was machst du jetzt wegen Kristophers erster Aufgabe?* Darauf wusste ich keine Antwort. Aber Ming hatte eine: *Also, eine Person hast du ja bereits. Jetzt brauchst du nur noch eine. Ich wünschte, ich könnte dabei sein.*

In der Schule war es so langweilig wie immer. Und jetzt gehe ich von der Tramhaltestelle nach Hause und frage mich, was ich essen soll. Der Gehweg ist geräumt. Es liegt fast kein Schnee mehr. Ich überquere die Straße. Ich könnte Nudeln machen. Nudeln mit Butter. Ich möchte nicht wissen, wie viele Teller Nudeln mit Butter ich in meinem Leben schon gegessen habe.

»Hi.«

Ich schaue hoch. Und da steht er. Vor meiner Haustür.

23:49 UHR –
GERADE NOCH FREITAG

Jacob

Es gibt Abende, an die man sich sein Leben lang erinnern wird. Und manchmal weiß man es schon währenddessen. Heute ist so einer. Arthur, Julia, Luise und ich sitzen in der Küche und lachen. Ich weiß nicht mehr warum. Keine Ahnung. Aber ich kann nicht mehr aufhören. Immer wenn zwei oder drei von uns sich endlich wieder beruhigen, prustet einer von Neuem los und steckt die anderen wieder an.

Als ich noch in der Therapie war, sollte ich am Ende eines jeden Tages ein paar Dinge aufschreiben, die gut waren. Weil es an jedem Tag ein paar Dinge gibt, die gut sind. Sogar an den ganz schlechten. Mein Therapeut hat immer gesagt: *Jacob, wir entscheiden selbst, woran wir uns erinnern.* Und es stimmt.

Das ist, woran ich mich erinnern werde, Stand 23:54 Uhr – vielleicht kommt ja noch was dazu:

1. Wie unglaublich schön Luise ist, wenn sie lacht
2. Dass mein Bruder richtig glücklich ist
3. Wie gut es sich anfühlt, sich nicht zu verstellen
4. Wie unglaublich gern ich dieses Mädchen um mich habe

Und zu guter Letzt:

5. Wie unbeschwert ich sein kann

Wir haben Monopoly gespielt und gegessen und uns die ganze Zeit unterhalten. Mein Bruder hat alle Zutaten für exotische Drinks eingekauft und Konfetti und Wunderkerzen organisiert, Julia hat italienisches Brot und selbst gemachte Kräuterbutter mitgebracht, und ich habe mich ums restliche Essen gekümmert und einen Schokoladenkuchen gebacken, auf dem in großen roten Buchstaben *ALLES GUTE ZUM GEBURTSTAG LUISE* steht. Ich warte noch auf den richtigen Moment, ihn aus dem Kühlschrank zu holen. Aber wir haben es nicht eilig. Wir haben Zeit. Draußen schneit es, und wir sitzen in der Wärme und schlürfen karibische Cocktails, die Julia mit kleinen bunten Schirmchen dekoriert hat. Im Hintergrund läuft »The Great Escape« von Patrick Watson, und ich weiß jetzt schon, dass ich diesen Song spätestens morgen zu meiner *Luise*-Playlist hinzufügen werde. Er ist wie dieser Abend. Wie dieses Gefühl.

»Ich glaube ja«, sagt Arthur und wischt sich Tränen aus den Augenwinkeln, »es wird langsam Zeit für unser Geschenk.«

»Was?«, fragen Luise und ich wie aus einem Mund.

»Na ja«, antwortet Julia, »immerhin feiern wir einen Geburtstag nach, oder etwa nicht?« Sie zieht einen Umschlag aus ihrer Handtasche und reicht ihn Luise. »Alles Gute zum Sechzehnten«, sagt sie und lächelt.

»Das kann ich nicht …«, fängt Luise an, doch Arthur schüttelt nur den Kopf.

»O doch, das kannst du.« Er grinst. »Los, mach ihn auf.«

Luise

Ich zögere, doch dann öffne ich den Umschlag und ziehe eine Karte heraus. Es ist ein Kinogutschein.

»Wir dachten, ihr zwei könntet vielleicht zusammen gehen«, sagt Arthur und grinst. »Der Gutschein ist für zwei Eintrittskarten, zwei Getränke und ein großes Popcorn. Das müsst ihr euch also teilen.«

Ich sehe Jacob und mich in vollkommener Dunkelheit nebeneinander sitzen. Und wie sich unsere Hände in der Popcorntüte berühren.

»Gehst du nicht gern ins Kino?«, fragt Julia unsicher.

»Doch, doch«, sage ich schnell. »Ich liebe Kino.« Pause. »Ich … war nur länger nicht mehr.«

»Jacob auch nicht«, sagt Arthur. Und wieder grinst er.

Jacob wirft ihm einen genervten Blick zu.

»Was denn?«, fragt er gespielt unschuldig. »Du warst doch lang nicht mehr im Kino.«

Arthur erinnert mich an meinen Bruder. Zumindest in seinen guten Phasen. Ich glaube, die beiden hätten sich gemocht.

»Also, ich weiß ja nicht, wie es euch geht«, sagt er dann, »aber ich könnte jetzt noch was Süßes vertragen.« Er schaut Jacob seltsam auffordernd an. »Sonst noch jemand?«

Als Jacob seinen Stuhl zurückschiebt, erkenne ich das Pi auf seiner Stirn. Er geht zum Kühlschrank und nimmt etwas heraus. Julia steht ebenfalls auf, und Arthur verschwindet im Flur.

O nein. Bitte nicht. Lass sie nicht singen. Bitte, bitte nicht.

Plötzlich geht das Licht aus, Wunderkerzen sprühen Funken, und Stevie Wonder singt laut »Happy Birthday«. Jacob kommt auf mich zu und stellt vorsichtig einen Schokoladenkuchen vor mir auf den Tisch. Die Glasur und seine Augen haben dieselbe Farbe. Sie reflektieren die Flammen, und sein Gesicht leuchtet orange. Arthur und Julia stehen rechts und links neben ihm. Sie lächeln. Alle drei.

»Alles Gute zum Geburtstag«, sagt Jacob leise.

Er hatte recht. Mein Bruder muss mich wirklich geliebt haben.

DIENSTAG, 28. MÄRZ

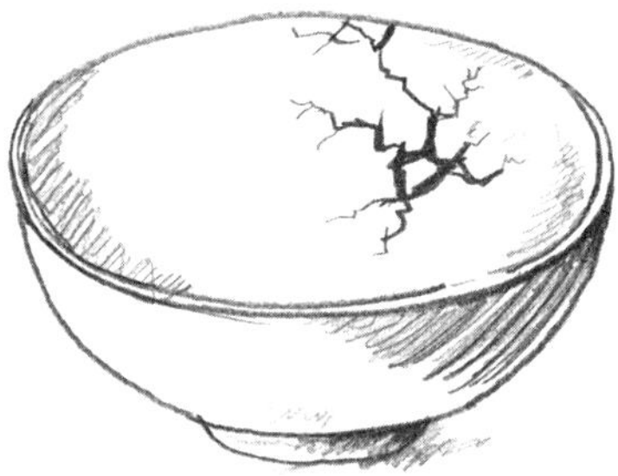

Luise

Ich sitze auf dem Bett und warte auf Kristophers nächste E-Mail. Mit kalten Füßen und feuchten Handflächen. Ich klicke ein weiteres Mal auf das Symbol mit dem kleinen Umschlag. *Keine neuen E-Mails.*

Ich starte Safari, surfe ziellos im Internet herum, lese langweilige Statusmeldungen bei Facebook, wechsle zurück zum Mail-Programm. Noch immer keine E-Mail. Ich schaue ein paar Katzen-Videos, eins davon bringt mich sogar kurz zum Lachen. Nach dem fünften habe ich genug. Ich öffne Spotify und durchsuche meine Playlisten – das Warten ist so laut, dass ich es ausblenden muss. Ich scrolle durch meine Lieblingssongs und entscheide mich für »17« von Youth Lagoon. Dieses Lied habe ich von Jacob. Es lief, als wir Monopoly gespielt haben, und ich mochte es sofort. So wie ich ihn sofort mochte – auch wenn mir das nicht gleich klar war. Ich schließe einen Moment die Augen und denke an Freitagabend. Da war ich so, wie mein Bruder es sich für mich gewünscht hat. Unbeschwert. Und sechzehn.

Ich mache die Augen auf. Mein Blick fällt auf die Wand, die Kristophers und mein Zimmer voneinander trennt. Eigentlich habe nicht *ich* die Aufgabe erfüllt, die er mir gestellt hat. Das war Jacob. Es war seine Idee. Es war seine Initiative. Er hat alles gemacht. Ich erinnere mich an den Abend und den Kuchen und das Essen und daran, wie viel ich gelacht habe.

Bevor wir alle um kurz nach zwei schlafen gegangen sind –

Arthur und Julia in Arthurs Zimmer, Jacob in seinem und ich im Wohnzimmer auf der Couch –, hat Jacob nach meiner Nummer gefragt. Wir standen im Türrahmen, er groß und ich klein, beide ein bisschen angetrunken und irgendwie verlegen. Er hat bei mir anklingeln lassen, damit ich auch seine Nummer habe, und sich seitdem nicht bei mir gemeldet.

Vielleicht fand er es nicht okay, dass ich mich nicht verabschiedet habe. Ich wollte einen Zettel dalassen, aber ich konnte keinen finden, und die Schubladen im Flur zu durchsuchen kam mir falsch vor.

Eigentlich hätte ich gar nicht erst übernachten sollen. Ich hätte wissen müssen, dass ich nicht würde schlafen können. Und so war es. Ich lag knapp drei Stunden auf dem Sofa und habe an die Decke gestarrt, weil ich Angst davor hatte zu träumen. Und vor den Bildern, die nur darauf warten, dass ich aus meinem Bewusstsein in den dunklen Teil meines Wesens abdrifte. Zu den Emotionen, die ich tief in mir vergraben habe.

Kurz nach Kristophers Tod waren die Albträume so schlimm, dass ich letzten Endes ganz mit dem Schlafen aufgehört habe. Zumindest solange es ging. Die Folge waren schlechte Noten und eine besorgte Mutter. Mama hat ein paarmal versucht, mit mir darüber zu reden. *Darüber.* Aber was gibt es da zu reden? Nichts, was einer von uns beiden gesagt hätte, hätte das Problem gelöst. Also habe ich sie mit einer Ausrede abgespeist und mir das nächste Mal, als ich bei meinem Vater war, eine Packung aus seinem unergründlichen Schlaftabletten-Vorrat mitgenommen. Papa leidet an Schlafstörungen mit Albträumen. Schon immer. Das liegt bei ihm in der Familie. Er kann nicht aufhören zu denken. Und wenn er dann endlich einschläft, driftet er in eine Welt, aus der er den Weg nach draußen nicht mehr findet. Bei Kristopher war es auch so. Nur viel extremer. Ich frage mich, ob ich diese dunkle Seite auch in mir habe und ob sie nur darauf wartet, im richtigen Moment über mich herzufallen. So wie bei meinem Bruder. Mama sagt, dass ich mir keine Sorgen machen soll. Dass das eine mit dem anderen nichts zu tun hat. Ich weiß nicht, ob ich das glaube. Mama sagt, dass mein Vater schon immer Schlafstörungen und Albträume hatte. Schon als Kind. Schon als er klein war. Sie sagt, dass sie zu meinem Vater dazugehören, dass sie Teil seines Wesens sind – wie ein Charakterzug – und dass das bei mir nicht so ist.

Ich weiß nicht, ob sie recht hat, denn seit ich seine Tabletten nehme, kann ich wieder schlafen. Ohne Angst zu haben. Ohne zu träumen. Ab und zu erinnere ich mich an lose Fetzen, die keinerlei Sinn ergeben. Aber die sind nicht schlimm. Vor denen fürchte ich mich nicht. Und die meiste Zeit träume ich gar nichts. Ich nehme eine Tablette, und dann treibe ich in ein angenehmes Nichts. Ein schwarzes Loch, das sich um mich stülpt und einen blickdichten Filter über meine Erinnerungen legt. Über meinen Bruder, der tot auf den Pflastersteinen liegt. Seine Beine, die wie Äste gebrochen sind, sein dunkelrotes Blut, das zäh in die Fugen zwischen den Bodenplatten sickert, sein Gesicht, das nicht mehr aussieht wie seines, und seine leeren blauen Augen, die wässrig durch mich hindurchblicken, weil sie mich nicht mehr sehen können.

Die meiste Zeit kann ich mich ablenken, an etwas anderes denken. Als wäre Tageslicht das Kryptonit der Ängste. Doch in der Dunkelheit lauert dann alles, was man verdrängt. Es wird wach, wenn man müde wird. Wie ein Tier, das nachts auf Beutezug geht. Die Tabletten nehmen es an die Leine und bringen es zurück in seinen Käfig.

Freitagnacht auf dem Sofa in Jacobs Wohnzimmer gab es keine Leine. Also habe ich ein- und ausgeatmet und die sich wiegenden Schatten der Äste beobachtet, bis ich es nicht mehr ausgehalten habe. Nach drei langen Stunden bin ich aufgestanden und in die Küche gegangen. Ich habe mir einen Tee gemacht. Und dann angefangen aufzuräumen. Und während ich aufgeräumt habe, habe ich mich gefragt, wie Arthur und Jacob an so eine Wohnung kommen. Sie ist so erwachsen. Und groß. Und vermutlich ziemlich teuer.

Bevor ich gegangen bin, habe ich das Bettzeug zusammengefaltet und aufs Sofa gelegt. Draußen war es noch dunkel und kalt. Die Luft war klirrend blau.

Ich bin zu Fuß nach Hause gegangen. Die Straßen und Gehwege waren geisterhaft leer und die Welt erschreckend still. Als hätte die Menschheit die Erde verlassen und mich vergessen. Dieser Moment war auf eine körperliche Art einsam. Wie ein Schmerz. Ich habe nach irgendeiner Verbindung gesucht. Nach etwas, das meinen Kopf aus meinen Gedanken zieht. Also bin ich stehen geblieben und habe Jacob eine Nachricht geschrieben.

Ungefähr genauso lang warte ich jetzt darauf, dass er mir antwortet.

Jacob

»Geht es dir gut?«, fragt Arthur und beißt von seinem Käsetoast ab. Die Krümel fallen auf den Boden.

»Ja«, sage ich gereizt.

»Du bist sauer«, stellt er fest. »Warum bist du sauer?«

»Ich bin nicht sauer«, sage ich.

»Klar, bist du das«, sagt er.

Ich wende meinem Bruder den Rücken zu. Es ist still, nur ab und zu hört man, wie er von seinem Toast abbeißt und kaut. Es ist ein krosses Geräusch, das langsam abebbt.

»Wie geht es eigentlich Luise?«

Das war so klar. Mein Bruder, unsubtil wie immer.

»Warum fragst du?«

»Nur so.« Das glaube ich nicht eine Sekunde. »Also, wie geht es ihr?«

»Keine Ahnung«, sage ich und hole den Lachs aus dem Kühlschrank.

»Moment. Sie hat am Freitag übernachtet, und seitdem habt ihr euch nicht geschrieben?«

»Ja. Und?«, lüge ich. Die Wahrheit ist, *sie* hat geschrieben. Aber ich habe nicht darauf geantwortet.

»Warum?«, fragt Arthur.

»Warum was?«, frage ich zurück.

»Warum habt ihr euch nicht geschrieben? Ich hatte den Eindruck, du magst sie.«

»Und ich hatte den Eindruck, dass dich das nichts angeht.«

»Autsch.«

Die Küchentür geht auf und beendet das Gespräch. Julias Wangen leuchten hochrot. Sie trägt einen Frottee-Bademantel und ein Handtuch auf dem Kopf.

»Na du«, sagt Arthur grinsend, »lang genug gebadet?«

»Man kann nicht lang genug baden«, sagt sie.

»Doch, kann man.« Er greift nach ihrer Hand. »Deine Fingerkuppen sehen aus wie Rosinen.«

»Ich muss ausnutzen, wenn ich mal baden kann, immerhin habe ich keine Badewanne.«

»Natürlich hast du die«, sagt er und steht auf. »Unsere.«

Ich wende mich ab. Als wäre das ein zu intimer Moment. Und irgendwie ist er das, weil mein Bruder die meisten Frauen im Normalfall nur zur Tür bringt. Wenn überhaupt. Sie bleiben nicht. Und sie baden nicht. Sie sind für ein paar Stunden hier und dann wieder weg. Dieser Arthur ist neu.

»Was kochst du da? Das riecht gut«, fragt Julia, die plötzlich neben mir steht und mir über die Schulter schaut.

»Eine *Buddha-Bowl*«, sagt Arthur in einem Tonfall, bei dem ich ihn am liebsten schlagen will. Nicht alles an ihm ist neu.

»Hm«, macht Julia. »Kenne ich nicht. Was ist das?«

»Etwas *Richtiges* zu essen«, antworte ich mit einem kurzen Seitenblick zu Arthur und seinem langweiligen Käsetoast, dann schaue ich wieder zu ihr. »Magst du auch eine?«

»Gern.«

»Hey«, sagt mein Bruder, »mir hast du keine angeboten.«

»Wieso auch? Du hattest doch deinen *Toast*.«

»Das stimmt, aber hast du nicht eben selbst gesagt, dass das nichts Richtiges zu essen ist? Du willst doch wohl nicht, dass ich Mangelerscheinungen bekomme.«

Ich lächle gegen meinen Willen, schüttle den Kopf und hole zwei weitere Schüsseln aus dem Schrank über der Spüle. Und dann stehen wir zu dritt in der Küche, machen etwas zu essen und unterhalten uns. Es läuft Musik und riecht nach Lachs und Zitrone, nach Dill und Kartoffeln.

Alles scheint perfekt. Aber etwas fehlt.

Oder jemand.

Luise

Ich bin alle vierzehn Tage bei meinem Vater. Das ist normal, wenn Eltern sich trennen. Man packt alle zwei Wochen ein paar Sachen in einen Rucksack und findet sich ab. Papa hat mich – so wie jeden zweiten Samstag – um 12:15 Uhr abgeholt. Und auch dieses Mal schien er ungefähr genauso begeistert davon zu sein, mich übers Wochenende bei sich zu haben, wie ich es war, zu ihm zu fahren. Manchmal frage ich mich, warum wir uns das antun. Er kann nichts mit mir anfangen und ich nichts mit ihm. Wenn wir essen, schweigen wir, und wenn wir reden, sagen wir eigentlich auch nichts. Es sind Sätze und Wörter ohne Bedeutung. Ich bin wie ein Haustier, das er eigentlich nicht haben will, und er ist dieser langweilige ältere Mann, der mich entfernt an meinen Bruder erinnert, der sich aber selbst auf keinen Fall an ihn erinnern will. Nicht mal an die Version von ihm, die es verdient hätte, dass man sich an sie erinnert.

Kristopher war schon eine ganze Weile nicht mehr bei unserem Vater. Ich weiß nicht, wer den Kontakt abgebrochen hat, aber ich weiß, dass keiner von beiden etwas daran ändern wollte. Papa meinte mal, dass es ohne Kristopher *einfacher* wäre. Ohne mich wäre es das vermutlich auch.

Manchmal wünschte ich, ich müsste nicht mehr kommen, doch dann denke ich an die – zugegebenermaßen seltenen – Momente, in denen alles gut war und mein Vater ein Papa, und dann denke ich, dass er mir ganz tief in meinem Herzen vielleicht doch fehlen würde. Weil man, wenn etwas lange genug her ist, nur noch an das Gute denkt. Als hätte es nie etwas anderes gegeben.

Mama sagt, dass ich nicht zu meinem Vater fahren muss, wenn ich das nicht will, aber ich glaube, sie ist eigentlich ganz froh, dass ich vier Tage im Monat weg bin. Das sind vier Tage, an denen sie kein schlechtes Gewissen zu haben braucht, dass sie so selten zu Hause ist.

Mein Vater ist kein schrecklicher Mensch. Zumindest nicht durch und durch. Die Wahrheit ist, dass ich ihn eigentlich gar nicht kenne. Genauso wenig wie er mich. Wir sind wie Fremde, die eng miteinander verwandt sind. Er hat keine Ahnung, was ich mag oder nicht mag, welche Filme ich gerne schaue oder was ich gerne esse. Aber ich glaube, es gibt viele Väter, auf die das zutrifft. Vor allem, wenn sie in einer neuen Beziehung sind.

Seine Freundin heißt Marion, ist Mitte vierzig, kinderlos und immer positiv. *Probleme sind da, um gelöst zu werden.* Sie trinkt viel Tee, dünstet andauernd Gemüse und ist sehr beweglich. Marion ist Yoga-Lehrerin und Masseurin und hat die Wirkung eines starken Sedativums – was ihr bei Kristopher schon nach dem ersten Kennenlernen vor etwas über einem Jahr den Spitznamen *Phlegmarion* eingebracht hat. Damals wusste ich noch nicht, was *Phlegma* bedeutet – Trägheit, Langsamkeit, Schwerfälligkeit –, aber nachdem mein Bruder es mir erklärt hatte, habe auch ich sie so genannt. Meine Wortschöpfung *Mari-Om* war zwar nicht schlecht, aber Kristophers war besser.

An und für sich ist Phlegmarion nett. Sie ist freundlich und wird niemals laut. Sie tötet keine Insekten – nicht mal Mücken –, weil das, O-Ton, *schließlich auch Lebewesen sind.* Ich weiß nicht, ob ich generell ein Problem mit ausgeglichenen Menschen habe, denn dafür kenne ich zu wenige, aber Phlegmarions unermüdliche Friedfertigkeit treibt mich jedes Mal fast in den Wahnsinn. Ich glaube, diese Frau könnte jemanden zu Tode lächeln, wenn sie wollte. Oder ihn mit ihrer beruhigenden Stimme ins Koma reden. Nach spätestens fünf Minuten über die heilende Kraft von Steinen gibt jeder auf. Ich weiß echt nicht, wie Papa das aushält. Jeden Tag. Freiwillig. In ihrer Gegenwart wird alles langsamer. Wie ein Kreislauf, der endlos zusammenbricht.

Mein Vater und Phlegmarion haben ein großes Haus voll mit leeren Zimmern, in denen sie Yoga unterrichtet oder bei hypnotischer Musik blockierte Chakren löst. 160 Quadratmeter Innere Mitte. Jeder Atemzug schmeckt nach Räucherstäbchen, und die Luft ist getränkt in Yogi-Tee. Auf den dunklen Böden liegen gemusterte indische Teppiche, und im Gäste-WC neben dem Hauseingang prangt ein goldenes Wand-Tattoo über der Kloschüssel. Wenn man darauf sitzt, sieht man es im Spiegel. Ein riesiges *Om*.

Papas Freundin ist die Sorte Frau, die sich im Sommer bunte Tücher um den Kopf wickelt, am liebsten überall barfuß hingeht und in allem das Gute sieht. Ein gepflegter Hippie, der jeden Tag eine Stunde im Kopfstand verbringt und sich ausschließlich von Superfoods ernährt. In den Seminaren, die sie gibt, wird viel geweint und umarmt und losgelassen. Vor allem losgelassen.

Phlegmarion hat mich gefragt, ob ich an einem ihrer Workshops teilnehmen will, weil mir die *Trauerarbeit* bestimmt guttun würde, aber ich habe Nein gesagt, weil ich allein schon das Wort Trauerarbeit grauenhaft finde. Mein Vater sagt, ich bin undankbar, *schließlich will sie nur helfen*, aber ich finde, sie mischt sich in Dinge ein, die sie einen Scheißdreck angehen. Ich muss akzeptieren, dass es sie gibt, aber ich muss sie nicht mögen.

Ich wechsle wieder zum Mail-Programm. Noch immer nichts. Und auch keine Antwort von Jacob. Es ist also alles wie vorher.

Ich stehe auf, gehe in die Küche und hole mir das letzte Stück von Jacobs Schokoladenkuchen aus dem Kühlschrank. Nicht weil ich Hunger habe, sondern um mich abzulenken. Der Boden unter meinen nackten Füßen ist verdammt kalt, der Flur ist dunkel und die Wohnung gefüllt mit Einsamkeit. Aber der Kuchen riecht gut. Jacob hat ihn Freitagnacht in Alufolie gewickelt, bevor wir schlafen gegangen sind. Und ich musste ihm versprechen, dass ich ihn mitnehmen werde, weil er ihn für mich gemacht hat. Nur für mich.

Mit dem Teller in der einen Hand und einer Gabel in der anderen tappe ich in mein Zimmer zurück. Ich stelle den Kuchen ins Regal neben meinem Bett, zu den Büchern und dem ganzen Staub, dann verkrieche ich mich unter meiner Bettdecke, stelle den Laptop auf meine Oberschenkel und steche mit der Gabel in den Kuchen. Er ist hart und der Teller kalt. Ich öffne ein neues Browserfenster und tippe *futureme.org* in die Adressleiste ein. Die Internetseite ist schlicht. Weiß und Blau, ein paar Textfelder. Das war's. Ich lese mir durch, wie das mit den E-Mails funktioniert. Eigentlich schickt man sie an sich selbst – daher auch der Name.

Ich schreibe mir selbst eine kurze und ziemlich blöde Nachricht, dann gebe ich meine E-Mail-Adresse und einen Betreff ein, wähle ein Zustellungsdatum aus – den 9. Juni 2017, warum, weiß ich auch nicht – und dirigiere den Cursor zu dem Button mit der Aufschrift *Send to the future!*. Keine zwei Sekunden später macht es *plopp*, und eine Bestätigungsmail kommt an. *Before we go ahead and send your message off to the future, we need you to confirm that this is indeed your email address.* Ich klicke auf den Link, und ein Browserfenster öffnet sich. Und plötzlich schießt ein einsamer Gedanke durch meinen Kopf. Nur ein Satz. Ein Gefühl. Eine Frage. Wenn ich meine E-Mail-Adresse bestätigen muss, musste Kristopher das dann nicht auch? Natürlich musste er das. Es geht gar nicht anders. Doch er kann es nicht über den Browser gemacht haben, denn er kannte mein neues gmail-Passwort nicht. Ich habe es vor ein paar Monaten geändert, als mein Account gehackt wurde. Das bedeutet, dass Kristopher meine E-Mail-Adresse unmöglich über seinen Computer freischalten konnte. Es musste an meinem Laptop sein. Direkt über das Mail-Programm.

Ich sitze reglos da und starre auf den Bildschirm, dann steuere ich den Cursor mit eiskalten Fingern zum Suchfeld des E-Mail-Programms. Ich gebe »futureme« ein und drücke *Enter*. Und da ist sie. Vom 26.12.2016. Genau einen Monat vor seinem Tod. Da hat er es also schon gewusst. Da hat er gewusst, was er sich antun wird. Deswegen hat er mir zu Weihnachten ein Zugticket nach Berlin geschenkt. Damit ich weg bin. Damit er genug Zeit hat, seine Nachrichten in die Zukunft zu schicken – eine Zukunft, in der es ihn nicht mehr geben wird. Während ich mit meiner besten Freundin Silvester gefeiert habe, saß mein Bruder an meinem Laptop und hat seinen Selbstmord geplant.

In der Sekunde, als ich das denke, kommt eine neue E-Mail. Absender: *futureme.org*.

Luise

Futureme.org

An: luise.koenig@gmail.com
Kleines Lebenszeichen aus der Zwischenwelt

Liebe Lise,

der Fährmann hat mich bis zum nächsten Steg mitgenommen, und das verdanke ich dir. Deinetwegen bin ich der anderen Seite ein Stück näher gekommen.

Es ist ziemlich trostlos hier, aber es gibt kostenloses WLAN, also dachte ich, schicke ich dir deine nächste Aufgabe. Doch zuerst muss ich mich bei dir entschuldigen. Dafür, dass ich dich emotional erpresst habe. Ich weiß, wie sehr du das hasst. Und ob du es glaubst oder nicht, ich habe es nicht gern getan. Ich tue nichts gern, das dir wehtut, was in Anbetracht aller Tatsachen vermutlich schwer zu glauben ist. Aber ich hatte keine andere Wahl. Ich denke, du verstehst das. Vielleicht nicht gleich, vielleicht erst irgendwann.

Nun aber zu deiner Aufgabe. Der Fährmann weiß, dass du mein Joker bist, und er hat seine Aufgaben dementsprechend gewählt. Sie sind auf dich zugeschnitten und für dich zusammengestellt. Der Fährmann wird es dir nicht leicht machen, Lise, und das ist meine Schuld. Mein Weg auf die andere Seite darf auf keinen Fall zu einfach sein. Wenn ich ehrlich bin, glaube ich, dass der

Fährmann will, dass ich scheitere – und ich scheitere, wenn du scheiterst. Doch das wird nicht passieren. Er unterschätzt dich. Ich tue das nicht.

Deine neue Aufgabe ist es, dir ein Hobby zu suchen. Ich habe versucht, dem Fährmann klarzumachen, dass du nichts von Hobbys hältst, dass du nicht mal das Wort ausstehen kannst, aber es war ihm egal. Er hat nur mit den Schultern gezuckt und gesagt, dass dir wohl nichts anderes übrig bleiben wird, weil es sein Boot ist und er die Regeln macht. Es tut mir wirklich leid, Lise, aber wenn du nicht willst, dass ich hier inmitten von Kriminellen und Ganoven in der Dunkelheit vor mich hin vegetiere, kommst du um das blöde Hobby nicht herum. Ich weiß, noch mehr emotionale Erpressung. Der Fährmann ist schuld. Nicht ich. In diesem Sinne: *Don't kill the messenger*. Morbide, ich weiß.

Zurück zu deinem Hobby. Es muss etwas sein, das du gerne tust, etwas, das unabhängig von anderen Menschen funktioniert und das außerhalb der Wohnung stattfindet. Du kannst dir mehrere Dinge anschauen und auch mehrere aussuchen. Das bleibt dir überlassen.

Für diese Aufgabe hast du wieder eine Woche Zeit. Der Fährmann wird wissen, ob du dich an seine Vorgaben gehalten hast, denn er weiß alles.

Mir ist klar, dass solche Dinge etwas kosten. Deswegen findest du in meinem Schreibtisch in der zweiten Schublade von oben auf der rechten Seite eine zerbeulte Blechdose mit einem Hirschkopf auf der Vorderseite. Das Geld, das darin ist, gehört dir. Du darfst es nur für diesen Zweck verwenden. Für nichts sonst.

Ich bin gespannt, wofür du dich letztlich entscheidest, Lise. Ich wünschte, ich könnte dabei sein, wenn du es entdeckst. Aber irgendwie bin ich das. Ich begleite dich bei jedem Schritt. Und doch machst du ihn allein.

Ich melde mich nächste Woche wieder bei dir. Bis dahin schaue ich mich hier mal ein bisschen um. Aber besonders viel gibt es nicht zu entdecken. Ich glaube, die Zwischenwelt ist nicht darauf ausgelegt, Spaß zu machen – ganz im Gegensatz zu der, in der du bist. (Zumindest, wenn man du ist.)

Du fehlst mir, kleine Schwester. Mehr, als du dir wahrscheinlich vorstellen kannst.

Diesen Tag wird es nie wieder geben. Also lebe ihn. Hör Musik. Lach. Und sei glücklich.

Ich hab dich lieb.

Kristopher

Tränen laufen über mein Gesicht. Ich wische sie weg, und sofort kommen neue. Ich weine lautlos, lese die Mail noch ein Mal. Zwei Mal, immer wieder. Ich höre die Stimme meines Bruders, und es fühlt sich so an, als stünde jemand auf meinem Brustkorb. *Sei glücklich. Hör Musik.* Ich denke an die Lieder, die Kristopher und ich als Kinder am liebsten gehört haben. Eines davon war »Wanna Be Startin' Something« von Michael Jackson. Wir haben immer Mamas Putzhandschuhe angezogen – mein Bruder die grünen, ich die pinken – und versucht, wie Michael Jackson zu tanzen. Mit weißen Tennissocken an den Füßen und Hüten auf den Köpfen. Wir hatten kein Talent, dafür hatten wir Spaß. Und wir haben gelacht. Mein Bruder und ich.

Ich suche den Song bei Spotify, dann klicke ich ihn an. Und in der Sekunde, in der die Musik losgeht, will ich alles auf einmal. Lachen und noch mehr weinen, die Putzhandschuhe anziehen und tanzen, mich ins Bett legen und nie wieder aufstehen. Ich setze die Kopfhörer auf, schalte sie ein und warte, bis sie sich mit dem Laptop verbunden haben. Dann stelle ich ihn weg, stehe auf und schließe die Augen.

Ich bin wieder ein Kind. Und mein Bruder ist noch da. Und wir springen auf dem Sofa herum.

Und dann tanze ich. Allein. In meinem Zimmer.

MITTWOCH, 29. MÄRZ

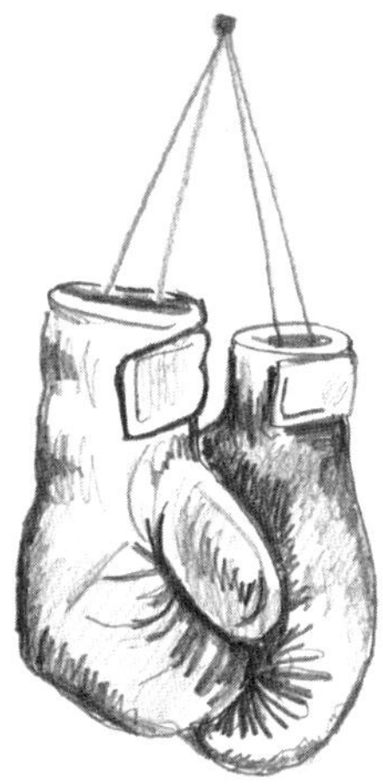

Jacob

Die Türen gehen auf, und die ersten Schüler verlassen das Gebäude. Manche einzeln, andere in Gruppen. Ich suche Luises Gesicht in der Menge, ihren nackten Kopf, die blaue Mütze. Vor zwei Stunden dachte ich noch, es wäre eine gute Idee, sie abzuholen. Jetzt bin ich mir nicht mehr sicher. Was, wenn sie sauer ist? Ich an ihrer Stelle wäre sauer. Ich wollte ihr zurückschreiben, aber ich wusste nicht was. Jeder Versuch klang kitschig oder falsch. Und irgendwann war es zu spät. Ich glaube, man hat für jede Antwort nur ein gewisses Zeitfenster. Dann ist es zu. Wenn es so ist, habe ich meins verpasst.

Ich höre Lied Nummer drei auf meiner *Luise*-Playlist – »Dark Red« von Steve Lacy. Er singt mir aus der Seele. Sein Text sind meine Gedanken. Und ich wünschte, ich könnte sie abstellen.

Ich schaue ein paar Schülern nach, die zu den Fahrradständern gehen. Es sind dieselben, bei denen ich damals auch schon mein Rad abgestellt habe. Es ist derselbe Pausenhof und derselbe Basketballplatz. Dieser Ort ist wie ein alter Bekannter, den man aus den Augen verloren und nicht vermisst hat. Und doch bin ich wieder hier. Weil ich nicht aufhören konnte, an sie zu denken. An die Art, wie sie mich angesehen hat, als ich ihr den Kuchen überreicht habe. Kindlich und glücklich und irgendwie sorglos. Genau so, wie man an einem Geburtstag schauen sollte.

Sie hat auf der Couch übernachtet, und ich habe keine Sekunde geschlafen. Ich lag wach im Bett und habe Musik gehört.

Und ich konnte nicht aufhören, daran zu denken, dass uns nur zwei Türen voneinander trennen. Dass sie mir so nah war und gleichzeitig nicht nah genug. Ich hatte Schweißausbrüche, und meine Hände waren kalt. Es hat sich angefühlt wie eine Infektion.

Letzte Nacht habe ich geträumt, dass ich in einem Badezimmer stand. Ein großer Raum mit quadratischen weißen Fliesen und altmodischen Seifenspendern. Die Seife war rosa. Es sah ein bisschen aus wie einer der Duschräume in meinem Boxverein. Verlebt, aber sauber. Ich habe mich auf dem Waschbecken abgestützt und in den Spiegel geschaut. Genauer gesagt in mein rechtes Auge. Auf die Ader, die ich bei jedem Blinzeln gespürt habe. Sie war dick und aufgequollen – wie ein Regenwurm, auf den jemand getreten ist. Wie Gedärme. Ich habe mich nicht bewegt. Nur den gewölbten Bereich betrachtet, den Übergang von Rot zu Weiß. Und dann, ganz plötzlich, ist mein Auge aufgeplatzt. Exakt an der Stelle zwischen der Ader und meinem Augapfel.

Als ich aufgewacht bin, war mein Bettzeug schweißnass. Aber das Erste, woran ich gedacht habe, war nicht mein Auge. Es war Luise.

Und da wusste ich, ich muss sie sehen.

Luise

Da steht er. Und schaut mich an, als wären wir verabredet. Jacobs Miene ist ernst, er trägt von Kopf bis Fuß Dunkelblau. Dunkelblaue Jeans, dunkelblaue Sneakers, eine dunkelblaue Jacke.

Je näher ich ihm komme, desto kälter werden meine Hände. Ich freue mich, ihn zu sehen. Aber das zeige ich ihm nicht. Ich bleibe vor ihm stehen und mustere ihn unbeteiligt. Er steht da, und ich stehe da. Wir werden zu einem Hindernis, um das alle anderen herumfließen wie das Wasser eines Flusses um einen Steinbrocken.

»Hi«, sagt er.

»Hi«, sage ich. »Was machst du hier?«

»Dich abholen«, sagt er.

»Warum?«

Er blickt kurz zu Boden, dann wieder in meine Augen. »Einfach so«, sagt er. »Hätte ich es lassen sollen?«

Ich denke nicht nach, schüttle nur den Kopf. Seine Mundwinkel zucken. Es ist fast ein Lächeln.

»Warum hast du nicht auf meine Nachricht geantwortet?«, frage ich.

»Weil ich ein Idiot bin«, sagt er.

Ich hatte mit Notlügen und Ausreden gerechnet. Dass er die Wahrheit sagt, entwaffnet mich. Vielleicht, weil man sie so selten hört.

Ich lächele, und das überrascht Jacob offensichtlich genauso wie seine Antwort gerade mich.

»Okay«, sage ich.

Er zieht die Augenbrauen hoch. »Einfach so?«, fragt er.

»Ja.« Pause. »Aber nur, wenn du mir ab jetzt antwortest, wenn ich dir schreibe.«

Er nickt. Und damit ist das Thema erledigt. Ein paar Sekunden lang stehen wir einander reglos gegenüber. Dann fragt Jacob: »Hast du Hunger?«

Und ich antworte: »Und wie.«

Jacob

Als ich die Wohnungstür aufschließe, fühle ich mich komisch. Ich versuche, es mir nicht anmerken zu lassen, mache einen Schritt zur Seite und lasse Luise vorbei. Ihre Schulter berührt meinen Arm.

»Hast du Lust auf Pasta?«, frage ich.

»Für mich reicht auch ein Stück Brot«, sagt sie.

Ein Stück Brot. Ich gehe in die Küche, und sie folgt mir. Die Stille ist unangenehm, weil sie so laut ist, und Luises Nähe macht mich auf eine seltsame Art unruhig. Es ist ein Gefühl, das ich nicht kenne. Als wäre das nicht mein Körper. Und auch nicht mein Kopf. Als wäre ich jemand, der sich selbst über die Schulter schaut. Ich überlege krampfhaft, was ich ihr erzählen könnte, aber mir fällt nichts ein. Ich bin nicht der Typ, der viel spricht, und ich habe in den letzten Tagen nichts erlebt. Jedenfalls nichts, das der Rede wert wäre. Ich war arbeiten und habe an sie gedacht. Das war's.

»Gestern kam die zweite E-Mail von meinem Bruder«, sagt Luise plötzlich, und dieser eine Satz ändert die Stimmung komplett. Sie kippt in Vertrautheit.

»Was stand drin?«, frage ich.

Luise setzt sich an den Tisch. »Dass ich mir ein Hobby suchen muss.«

»Ein Hobby?«

Luise nickt. Sie spielt geistesabwesend mit ihren Fingern. Sie sind zierlich, so wie alles an ihr. Als sie aufschaut und meinen Blick bemerkt, wende ich mich ab und hole einen Topf aus dem Schrank. Während ich ihn mit Wasser fülle, Salz dazugebe und auf die Herdplatte stelle, frage ich: »Und? Hast du schon irgendeine Idee?«

»Nein«, sagt sie. »Ich bin nicht der Typ für Hobbys.« Kurze Pause. »Das ist der Grund, warum er das tut.«

Ich setze mich zu ihr. »Okay, was machst du gerne? Was ist dir wichtig?«

Sie zögert kurz, dann sagt sie: »Musik«, fügt jedoch sofort hinzu: »Aber ich will kein Instrument lernen.«

Ich runzle die Stirn. »Warum nicht?«

»Weil ich mir die Musik nicht verderben will«, sagt sie.

Ich muss lächeln. »Verstehe.« Kurze Pause. »Dann also kein Instrument.«

»Nein«, sagt sie, »kein Instrument.«

Das Wasser kocht. Ich stehe auf, nehme eine angebrochene Barilla-Packung und eine Dose gestückelte Tomaten aus dem Vorratsschrank, schütte die Nudeln in den Topf und stelle den Timer meines Handys auf zwölf Minuten. Auf einmal steht sie neben mir. Sie riecht gut.

»Sag mir, was ich tun soll«, sagt sie.

Ich würde gern ihren Kopf anfassen. Ein Mal ganz bewusst mit der flachen Hand über die Haarstoppel streichen und mich auf das Gefühl konzentrieren.

»Du kannst den Käse reiben«, sage ich, während ich blind nach dem Dosenöffner in der Schublade greife. »Dann kümmere ich mich um den Knoblauch.«

Luise geht zum Kühlschrank und öffnet ihn. »Und welchen? Da sind so viele Sorten.«

»Den Grana Padano.«

Dann stehen wir nebeneinander. Bis auf das sprudelnde Wasser und das Geräusch, wie mein Messer auf das Holzbrett trifft, ist es still. Ich gebe mir Mühe, leise zu atmen, und habe keine Ahnung warum.

Dann frage ich: »Was für Musik hörst du denn gern?«

»Das kommt drauf an.«

»Und worauf?«

Keine Reaktion. Ich schaue zu ihr rüber, aber sie reibt weiter den Käse, als hätte sie mich nicht gehört. Ich muss schmunzeln.

»Worauf kommt es an?«, frage ich noch einmal.

»Auf meine Stimmung«, sagt sie.

»Und wie ist deine Stimmung jetzt?«

Sie sieht mich an. Das Wasser kocht, meine Hände sind kalt. Ich schaue weg, reiße ein Stück Küchenrolle ab und mache meine Finger sauber, dann greife ich nach meinem Handy, das ich, wie immer beim Kochen, ins Regal gelegt habe, gebe die PIN ein und öffne Spotify.

»Hier«, sage ich und strecke es ihr entgegen. »Such ein Lied aus.«

Sie greift nach meinem Handy, und einen Moment berühren sich unsere Finger. Dann nicht mehr. Luise tippt etwas ins Suchfeld und wählt einen Song aus. Akustikgitarre, dann Schlagzeug, dann eine Männerstimme.

»Wer ist das?«, frage ich.

»Kevin Morby«, antwortet Luise und legt das Handy ins Regal zurück. »Das Lied heißt ›All Of My Life‹.«

Wir schweigen und hören Musik. Luise reibt den Käse, ich schneide Basilikum. Der Song ist wehmütig. Und hoffnungsvoll. Die Soße köchelt dickflüssig vor sich hin. Luises Blick ist konzentriert und streng. So wie damals im Flur. Und plötzlich weiß ich ein Hobby für sie.

»Mir ist ein Hobby für dich eingefallen«, sage ich, und sie schaut auf. »Hast du nachher Zeit? Von acht bis halb elf?« Pause. »Ich bring dich im Anschluss auch nach Hause.«

Sie mustert mich, dann sagt sie: »Okay« und reibt den Käse zu Ende.

Luise

Der Raum erinnert mich an einen U-Bahn-Schacht. Und das nicht nur, weil er sich im Untergeschoss befindet. Er ist lang gezogen und schmal, wirkt zweigeteilt durch die Rundbögen in der Mitte. Die Wände sind weiß und größtenteils beklebt – mit Filmpostern, nackten Frauen, an einer der Säulen ist sogar eine Mickey Mouse –, Sandsäcke hängen zweireihig von der Decke, weiter hinten ist ein Boxring.

»Das ist nichts für mich«, sage ich leise zu Jacob. »Ich habe gar nicht das Bedürfnis, irgendwo reinzuschlagen.«

Er runzelt die Stirn. »Hast du nicht?«, fragt er.

»Nein«, sage ich.

»Du hast ein Mädchen k. o. geschlagen.«

Ich starre ihn an. »Weil sie es verdient hat.«

»Das weiß ich.« Es entsteht eine Pause. »Das hier wird dir guttun«, sagt Jacob. »Und wenn es dir keinen Spaß macht, dann lässt du es einfach.«

Eine Stunde später sinke ich erschöpft auf die lange Holzbank, setze die Wasserflasche an und trinke. Meine Muskeln brennen, und ich bin auf eine Art müde, die mir fremd und zur selben Zeit angenehm ist. Ich spüre meinen Puls überall, meine Arme sind schwer. Ich sitze da wie ein zusammengesacktes Kissen und genieße, wie fertig ich bin.

Jetzt habe ich also ein Hobby. Ich hatte nie ein Hobby.

Nicht mal als ich in der Grundschule war. Fast alle Mädchen in meiner Klasse haben irgendwann angefangen, Ballett zu machen. Oder reiten zu gehen. Oder zu turnen. Oder Klavier zu lernen. Meine damalige beste Freundin, Sarah Gerber, ist zwei Mal die Woche zum Töpfern gegangen. Und sie hat Geige gespielt. Ich habe nichts davon gemacht. Rückblickend frage ich mich, was ich in meiner Kindheit überhaupt getan habe. Ich war gerne schwimmen, und ich habe gemalt – nicht besonders gut, aber gern. Doch die meiste Zeit war ich zu Hause. Mit Kristopher. Wir haben zusammen Pudding gekocht und im Wohnzimmer getanzt. Er hat mir vorgelesen. Stunden-, nein eigentlich, tagelang. Er war richtig gut im Vorlesen. Er war in den meisten Dingen richtig gut. Mein Bruder hatte eine einzigartige Stimme. Tragend, aber nicht laut, klar, aber nicht aufdringlich. Sie war ein Spiegelbild seines ruhigen unaufgeregten Wesens.

Im Nachhinein glaube ich, dass Kristopher mein Hobby war. Und ich glaube, dass er das wusste. Ganz im Gegensatz zu mir. Vielleicht wollte ich es auch einfach nicht wahrhaben.

Ich schaue durch den Raum und sehe Jacob an einem der Sandsäcke. Er ist verschwitzt, das dunkelblaue T-Shirt klebt auf seiner Haut, das Haar hängt ihm strähnig in die Stirn. Er reagiert schnell, bewegt sich mühelos. Im Hintergrund läuft »Es war einmal …« von den Beginnern. Jacob tänzelt, schlägt zu, weicht zurück und schlägt wieder zu. Bei ihm sieht die Beinarbeit nicht nach Arbeit aus, und seine Deckung ist eine Mauer aus roten Boxhandschuhen. Das Kinn geschützt, der Körper immer in Bewegung.

Plötzlich sieht er auf und in meine Richtung. Ich habe keine Zeit, schnell genug wegzugucken, also schaue ich ihn an. Und er schaut zurück.

Jacob zieht sich die Boxhandschuhe aus und kommt auf mich zu. Er setzt sich neben mich.

»Na?«, fragt er. »Wie war's?«

»Gut«, sage ich.

Ich warte auf ein *Wusste ich's doch* oder ein *Ich hab's dir doch gleich gesagt,* aber stattdessen entgegnet er nur: »Freut mich.« Mehr nicht. Nach einer kurzen Pause fügt er hinzu: »Lass uns gehen. Ich hab Hunger.«

Luise

Als ich Ming vor einer halben Stunde angerufen habe, war ich noch gut gelaunt. Jetzt bin ich wütend. Und das ist ihre Schuld.

Ich sitze im Pyjama auf dem Bett und warte darauf, dass der Tee, den ich mir gemacht habe, abkühlt. Und darauf, dass Ming endlich aufhört, mich so anzuschauen. Mit diesem Mitleid-Blick, den Menschen bekommen, wenn sie hungernde Kinder sehen. Oder Tote nach einem Anschlag. Oder Welpen, die gequält werden. Dieser verdammte Blick hilft niemandem.

»Willst du über Kristophers E-Mails reden?« Mings Stimme ist getränkt in so viel Mitgefühl, dass mir fast schlecht wird. Ich schaue sie an, und sie schaut zurück. Mit diesem Blick. Er trifft mich wie eine Faust, und alles, was ich will, ist zurückschlagen. Ihr wehtun. Sie anschreien, sagen, dass ich mehr bin als das Mädchen, dessen Bruder sich umgebracht hat. Dass wenigstens sie das wissen müsste, gerade sie, weil sie mich kennt, weil sie schließlich meine beste Freundin ist. Aber ich sage es nicht. Ich atme flach, und meine Finger sind kalt. Die Wut schäumt in mir. Sie ist wie ein Fluss, der jeden Moment über die Ufer tritt und alles mit sich reißt, das sich ihm in den Weg stellt.

»Es ist doch bestimmt ziemlich belastend für dich, plötzlich wieder etwas von ihm zu lesen«, sagt Ming nach einer Weile. Sie ist einfühlsam und ich kurz vorm Durchdrehen.

Ich will das nicht. Ich will mich beruhigen. Und ich will, dass Ming wieder die Ming ist, die sie mal war. Und ich die Luise, die ich einfach nicht mehr bin. Wenn ein Mensch sich das Leben nimmt, endet nicht nur seines. Er zerstört das gesamte Gefüge. Die Ordnung. Das Gleichgewicht. Wie die Druckwelle, nachdem eine Bombe detoniert. Was bleibt, ist emotionale Verwüstung. Alle sagen, man soll reden. Aber das ändert nichts. Über den Tod zu sprechen kann ihn nicht rückgängig machen. Man versucht nur, Worte zu finden, wo sie einem fehlen.

»Lu?«, sagt Ming, und ich sehe sie an. »Ist alles okay?« Es ist eine simple Frage, aber ich flippe aus. Es passiert so plötzlich, dass ich erst nicht begreife, dass das wirklich ich bin. Dass ich laut denke und nicht leise, dass ich die bin, die schreit. Als wäre es jemand anders, und ich schaue und höre nur zu. Unbeteiligt. Wie im Kino.

»Hör endlich auf!« Meine Stimme überschlägt sich, Ming zuckt zusammen. »Hör auf damit! Ich halte das nicht mehr aus!«

»Was hältst du nicht mehr aus?«, fragt sie vorsichtig.

»Ich war richtig gut gelaunt, als ich dich angerufen habe, und jetzt geht's mir nur noch scheiße! Und daran bist du schuld!«

»Warum? Was hab ich denn gemacht?«

»Du behandelst mich wie alle anderen! Als wäre ich nur das Mädchen, das seinen Bruder verloren hat! Als wäre das alles, was ich bin. Als gäbe es sonst nichts, was mich ausmacht!«

»So sehe ich dich nicht.«

»Ach, nein?«

»Nein.«

Meine Hände sind zu Fäusten geballt, meine Nägel bohren sich in meine Handflächen.

»Du fragst mich ständig, wie es mir geht«, sage ich, und meine Stimme klingt boshaft und fremd. »Ganz ehrlich, Ming, was denkst du denn, wie es mir geht?« Mein Hals wird eng, und meine Augen brennen, ich schwitze. »Mein Bruder hat sich umgebracht. Er hat sich *umgebracht*. Also, nein, Ming, es geht mir nicht gut. Es geht mir gar nicht gut. Wenn du es genau wissen willst, geht es mir beschissen.« Ich sehe ihn daliegen. Auf dem Platz vor unserem Haus. Umgeben von Blut und schmutzigem Schnee, der sich langsam rosa färbt. »Kristopher ist tot«, sage ich, »und alle versuchen, das Richtige zu tun und zu sagen, aber es gibt bei so was nichts *Richtiges*.« Meine Stimme ist spröde und brüchig. »Nichts ist richtig, wenn der Mensch, den du am meisten liebst, sich umbringt«, sage ich und schlucke. »Und jedes Mal, wenn du mich so anschaust und mich fragst, wie es mir geht, erinnerst du mich nur noch mehr daran, wie scheiße alles ist. Du hast mir seit Wochen nichts mehr von dir erzählt. Ich habe keine Ahnung, wie es dir geht oder was du machst. Wir sprechen nur noch über mich und über Kristopher und ob ich darüber reden will.« Ich schüttle den Kopf. »Aber ich will nicht darüber reden.«

»Ich versuche doch nur, dir zu helfen«, sagt Ming.

»Aber ich will deine Hilfe nicht«, sage ich, und dann ist es still. Schmerzhaft still. »Vielleicht ist es das Beste, wenn wir erst mal nicht telefonieren.«

Ming starrt mich an. Ihr Kinn zittert, und über ihre Wangen laufen Tränen. Dick und langsam. Ich schaue in sie hinein wie in einen Spiegel. Sie ist verletzt. Und enttäuscht. Und wütend. Ihr Blick verrät, dass sie mir in diesem Augenblick am liebsten sagen würde, was sie von mir hält. Und ich wünschte fast, sie würde es tun. Ich wünschte, sie würde mich endlich anschreien.

Aber sie tut es nicht.

Sie nimmt Rücksicht. Und legt auf.

FREITAG, 31. MÄRZ

Luise

Die vergangene Nacht war wie ein Tauziehen zwischen meinem schlechten Gewissen und den Schlaftabletten. Irgendwann haben die Tabletten gewonnen.

Um 3:08 Uhr habe ich das letzte Mal auf die Uhr geschaut. Das erste Mal dann wieder um 5:46 Uhr. Es waren unruhige Stunden voller Traumfetzen. Sie waren verwaschen und weit weg, kamen mir aber doch nah genug, um ein trauriges Gefühl zu hinterlassen.

Ich bin wach geworden, weil ich aufs Klo musste, und bin ins Bad gegangen. Begleitet von dieser unbestimmten Angst, die ich seit dem Tod meines Bruders im Dunkeln immer habe. Ich muss das Licht einschalten, sonst traue ich mich nicht. Wie ein kleines Kind. Wenn die Welt so schwarz ist, dass ich nichts mehr sehe, füllt sich mein Kopf mit Bildern. Meistens mit denen, die ich nicht will. Als könnte mein müder Verstand sie nicht abwehren. Wenn das Licht an ist, geht es.

Ich bin in mein Zimmer zurückgegangen und habe mich wieder ins Bett gelegt. Und dann bin ich eingeschlafen. Aber nur ganz seicht. Als wäre ich gerade weit genug abgetaucht, um mich von der Oberfläche der Realität zu lösen.

Ich saß an einem kleinen Weiher im Mondschein. Das Licht war matt und blau und die Wasseroberfläche glatt gezogen wie ein Laken. Die Wiese und die Luft waren getränkt in Tau. Erst habe ich nur Umrisse erkannt, dann stand er neben mir: ein

Hirsch mit schwarzen Augen und einem imposanten Geweih. Sein Blick war wie meiner. Skeptisch und fremd. An mehr kann ich mich nicht erinnern.

Nach dem Aufwachen war ich bedrückt. Niedergeschlagen. Ich saß in meinem Bett mit einem leeren Gefühl in der Brust und der unumstößlichen Gewissheit, dass mein Bruder nie wiederkommen wird. Dass er weg ist. Für immer.

Dieser Gedanke war schwer und unerträglich und so sehr da, dass er mich komplett ausgefüllt hat. Ich weiß nicht, wie lange ich dort saß, aber es war eine Weile. Irgendwann bin ich aufgestanden und duschen gegangen. Und im Bad war alles weiß und hell und unschuldig. Als wäre mein Bruder nicht aus genau diesem Fenster gesprungen. Als wäre es nicht wahr und er nebenan.

Leugnen ist ein betäubendes Gefühl. Es legt sich um einen wie eine Schutzschicht. Und die Wahrheit rennt dagegen an. Immer und immer wieder. Und irgendwann kommt sie durch. Und wenn sie es tut, bricht alles zusammen.

Ich schlage in den Boxsack. Ein Mal, zwei Mal, so oft, bis meine Arme brennen. Und auch dann höre ich nicht auf. Ich dresche weiter gegen den Sand, spanne jeden Muskel an. Der Schweiß läuft mir in die Augen, ich habe Seitenstechen, spüre nur noch den Schmerz, der so schön körperlich ist. So vergänglich. Er wird aufhören, wenn ich aufhöre. Aber ich kann noch nicht aufhören. Meine Seele braucht noch etwas Pause.

Im Hintergrund läuft Musik, aber ich nehme sie nicht wirklich wahr. Sie dröhnt durch mich hindurch, die Bässe vibrieren in meinen Knochen. Meine Tränen vermischen sich mit meinem Schweiß, mein Kopf ist heiß, alles pulsiert, aber ich höre nicht auf, auf den Boxsack einzuprügeln. Es ist mir egal, ob ich es richtig mache, ich will nur die Wut loswerden. Sie und alles andere, was ich nicht fühlen will. Ich schlage es aus mir heraus. Hinein in den Sand. Bis die neunzig Minuten vorbei sind.

Heute war kein guter Tag. Und ich eine Mischung aus traurig und zornig und unendlich allein. Die Schule war langweilig, das Mittagessen schlecht, und der Nachmittagsunterricht schien endlos. Ich dachte, das Boxen würde helfen. Und währenddessen hat es das auch. Solange ich in den Sandsack geschlagen habe, war alles okay. Und mein Kopf leer. Das ist es, was ich am Boxen am meisten liebe. Den Zustand des Nicht-Denkens. Dass ich aufhöre zu grübeln und nur noch reagiere, dass ich meinen Körper spüre. Dass ich kämpfe bis zur Erschöpfung. Danach bin ich friedlich. Als würde mich das Zuschlagen in eine innere Mitte bringen. Letztes Mal hat dieser Zustand mehrere Stunden lang angehalten – dieses Mal nicht.

Ich stehe an der Tramhaltestelle und warte. Ohne meine Kopfhörer. Die habe ich vergessen. Also höre ich die Stadt und keine Musik. Die Luft ist noch kühl, und doch fühlt es sich schon ein bisschen an wie Frühling. Ich denke an den Traum. Es war der erste seit Langem. Er kam mitten in der Nacht. Nachdem ich auf dem Klo war. Ich hatte noch überlegt, ob ich eine zweite Tablette nehmen soll, mich aber dann dagegen entschieden. Als wäre eine okay und zwei zu viel. Das passt zu mir. Manchmal verstehe ich mich selbst nicht. Ich denke an Ming und daran, was ich zu ihr gesagt habe. Man hat kein Recht darauf, Menschen zu verletzen. Ganz egal, was vorgefallen ist.

Eine Tram kommt, aber es ist nicht meine. Sie trägt den Wind vor sich her, und der Boden vibriert unter meinen Füßen. Leute steigen ein und aus, dann fährt sie wieder los. Ich schaue in den Himmel. Er hat fast dasselbe Blau wie in meinem Traum. Ein Farbton zwischen Tag und Nacht. Wie ein Anfang. Oder ein Ende.

Mein Handy summt in meiner Jackentasche. Ich ziehe es heraus und schaue aufs Display. Die Nummer kenne ich nicht. Einen Moment zögere ich, doch dann gehe ich dran.

»Hallo?«

»Hallo Luise, hier ist Dr. Falkstein.«

Auch das noch.

»Ich wollte fragen, ob es bei dir gerade passen würde, die Stunde von neulich nachzuholen.«

Ich antworte nicht.

»Luise? Bist du noch dran?«

»Ja«, sage ich.

»Schaffst du es in einer halben Stunde?«

»Das ist … sehr kurzfristig«, sage ich.

»Dann hast du einen anderen Termin?«, fragt er.

»Das nicht, aber …«

»Großartig«, fällt er mir ins Wort, »dann sehe ich dich also gleich?«

Ich nicke nur. Und als hätte er es gesehen, sagt er: »Sehr schön, freut mich, dass es klappt.«

Dann legt er auf. Und meine Tram kommt.

Luise

»Bist du wütend auf deinen Bruder?«, fragt Dr. Falkstein.

»Nein«, sage ich.

»Du bist wirklich gar nicht wütend?«

»Nein«, sage ich noch einmal und klinge gereizt.

Dr. Falkstein mustert mich, aber sein Blick verrät nicht, was er denkt. Es interessiert mich auch nicht. Soll er doch denken, was er will.

Ich schaue an Dr. Falkstein vorbei zu dem dunklen Gemälde, das hinter ihm hängt. Der Hirsch steht an der Lichtung. Sein Anblick ist traurig und tröstend.

»Du magst den Hirsch, nicht wahr? Du siehst ihn immer an, wenn du hier bist.«

Ich antworte nicht.

»Hirsche sind ganz besondere Tiere«, sagt Dr. Falkstein. »Sie tauchen in den verschiedensten Kulturkreisen auf. Als Symbol für Göttlichkeit und Neubeginn.«

»Ich weiß«, sage ich, ohne ihn anzusehen.

»Das weißt du?«

Ich nicke.

»Weißt du auch weswegen?«, fragt er.

»Weil sein Geweih immer wieder nachwächst.« Jetzt schaue ich ihn an. »Er wirft es ab, aber es kommt wieder.«

Dr. Falkstein nickt anerkennend. »Du interessierst dich für Mythologie?«

»Nicht wirklich«, sage ich und schaue wieder weg.

Ich denke an die Installation von Beuys und an Harry Potter. Und an Blut auf Stein. Und an die leeren Augen meines Bruders. Hellblau und tot. Ich denke an meinen Traum von letzter Nacht und das Telefonat mit Ming und wie verletzt sie war, kurz bevor sie aufgelegt hat.

»Ist es okay, wenn ich frage, an welcher Form der Bipolaren Störung dein Bruder gelitten hat?«, fragt Dr. Falkstein.

Was für eine beschissen-blöde Frage. Er hat doch schon gefragt. Ich mustere ihn. Regungslos. Wie eine Puppe mit Herzschlag.

»Hat dir jemand die Unterschiede erklärt?«, fragt er, aber ich reagiere nicht. »Es gibt verschiedene Ausprägungen der Bipolaren Störung.«

Was für ein Idiot.

»Bipolar I, Bipolar II, Zyclothymia, Rapid Cycling und gemischte Formen.« Kurze Pause. Geschulter Blick. »Weißt du, was Kristopher war?«

»Ja«, sage ich, »mein Bruder.«

Stille.

Dr. Falkstein setzt sich aufrecht hin. Peinlich berührt. Er räuspert sich. »Was ich meinte, war …«

»Ich weiß, was Sie meinten«, falle ich ihm ins Wort. »Aber das haben Sie nicht gesagt.«

Er runzelt die Stirn, dann nickt er. »Du hast recht. Das war ungeschickt von mir. Dein Bruder war natürlich viel mehr als seine Krankheit.« Er macht eine Pause und schaut mich direkt an. »Es tut mir leid.«

Es wundert mich, dass er sich entschuldigt. Und noch mehr wundert mich, dass ich ihm glaube.

»Die Diagnose meines Bruders lautete Bipolar II mit lang

anhaltenden schweren Depressionen und überdurchschnittlich langen Hypermanien«, sage ich, ohne darüber nachzudenken. Ohne es wirklich zu beschließen.

Dr. Falkstein faltet die Hände in seinem Schoß, als würde er beten, dann fragt er: »Gibt es noch weitere Fälle von psychischen Störungen in eurer Familie?«

Ich verschränke die Arme vor der Brust. »Warum?«, frage ich. »Finden Sie denn, einer reicht nicht?«

»Menschen, bei denen eine Bipolare Störung festgestellt wird, sind meistens genetisch vorbelastet«, übergeht er meine Aussage. »Es gibt fast immer eine familiäre Vorgeschichte, was psychische Störungen betrifft. Leider wird oft nicht darüber gesprochen.«

Darüber.

Der Vater meines Vaters hat Selbstmord begangen. Zumindest sagt das mein Vater. Meine Oma behauptet, es war ein *unglücklicher Unfall.* Ich weiß nicht, was stimmt. Und ich weiß auch nicht, ob wir deswegen nicht darüber reden, weil keiner von uns die Wahrheit wissen will oder weil keiner von uns sie kennt. Ich weiß nicht, ob es einen Abschiedsbrief gegeben hat oder ob mein Großvater eine psychische Störung hatte. Alles, was ich weiß, ist, dass er an einem ansonsten ganz normalen Sonntag in der Badewanne ertrunken ist. Einfach so.

Mein Vater war damals zwölf Jahre alt. Meine Tante vierzehn. Sie meinte einmal, dass er es vorher schon versucht hat. *Wenn jemand wirklich sterben will,* hat sie gesagt, *dann hältst du ihn nicht davon ab.*

Ich wünschte, ich hätte meinen Bruder davon abhalten können. Ich wünschte, ich hätte gereicht. Ich habe immer versucht, ihn aufzuheitern, ihn bei Laune und am Leben zu halten. Aber in seinen schlechten Phasen hat er einfach durch mich hindurchgesehen wie durch eine Glasscheibe. Ich habe versucht, das zu sein, was er brauchte, immer etwas anders, aber nie hat es gereicht. Ich war nicht genug. Nicht für ihn, für niemanden. Die ewig Zweite. Das gesunde Kind. *Er kann doch nichts dafür, Luise.* Er konnte nie etwas dafür. *Kristopher meint das nicht so. Du musst das verstehen.* Ich musste es immer verstehen. Alles, was er getan hat. Mein Bruder hat keine Fehler gemacht, er war krank. Und diese Tatsache hat ihn umgeben wie ein Schutzschild aus Wankelmütigkeit und Trägheit. Ich stand immer in seinem Schatten. Es war okay. Und gleichzeitig habe ich es gehasst. Und jetzt gibt es keinen Schatten mehr. Und ich weiß nicht mehr, wo ich hingehöre.

Manchmal kommt es mir so vor, als hätte ich zwei Gehirne. Und dass sie nichts voneinander wissen. Das eine versteht, warum mein Bruder es getan hat. Dass er keinen anderen Ausweg gesehen hat. Dass es nur dieses Fenster und den freien Fall für ihn gab. Dass das nicht mehr *er* war, dieser blasse Mensch ohne Lachen.

Das andere Gehirn begreift es nicht. Weil es nicht denkt. In diesem Gehirn gibt es weder einen Sinn noch Logik noch Kontrolle. Dort bin ich verstopft mit Gefühlen, die ich nicht haben will. Die ich nicht haben sollte. Die ich nicht aushalte. Aber Schmerz ist geduldig. Genauso wie Wut. Und Vermissen. Und Einsamkeit. Sie warten einfach.

»Luise?« Dr. Falkstein lehnt sich in meine Richtung. Sein Blick ist besorgt und fürsorglich. Ich frage mich, ob er Kinder hat. »Was geht in dir vor?«, fragt er leise.

Ich schaue ihn an. Ein paar leere Sekunden lang. Ich weiß nicht, warum ich gerade jetzt an Kristophers Kugelschreiber-Zeichnungen denken muss. So viele Linien in immer demselben Blau. Ich spüre die Rückseite meiner Augäpfel. Es ist ein dumpfer Schmerz. Sie fühlen sich an, als würden sie jeden Moment platzen. Meine Rippen ziehen sich zusammen, das Atmen fällt mir schwer, aber ich atme.

»Brauchst du etwas?«, fragt Dr. Falkstein.

Meinen Bruder, denke ich.

»Ein Glas Wasser vielleicht?«

»Nein«, sage ich. »Ich möchte jetzt gehen.«

Und er lässt mich gehen. Mit einem kaum sichtbaren Nicken und einem bedauernden Blick.

»Gibt es jemanden, mit dem du reden kannst?«

»Ja«, sage ich und blicke kurz in Richtung Zimmerdecke. »Es gibt jemanden.«

Jacob

Ich öffne die Tür. Und da steht sie mit einem Blick, der mir fast das Herz zerreißt. Ihre Augen schimmern schwarz und tief. Wie nasse Kohle. Oder Schieferplatten. Sie kam mir noch nie so klein vor wie in diesem Moment. So zerbrechlich und allein.

Sie sieht mich an, ich sage nichts, breite nur meine Arme aus. Tränen laufen über ihr Gesicht, leise, fast heimlich. Eine nach der anderen. Wie durchsichtiges Blut aus einer verletzten Seele. Luise macht einen Schritt auf mich zu, und dann halte ich sie. Zwischen Tür und Angel. Sie draußen, ich drinnen.

Als sie das letzte Mal geweint hat, war es anders. Sie hat sich dagegen gewehrt, wurde überwältigt von ihren eigenen Gefühlen. Es war laut und verzweifelt, jetzt weint sie still, ihr Atem ist gleichmäßig. Und irgendwie ist das fast noch schlimmer. Diese Endgültigkeit in ihrem Blick.

Ich denke nicht an das Nudelwasser, das wahrscheinlich gerade überkocht. Und auch nicht an den ungeöffneten Brief, der auf dem Küchentisch auf mich wartet. Ich bin im Hier und Jetzt. Halb im Flur, halb im Hausgang. Ganz bei Luise.

Jacob

Luise sitzt mit angezogenen Beinen auf meinem Bett, das Gesicht tief in den Armen vergraben. Ich stehe daneben und weiß nicht, was ich tun soll. Also mache ich Musik an.

Luise hebt den Kopf. Ihr Kinn zittert, ihre Augen sind rot, und alles in mir wird eng und hilflos.

»Er wird nie wiederkommen«, sagt sie leise.

»Ich weiß«, sage ich und setze mich auf die Bettkante.

»Aber ich will, dass er wiederkommt.«

»Ich weiß.«

Und dann weint sie, und ich bin hin- und hergerissen zwischen dem Impuls, sie in den Arm zu nehmen und aus dem Zimmer zu rennen. Luise ist ein Häuflein Elend und ich absolut unfähig, etwas zu tun, weil ich nicht weiß, was zu tun ist. Ich stehe auf, und sie greift nach meiner Hand.

»Geh nicht«, sagt sie.

Und ich gehe nicht.

Stattdessen lege ich mich neben sie. Ich bin angespannt und aufgeregt. Und traurig. Doch ich sage nichts, weil es nicht um mich geht. Nicht um das, was ich fühle. Nicht um uns, sondern um sie. Ein Lied endet, und ein neues beginnt. »The Night We Met« von Lord Huron. Es ist genauso schwermütig wie der Augenblick.

Luise legt ihren Kopf auf meine Schulter und ihren Arm auf meine Brust. Ich spüre ihr kurzes Haar an meinem Hals und ihren Puls an meiner Schulter.

Die Musik und der Moment liegen wie ein Gürtel um meine Rippen. Ich atme dagegen an und schließe die Augen. Wir sind beide komplett angezogen, und doch war mir noch nie jemand so nah.

Ich küsse sie sanft auf die Stirn. Und dann halte ich sie fest. So lange, bis sie eingeschlafen ist.

SAMSTAG, 1. APRIL

Luise

Ich wache auf, als würde ich aus warmem Wasser auftauchen. Mein Mund ist trocken und die Luft zu oft geatmet. Ich fühle mich benommen und gleichzeitig aufgekratzt. Als ich meine Augen aufschlage, sind sie trocken und geschwollen und auf diese Art heiß, wie sie es nur sind, wenn man am Tag zuvor zu viel geweint hat.

Das ist nicht mein Fenster. Nicht mein Bett. Nicht mein Kissen. Ich erkenne ein Kinn mit kurzen Bartstoppeln und Lippen und einen Hals mit hervorstehendem Adamsapfel. Und dann erst weiß ich wieder, wo ich bin. In Jacobs Bett, auf seiner Schulter, sein Arm liegt auf meiner Hüfte. Ich wage nicht, mich zu bewegen, betrachte die Bartstoppel, die so ganz anders aussehen als normale Haare. Viel härter und borstiger und irgendwie seltsam. Ich nehme ganz vorsichtig meinen Arm von Jacobs Brust, halte inne, warte einen Moment. Er atmet ruhig weiter, sein Herz schlägt gleichmäßig, seine Lider sind fest geschlossen. Ich strecke meinen Zeigefinger aus und berühre zaghaft sein Kinn. Die Stoppel stechen wie winzige stumpfe Nadeln in meine Fingerkuppe. Es ist ein angenehmes Gefühl.

Jacob atmet plötzlich ein, sein Körper versteift sich, und ich erstarre. Mein ausgestreckter Zeigefinger schwebt nur ein paar Millimeter über seinem Kinn. Ich halte den Atem an und den Arm still. Eine Sekunde lang, zwei, drei. Aber er schläft noch. Und sein Körper ist wie eine Heizung. Das T-Shirt klebt an mir und ich an Jacob.

Ich drehe meinen Kopf ein Stück zur Seite und löse mich aus seiner Halsbeuge. Sonnenstrahlen dringen wie Lichtschwerter in meine Augen, und ich schaue weg. Mein Mund schmeckt nach Hunger und nach nicht geputzten Zähnen, und mein Bein ist eingeschlafen. Als ich es schüttle, rutscht Jacobs Arm von meiner Hüfte, und er wacht auf, als hätte man ihn eingeschaltet. Er runzelt die Stirn und blinzelt ein paar Mal, dann schaut er mich aus verschlafenen Augen an. Mein Blick fällt erst auf ihn und dann auf den Digitalwecker auf dem Nachttisch. 8:37 Uhr.

Und in dieser Sekunde schießen mir zwei Dinge durch den Kopf.

1. Ich habe meiner Mutter nicht Bescheid gegeben, dass ich hier übernachte.

2. Ich habe fast dreizehn Stunden geschlafen. Ohne Tabletten.

Jacob

Normalerweise beginne ich meinen Tag allein. Mit wirren Gedanken und einer Tasse Kaffee. Aber heute ist nicht normalerweise. Ich bin noch nie neben Luise aufgewacht. Noch nie in Luft, die nach ihr riecht. Luise stützt sich auf einem Ellenbogen ab und lächelt mich an. Und dieses Lächeln berührt mich auf eine Art, die ich nicht kenne. Irgendwas in meiner Brust, das sonst immer eng ist, ist plötzlich offen. Als könnte ich besser atmen.

»Guten Morgen«, sage ich, und meine Stimme klingt rau und kratzig und zu lange nicht benutzt.

»Guten Morgen«, sagt sie, und ihre klingt genauso.

Luise rappelt sich auf. Ihre Augen sind rot und trotzdem schön. Sie streckt sich und gähnt und steckt mich damit an. Ein paar Sekunden sitzen wir nebeneinander und schweigen. Ich frage mich, woran sie denkt, und denke, wie schön es ist, sie bei mir zu haben. Hier in meinem Bett. Verschlafen und verletzlich und komplett angezogen.

Ich war schon mit vielen Mädchen in diesem Bett. Sie waren nackt, und manche von ihnen fand ich auch toll, aber mit keiner war es wie mit Luise. Mit keiner anderen bin ich nur eingeschlafen. Plötzlich schaut sie hoch und direkt in meine Augen.

»Danke wegen gestern«, sagt sie.

»Ich habe gar nichts gemacht«, sage ich.

»Doch, das hast du. Du warst für mich da.«

Ihre Augen sind geschwollen, und ich muss lächeln.

»Gern geschehen«, sage ich.

Wir sehen einander an. Ich sollte wegschauen, tue es aber nicht. Der Blick wird länger und länger, dann reißt er ab.

»Kann ich mein Handy aufladen?«, fragt Luise und zeigt auf das Ladekabel neben dem Nachttisch. »Mein Akku ist leer, und ich muss meine Mutter anrufen.« Pause. »Sie macht sich bestimmt schon Sorgen.«

»Klar«, sage ich, »nur zu.«

Luise kriecht zur Bettkante und steckt es an. Und ich stehe auf. »Ich lasse dich mal allein«, sage ich. »Dann kannst du ungestört telefonieren.«

Es gibt Mütter, die sich Sorgen um ihre Kinder machen, denke ich und schließe die Tür hinter mir.

Luise

Beim zweiten Klingeln nimmt sie ab. Kein *Hallo*, kein *Wie geht's dir*.

»Du, ich bin auf dem Weg in den OP«, sagt sie im Flüsterton. »Ist es wichtig?«

»Ich«, fange ich an, breche aber wieder ab. »Dann warst du gar nicht zu Hause?«

»Doch, doch, ich wollte dich nur nicht wecken.«

»Du hast nicht mal zu mir reingeschaut?«

»Luise, ich war echt spät daheim und musste früh wieder raus«, sagt sie. »Außerdem war deine Zimmertür zu.«

Meine Zimmertür ist immer zu.

»Hummel? Bist du noch dran?«

»Ja«, sage ich.

Sie hat nicht mal bemerkt, dass ich nicht da war.

»Heute dürfte ich früher fertig sein«, sagt sie. »Wir könnten zusammen kochen. Was meinst du? So um sieben?«

»Okay«, sage ich und lege auf.

Ich betrete die Küche. Arthur und Julia sitzen am Tisch, Jacob ist nicht da.

»Luise«, sagt Arthur und grinst sein breites Grinsen. »Guten Morgen.«

»Guten Morgen«, sage ich.

Julia sieht mich, und ihr Blick sagt alles. »O nein, du Arme, hast du Heuschnupfen?«, fragt sie. »Falls ja, ich habe Tabletten da, die richtig gut helfen.«

»Nein«, sage ich, »kein Heuschnupfen.«

»Aber Hunger hast du bestimmt«, sagt Arthur.

Die Tür geht auf, und Jacob kommt herein. Er lächelt, aber sein Lächeln ist anders als vorhin. Und ich frage mich, ob es etwas mit dem Brief zu tun hat, der auf seinem Schreibtisch liegt.

»Erde an Luise«, sagt Arthur, und ich schaue ihn an. »Hast du nun Hunger oder nicht?«

»Ja«, sage ich, »ich habe Hunger.«

Dann steht Jacob neben mir. »Isst du gerne Pfannkuchen?«, fragt er.

»Ich liebe Pfannkuchen«, sage ich.

»Ich auch«, sagt Arthur. »Genau genommen gibt es nur wenig, das ich so gern mag wie Pfannkuchen.«

Jacob grinst, dann schaut er zu Julia: »Was ist mit dir? Willst du auch welche?«

»Ich nehme alles, was kein Toast ist«, sagt sie.

»Verräterin«, sagt Arthur. Und küsst sie.

Ich bin gerne hier. In dieser Wohnung. Mit diesen Menschen. Ich mag, dass es hier immer gut riecht. Nach Essen und nach Kaffee und sauberer Wäsche. Ich mag, dass Jacob und Arthur miteinander reden. Dass sie einander von all den kleinen Dingen erzählen, die man sich nur erzählt, wenn man sich nahesteht.

Mama und ich tun das nicht. Wir teilen einen Nachnamen, eine Anschrift und einen halben Chromosomensatz. Sonst verbindet uns nicht viel. Manchmal frage ich mich, ob Kristopher unsere einzige Gemeinsamkeit war und ob wir jetzt, wo es ihn nicht mehr gibt, keine mehr haben. Außer vielleicht der Leere, die er hinterlassen hat. Denn die spüren wir beide. Jeder für sich. Jeder allein.

Ich denke an meinen Bruder. An sein breites Grinsen und an die Art, wie er lachen konnte. Laut und ansteckend. Ich glaube, er hätte es hier gemocht. Und ich glaube, Jacob und Arthur und Julia hätten ihn gemocht.

Doch wenn Kristopher noch leben würde, dann wäre ich nicht hier. Dann wäre ich zu Hause. Mit ihm. Und er wäre euphorisch oder depressiv oder er würde schlafen oder malen. Und jetzt ist er tot, und ich schneide Obst.

Ich schaue zu Jacob, sehe zu, wie er etwas Teig in eine der drei Pfannen gibt und ihn verteilt. Arthur und Julia decken den Tisch. Die Butter brutzelt, Julia lacht, es läuft Musik. »Montreal Rock Band Somewhere« von Happyness.

Wenn ich eins gelernt habe, dann, dass Zeit nicht wiederkommt. Dass eine Minute nach der anderen unerbittlich aus unserem Leben stirbt und dass wir jeden Moment aufs Neue entscheiden müssen, ob wir sie verschwenden oder nutzen.

Das *Jetzt* sollte gut sein. Denn uns bleibt nur das Jetzt. Und mein Jetzt ist gut. Diese Minute riecht nach geschmolzener Butter und nach Erdbeeren.

Und ein bisschen nach Jacob.

Jacob

Es regnet in Strömen, und die Wolken sind dunkelgrau. Luise nimmt sich noch einen Pfannkuchen. Ihr Blick findet meinen. Sie hat Nutella im Mundwinkel. Einen kleinen Klecks, der aussieht wie ein Muttermal, das man essen kann.

»Ich glaube, ich muss diese komische Serie jetzt doch anschauen«, sagt Julia und legt ihr Handy zur Seite. »Ich dachte ja, ich steh da drüber, aber das tue ich nicht. Scheiß Gruppenzwang.«

»Was für eine Serie?«, fragt Arthur mit vollem Mund.

»Ach, diese neue Netflix-Serie, über die alle gerade reden.«

»Etwa *13 Reasons Why*?«, fragt Arthur.

Sie nickt. »Mein Instagram-Feed ist voll davon«, sagt sie.

»Meiner auch«, sagt Arthur.

»Meiner nicht«, sagt Luise. »Aber ich habe auch keinen Instagram-Account.«

»Ich auch nicht«, antworte ich, und wir grinsen beide. »Aber wir haben Netflix.«

»So ist es«, sagt Arthur. »Hat sonst noch jemand Lust, sich dem Gruppenzwang hinzugeben? Also ich wäre dabei.«

Wir sitzen zu viert auf dem Sofa. Julia in Arthurs Armen, Luise nicht in meinen. Ein Fakt, der mich stört, den ich aber nie zugeben würde. Der Regen prasselt weiter gegen die Fensterscheiben. Gemischt mit Schnee. April eben. Dann beginnt die erste Folge.

Gute Musik, denke ich und reiche Luise die Chipstüte. Sie greift hinein, unsere Hände berühren sich. Und es ist sehr viel Gänsehaut für einen so flüchtigen Moment. Ich sehe Luise an. Nur ganz kurz. Dann schaue ich wieder weg. Zumindest tue ich so. Ihr Arm streift meinen.

Sie riecht gut. Es ist kein bestimmter Geruch. Ich könnte nicht sagen, was es ist, nur, dass ich den Duft mag. Auf eine Art, die mein Herz schneller schlagen und meine Handflächen schwitzen lässt. Wenn ich später ins Bett gehe, werde ich mein Gesicht in das Kissen drücken, auf dem sie geschlafen hat, und ihren Geruch einatmen.

Luise spielt geistesabwesend mit ihrem Lippenpiercing herum. Das tut sie dauernd. Ich glaube, es fällt ihr nicht mehr auf. Aber mir fällt es auf. Ich frage mich, wie sich das Metall wohl auf meinen Lippen anfühlen würde – ein Gedanke, den ich immer öfter habe.

Ich schaue weg. Konzentriere mich voll und ganz auf den Fernseher und auf die Handlung. Ein paar Minuten vergehen, bis ich begreife, worum es in der Serie geht, bis aus der Vorahnung Gewissheit wird. Ich spüre, wie Luise sich neben mir anspannt, wie ihr gesamter Körper härter und härter wird. Ein Muskel nach dem anderen. Dann kippt die Stimmung.

Plötzlich steht Luise auf. Die Chipstüte fällt von ihrem Schoß, und der Inhalt verteilt sich auf dem Boden. Sie steht mittendrin. Ihre kleinen Füße wie zwei gestreifte Inseln in einem Meer aus Erdnussflips.

»Das … das tut mir leid«, sagt sie in einem brüchigen Flüstern. »Ich räume das auf.«

Sie bückt sich. Ihre Hände zittern, sie kämpft mit den Tränen. Arthur drückt auf die Pausentaste und nimmt den Arm von Julias Schulter, ich stehe auf und lege meinen um Luises.

»Lass es«, sage ich. »Ich mache das.«

Sie sieht mich an, und der Ausdruck in ihrem Gesicht ist wie ein Abgrund.

»Was ist los?«, fragt Arthur ungewohnt ernst. Luise schaut zu Boden, ich mache eine abwinkende Handbewegung in seine Richtung, Julia beginnt, die Chips aufzuheben.

»Willst du in mein Zimmer rübergehen?«, frage ich.

Sie schüttelt den Kopf. »Ich will nach Hause.«

»Okay«, sage ich, »lass uns gehen.«

Wir stehen im Flur, ich ziehe meine Schuhe an und greife nach der Regenjacke.

»Du musst mich nicht begleiten«, sagt sie und schlüpft in ihre Stiefel.

»Ich weiß, dass ich das nicht muss.«

»Jacob, ich …«

»Nein«, sage ich scharf. Schärfer als beabsichtigt. »Ich lasse dich jetzt ganz bestimmt nicht allein.«

Ihre Augen sind glasig und schwarz.

»Okay«, sagt sie. Und dann gehen wir.

Luise

Wir sprechen nicht. Es gäbe viel zu sagen, aber nichts davon ist wichtig. Der Regen dringt durch den Stoff meiner Jacke, der Schal riecht nach nasser Wolle. Ich hasse diesen Geruch.

Jacob und ich gehen die Straße entlang, tief in Gedanken versunken. Erst wollte ich nicht, dass er mich begleitet, aber jetzt bin ich froh, dass er da ist. Hinter den Bäumen versteckt sich das Haus, in dem ich wohne. Obwohl die Blätter so grün sind, scheint alles farblos. Das graue Grün ist überall. Im Vorbeigehen sehe ich den hässlichen Brunnen. Die Baumkronen verdecken das Fenster, aus dem mein Bruder gesprungen ist. Aber es ist da. Im vierten Stock.

Wir bleiben vor meiner Haustür stehen. Jacob schaut mich an. Einfühlsam, aber nicht mitleidig.

»Du kannst mit raufkommen, wenn du willst«, sage ich.

»Nein«, sagt er. »Außer, du möchtest, dass ich mitkomme.«

Ich schüttle den Kopf. Keine Ahnung warum. Ich will nicht, dass er geht. Und ich will allein sein. Und ich will mit ihm allein sein. Aber ich will nicht sprechen müssen.

Jacob macht zwei Schritte rückwärts.

»Okay«, sagt er dann und lächelt. »Ich schätze mal, wir sehen uns.«

Es ist eine Mischung aus Frage und Feststellung. Ich nicke. Und er geht.

Jacob

»Du weißt, ich mag Luise gern«, sagt Arthur, »aber was zum Teufel ist los mit dem Mädchen?«

»Nichts ist los mit ihr«, sage ich.

Er und Julia haben alles aufgeräumt. Sie haben sogar gesaugt. Ich wette, das war sie.

»Jedes Mal, wenn sie hier ist, hat sie total verheulte Augen«, sagt Arthur, »Und dann noch diese seltsame Aktion vorhin … Was sollte das?« Arthur schüttelt den Kopf.

»Sie hat eine verdammte Chipspackung runtergeworfen«, sage ich, »krieg dich wieder ein.«

»Es geht mir doch nicht um die scheiß Chipspackung, Jacob.«

»Sondern? Worum dann? Darum, dass ihr aufgeräumt habt?«, frage ich. »Das wäre nämlich gar nicht nötig gewesen. Ich hätte mich schon darum gekümmert.«

»Das weiß ich«, sagt er.

»Was ist es dann?«, frage ich.

Er seufzt. »Ich mache mir Sorgen um dich, okay?«

Ich lache auf, aber es klingt nicht nach mir. Es klingt fremd und künstlich. Wie ein schlechter Versuch, etwas zu überspielen.

»Sorgen um mich?«, frage ich.

Er nickt.

»Und warum?«

»Du weißt warum«, sagt Arthur. Sein Blick ist undurchdringlich, sein Gesicht ernst. Er sieht aus wie eine genaue Mischung aus seinem Vater und unserer Mutter. Er hat ihre Augen. Die haben wir beide.

»Es geht mir gut«, sage ich.

»Das glaube ich dir nicht«, sagt er.

»Okay, es geht mir nicht gut, aber nicht aus dem Grund, an den du jetzt denkst.«

»Aus welchem dann?«

Es entsteht eine Pause, die sich immer weiter ausdehnt. Sie ist voll mit Arthurs Blicken und meinen Versuchen, ihnen auszuweichen.

»Jacob, ich will nur, dass du glücklich bist«, sagt er. »Und dieses Mädchen ist überhaupt nicht glücklich.«

Ich könnte ihm sagen, dass er keine Ahnung hat, wer Luise ist. Dass ich sie gerade selbst erst kennenlerne. Dass sie irgendwie ist wie ich. Und irgendwie auch ganz anders. Aber ich sage nichts davon. Weil er es nicht verstehen würde. Also sitzen wir einfach nur da, schweigend nebeneinander auf dem Sofa. Meine Haare sind noch immer nass. Wassertropfen laufen meinen Nacken hinunter und werden von meinem T-Shirt aufgesaugt.

»Was ist los mit Luise?«, fragt Arthur vorsichtig. »Kein Mensch ist einfach so so traurig.«

Ich schaue hoch und blicke in das Gesicht meines Bruders. Er war immer so etwas wie Hoffnung. Ein Verbündeter. Ich versuche, mir vorzustellen, wie es für Luise sein muss. Wie es sich anfühlt, wenn der Mensch, der dir am wichtigsten ist, plötzlich fehlt. Wenn er aus deinem Lebensbild radiert wurde. Und alles, was bleibt, ist diese Lücke. Die Leere, die er hinterlässt. Es ist eine Leere, die niemand jemals füllen kann, weil niemand jemals denselben Umriss haben wird. Ich versuche, mir eine Welt ohne Arthur vorzustellen, aber ich kann es nicht. Eine Welt ohne ihn scheint unmöglich.

»Komm schon, Jacob, red mit mir.«

Ich kann es ihm nicht sagen. Es kommt mir vor wie Verrat. Aber ich will es auch nicht für mich behalten. Und dann sage ich es einfach: »Luises Bruder hat sich umgebracht.«

Und sein Gesicht verändert sich schlagartig. Es ist vollkommen leer. Ohne Ausdruck. Wie eingefroren.

»Er hat sich umgebracht?« Ich nicke. Es ist kaum sichtbar, aber es reicht. »Wann?«, fragt er.

»Ende Januar«, sage ich.

»Scheiße.«

Dann ist es still. Wir denken nach. Vielleicht über dieselben Dinge, vielleicht über verschiedene. Julia ist nebenan im Badezimmer. Und aus der Wohnung über uns dringen Stimmen durch den Holzboden.

»Sie macht eine Therapie bei Dr. Falkstein«, sage ich.

»Hier im Haus?«

»Hier im Haus.« Pause. »So habe ich sie kennengelernt. Im Flur.«

»Ich dachte, ihr kennt euch aus der Schule«, sagt Arthur.

»Wir waren zusammen an der Schule«, sage ich, »aber da haben wir nie miteinander gesprochen.« Ich atme tief ein und dehne mein Genick, und endlich knackt es. »Ihr Bruder und ich waren in derselben Stufe. Wir hatten in der Kollegstufe ein paar Kurse zusammen.«

»Du kanntest ihren Bruder?«

Ich nicke. »Nicht besonders gut. Aber ja, ich kannte Kristopher.«

Und wieder ist es still. Nur sein Atem und mein Atem, Julia nebenan und die Leute über uns.

»Okay«, sagt Arthur dann. »Aber wenn du das alles wusstest, das mit ihrem Bruder und wie schlecht es ihr geht und was sie gerade durchmacht und so, warum zum Teufel lässt du dann zu, dass wir *so eine* Serie anschauen?« Arthur schüttelt verständnislos den Kopf. »Ich meine, es ist doch völlig klar, dass sie da so reagieren wird.«

»Woher sollte ich bitte wissen, worum es in der blöden Serie geht?«, frage ich.

»Das wusstest du nicht?«

»Nein, woher auch?«

»Na ja, also *Tote Mädchen lügen nicht* lässt doch zumindest darauf schließen, dass die Handlung nicht gerade fröhlich sein wird, oder?«

»Die Serie heißt *Tote Mädchen lügen nicht*?«, frage ich gereizt.

»Ja«, sagt Arthur.

»Dann danke ich dir vielmals, dass du sie vorhin *13 Reasons Why* genannt hast.«

Er runzelt die Stirn. »Hab ich das?«

»Ja, hast du«, sage ich.

»Oh.«

Ich mache ein abschätziges Geräusch.

»Es ist ja nicht, als hätte ich mir den Titel ausgedacht«, sagt Arthur. »Die Serie heißt im Original nun mal so.«

»Das weiß ich inzwischen auch«, sage ich.

Kurz ist es still. Dann fragt er: »Und jetzt?«

»Nichts ›und jetzt‹«, sage ich. »Jetzt weißt du's.«

Pause.

»Gibt es irgendetwas, das ich tun kann?«, fragt er.

Ich will gerade Nein sagen, da wird mir klar, dass er das doch kann. Und dass er dafür nicht mal viel tun muss.

»Das kannst du«, sage ich. »Sei einfach so, wie du immer bist. Das macht Menschen glücklich.«

Luise

Es ist 21:12 Uhr, und Mama ist immer noch nicht zu Hause. Ich sitze am gedeckten Küchentisch und beobachte den Sekundenzeiger der großen Uhr dabei, wie er seine Runden dreht. Zeit bleibt nicht stehen, nur weil wir es tun. Vielleicht heißt es deswegen: *Das Leben geht weiter.*

Ich habe einen Nudelauflauf gemacht. Er war um Punkt sieben fertig. Jetzt ist er kalt. Und es ist mir egal. Ich war einkaufen, weil der Kühlschrank leer war. So leer wie ich. Und weil ich es in der Wohnung nicht ausgehalten habe. Ich habe geduscht und dann ein bisschen ferngeschaut. Und dann habe ich überlegt, Ming anzurufen, es aber nicht getan. Und dann bin ich rausgegangen. Zum REWE. Ich habe den kleinen Umweg genommen, so wie immer. Zur Ampel, zum dm, dann links. Ich schaffe es einfach nicht, die Bodenplatten zu betreten, auf denen Kristopher lag. Das wäre, als würde ich auf seinem Grab spazieren gehen. Ich war seit der Beerdigung nicht dort. Bei seinem Grab, meine ich. Es ging einfach nicht.

Im REWE konnte ich besser atmen. Meine Kopfhörer haben der Welt gesagt, dass sie mich in Ruhe lassen soll, und das hat sie getan. Und dann habe ich gekocht. Es hat nach Tomatensoße und geschmolzenem Käse und nach Basilikum gerochen. Ein bisschen wie bei Jacob. Nur, dass hier das Leben gefehlt hat. Für ein richtig gutes Essen braucht man mehr als nur die richtigen Zutaten.

Jetzt riecht es abgestanden. Nach einem Auflauf, der kalt geworden ist. Ich weiß nicht, was ich schlimmer finde: die Tatsache, dass meine Mutter nicht gekommen ist, oder dass ich wusste, dass sie nicht kommen würde. Zumindest nicht um sieben. Nicht pünktlich. Sie ist nie pünktlich. Ich schiebe die Gabel auf dem Platz-Set hin und her und frage mich, warum ich gekocht habe. Wo ich doch wusste, dass sie entweder zu spät oder gar nicht aufkreuzen würde. Trotzdem bin ich einkaufen gegangen, habe etwas zu essen gemacht, den Tisch gedeckt und Servietten gefaltet. Ich bin der lebende Beweis dafür, dass der Grat zwischen Wunschdenken und Hoffnung ziemlich schmal ist.

21:19 Uhr. Wie viel Sinn macht es noch, hier sitzen zu bleiben und auf sie zu warten? Und warum verschwende ich meine Zeit, wenn ich doch weiß, dass man sie nicht wiederbekommt? Dass sie sich in Bedeutungslosigkeit auflöst, wenn man ihr keine Bedeutung gibt.

Bei diesem Gedanken stehe ich auf und gehe in mein Zimmer. Weg von der Uhr und ihrem Sekundenzeiger. Und dann packe ich ein paar Sachen in meinen großen Rucksack. Unterhosen, Hosen, drei T-Shirts, ein Unterhemd, zwei Pullover, Socken. Und den Laptop und das Ladekabel und die Kopfhörer. Und die Schulbücher, die ich in den kommenden Tagen brauchen werde. Und mein Schmusekissen. Zuletzt gehe ich ins Bad und hole mein Deo und meine Zahnbürste. Es tut gut, sie mitzunehmen. Sie stand viel zu lange allein in diesem Glas herum.

Es ist 21:38 Uhr, als ich den Auflauf abgedeckt in den Kühlschrank stelle und einen der beiden Teller, einen Löffel und eine Gabel wegräume. Die Serviette werfe ich in den Müll. Sie wurde produziert, von mir gekauft, gefaltet und jetzt entsorgt. Ohne je benutzt zu werden.

Ich setze mich mit einem Zettel und einem Stift an den Tisch. Mein Satz wartet nur darauf, aufgeschrieben zu werden. Etwas wie: *Ich bin weg. Und ohne diese Nachricht wäre dir das nie aufgefallen.* Aber ich schreibe ihn nicht auf. Ich bin zu sehr damit beschäftigt, den Gedanken zu verdrängen, dass mein Bruder vielleicht auch genau hier saß, als er seinen Abschiedszettel an mich geschrieben hat. Ein paar Minuten bevor er aus dem Fenster gesprungen ist. Ich frage mich, ob er auf diesem Stuhl saß. Und ob er seinen letzten Satz mit diesem Kugelschreiber geschrieben hat. Es ist einer von seinen. Einer von denen, die er immer zum Malen benutzt hat.

Ich betrachte den Stift, und meine Augen brennen. Ein dumpfer Schmerz zieht sich von vorne nach ganz hinten. Eine Träne fällt auf den Zettel. Er saugt sie auf und wellt sich. Mein Bruder wird nie wiederkommen. Nie wieder.

Ich höre, wie ein Schlüssel ins Schloss gesteckt und umgedreht wird, dicht gefolgt von der Stimme meiner Mutter.

»Hummel?«, ruft sie in den dunklen Flur. »Hummel, bist du da?«

Und ein paar Sekunden später steht sie im Türrahmen. Sie hat zwei große Pizzakartons in den Händen und dunkle Ringe unter den Augen.

»Da bist du ja«, sagt sie. Ich sage nichts. »Ich hab uns was zu essen mitgebracht.« Sie hebt die Kartons ein Stück hoch. Als hätte ich sie vorher nicht sehen können. »Pizza Hawaii«, fügt sie mit einem Lächeln hinzu, »die magst du doch am liebsten.«

Sie stellt die Kartons auf dem Tisch ab. Neben dem Teller und der Serviette. Die Hausschlüssel behält sie in der Hand. Als wollte sie gleich wieder gehen.

»Nicht ganz«, sage ich, »ich mag Salami.«

Mama steht nur da und schaut mich an. Ihr Gesichtsausdruck

sagt: *Verdammt, es ist die falsche Pizza,* aber sie spricht es nicht aus.

»Das nächste Mal denke ich dran«, sagt sie leise.

Das nächste Mal.

»Ich hab uns was gekocht«, sage ich. »Einen Nudelauflauf. Er war um sieben fertig. Jetzt ist er kalt.«

»Du hast was für uns gekocht?« Ich nicke. »Wie süß von dir.«

»Du hast gesagt, du kommst um sieben«, sage ich.

»Mensch, Hummel, du weißt doch, wie das ist. Manchmal wird es bei mir eben etwas später.«

»Etwas später?«, frage ich. »Es ist dreiviertel zehn.«

»Ja, gut«, sagt sie aufgebracht, »es ist dreiviertel zehn. Ich war zu spät. Bist du jetzt zufrieden?«

»Ob ich zufrieden bin?«, frage ich. »Ich saß drei Stunden lang hier und habe auf dich gewartet.«

»Ich habe einen Job«, sagt sie, »ich muss für unser Leben aufkommen, die Wohnung bezahlen, ich trage Verantwortung.«

»Ja«, antworte ich, »für mich.«

»So ist es«, sagt sie gereizt, schält sich aus dem Mantel und hängt ihn über die Stuhllehne. »Ich habe dafür zu sorgen, dass es dir an nichts fehlt. Und dafür muss ich nun mal arbeiten.«

Am liebsten würde ich ihr sagen, dass es mir an allem fehlt, aber ich tue es nicht. Keine Ahnung warum.

Sie setzt sich mir gegenüber an den Tisch. Ihr Blick fällt auf die gefaltete Serviette vor sich. Dann auf meinen Rucksack. »Wofür brauchst du denn den Rucksack?«, fragt sie. Aber ich antworte nicht. »Luise, ich habe dich etwas gefragt.«

»Ich weiß«, sage ich, »aber ich habe dir gerade nichts zu sagen.«

»Hör auf damit«, sagt sie.

»Womit denn?«, frage ich.

Der Tisch steht zwischen uns wie eine Mauer. Es riecht nach Pizza. Ich habe Hunger.

»Hör auf mit dieser bockigen Teenager-Tour«, sagt sie. »Das ist wirklich das Letzte, was ich gerade brauchen kann.« Sie macht eine Pause. »Abgesehen davon passt das gar nicht zu dir.«

»Du hast doch gar keine Ahnung, was zu mir passt«, sage ich. »Du weißt ja noch nicht mal, welche Pizza ich gerne esse.«

»Verdammt noch mal, Luise, jetzt hör schon auf mit der blöden Pizza! Ich war müde, ich habe es verwechselt, okay? Mein Gott.« Sie zieht den oberen Karton näher an sich heran, öffnet ihn und nimmt ein Stück heraus. »Es ist einfach nur irgendwas zu essen«, sagt sie und beißt ab.

»Nein, das ist es nicht«, sage ich. »Es ist Kristophers Lieblingspizza.«

Sie hört auf zu kauen. Nur das Ticken des Sekundenzeigers ist zu hören. Dann legt sie das Pizzastück weg, als wäre es auf einmal irgendwie geschmacklos, es aufzuessen.

»Du hast gesagt, du kommst um sieben«, sage ich noch einmal.

»Gott, du machst mich wahnsinnig«, sagt sie, nimmt die gefaltete Serviette, wischt sich damit die Hände ab und wirft sie auf den Tisch. »Ich musste länger arbeiten. Das kann man sich in meinem Job nun mal nicht aussuchen.«

Sie schaut mich an. Und ich schaue sie an. Und sie ist mir absolut fremd. Wie eine gealterte Version von jemandem, den ich mal kannte.

»Ich habe gestern Nacht bei einem Jungen geschlafen«, sage ich zusammenhangslos.

Sie runzelt die Stirn. »Bei was für einem Jungen?«

»Du kennst ihn nicht«, sage ich.

Stille.

»Nur, damit ich das richtig verstehe«, sagt sie nach ein paar Sekunden, »du hast *bei,* aber nicht *mit* einem Jungen geschlafen. Richtig?«

Ich ignoriere ihre Frage, stattdessen sage ich: »Ich bin in letzter Zeit oft bei ihm. Ich bin gerne dort.«

»Wo bitte ist *dort*?«, fragt sie.

»Jedenfalls nicht hier«, sage ich. Sie atmet ein Mal tief ein und wieder aus. »Ich habe mit Ming gestritten. Und ich habe angefangen zu boxen.«

»Was?«

»Du hast keine Ahnung von mir oder meinem Leben. Das letzte Mal wirklich miteinander gesprochen haben wir an meinem Geburtstag. Und auch das war kein echtes Gespräch.«

Sie weicht meinem Blick aus, greift wieder nach der Serviette und hält sich daran fest.

»Du verhältst dich, als hättest du nur ein Kind gehabt und als wäre dieses Kind tot.« Sie schaut hoch, und ihre Augen sind schwarz und nass. »Aber du hast noch ein Kind«, sage ich, »Mich. Und ich bin noch da.«

Es sind die ersten Tränen, die ich sie weinen sehe. Die ersten seit der Beerdigung.

»Ich halte es nicht aus, hier zu sein«, sagt sie, und ihre Stimme klingt heiser und brüchig. »Ich hasse diese Wohnung. Dieses Badezimmer … ich …«

»Denkst du etwa, ich nicht?«, frage ich.

»Du hast nie etwas gesagt«, sagt sie.

»Du auch nicht«, sage ich.

Stille. Meine Mutter schaut auf die Serviette in ihren Händen und ich in ihr Gesicht. Ein paar Sekunden schweigen wir, dann fragt sie: »Hat er dir schon geschrieben?«

Sie fragt es leise. Ganz leise. Und ich kann mich nicht bewegen. Das Einzige, was noch laut ist, ist mein Herzschlag. Und das Rauschen in meinen Ohren. Die Bedeutung dieses Satzes dringt wie durch Watte zu mir hindurch. Tausend Gedanken. Und keiner.

»Du«, ich starre sie an, »du wusstest, dass er mir schreiben wird?«

Sie blickt auf und schluckt. Und dann sagt sie: »Ja. Es stand in seinem Abschiedsbrief.«

Bei diesem Satz wird alles schwarz. Sie hat gesagt, es gab keinen Abschiedsbrief. Sie hat gelogen. Sie hat gesagt, es gab nur diesen Zettel. Diesen armseligen Zettel, der auf meinem Bett lag. Und sie hat mir so leidgetan, weil er ihr nichts hinterlassen hat, nur mir, aber das stimmte gar nicht, er hat ihr einen Brief geschrieben. Einen Brief. Eine Erklärung.

Ich halte mich an der Tischplatte fest und stehe auf. Und die Wahrheit ist so übergroß und unbegreiflich, dass ich nicht mehr richtig atmen kann. Mir bricht der Schweiß aus, er schließt mich ein wie eine zweite Haut. Und dann bücke ich mich nach dem Rucksack und gehe in den Flur. Als wäre ich ferngesteuert. Ich ziehe mir die Schuhe an und den Schal und die Mütze. Meine Mutter folgt mir, sie sagt etwas, aber ich bin zu weit weg. Wie ein Echo von mir selbst. Als wäre mein echtes Ich ganz woanders. Und als wäre nur noch mein Körper da.

Luise

Meine Füße tragen mich zur Tram. In meiner Jacke ist es viel zu heiß, und andauernd vibriert mein Handy. Ich glaube, meine Mutter hat mich in der letzten Viertelstunde öfter angerufen als in den vergangenen drei Monaten zusammen. Und wieder vibriert es. Aber dieses Mal ist es kein Anruf, denn es vibriert nur ein Mal. Es ist eine neue E-Mail. Absender: *futureme.org*.

Futureme.org
An: luise.koenig@gmail.com
Antworten auf die Endgültigkeit

Meine liebe Lise,

heute gibt es keine Aufgabe. Heute gibt es einfach nur eine Nachricht aus dem Jenseits. Falls du dich fragst warum, weil ich glaube, dass du mich jetzt brauchst. Jetzt mehr denn je, wo du beginnst zu begreifen, dass ich nicht wiederkommen werde. Dass es nicht nur auf Zeit ist, sondern für immer. Dass ich ausnahmsweise mal nicht bei irgendeiner nutzlosen Therapie bin, die mich wieder in Ordnung bringen soll. Sondern tot.

Ich wusste, was ich tue, Lise. Und ich wusste, was ich euch damit antue – insbesondere dir. Mein Verstand war klar und mein Wille frei. Ich weiß, wie egoistisch und falsch das für dich klingen muss: Aber für mich war es der beste Schritt meines Lebens. Eine endgültige Lösung auf ein scheinbar endloses Problem.

Für die meisten Menschen ist der Tod etwas Schreckliches, für mich war er wie ein Freund, der mich endlich abholt. Auf den ich lange gewartet habe. Es ist schrecklich zu warten. Egal worauf. Ich hatte keine Angst vor dem Sprung. Oder vor dem Fall. Nicht einmal vor dem Moment, ab dem es mich nicht mehr geben würde. Das Einzige, wovor ich Angst hatte, war, dich zurückzulassen – ohne Antworten auf die Fragen, die dich quälen würden.

Die wichtigste zuerst: Hättest du oder irgendjemand sonst es verhindern können? Nein, Lise. Niemand. Nicht einmal du. Es ist verdammt wichtig, dass du das verstehst. Das Wichtigste überhaupt. Es gibt nur eine Sache, die noch größer ist als meine Liebe zu dir, und das ist mein Hass auf das Leben. Mein Kopf war immer zu voll und ich zu leer. Ich hatte zu viele farblose Tage und schwarze Gedanken. Zu viel Nichts. Nichts zu fühlen ist verdammt anstrengend. Vor allem, wenn man es mitbekommt.

Vermutlich denkst du jetzt, dass du weißt, wie es mir ging, weil du selbst leer bist, aber ganz gleich wie leer du dich gerade fühlst, Lise, du wirst immer halb voll sein. Weil du bist, wie du bist. Und das ist so viel mehr, als du weißt.

Seit meinem Tod sind jetzt ein paar Wochen vergangen. Wenn meine Recherchen stimmen, dürfte die *Nicht wahrhaben wollen*-Phase langsam zu Ende gehen. Und das bedeutet, dass bald die Emotionen aus dir herausbrechen werden und dann auf dich herein. Ich weiß nicht, wie es passieren wird: ob langsam, nach und nach oder ganz plötzlich und unerwartet. Aber wenn die Wahrheit kommt und dich trifft und wenn sie dich niederstreckt, musst du eines wissen: Du wirst dieses Gefühl überleben. Das Leid und den Schmerz und die Wut, die du auf mich haben wirst. Und es ist okay, wenn du wütend bist, Lise. Ich habe dich im

Stich gelassen. Ich habe mich umgebracht. Also bitte, sei wütend, schrei aus Leibeskräften, verfluche mich, wenn du willst – aber bitte, sei gut zu dir. Weil du nichts dafür kannst. Weil du ein wunderbarer Mensch bist – der Beste von allen. Weil ich dich liebe.

Ich habe lange gehofft, man könnte mich in Ordnung bringen, Lise. Aber ich bin das Gegenteil von Ordnung. Ich bin mein eigenes Gefängnis. Der Ort, aus dem ich nicht ausbrechen kann.

Es wird nie wieder so sein, wie es mal war. Aber es wird gut, das verspreche ich dir. Die Leere wird nach und nach verschwinden und das Gefühl des Verlorenseins mitnehmen. Es ist wie mit dem Nebel: Man denkt, er wird sich niemals lichten, aber er tut es. Er bleibt nicht für immer. Irgendwann ist er *einfach weg*.

Es tut mir leid, was ich dir angetan habe. Und es tut mir leid, dass es die einzige Lösung war. Es war mein Weg aus dem Nebel.

Ich weiß, ich habe immer gesagt, dass wir nur Zellen sind, die irgendwann sterben. Aber ich glaube, ich habe mich geirrt. Ich glaube, irgendetwas bleibt. Und dieses Etwas von mir ist immer bei dir. Und das wird es immer sein.

Ich liebe dich.

Dein Kristopher

Jacob

Es klingelt jetzt schon zum zweiten Mal. Bestimmt ist es jemand, der sich wegen des Lärms beschwert. Ich tippe auf Frau Sarrazin von oben. Die wartet eigentlich nur auf einen Grund, um ihre Wohnung zu verlassen. Wenn niemand aufmacht, ruft sie die Polizei. Wäre nicht das erste Mal, dass eine von Arthurs spontanen Partys auf diese Art endet.

Als es zum dritten Mal klingelt, stehe ich auf und gehe leise fluchend in den Flur, wo mich eine aufgekratzte Mischung aus Musik und Gelächter empfängt. Es riecht nach Gras und Bier. Arthur würde sagen, es riecht nach Spaß.

Die Wohnung ist dunkel. Ich stolpere über herumliegende Schuhe, trete sie genervt zur Seite und frage mich, warum eigentlich immer *ich* aufmache. Und dann mache ich auf. Und auf den ersten Blick ist es wie ein Déjà-vu – Luise draußen, ich drinnen –, aber auf den zweiten ist alles anders. Dieses Mal wirkt sie nicht verloren. Dieses Mal ist sie gefasst und ruhig. Nur ihre Augen sind rot.

»Es tut mir leid, wenn ich störe«, sagt sie, »aber ich wusste nicht, wo ich hinsoll, und da dachte ich …« Sie spricht nicht weiter.

»Natürlich«, sage ich, »komm rein.«

Und sie kommt rein, und mein Herz rast. Erst da bemerke ich den großen Rucksack. Und im selben Moment hoffe ich, dass sie länger bleibt. Ich wollte noch nie, dass jemand länger bleibt.

Bei den meisten Menschen bin ich froh, wenn sie wieder gehen.

Der Boden vibriert unter vielen Schritten und dem Bass. Ich atme schneller, weil sie da ist.

Ein paar Sekunden stehen wir verloren im Flur herum, als wären wir bei einer geschlossenen Veranstaltung ohne Einladung. Dann geht die Küchentür auf, und Arthur kommt heraus. Angetrunken und fröhlich.

»Luise«, sagt er, »du bist wieder da.«

Sie lächelt.

»Wollt ihr ein Bier? Oder was anderes? Wir haben auch was zu essen.«

»Das ist nett«, sagt sie, »aber für mich nicht. Danke.«

»Ich brauche auch nichts«, sage ich.

»Wie ihr meint.« Er grinst. »Falls ihr es euch anders überlegt, wisst ihr ja, wo ihr alles findet…« Er macht eine Pause, dann fügt er hinzu: »Na ja, du vielleicht nicht, Luise, aber Jacob weiß es.« Er zwinkert uns zu, dann lässt er uns stehen.

In der Küche zerbricht ein Glas. Oder eine Flasche. Luise dreht sich zu mir und schaut mich an. Ihre Pupillen sind geweitet, ihre Augen riesig und pechschwarz.

»Wollen wir in mein Zimmer gehen?«, frage ich. Sie nickt. Und dann gehen wir in mein Zimmer. Und sind allein.

Luise

Wir sind wie in einer Blase. Umgeben von Musik und guter Stimmung. Und ich bin eine seltsame Mischung aus müde und überdreht. Mein Körper will schlafen. Er ist erschöpft. So als hätte mich die Wahrheit nicht nur im übertragenen Sinn getroffen. Mein Verstand ist hellwach und meine Hände kalt.

Jacob hat mir einfach nur zugehört. Er saß auf seinem Bett, während ich in seinem Zimmer auf und ab gegangen bin. Wie ein Tier im Käfig. Ich habe ihm alles erzählt. Von Anfang an. Von meiner Mutter, von der Pizza, davon, dass ich gekocht habe und Servietten gefaltet, und zu guter Letzt von Kristophers Abschiedsbrief.

Inzwischen ist es fast zwei Uhr morgens. Jacob sitzt mir gegenüber und liest die letzte E-Mail von meinem Bruder. Konzentriert und ruhig. Seine Augen wandern von Zeile zu Zeile, und ich beobachte ihn. Seinen ernsten Blick, das Pi auf seiner Stirn, seine dichten Augenbrauen, die dunkle Schatten werfen. Seine Haare fallen ihm in die Stirn, und er wischt sie weg. Sie sind nicht lang, aber lang genug, um gewellt zu sein. Und viel länger als meine.

Plötzlich schaut er hoch. Erst in meine Augen, dann auf meine Unterlippe. Und erst da fällt mir auf, dass ich mit der Piercing-Kugel spiele. Er lächelt. Es ist schön, wenn er lächelt. Ich nehme die Hand weg, und er gibt mir mein Handy zurück.

Dann sagt er: »Ich mag deinen Bruder.«

Und ich sage: »Ich auch.«

Jacob

Es ist stockdunkel und absolut still. Ich rieche, dass Luise da ist. Dass sie neben mir liegt. Sie gibt keinen Laut von sich.

Sie hat vorgeschlagen, auf dem Sofa zu schlafen. Aber das wollte ich nicht. Ich wollte, dass sie bei mir schläft. Wie beim letzten Mal. Aber da ist es *einfach passiert.* Es hat sich so ergeben. Heute wäre das anders.

Das Wohnzimmer war keine Option. Arthurs Freunde saßen auf der Couch, haben gekifft und *Inglourious Basterds* geschaut.

Ich habe gesagt, dass wir irgendwo eine Luftmatratze haben und dass ich auf der schlafen könnte, aber das wollte Luise nicht. Sie meinte: *Wenn, dann schlafe ich auf der Luftmatratze, nicht du.* Letzten Endes habe ich sie gar nicht erst gefunden, und Arthur meinte: *Wieso schlaft ihr nicht einfach beide in deinem Bett? Es ist doch groß genug für euch zwei.*

Und jetzt liegen wir hier. Keine Ahnung, wie lange schon. Ich müsste mich aufsetzen, um die Uhrzeit sehen zu können. Doch für den Fall, dass Luise schläft, will ich sie nicht wecken.

Die Decke neben mir raschelt.

»Jacob, bist du noch wach?«, flüstert sie, und ich lächle. Breit und blöd, und ich weiß nicht warum.

»Ja, bin ich«, flüstere ich zurück. »Kannst du nicht schlafen?«

»Nein«, sagt sie.

Die Stille dehnt sich wieder aus. Ich überlege, was ich sagen könnte, aber mir fällt nichts ein.

»Jacob?«, flüstert sie dann.

»Ja?«

Pause.

»Darf ich auf deine Schulter?«

Ich schlucke. »Klar.«

Sie kriecht zu mir rüber, und als ich sie in den Arm nehme, kann sich mein Herz nicht entscheiden, ob es schneller oder ruhiger schlagen soll. Ich spüre Luises Atem an meinem Hals. Er ist feucht und warm.

»Gute Nacht«, sagt sie.

»Gute Nacht«, sage ich.

Ein paar Minuten später zuckt ihre Hand, und sie atmet gleichmäßig und ruhig. Es ist, als hätte sie genau diesen Ort gebraucht, um schlafen zu können.

DIENSTAG, 4. APRIL

ALLERGIC TO IDIOTS

Jacob

Es ist 6:49 Uhr, und Luise schläft noch. Sie liegt auf der Seite, mir zugewandt, umklammert die Daunendecke mit Armen und Beinen, als wäre es ein Ast und sie ein kleines Tier, das sich daran festhält. Luise trägt ihr *ALLERGIC TO IDIOTS T*-Shirt und eine pinke Schlafanzughose, und ihr Gesicht ist so friedlich, dass man meinen könnte, sie hätte noch nie irgendwelche Sorgen gehabt. Ich liebe es, ihr beim Schlafen zuzuschauen. Und ich glaube, das ist nicht das Einzige, was ich liebe.

6:51 Uhr. In vier Minuten wird der Wecker klingeln und eine weitere gemeinsame Nacht beenden. Am liebsten würde ich ihn ausschalten. Einfach mit ihr liegen bleiben. Ich betrachte ihre Lippen. Sie sind rosa und voll, und die äußere Linie ist scharf gezogen wie mit einem Stift. Ich strecke den Finger aus und berühre ganz leicht die silberne Piercing-Kugel, dann nehme ich die Hand wieder weg. Mein Schlucken ist laut und mein Mund trocken.

6:54 Uhr. Noch eine Minute. Ich schließe die Augen und tue so, als würde ich schlafen, ich tue so, als würde der Wecker uns beide wecken. Und dann klingelt er.

Luise

Ein schrilles Geräusch reißt mich aus dem Schlaf. Ich schlage die Augen auf, kneife sie aber sofort wieder zu, weil es so hell im Zimmer ist. In den letzten Tagen war alles grau. Ein endloser Himmel voll einfarbiger Wolken. Jetzt scheint die Sonne, als wäre nie etwas gewesen.

Das Piepen hört auf, und ich schaue neben mich. Meine Augen sind trocken, und Jacobs Blick ist genauso müde wie meiner. Er lächelt, seine Haare sind zerzaust. Die Luft riecht abgestanden. Nach einer Mischung aus uns. Nach Körpern und Atem und Waschpulver. Wir sehen einander an. Und dann stehen wir auf.

Jacob verschwindet im Badezimmer, und ich ziehe mich an. Aus irgendeinem Grund lasse ich mir unnötig viel Zeit dabei. Das habe ich gestern auch schon getan. Wenn man die Klinke runterdrückt, quietscht sie kurz. Ganz leise. Aber wenn man es weiß, kann man es hören. Ich stehe mitten im Raum – in Jeans und BH und barfuß – mit dem Rücken zur Tür und warte auf das Geräusch. Auf Jacob. Mein Herz schlägt schnell, obwohl ich mich nicht bewege. Ich bin irgendwie aufgekratzt. Und glücklich.

Und dann frage ich mich, ob es okay ist, glücklich zu sein. Ob ich es sein *darf*. Und ich habe keine Antwort. Ich weiß, dass Kristopher kein Problem damit hätte, dass ich es bin. Aber ganz tief in mir drin sagt eine Stimme, dass es falsch ist. Dass ich niemals glücklich sein könnte, wenn ich meinen Bruder *wirklich* geliebt hätte.

Hinter mir quietscht es leise, und ich bücke mich nach meinem T-Shirt und ziehe es an. Ich spüre Jacobs Blick im Rücken und rieche sein Deo. Ich mag, wie er riecht. Sauber und männlich. Und nach Geborgenheit.

Ich setze mich auf die Bettkante und ziehe mir die Socken an. Wir sagen beide kein Wort. Und irgendwie ist die Stimmung angespannt und entspannt zugleich. Es fühlt sich an, als würde ich auf etwas warten. Aber ich weiß nicht worauf.

Mein Handy vibriert. Es ist schon wieder meine Mutter. Auf einmal ruft sie an. Andauernd. Und macht sich Sorgen. Obwohl eigentlich nichts anders ist als vorher. Da wusste sie auch nicht, wo ich bin. Sie dachte es nur.

»Ich geh schon mal in die Küche«, sagt Jacob.

»Okay«, sage ich.

Er lächelt mich an, dann schließt er die Tür hinter sich, und ich gehe ans Telefon.

»Hallo, Mama«, sage ich.

»Guten Morgen«, sagt sie, und ihre Stimme klingt genau so müde wie gestern. »Geht's dir gut?«

»Ja«, sage ich, »alles okay.«

»Du warst wieder nicht zu Hause«, sagt Mama.

»Du weißt warum«, antworte ich.

Stille.

»Wo bist du?«

»Bei Jacob«

»Stört es seine Eltern denn gar nicht, dass du über Nacht bleibst?«

»Jacob wohnt nicht mehr bei seinen Eltern«, sage ich.

»Moment.« Sie klingt alarmiert. »Er wohnt *allein*?«

»Nein. Er und sein Bruder teilen sich eine Wohnung.«

In dem Moment, als ich es sage, frage ich mich zum ersten Mal, warum Jacob so früh von zu Hause ausgezogen ist. Und ich frage mich, wie Arthur und er sich diese Wohnung leisten können. Drei Zimmer, Altbau, in dieser Gegend.

»Und wo genau ist diese Wohnung?«

»Warum?«, frage ich. »Willst du mich abholen?«

»Nein, Luise, ich will einfach nur wissen, wo du bist. Ich bin deine Mutter«, sagt sie.

»Vor ein paar Tagen war es dir noch scheißegal, wo ich bin«, sage ich.

Stille.

»Das stimmt nicht. Und das weißt du ganz genau.« Sie hält inne. »Ich dachte, du wärst daheim.«

»Ja. Alleine. In der Wohnung, in der du es nicht aushältst.«

Es klopft an der Tür. Ein leises Quietschen, dann steckt Jacob den Kopf ins Zimmer und tippt auf eine imaginäre Uhr an seinem Handgelenk. Ich nicke, dann geht er wieder.

»Mama, ich muss Schluss machen. Ich komme sonst zu spät zur Schule.«

»Ist gut«, sagt sie.

»Also dann …«, sage ich.

»Luise, warte.«

»Was ist?«

»Wann kommst du wieder nach Hause?«

Ich atme tief ein und sage: »Das kommt ganz darauf an.«

»Und worauf?«, fragt sie.

»Wann du wieder nach Hause kommst«, sage ich und lege auf.

MITTWOCH, 5. APRIL

Luise

Ich sitze in Dr. Falksteins Behandlungszimmer und warte. Er telefoniert noch. Aber dieses Mal war ich zu früh dran.

Ich lehne mich zurück und betrachte das Gemälde mit dem Hirsch. Und dann frage ich mich, ob mein Traum mit diesem Bild zusammenhängt, oder ob ich ihn auch gehabt hätte, ohne es je zu sehen. Es könnte ebenso mit Beuys angefangen haben. Oder das alles hat rein gar nichts miteinander zu tun.

Letzte Nacht hatte ich ihn jedenfalls wieder. Den Traum von dem Weiher und dem matten blauen Licht. Und von mir im Gras. Nach einer Weile ist der Hirsch aufgetaucht. Ich weiß, dass es mein Bruder war, denn er hatte denselben Ausdruck in den Augen. Eine Mischung aus Skepsis und Schalk.

Seit ich bei Jacob wohne, nehme ich keine Tabletten mehr. Das war keine bewusste Entscheidung. Ich habe einfach damit aufgehört, weil ich bei ihm schlafen kann. Doch mit dem Absetzen kamen auch die Träume zurück. Keine schlimmen Träume, nichts, wovor ich mich fürchten müsste. Die meiste Zeit kann ich mich ohnehin an nichts erinnern, zumindest an nichts Konkretes. Das Einzige, was nach dem Aufwachen bleibt, ist ein unbestimmtes Gefühl, geträumt zu haben. Wie ein Schatten auf dem Bewusstsein.

Heute Morgen war das anders. Heute Morgen war alles noch da, ganz frisch. Ich erinnerte mich genau an den Hirsch mit dem Blick meines Bruders. Und daran, dass er bei mir geblieben ist.

An meiner Seite. Als wollte er mir sagen, dass ich nicht alleine bin. Dass etwas von ihm hiergeblieben ist und immer wieder nach mir sehen wird.

Als ich wach wurde, lag ich auf Jacobs Schulter, und sein T-Shirt war an der Stelle neben meinem Auge nass. Ich hatte keine Ahnung, dass man im Schlaf weinen kann.

Ich blicke durch Dr. Falksteins Behandlungszimmer, dann stehe ich auf und gehe zum Fenster. Der Himmel ist wasserblau, und die Wolken sehen aus wie gemalt. Wie langes weißes Haar im Wind. Als ich das erste Mal hier war, waren die Bäume noch ohne Blätter. Man hatte einen direkten Blick auf die Tramhaltestelle. Jetzt erkennt man nur noch einen Ausschnitt der Reklame zwischen den dichten Baumkronen. Sie wurde ausgetauscht. An dem Tag, als Fabian mich geschubst hat, war es eine Werbung von 1&1. Jetzt ist es eine für *Germany's next Topmodel.* Ich stelle mir vor, wie es ausgesehen haben muss, als ich dort neben der Bank auf dem Boden saß. Ich habe mich selten so klein gefühlt. Und auf einmal ist Jacob auftaucht. Groß wie ein Turm.

Kristopher hat mal zu mir gesagt: *Denk immer daran, Lise, man ist immer nur eine Entscheidung von einem völlig anderen Leben entfernt.* Ich dachte damals, er meinte große Entscheidungen. Was man studieren möchte, wo man mal leben will, ob man heiratet, ob man aus dem Fenster springt. Doch inzwischen glaube ich, er meinte jede.

Hätte Jacob mir an diesem Tag nicht geholfen, wäre alles anders gekommen. Ich hätte ihm nichts von den E-Mails erzählt, wir hätten nicht meinen Geburtstag nachgefeiert, und ich würde nicht zwei Mal die Woche zum Boxen gehen. Mir ist klar, dass das alles seine Vorschläge waren, dass er die Initiative ergriffen hat, aber ich habe irgendwann entschieden, Jacob zu vertrauen. Ihn an mich ranzulassen. An meiner Schutzschicht vorbei. Zu einem Teil von mir, der für alle anderen hermetisch abgeriegelt ist.

Ich schaue an die Zimmerdecke. Direkt über mir ist Arthurs und Jacobs Küche. Jacob muss damals am Fenster gestanden haben, als es passiert ist. Ich habe ihn nie gefragt, warum er dort stand. Ob es mit mir zu tun hatte.

Die Tür geht auf.

»Entschuldige die Verspätung, Luise«, sagt Dr. Falkstein und deutet auf das Sofa, »wenn du möchtest, können wir anfangen.«

Ich setze mich ihm gegenüber auf das steife Polster, und dann höre ich mich sagen: »Ist Ihnen eigentlich klar, wie furchtbar unbequem Ihre Couch ist?«

Sein Blick ist eine Mischung aus überrascht und amüsiert.

»Nein«, sagt er dann, »das war mir nicht klar.«

»Ich meine, sie ist schön«, sage ich, »also, sie passt zum Rest.« Er verkneift sich ein Lächeln. »Aber sie ist steinhart.« Dr. Falkstein sieht mich an. »Es ist nicht besonders angenehm, eine Stunde lang auf so einem steinharten Ding zu sitzen.«

»Da gebe ich dir vollkommen recht«, sagt er und macht sich eine Notiz. Ich wüsste gerne, was er schreibt, aber ich frage nicht nach. Wahrscheinlich, dass ich unverschämt bin. Er unterstreicht etwas, dann schaut er wieder auf.

»Also gut, Luise«, sagt er und legt den Stift weg, »wie ist es dir in der letzten Woche ergangen?«

Im ersten Moment will ich etwas Blödes und Sarkastisches entgegnen, aber ich tue es nicht. Stattdessen sage ich: »Es ging mir sehr gemischt.«

Kurz ist er irritiert. Er hat wohl auch mit einer blöden Antwort gerechnet, dann fragt er: »Möchtest du mir davon erzählen?«

Ich nicke. Und dann erzähle ich ihm von dem Streit mit

Ming. Und weswegen wir gestritten haben. Und dass sie mir fehlt. Und dann erzähle ich ihm von der Serie. Dass ich nicht verstehe, wie jemand sich umbringen kann. Und wie wütend ich manchmal auf meinen Bruder bin, weil er es getan hat. Und wie unglaublich ich ihn vermisse. Ich rede ohne Punkt und Komma. Als wäre ein Damm gebrochen und die Wassermassen außer Kontrolle. Ich erzähle Dr. Falkstein von meiner Mutter. Dass sie nicht für mich da ist. Dass sie es irgendwie nie wirklich war. Nie so wie für Kristopher. Ich erzähle ihm, dass mir das früher nicht aufgefallen ist, weil mein Bruder das Licht war und ich der Schatten. Das gesunde Kind, das sich nicht beklagen darf, weil es schließlich nicht krank ist. Ich erzähle ihm von der falschen Pizza und von ihren Ausreden. Und ich weine, obwohl ich es nicht will.

»Manchmal frage ich mich«, sage ich dann, »ob sie sich insgeheim wünscht, ich wäre tot und nicht mein Bruder … mein *genialer wunderbarer* Bruder«, sage ich abschätzig. Und ich meine es so, und gleichzeitig tut es mir leid.

»Ich denke, solche Gedanken sind ganz natürlich«, sagt Dr. Falkstein. »Es ist doch klar, dass du dir solche Fragen stellst.«

»Aber ich will mir solche Fragen nicht stellen«, sage ich.

»Unser Gehirn interessiert sich herzlich wenig dafür, was wir wollen«, sagt er. »Zumindest ist es bei meinem so.«

»Bei meinem auch«, sage ich, und Dr. Falkstein lächelt.

»Was ist dann passiert?«, fragt er.

»Ich bin gegangen«, sage ich.

»Habt ihr euch im Nachhinein ausgesprochen?«

»Wir haben telefoniert«, sage ich, »aber wir haben uns nicht ausgesprochen.«

»Habt ihr euch gesehen?«

»Nein«, sage ich wieder. »Ich war seitdem nicht zu Hause.«

Ich warte auf eine rügende Reaktion. Darauf, dass er mir sagt, dass das nicht geht, dass meine Mutter bestimmt krank vor Sorge ist, weil ich schließlich noch minderjährig bin und das Gespräch mit ihr suchen sollte. Stattdessen fragt er: »Wo warst du dann?«

Ich zögere einen Moment.

»Bei einem Freund«, sage ich.

»Bei *einem* Freund? Oder bei *deinem* Freund?«, fragt er.

»Einem«, sage ich. »Wir sind nicht zusammen.«

»Aber ihr steht euch nah …«

Ich nicke.

»Darf ich fragen, wie nah?«

»Wir schlafen nicht miteinander, falls Sie das meinen.«

»Das meinte ich nicht«, sagt er. »Abgesehen davon ist körperliche Nähe nicht zwangsläufig ein Zeichen von *echter* Nähe.« Pause. »Auch wenn es eigentlich so sein sollte.« Er schüttelt den Kopf und seufzt. »Du würdest dich wundern, wie viele Patienten ich habe, denen es leichter fällt, mit jemandem zu schlafen, als sich tatsächlich jemandem zu öffnen.« Er mustert mich. »Ich formuliere meine Frage anders. Kannst du mit diesem Freund reden? Ich meine, vertraust du ihm?«

Ich nicke. »Ja, das tue ich.«

»Okay«, sagt er. »Das ist das Wichtigste.«

Dann ist die Zeit um. Und ich bin erleichtert. Doch zum ersten Mal bin ich es nicht, weil ich endlich hier rauskomme, sondern weil es mir geholfen hat, mit ihm zu reden. Vielleicht hatte Ming recht. Vielleicht ist es manchmal gut, wenn man sich nicht zu nahe steht.

Luise

Ich stehe im Flur am Treppenabsatz und trage den Zusatz-Termin mit Dr. Falkstein im Handy ein. Freitag, 14:30 Uhr. Erinnerung: eine Stunde vorher.

Ich hätte nicht gedacht, dass ich es schade finden könnte, zwei Wochen lang keine Therapiestunde zu haben. Im Gegenteil. Vor nicht allzu langer Zeit wäre das ein Grund zum Feiern gewesen. Jetzt bedauere ich es fast.

Ich habe nicht daran gedacht, dass Dr. Falkstein wegfahren könnte. Ich fahre nie weg. Ich bin immer hier. Dr. Falkstein verreist mit seiner Familie. Sie fliegen nach Mallorca, hat er gesagt. In ein Hotel am Meer. In meiner Vorstellung hat er zwei Kinder. Einen Jungen und ein Mädchen. Sie sind noch klein. Und er ist ein Vater, der mit ihnen Sandburgen baut und schwimmen geht. Vielleicht sogar einer, der ihnen abends etwas vorliest. Ein guter Vater. Nicht wie meiner.

Ich glaube, nach Kristophers Tod hat er einen Haken hinter uns gemacht. Die Tatsache, dass er einen psychisch kranken Sohn hatte, hat ihn emotional irgendwie dazu erpresst, Teil unseres Lebens zu bleiben. Jetzt ist Kristopher tot und er frei. Übermorgen fliegen mein Vater und Phlegmarion für vier Wochen nach Indien. Sie will meditieren und er sich erholen. Ich frage mich, wovon.

Ich speichere den Termin. In dem Moment, als ich das Handy einstecken will, kommt eine neue E-Mail.

Absender: *futureme.org*.

Futureme.org

An: luise.koenig@gmail.com

Wunden mit Erinnerung

Liebe Lise,

erinnerst du dich noch daran, als wir noch klein waren und wir getanzt haben? Du und ich mit den Putzhandschuhen? Ich habe oft daran gedacht. Oder daran, wie ich dir früher abends vorgelesen habe. Erinnerst du dich? Schon lange vor Harry Potter. Als du noch klein warst. Ich habe mich zu dir ins Bett gelegt, und du hast mich aus deinen Tintenaugen angeschaut, und dann hab ich gelesen. Und deine Lider wurden immer schwerer, und irgendwann sind sie zugefallen. Du hattest dieses kleine rosa Nachthemd. Wenn du das anhattest, hast du ausgesehen wie eine Puppe. Ich glaube, das war der friedlichste Anblick meines Lebens: du in diesem kleinen Nachthemd, wenn du schläfst. Manchmal bin ich noch eine Weile bei dir liegen geblieben und habe dir beim Träumen zugesehen. Dann warst du neben mir und zur selben Zeit unendlich weit weg.

Ich habe hier unten nicht wirklich viel zu tun, also sitze ich viel am Steg und denke nach. Dabei sind mir viele Dinge wieder eingefallen, die ich vergessen hatte. Ich habe dir Schwimmen beigebracht. Weißt du das noch? Du warst vielleicht vier Jahre alt. Und du hast es richtig schnell gelernt. Und dann hast du gesagt, dass du gern ein Goldfisch wärst. Immer im Wasser. Erinnerst du dich? Ich habe dir damals gesagt, dass du dann vermutlich in einem Glas wohnen würdest, das auf einem Klavier steht, und dass du immer nur im Kreis schwimmen könntest, und du hast geantwortet: *Wärst du denn mit mir in dem Glas?* Und ich weiß noch, dass ich geweint habe. Auch damals schon. Und auch jetzt könnte ich noch weinen, wenn ich nur daran denke. Genauso bist du, Lise. So wie dieser Satz. Du wärst, ohne zu zögern, mit mir in dieses Glas gezogen.

Das bringt mich zu deiner Aufgabe. Vielleicht hast du sie bereits erfüllt, falls nicht, hast du ab jetzt eine Woche Zeit dafür. Es geht um das Tattoo. Die zwei Fische. Dich und mich. Ich glaube, es wird uns auf deiner Haut sehr viel besser gefallen als in einem Glas.

Ich weiß, dass du Angst davor hast, dass es wehtun wird, aber du bist inzwischen ganz andere Schmerzen gewöhnt. Viel tiefere Einschnitte, viel größere Wunden. Die größte davon bin ich.

Ich werde dich nicht anlügen, Lise: Es tut weh, aber es ist ein anderer Schmerz. Einer, der schneller vergeht. Wenn er erst mal vergangen ist, wirst du nicht mehr an ihn denken. Und auch nicht an die Wunde. Dann sind es nur zwei Fische im Stil von Picassos Dackel. Du und ich. Ich finde, das ist ein schöner Gedanke.

Du hörst sehr bald wieder von mir, Lise. Pass gut auf dich auf.

Dein Kristopher

Jacob

Es klingelt, und ich öffne die Tür.

»Hast du Zeit?«, fragt Luise.

»Ja«, sage ich.

»Sehr gut. Dann lass uns gehen.«

Sie wirkt verändert. Irgendwie wacher, fast aufgedreht.

»Ist alles okay?«, frage ich.

»Ja«, sagt sie. »Es geht mir gut.«

Ihre Stimme ist fest und ehrlich, also ziehe ich mir die Schuhe an, nehme meine Jacke vom Haken und stecke den Schlüssel ein.

Als wir durch den Hausflur gehen, hallen unsere Schritte, dann sind wir draußen, und die Luft ist erfrischend und angenehm. Wir gehen nebeneinander her, ohne etwas zu sagen. Zum Rotkreuzplatz und weiter die Nymphenburger Straße entlang. Unsere Hände berühren sich ein paarmal. Ihre sind warm, meine kalt. Wir gehen bis zu Luises Haus. Die ganze Zeit über sprechen wir kein Wort.

Ich mag, dass das mit ihr geht. Die meisten Menschen müssen andauernd reden. Als würden sie Stille nicht ertragen. Dann stehen wir vor Luises Tür. Sie sucht ihren Schlüssel.

»Ich muss schnell etwas von oben holen«, sagt sie.

»Okay«, sage ich.

»Es dauert nicht lang. Ich bin gleich wieder da.«

Ich grinse. »Verrätst du mir dann, was wir machen?«

Sie drückt mir ihr Handy in die Hand, dann sagt sie: »Die PIN ist 8297. Lies die letzte E-Mail. Dann weißt du, was wir machen.«

Luise

Es tut weh. Es tut verdammt weh. Wie Hunderte Spritzen hintereinander. Daniel sagt: »Versuch, dich zu entspannen.«

Aber wie soll ich mich entspannen?

»Denk an was anderes«, sagt er, und seine Nadel sticht wieder zu. Und ich versuche es. Ich versuche, an etwas anderes zu denken. An alles. Nur nicht an den Schmerz, aber es geht nicht. Ich kann an nichts anderes denken. Ich *bin* der Schmerz.

»Es dauert nicht mehr lang … Gleich hast du es geschafft.« Ich schließe die Augen und atme ein und aus. Und wieder ein und wieder aus. Ich konzentriere mich auf meine Rippen, darauf, wie sie sich dehnen. Aber es tut weh. Es tut so weh.

Und ich will, dass es aufhört, aber es hört nicht auf. »Der große Fisch ist fertig«, sagt Daniel. Er klingt zufrieden.

Tränen laufen aus meinen Augen. Ich weiß nicht warum. Ich weiß nicht, ob es an dem Schmerz liegt, oder daran, dass der große Fisch fertig ist. Vielleicht ist es beides. Vielleicht ist es aber auch etwas ganz anderes. Ich weine lautlos. Und dann ist da wieder die Nadel. Sie sticht durch mehrere Schichten. Sie macht eine Wunde.

Doch wenn sie erst mal verheilt ist, wird es eine Erinnerung. Mein Bruder und ich.

Ich schlucke, und es ist ein lautes Schlucken. An einem Kloß vorbei, der sich in meinem Hals ausbreitet. Dann spüre ich Jacobs Hand. Er nimmt meine und hält sie fest. Seine ist warm und meine kalt. Und auf einmal tut es weniger weh. Als würde ein Teil des Schmerzes zu ihm abfließen. Als wäre er ein Schmerzableiter. Vielleicht ist geteiltes Leid ja wirklich halbes Leid. Oder zumindest weniger.

Ich drücke Jacobs Hand ganz fest, weil ich nicht sprechen kann, und er drückt meine, weil er es versteht. Weil er *mich* versteht. Auch ohne Worte.

Und dann halte ich es aus. Ich liege einfach da und atme – bis der kleine Fisch fertig ist.

FREITAG, 7. APRIL

Jacob

Luise und ich stehen im Bad. Ich hinter ihr. In den letzten Tagen habe ich mich um ihr Tattoo gekümmert. Es ist an einer Stelle, an die sie selbst nicht hinkommt. Also wechsle ich das Pflaster und schaue, ob die Wunde gut verheilt. Luise zieht sich das T-Shirt über den Kopf, und wieder versuche ich auszublenden, dass sie, abgesehen von ihrer Jeans, nur noch einen BH trägt.

Ich mache Musik an – »3 Rounds and a Sound« von Blind Pilot –, und dann frage ich mich, ob sie weiß, dass mich das hier nicht kaltlässt. Ihr so nah zu sein. Ich könnte sie fragen, tue es aber nicht. Ich frage es immer nur mich. Weil ich Angst vor ihrer Reaktion habe. Ich wusste nicht, wie unsicher ich sein kann – bis ich Luise getroffen habe. Und als Kind. Aber das war anders.

Sie schaut nach unten, und mein Blick fällt auf das quadratische Pflaster an ihrem Nacken und wandert weiter ihren Rücken hinunter. Bis zum Bund ihrer Hose, der tief auf ihrer Hüfte sitzt. Knapp unter den zwei Grübchen. Von hinten sieht sie aus wie eine Violine. Diese Momente mit ihr im Badezimmer sind seltsam intim. Zumindest für mich. Obwohl eigentlich gar nichts passiert. Jedenfalls von außen betrachtet.

Mein Atem berührt ihren Nacken. Dann meine Hände. Ihre Haut ist warm und weich. Ich schlucke, löse das Pflaster ab und lege es auf die Ablage neben dem Waschbecken.

»Und?«, fragt Luise. »Wie sieht es aus? Heilt es gut?«

»Ja«, sage ich, »sehr gut sogar.«

Ich betrachte die zwei blauen Fische, die wie kleine Wächter auf dem prominentesten Knochen ihrer Wirbelsäule thronen. Sie sehen wirklich aus, als wären sie mit Kugelschreiber gemalt. Genau wie die Vorlage. Ich tupfe die Stelle mit einem Stück Küchenrolle ab. Ganz vorsichtig. Bis alles trocken ist.

Jetzt kommt der Part, den ich am liebsten mag. Die Sekunden, in denen ich die Salbe auftrage und mit den Fingerspitzen auf ihrer Haut verteile. Sie sanft einmassiere. Es ist nur ein Augenblick. Dann ist er auch schon wieder vorbei.

Die Musik läuft weiter, während Luise sich bereits anzieht. Ich stehe da und schraube den Deckel auf die Tube. Am liebsten würde ich Luise jetzt von hinten umarmen, nur ganz kurz. Aber ich tue es nicht. Stattdessen wende ich mich ab und wasche mir die Hände.

»Es tut mir leid, dass du das machen musst«, sagt Luise plötzlich.

»Das ist kein Problem«, sage ich.

»Also, ich bin ehrlich gesagt ganz froh, wenn ich mich nicht mehr halb nackt vor dir ausziehen muss.«

Dieser Satz ist wie ein Schlag. Wäre ich im Ring, würde ich gerade zu Boden gehen.

Ich versuche, es mir nicht anmerken zu lassen, schaue weg, möchte mir nicht eingestehen, wofür es schon längst kein Eingeständnis mehr braucht: Ich weiß bereits seit einer Weile, dass das zwischen uns mehr für mich ist. Mehr, als es sein sollte. Mehr, als ich will.

Und ganz offensichtlich mehr als für Luise.

Luise

Jacob war heute anders als sonst. Eine andere Facette von still. Fast abweisend. Vermutlich geht es ihm auf die Nerven, sich um mein Tattoo zu kümmern. Erst stehe ich einfach vor seiner Tür, und dann muss er auch noch meine ekligen Pflaster wechseln. Es schien ihn nicht zu stören. Jedenfalls dachte ich das. Heute Morgen im Bad war alles noch okay. Doch plötzlich war es das nicht mehr. Er spricht auch sonst nicht viel – das tun wir beide nicht –, doch normalerweise unterhalten sich unsere Blicke. Wie Gebärdensprache mit den Augen. Oder wie Untertitel. Jacob und ich sind voller Subtext. Aber vorhin hat er mich nicht mal angeschaut. Und plötzlich war es vollkommen still zwischen uns. Kein Subtext. Keine kleinen Gesten, die das Schweigen schön machen und uns zu einer Art Geheimbund, von dem sonst niemand etwas weiß. Da war nichts. Nur noch Stille.

Aber als er sich dann von mir verabschiedet hat, hat er gelächelt. Und es war dieses schöne Lächeln. Das, das ich am liebsten mag. Er lächelt nicht oft so.

Nachdem er weg war, habe ich die Küche und das Bad geputzt. Und das Bett frisch bezogen. Danach bin ich einkaufen gegangen. Und zwischen den Supermarktregalen ist mir aufgefallen, dass ich bereits mein ganzes Leben lang versuche, niemandem zur Last zu fallen. Mich unsichtbar zu machen. Meine Eltern hatten schließlich schon genug zu tun. Mit Kristopher und seinen Episoden und den Depressionen und den Wutausbrüchen und dieser undefinierbaren Angst davor, dass er sich etwas antun könnte. Und so wurde ich ein Geist. Nicht mehr als ein Windhauch. Es war, als wäre ich gar nicht da.

Und auch hier in Arthurs und Jacobs Wohnung habe ich versucht, so unsichtbar wie möglich zu sein. Zu Beginn habe ich es nicht mal bemerkt. Vermutlich, weil es im Laufe der Jahre so sehr ein Teil von mir geworden ist, dass ich es nicht anders kenne. Nicht zur Last fallen zu wollen gehört zu mir wie meine Arme und Beine. Jacob hat immer wieder gesagt, dass ich hier duschen kann, aber ich habe es nicht getan. Ich dusche grundsätzlich im Verein und nie bei Jacob zu Hause. Ein paarmal habe ich gefragt, ob ich etwas zu essen einkaufen oder sauber machen soll, ich fand, es wäre das Mindeste, solange ich dort wohne, aber Jacob hat Nein gesagt. Er meinte nur: *Du isst doch sowieso fast nichts*. Aber das stimmt nicht. Ich bin eine zusätzliche Person, und irgendjemand muss das bezahlen. Und wenn ich es nicht tue, tut er es. Und das will ich nicht.

Vielleicht ist es wirklich das Beste, wenn ich wieder nach Hause gehe. Wenn ich Jacob seinen Raum zurückgebe. Immerhin habe ich ihn nie gefragt, ob es okay für ihn ist, dass ich da bin. Dass er sein Leben mit mir teilt. Und das ohne irgendeine Gegenleistung. Genau genommen habe ich ihm gar keine Wahl gelassen. Ich stand einfach vor seiner Tür. Und ich wusste, dass er mich nicht wegschicken würde.

Meine Oma hat früher immer gesagt: *Ein guter Gast weiß, wenn es Zeit ist zu gehen*. Wenn das stimmt, war ich kein guter Gast. Ich bin geblieben, weil ich nicht nach Hause wollte. Und weil ich mich hier wohlfühle. Bei Jacob. In seiner Nähe. Aber das alles sollte nicht sein Problem sein. *Ich* sollte nicht sein Problem sein.

Also habe ich meine Sachen gepackt. Es war ohnehin nicht

viel. Es ging schnell. Aber es ist mir nicht leichtgefallen. Ich mochte es, dass meine Zahnbürste zusammen mit Jacobs in einem Glas stand. Und daneben die von Arthur und Julia.

Zu Hause wird sie wieder allein sein – genau wie ich.

Luise

Es ist 14:29 Uhr, als ich die Wohnungstür hinter mir zuziehe. Der Hausflur riecht kühl und feucht vom vielen Regen. Es fühlt sich nicht nach Frühling an, sondern klamm und kalt. Nach der Art von Kälte, die einem in die Knochen kriecht und nicht mehr weggeht.

Ich gehe durch das halbdunkle Treppenhaus, die Stufen hinunter in den zweiten Stock. Der Rucksack auf meinen Schultern ist nicht schwer, und trotzdem tut es irgendwie weh, ihn zu tragen. Eine zusätzliche emotionale Last. Als ich vor der Tür von Dr. Falksteins Praxis ankomme, überfällt mich ein seltsam melancholisches Gefühl. Der Augenblick fühlt sich an wie ein weiteres Ende.

Ich schüttle den Kopf und damit den Gedanken ab und drücke auf die Klingel. Direkt darüber hängt ein goldenes Schild, das vor zwei Tagen noch nicht da war.

Dr. Falkstein

Praxis für Psychotherapie und
Trauerbewältigung

Trauerbewältigung. Was für ein schreckliches Wort, denke ich. Dann geht die Tür auf, und Dr. Falkstein steht vor mir. Er lächelt. Ich nicht.

»Hallo Luise«, sagt er, »schön, dass du da bist.« Er macht eine *Komm rein*-Geste, die mich ein bisschen an die eines Flugbegleiters erinnert, der die Passagiere darauf aufmerksam macht, wo sich die Notausgänge befinden. Ich bin nur ein Mal in meinem Leben geflogen, und das ist schon sehr lange her, aber daran kann ich mich noch erinnern. Es sah aus wie ungelenkes Ballett.

Wir betreten den Behandlungsraum, und ich stelle meinen Rucksack auf den Boden neben der Tür. Dr. Falkstein bemerkt es, aber er kommentiert es nicht. Zumindest noch nicht. Vielleicht kommt das noch. Er gibt mir den Vortritt, und dann nehmen wir beide Platz – er auf seinem Sessel, ich auf der unbequemen Couch.

»Du wirkst sehr grüblerisch heute«, sagt er dann.

»Sie meinen, etwa noch mehr als sonst?«, frage ich.

»Ja«, sagt er, »noch mehr als sonst.«

Ich denke an Jacob. An die Geborgenheit, die ich bei ihm gefunden habe. An das Zuhause-Gefühl. Aber ich will nicht daran denken. An nichts davon. Ich will einfach mal an *gar nichts* denken. Ein leeres Gehirn. Das wäre schön.

»Was geht dir durch den Kopf?«, fragt Dr. Falkstein.

»Nichts«, sage ich.

»Du brauchst keine Rücksicht auf mich nehmen. Du kannst einfach sagen, was du denkst«, sagt er.

»Ich nehme keine Rücksicht«, entgegne ich. »Mir ist nur einfach nicht nach Reden.«

»Verstehe«, sagt er. »Wonach ist dir dann?«

»Keine Ahnung«, sage ich.

Dr. Falkstein lehnt sich in meine Richtung und stützt die Ellenbogen auf seinen Knien ab.

»Ich mache dir einen Vorschlag. Was hältst du davon, wenn

ich dir Fragen stelle und du einfach nur nickst oder den Kopf schüttelst?«, sagt er. »Wenn wir es so machen, rede nur ich.«

Ich mustere ihn misstrauisch, doch dann nicke ich.

»Also gut«, sagt Dr. Falkstein. »Dann fange ich mal an. Hast du dich mit deiner Mutter ausgesprochen?«

Ich schüttle den Kopf.

»Okay. Hast du denn überhaupt mit ihr gesprochen?«

Ich nicke.

»Am Telefon?«

Ich nicke wieder.

»Hat sie Versuche unternommen, dich zu sehen?«, fragt er. »Ich meine, hat sie gesagt, dass sie dich sehen will?«

Ich nicke.

»Aber du willst sie nicht sehen.«

Ich schüttle den Kopf.

»Denkst du nicht, du bist vielleicht ein bisschen zu hart zu deiner Mutter?«

Ich starre ihn an.

»Hart?«, sage ich kalt. »Nein.«

Ich hätte nicht antworten sollen. Ich hätte nicht reagieren dürfen. Genau darauf hat er es angelegt, und ich bin darauf reingefallen. Er wusste, dass das passieren würde, wenn er mich reizt. Er wusste, dass mein Wunsch zu widersprechen stärker wäre als ich. Wie ein heftiges Würgen, das man nicht unterdrücken kann.

Dr. Falkstein sieht mich an. Alles ist still, nur der Regen prasselt monoton auf die Dächer.

»Falls Sie glauben, ich hätte nicht durchschaut, was Sie da machen, täuschen Sie sich. Das habe ich nämlich.«

Er lächelt und sagt: »Daran habe ich nicht eine Sekunde gezweifelt.«

Dann ist es wieder still. Nur die Tropfen sind zu hören. Wie ein weißes Rauschen.

»Warum bist du so wütend auf deine Mutter?«, fragt Dr. Falkstein nach ein paar Sekunden.

Jetzt sind es also wieder offene Fragen, denke ich und höre mich antworten: »Ich weiß es nicht.«

»Weißt du es nicht, oder willst du es nicht sagen?«

Ich schweige, weil ich mir sicher bin, dass er etwas anderes fragen wird, wenn ich nur lange genug nicht antworte, aber er tut es nicht. Er wartet einfach – mit einem Lächeln und einem geduldigen Blick. Diese Kombination macht mich nervös. Ebenso wie das Schweigen, das den Raum erfüllt. Es ist so anwesend, wie eine weitere Person. Als könnte man es anfassen.

Ich würde ihm gerne alles sagen. Doch die Wahrheit tut weh – sogar, wenn man sie bereits kennt.

»Es ging nie um mich«, sage ich unvermittelt, und meine Stimme klingt klein und fremd. »Nicht mal an den Tagen, an denen es um mich hätte gehen *müssen*.«

Dr. Falkstein mustert mich. Seine Augen sind freundlich. Und sofort muss ich an Jacob denken, der auf einmal so anders zu mir war, und mein Hals wird eng, und ich spüre, dass ich, wenn ich noch ein Wort sage, in Tränen ausbrechen werde.

Aber ich weiß nicht warum. Jacob hat mir nichts getan. Es ist nichts vorgefallen. Jedenfalls nichts, das man greifen könnte. Ich denke an heute Nacht. An mich allein in meinem Zimmer, ohne seine Schulter, ohne ihn. Bei dieser Vorstellung bricht etwas aus mir heraus, von dem ich nicht einmal wusste, dass es da ist. Als wäre ich verstopft. Und plötzlich bin ich es nicht mehr. Ich schluchze los wie ein Kind. Mein Gesicht ist nass, und mein Körper bebt – ich kann nicht aufhören zu weinen.

Dr. Falkstein wartet einfach. Minutenlang. So lang, bis meine

Nase ganz verstopft ist und ich endlich leer. Und es ist das schönste Leer seit Langem. Als hätten die Tränen einen Teil meiner Traurigkeit abtransportiert. Wie ein Abwassersystem.

Meine Wangen sind heiß, und mein Atem beruhigt sich. Dr. Falkstein reicht mir eine Box mit Taschentüchern. Sie sind dünn und durchsichtig, und ich ziehe zwei heraus und trockne mein Gesicht. Dann lächelt er mich wieder an. Wie ein Vater. Oder ein guter Freund.

»Möchtest du vielleicht jetzt über deine Mutter reden?«, fragt er.

»Ja«, sage ich. Und dann erzähle ich ihm von meiner Mutter.

Jacob

Luise ist gegangen. Ich habe es in dem Moment gespürt, als ich nach Hause gekommen bin. Die Wohnung war sauber und schmerzhaft leer. So wie früher, als ich mich hier noch wie ein Gast gefühlt habe.

Luises Zahnbürste ist weg. Und ihr Duft aus dem Bettzeug. Jetzt riecht es nicht mehr nach uns, sondern nach Meeresfrische. Als hätte es die Nächte, in denen sie in meinen Armen geschlafen hat, nie gegeben.

Ich hänge die Wäsche auf. Und dann gehe ich in die Küche und mache eine Tasse Tee. Nur eine. Nur für mich. Die Kombination von Süßholz und Minze kannte ich vor Luise nicht. Und auch nicht dieses Gefühl. Jedenfalls nicht so.

Als Kind war ich oft einsam. Das war eine der wenigen Konstanten meines Lebens. Etwas Verlässliches. Ich will nicht an meine Mutter denken. Und auch nicht an das, was sie getan oder nicht getan hat. Gäbe es eine Tablette oder Spritze, um einen Menschen vollkommen und für immer zu vergessen, ich würde nicht zögern. Ich würde meine Mutter sofort und unwiederbringlich aus meinem Gedächtnis streichen.

Ich nehme den Tee und gehe in mein Zimmer. Ich tue es nur, um irgendwas zu tun. Um mich zu bewegen, während meine Gedanken stillstehen. Als ich mich auf die Bettkante setze, fällt mein Blick auf den Stuhl neben dem Schrank, auf dem bis vor ein paar Stunden Luises Rucksack gestanden ist.

Irgendwie fühlt es sich an, als hätten wir uns getrennt, als wäre sie heute Morgen noch meine Freundin gewesen und als wäre sie das jetzt nicht mehr. Nur, dass sie es nie war.

Luise

Die Luft in unserer Wohnung riecht abgestanden, und meine Augen tun weh vom Weinen. Dr. Falkstein hat mir abschwellende Tropfen empfohlen. Er hat gesagt, dass sie sehr gut helfen. Also habe ich sie auf dem Heimweg besorgt. Und es stimmt: Jetzt sind meine Augen nur noch rot.

Ich habe in den Kühlschrank geschaut, er war leer. Da war nur mein Nudelauflauf wie eine heilige Reliquie – komplett übersät mit grünen und weißen pelzigen Flecken. In der Tür stand noch ein halber Liter Milch. Sie ist in Klumpen aus dem Karton ins Spülbecken gefallen. Wie es aussieht, war meine Mutter in den vergangenen Tagen wohl auch nicht zu Hause. Falls doch, hat sie nichts gegessen – zumindest nichts von meinem Nudelauflauf.

Ich war kurz einkaufen. Nur ein paar Kleinigkeiten fürs Wochenende. Auf dem Weg zum REWE habe ich wie immer den Umweg genommen, um nicht an Kristophers *erstem Grab* vorbeigehen zu müssen. Ich frage mich, ob das jemals anders sein wird.

Als ich wieder in der Wohnung war, wollte ich Jacob anrufen, aber ich wusste nicht, was ich sagen soll. Also habe ich es nicht getan. Stattdessen habe ich meine Kopfhörer aufgesetzt, meinen *Mix der Woche* bei Spotify angemacht und angefangen aufzuräumen.

Zwei Stunden später war alles sauber, und ich konnte ein paar Lieder zu meiner *Lieblingsliste* hinzufügen. Zwei davon kannte ich bereits, aber ich hatte sie vergessen: »Heart Of Stone« von The Ravonettes und »Boris« von BOY. Die anderen beiden sind frisch entdeckt: »Not For Nothing« von Mutual Benefit und »Bucket & The Rag« von You Raskal You. Ich habe überlegt, ob ich sie Jacob schicken soll, aber dann dachte ich, dass er sie bestimmt bereits kennt.

Ich bin ins Bad gegangen, und alles hat nach dem Orangenreiniger gerochen, den ich so mag, und die Flächen haben geglänzt. Ich habe in den streifenfreien Spiegel geschaut – in ein schmales Gesicht mit roten Augen und pinsellangen Haaren. Und obwohl meine Haare so kurz waren, waren sie eigentlich zu lang. Also habe ich sie abrasiert. Die Haarstoppel sind wie schwarzer Schnee ins Waschbecken gerieselt. Es war ein friedlicher Anblick.

Danach habe ich sie weggesaugt und im Anschluss lange geduscht. Und während das warme Wasser über mein Gesicht lief, habe ich mich gefragt, wie es Jacob wohl geht. Ob er vielleicht auch an mich denkt. Bei mir war es nämlich viel mehr als nur an ihn denken.

Ich habe mich abgetrocknet und angezogen und danach die neue Halterung für meine Zahnbürste an die Wand geklebt. Ich hatte eigentlich nicht vor, sie zu kaufen, aber dann konnte ich nicht anders. Die Vorstellung, meine Zahnbürste wieder in das verkalkte Glas zurückzustellen, war einfach unerträglich. Als ginge es dabei um mich und nicht nur eine Zahnbürste. Und genauso fühlte es sich an. Wie ein Sinnbild unseres familiären Zerfalls. Es ist nur ein paar Jahre her, da standen auf der Ablage neben dem Waschbecken noch zwei Gläser mit vier Zahnbürsten. Blau, rot, grün und gelb. Da war alles noch gut. Jedenfalls machte es den Anschein. Doch dann war Papas Zahnbürste an den Wochenenden plötzlich auffällig oft weg. Bis sie dann gar nicht mehr zurückkam. Genau wie er. In etwa zur selben Zeit hat sich Mama eine elektrische Zahnbürste zugelegt und angefangen, immer mehr und immer länger zu arbeiten. Weil es, wie sie sagte, nicht anders ging. Ihre elektrische Zahnbürste pendelte also zwischen Klinik und Wohnung hin und her. Zusammen mit ihr. Eine Weile waren es nur noch zwei Zahnbürsten. Die grüne und die gelbe. Und schließlich nur noch meine. Oft sind es die kleinen Dinge, die verraten, dass etwas anders ist. Die Details, die die meisten Menschen übersehen. Es war gut, diese Halterung zu kaufen. Ich hätte es schon viel früher tun sollen.

Jetzt sitze ich mit einem Teller Nudeln mit Butter in meinem Zimmer und fühle mich entsetzlich allein. Ich würde gerne Ming anrufen und mit ihr reden. Fragen, wie es ihr geht, ihr von Jacob erzählen. Davon, dass ich ihn vermisse. Aber ich kann sie nicht einfach anrufen. Nicht nach allem, was passiert ist. Ich müsste mich erst entschuldigen. Und vielleicht sollte ich das sogar. Vielleicht wäre es das Richtige. Aber es käme mir falsch vor. Verlogen. Weil ich es so gemeint habe. Weil es die Wahrheit war.

Ich stochere lustlos in meinen Nudeln herum und scrolle durch meinen Facebook-Feed. Jeder dritte Post handelt von *Tote Mädchen lügen nicht.* Irgendwie würde ich die Serie auch gerne anschauen, weil alle sie anschauen. Aber ich kann es nicht tun. Nicht hier. Und schon gar nicht allein. Andererseits hätte ich dann wenigstens etwas, womit ich die kommenden zwei Wochen totschlagen könnte. Die meisten Menschen lieben Ferien. Ich kann sie nicht ausstehen. Es sind nur noch mehr Stunden, die man irgendwie füllen muss.

Die Langeweile gewinnt, und ich starte Netflix. Ich stöbere in den Serien herum und entscheide mich letzten Endes für *House of Cards.* Und aus einer Folge werden drei. Als die vierte gerade anfängt, vibriert mein Handy. Es ist keine neue Nachricht von Jacob. Es ist eine neue E-Mail. Von Kristopher.

Futureme.org

An: luise.koenig@gmail.com

Abends halb zehn in Deutschland

Liebe Lise,

jetzt hast du zwei Wochen frei. Ich wette, du freust dich wie verrückt auf die vielen, vielen Stunden zu Hause. Mama hat bestimmt wieder versprochen, dass sie Urlaub nehmen wird, es dann aber doch nicht getan. So wie immer. Und Papa fliegt garantiert mit seiner Phlegmarion für ein paar Wochen in die Sonne, um sich von seinem schrecklich anstrengenden Leben zu erholen. Auch so wie immer.

Für dich bleibt also nur wieder München im Regen. Ab der Monatsmitte wird es dann auch noch schneien, und alle werden völlig überrumpelt sein – so wie jedes Jahr. Sie werden Fotos von ihren Straßen und Balkonen und Gärten und Topfpflanzen bei Facebook posten. Und überall wird Schnee zu sehen sein. *Vier Zentimeter Neuschnee.* Und die Leute werden wieder Auto und Rad fahren, als hätten sie noch nie Schnee gesehen. Sie werden fluchen und jammern und über nichts anderes mehr reden.

Es ist immer dasselbe: Der März täuscht einen Frühling an, und der April schlägt einem dann gnadenlos den Graupel um die Ohren.

Doch verzage nicht, liebste Schwester. Es gibt viel zu tun. Du weißt es nur noch nicht. Anfangs wird dir diese Idee vermutlich nicht besonders gefallen. Aber vergiss nicht: Man wächst mit seinen Aufgaben. Und abgesehen davon: Es geht um meine Überfahrt auf die andere Seite und um meinen Seelenfrieden. Um Leben und Tod … oder so ähnlich.

Ich nehme an, du sitzt gerade in deinem Zimmer. Wenn nicht, geh rüber, stell dich in die Mitte des Raums und schau dich um. Schau dir alles ganz genau an. Den ganzen Kram, den du nicht brauchst … und dann frag dich, ob das alles wirklich DU bist. Die hellgelben Wände, die schon lange ergraut sind. Die verstaubten Regale mit den alten Brettspielen und dem ganzen Krusch, den du aus irgendeinem Grund aufgehoben hast, an den du dich vermutlich nicht mal mehr erinnerst.

Sieh dir alles genau an. Du wohnst in einem Kinderzimmer, Lise! Aber du bist kein Kind mehr. Du bist sechzehn und damit eine junge Frau. (Ich weiß, du magst es nicht, so genannt zu werden. Ich weiß, es kommt dir komisch vor. Und ich kann mir bildlich vorstellen, wie du gerade das Gesicht verzogen hast. ☺ Aber du bist nun mal eine junge Frau. Eine kluge, liebenswerte, schöne junge Frau.) Du bist nicht mehr das Mädchen, das sich damals diese Wandfarbe ausgesucht hat. Es wird Zeit für eine Veränderung.

Du wirst jetzt sagen: *Das kostet alles Geld*, und *Ich habe ja keine Farbe zum Streichen*, und *Was soll der Blödsinn eigentlich? Ich ziehe doch sowieso so bald wie möglich aus dieser Scheißwohnung aus*. Kann sein, aber bald ist nicht jetzt. Und es geht ums Jetzt. Um diesen Tag, um diesen Moment.

Du wirst jetzt sicher sagen, dass das alles Geld kostet, aber es kostet nicht viel, und dich kostet es nichts – außer deiner Zeit. Um alles andere hab ich mich gekümmert.

Was die Farbe angeht: Die findest du in unserem Kellerabteil ganz hinten neben dem Gefrierschrank. In einem Umzugskarton, auf dem dein Name steht. In diesem Karton ist drin, was du brauchst. Daneben lehnt eine Transportkarre, damit du die Kiste nicht bis zum Aufzug schleppen musst. Die ist nämlich ganz schön schwer.

Ich wette, du denkst jetzt an die kaputte Glühbirne im Keller. Aber die habe ich ausgetauscht. Genauso wie die Batterien in der Taschenlampe – nur für den Fall, dass du sie zusätzlich mitnehmen willst. ☺ Du musst also keine Angst im Dunklen haben.

Es liegt einiges an Arbeit vor dir. Das wird anstrengend werden, und vermutlich bist du gerade sauer auf mich, weil du keine Lust hast, das zu machen. Und das ist okay. Ich wäre an deiner Stelle auch sauer. Aber irgendwann wirst du mir danken. Spätestens wenn alles fertig ist und du stolz auf dich bist.

Für diese Aufgabe hast du bis Ende April Zeit. Wirf alles raus, Lise. Mach dich leicht. Es sind nur Dinge. Ich melde mich im Mai.

Hab dich lieb.

Dein Kristopher

Jacob

Die Boxhalle stinkt abartig. Nach frischem und altem Schweiß und verbrauchter leerer Luft. Und wie jedes Mal, wenn ich hier unten ankomme, versuche ich, mir nicht vorzustellen, dass ich bei jedem Atemzug den Schweiß anderer Leute in mich aufnehme. Dass er ein Teil von mir wird. Das ist so widerlich.

Ich stelle meine Tasche auf die Bank, schaue mich um und sehe die üblichen Leute. Tom, Bastian, Ali, Ben. Aber keine Luise. Tom nickt mir zu, dann geht er sich aufwärmen. Ich frage mich, warum ich hergekommen bin. Wegen Luise oder weil ich boxen wollte?

Jemand tippt mir auf die Schulter. »Hey, Jacob. Wie geht's?«

Alex grinst mich breit an. Ich mag alle Trainer, aber ihn mag ich besonders.

»Alles gut«, lüge ich. »Und bei dir?«

»Ich kann nicht klagen«, sagt er und fügt dann hinzu: »Was ist mit Luise? Kommt die noch?«

»Nein«, sage ich. »Die hat keine Zeit.«

»Schade.« Pause. »Ich mag die Kleine.« Alex sieht meinen Blick und fängt plötzlich an zu lachen. »Doch nicht so, du Idiot.« Mein Körper entspannt sich. Ich schlucke, und er grinst. »Du stehst also auf sie«, stellt er trocken fest.

»Tu ich nicht«, sage ich.

»Klar tust du das«, sagt er.

Und mein Blick antwortet: *Ja. Kann sein.*

»Los, geh boxen«, sagt Alex. »Das hilft.«

Zwei Stunden später fühle ich mich besser – denke aber noch immer an Luise. Ich setze mich auf die Bank und hole mein Handy aus der Tasche. Getrunken habe ich noch nichts. Mein Mund ist trocken und ich am Verdursten, aber mein Handy ist wichtiger.

Eine neue Nachricht. Ich lächle, obwohl ich nicht will, und mein Magen zieht sich krampfartig zusammen. Ich öffne WhatsApp und höre auf zu lächeln. Es gibt eine neue Nachricht. Doch sie ist nicht von Luise.

Nicht drangehen: Hey Jacob, ich habe in letzter Zeit öfter an dich gedacht! ☺ Ich hoffe, dir geht's gut. Ach ja, ich habe doch noch dein T-Shirt. Im Moment bin ich bei einer Freundin, aber ich könnte es auf dem Heimweg kurz bei dir vorbeibringen. Wäre schön, dich mal wiederzusehen. 😗

Eine Weile starre ich nur auf den Text. Auf diese kaum kaschierte Einladung zum Sex. Ich habe seit unserer letzten Begegnung nicht mehr an Evelyn gedacht. Nicht ein einziges Mal. Und das T-Shirt ist mir vollkommen egal. Trotzdem schreibe ich ihr zurück. Keine Ahnung, warum.

SAMSTAG, 8. APRIL

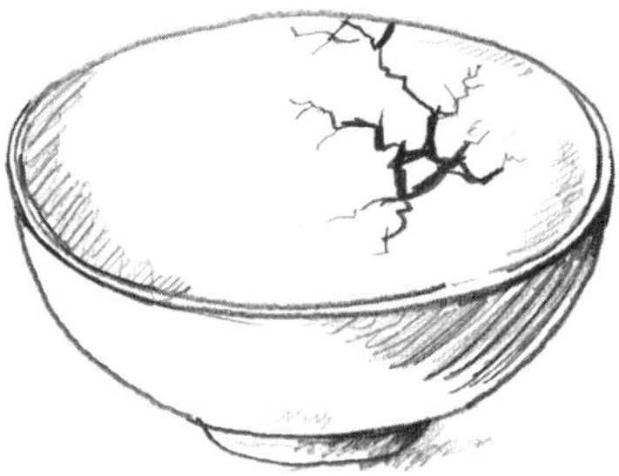

Jacob

Ich sitze am Küchentisch vor einem Teller Pancakes mit Erdbeeren, die in Ahornsirup schwimmen. Die Zutaten dafür habe ich gestern nach der Arbeit gekauft. Bevor ich wusste, dass Luise nicht mehr da sein wird, wenn ich nach Hause komme. Sie hat vor ein paar Tagen erwähnt, dass sie Bananen-Pancakes mag. Dass sie die mit ihrem Bruder ab und zu gemacht hat. Ich dachte, sie würde sich freuen. Jetzt habe ich sie für mich gemacht und esse sie nicht.

Gestern Abend hat Luise mir geschrieben. Sie hat sich dafür bedankt, dass sie bei mir wohnen durfte. *Danke für alles* stand am Ende. Seitdem frage ich mich, was das bedeutet. War es wirklich nur ein Danke oder doch ein versteckter Abschied? Ich weiß es nicht.

Die Tür geht auf, und Arthur kommt herein. Oben ohne, mit einem Handtuch um die Schultern, seine Haare sind nass.

»Guten Morgen«, sagt er, wie immer gut gelaunt.

»Morgen«, sage ich. Weniger gut gelaunt.

Er nimmt zwei Tassen aus dem Schrank, schenkt in beide Kaffee ein und setzt sich zu mir an den Tisch. Dann bemerkt er die unberührten Pancakes und runzelt die Stirn.

»Was ist los mit dir?«, fragt er stutzig.

»Was sollte los sein?«, frage ich zurück.

Er deutet auf den Teller. »Du hast nichts gegessen.«

»Ja und?«, frage ich.

»Ich habe noch nie erlebt, dass du nichts isst.«

»Ich habe keinen Hunger«, sage ich.

Er mustert mich.

»Du hast immer Hunger.«

In dem Moment, als ich antworten will, kommt Julia herein, küsst Arthur auf die Wange und setzt sich neben ihn.

»Guten Morgen«, sagt sie.

Ich gebe mir Mühe, freundlich zu schauen. »Guten Morgen«, sage ich.

Arthur deutet auf eine der beiden Kaffeetassen. »Das ist deiner.«

»Danke«, sagt Julia und sieht sich um. »Wo ist denn Luise?«, fragt sie dann. »Schläft die etwa noch?«

»Nein«, sage ich, »die ist wieder zu Hause.«

Julia und Arthur sehen sich an. Und dann mich. Ich weiche ihren Blicken aus, aber ich spüre sie trotzdem.

»Wusste ich doch, dass etwas nicht stimmt«, sagt Arthur schließlich.

»Dir entgeht aber auch nichts«, sage ich.

Er ignoriert meinen Sarkasmus und fragt: »Hattet ihr Streit?« Er fragt es vorsichtig, fast feinfühlig.

»Nein«, sage ich.

»Was ist dann passiert?«

»Nichts ist passiert«, sage ich gereizt. »Sie ist einfach wieder zu Hause. Okay?«

»Aber gestern war sie hier, oder?«, fragt Julia. »Ich habe eine Frauenstimme gehört.«

»Das war nicht Luise«, sage ich. »Es war« – ich suche nach den richtigen Worten – »eine Freundin.«

»Eine Freundin?« Julia klingt skeptisch.

»Ja«, sage ich. »Eine Freundin. Evelyn.«

Arthur trinkt einen Schluck Kaffee und sieht mich über den Rand seiner Tasse hinweg vielsagend an, sagt aber nichts.

»Sie hat mir nur kurz was vorbeigebracht«, sage ich. »Dann ist sie gegangen.«

»Und was genau hat sie dir vorbeigebracht?«, fragt Arthur. »Sich selbst in Unterwäsche?«

»Sehr witzig«, sage ich.

»Es war nicht witzig gemeint«, sagt er.

»Evelyn hatte noch ein T-Shirt von mir.« Ich schaue Arthur lange an. Er glaubt mir nicht. »Es ist nichts passiert, okay?«, sage ich. »Ja, ich habe darüber nachgedacht, aber ich habe es nicht getan.«

»Wegen Luise, richtig?«, sagt Julia. »Weil du in sie verliebt bist.«

Ich schaue auf. Ich würde es gerne abstreiten, will fragen, woher sie es weiß, ob es so offensichtlich ist, aber ich schweige.

»Ich verstehe dich gut«, sagt sie dann. »Luise ist ein ganz besonderes Mädchen.«

Ich atme in meinen zu engen Brustkorb. Mein Herz schlägt schnell. Dann sage ich: »Ja, das ist sie.«

»Hast du Luise gesagt, was du für sie empfindest?«, fragt Arthur.

Ich schüttle den Kopf.

»Warum nicht?«, fragt Julia.

»Weil sie es weiß«, sage ich. »Sie muss es wissen. Warum wohl sonst ist sie gegangen?«

»Ich glaube, da täuschst du dich«, sagt Arthur.

»Und ich glaube, du hast keine Ahnung«, antworte ich.

Julia nippt an ihrem Kaffee, dann sagt sie: »Es gibt da so ein Sprichwort.« Sie klopft nachdenklich mit dem Zeigefinger auf die Tischplatte. »Den genauen Wortlaut krieg ich jetzt nicht mehr hin, aber die Quintessenz ist so etwas wie: ›Wenn ein Junge in ein Mädchen verliebt ist, wissen es alle außer das Mädchen. Und wenn ein Mädchen in einen Jungen verliebt ist, weiß es niemand außer ihr.‹« Julia schaut mich an. »Ich glaube, Luise hat keine Ahnung, was du für sie empfindest. Ich würde sogar so weit gehen, dass sie nie damit rechnen würde, dass ein Typ wie du auf sie steht.«

»Was soll das denn jetzt heißen? Ein Typ wie ich?«, frage ich.

»Na ja, ein Mädchen-Typ eben«, sagt sie.

»Aber ich bin kein Mädchen-Typ«, sage ich.

»Doch, das bist du.« Sie lächelt. »Zumindest, was das Aussehen angeht.«

Ich stehe auf und hole eine Flasche Wasser aus dem Kühlschrank. Ich weiß nicht, ob ich es tue, weil ich durstig bin oder weil mir das Thema auf die Nerven geht. Ich stehe mit dem Rücken zum Tisch und trinke. Dabei brennt die Kohlensäure bei jedem Schluck in meinem Hals.

Ich ein Mädchen-Typ!? Das ist so lächerlich. Ich kann die meisten Frauen nicht ausstehen. Und dafür gibt es Gründe. Gute Gründe, an die ich nicht denken will. Genauso wenig wie an *sie*. An den Ursprung. Manchmal glaube ich, dass es nichts gibt, das nicht in irgendeiner Form mit ihr verbunden ist. Als wäre sie der rote Faden meines Lebens. Der Anfang und das Ende. Und ganz gleich, wie oft ich versuche, ihn zu kappen, er lässt sich einfach nicht zerschneiden. Er reißt einfach nicht ab.

Luise

Seit heute Morgen um kurz vor sechs werfe ich jetzt bereits einen Teil meines Lebens in Müllsäcke, aber mein Zimmer sieht noch genauso voll aus wie vorher. Als würde sich der ganze Kram auf den Regalbrettern heimlich vermehren, wenn ich gerade nicht hinsehe.

Ich hätte nicht gedacht, dass ich so viel Zeug besitze. So viele Staubfänger, die keinerlei Zweck erfüllen. Mit den meisten davon verbinde ich noch nicht einmal etwas. Ich habe sie irgendwann irgendwo hingestellt und nie wieder bewegt. Weil sie mir eigentlich egal sind.

Die Ausnahme bildet meine Erinnerungsbox. Aber das sind nur eine Handvoll Sachen, Kleinigkeiten, an denen ich hänge. Der Rest ist Müll, den ich aufgehoben habe.

Vor ein paar Stunden ist mir das Wegschmeißen noch schwergefallen – manche dieser Dinge waren schließlich Geschenke, einige fand ich als Kind ganz toll. Aber irgendwann ging es plötzlich ganz leicht. Als müsste man es erst lernen. Als wäre es eine Frage der Technik.

Es ist Abend geworden, und ich sitze auf dem Fußboden. Mit einer Salamipizza und einer Flasche Spezi. Das große Regal ist leer. Ich habe meine Klamotten aussortiert, die Brettspiele und die Bücher, und dann alles in Tüten gepackt. Für die Kleidersammlung und die Wohlfahrt. Ich hätte nicht gedacht, dass ich in nur ein paar Stunden so viel schaffen würde. Schon gar nicht alleine. Meine Arme sind müde, meine Füße tun weh vom vielen Stehen, und auf meiner Haut liegt eine juckende Staubschicht – ein Rest Vergangenheit, den ich später abduschen werde –, aber ich fühle mich gut. Als hätte ich einen Teil von mir abgeschüttelt.

Ich beiße von einem Pizzastück ab, und mein Magen rumort, als ich schlucke, weil ich so hungrig bin. Es schmeckt gut, aber nicht so gut wie bei Jacob. Und allein zu schweigen ist einsam. Mit ihm war es schön.

Ich trinke einen Schluck Spezi und blicke durch mein Zimmer. Die letzten Jahre haben Schatten an den Wänden hinterlassen. Ein bisschen wie Fingerabdrücke in Regalform. Wenn Kristopher noch am Leben wäre und gerade eine von seinen hypermanischen Phasen hätte, würde er jetzt neben mir sitzen, total aufgedreht und gut gelaunt, und dann würde er sagen, dass alles Spuren hinterlässt. Alles. Dass nichts einfach so an uns vorbeigeht. Dass wir es aufnehmen, auch wenn wir es nicht bewusst bemerken. Dass wir dieselbe Anzahl an Molekülen bleiben – auch nach unserem Tod. Dass wir zu etwas anderem werden, jedoch nicht wirklich verschwinden. Er hat immer viel und schnell geredet. Manchmal schien es völlig zusammenhangslos. Aber es war immer spannend. Nie langweilig.

Ich wünschte, er wäre hier. Mit mir auf diesem alten Teppich, auf dem wir schon als Kinder zusammen gespielt haben.

Ich hatte einen tollen großen Bruder.

Vielleicht sogar den besten.

SONNTAGABEND, 9. APRIL

Luise

Mama war nicht zu Hause. Das ganze Wochenende lang. Um fair zu sein: Sie weiß nicht, dass ich hier bin. Wobei die Frage bestehen bleibt, ob sie heimgekommen wäre, wenn sie es gewusst hätte. Ich werde es nie herausfinden. Und im Moment ist es mir eigentlich ganz recht, dass sie nicht da ist. Ich brauche ihre Hilfe nicht.

Mein Bett, das Regal und der Schreibtisch stehen in der Mitte des Raums. Es war nicht leicht, das alles allein zu verschieben. Aber ich habe es geschafft. Die Möbel sind abgedeckt, und die Plastikplane, die auch in dem Umzugskarton war, klebt bei jedem Schritt an meinen nackten Fußsohlen.

Ich trage Papas alten Overall, den ich im Keller gefunden habe und der mir natürlich viel zu groß ist, und höre Musik. Im Moment »Blonde on Blonde« von Nada Surf. Das Lied erinnert mich an meinen Bruder. Er hat es geliebt. Nein, *wir* haben es geliebt.

Vor ein paar Jahren haben Kristopher und ich *Lovesong for Bobby Long* im Kino gesehen. Danach lief der Soundtrack bei uns wochenlang auf Endlosschleife. Ich habe ihn ewig nicht mehr angemacht. Und es tut weh, ihn zu hören – aber auf die schönste Art und Weise.

Ich erinnere mich noch, dass wir damals eigentlich was anderes anschauen wollten, weiß aber nicht mehr was. Die Vorstellung im *Maxx* war ausverkauft. Also haben wir uns spontan anders entschieden und sind weitergegangen zum *Museum Lichtspiele*. Es war ein schwüler Abend mit einem dunkelblau-grünen Himmel, wie es ihn nur in der Stadt und nur im Hochsommer gibt. Der Saal in dem alten Kino war fast leer, und wir haben Eiskonfekt gegessen. Zwei Packungen. Und eine Tüte Popcorn. Es war süß und hat nach Butter geschmeckt.

Ich tunke die Malerrolle in die Farbe und wälze sie darin, bis sie sich vollgesaugt hat. Dann setze ich sie an, und einzelne Tropfen laufen zäh an der Wand hinunter wie weißer Regen an einer Fensterscheibe. Ganz langsam. Ich sehe ihnen ein paar Sekunden zu, dann bewege ich die Rolle auf und ab. In langen Bahnen. Immer wieder hoch und runter. Die Farbe verschluckt die einzelnen Tropfen, und alles wird weiß. Ein sauberer Strich, der das Gelbgrau zerteilt.

Ich streiche ohne Eile. Die Teleskopstange macht mich so groß, dass ich bis nach ganz oben komme. Bis in die Ecken. Als hätte ich eineinhalb Meter lange Arme. Der Soundtrack geht zu Ende und startet wieder von vorn. Lied Nummer eins: »Someday« von Los Lobos.

Manchmal, wenn ich Musik höre, kann ich nicht anders, als an Gott zu glauben. Zumindest bis ich dann die Nachrichten sehe. Kristopher hat mal gesagt: *Das, was da alles passiert, das hat doch nichts mit Gott zu tun, Lise. Das ist alles menschengemacht. Es ist unser freier Wille.* Und dann haben wir stundenlang über den freien Willen diskutiert und ob es nicht besser wäre, ihn einfach abzuschaffen. Damals hat mein Bruder nicht an Gott geglaubt. Damals war er überzeugt davon, dass wir ein Zufall sind. Ein Zufall auf einem kleinen Planeten, der um die Sonne kreist. Ich wollte immer an etwas glauben. An etwas, das größer ist als wir. Aber ich weiß nicht, ob ich es tue.

Ich tunke die Malerrolle wieder in die Farbe. Und in dem

Moment startet »Lorraines Song« von Theresa Anderson. Und wie jedes Mal bekomme ich eine Gänsehaut. Ich stehe da mit einem Kloß im Hals und der Teleskopstange in den Händen und übermale die Vergangenheit. Und plötzlich fühlt es sich so an, als wäre Kristopher da. Als stünde er direkt neben mir. Als hätte die Atmosphäre sich verändert.

Vielleicht ist es die Musik. Oder die Erinnerung an ihn. Oder es ist dieses Etwas, an das ich so gern glauben möchte. Dieses Etwas, von dem mein Bruder mir geschrieben hat, dass es immer bei mir sein wird.

Ich lasse die Malerrolle sinken und weine. Und zum ersten Mal seit Langem sind es gute Tränen. Sich erinnernde Tränen. Eine seltsame Mischung aus melancholisch und gelöst. Sie brechen nicht gegen meinen Willen aus mir heraus, sie fließen still, und ich lächle dabei.

MONTAGABEND, 10. APRIL

Jacob

Ich war heute gleich noch mal im Training. Ich habe in den Sandsack gedroschen, als wäre er meine Feigheit. Aber gegen einen Sandsack kann man nicht gewinnen. Ich glaube, mit Feigheit verhält es sich genauso.

Ich steige in die U-Bahn. Es ist ziemlich voll, die meisten Leute schauen mürrisch und genervt. Ich schaue genauso. Mein Handy vibriert in der Hosentasche. Ich ziehe es umständlich heraus. Auf dem Display steht: Eine neue Nachricht. Sie ist von Luise.

Luise König: Ich habe gerade an dich gedacht. Ich hoffe, es geht dir gut.

Meine Fingerkuppen fühlen sich taub an. Ich weiß, was ich ihr schreiben will, aber ich will es nicht schreiben. Doch dann überwinde ich meine Feigheit. Oder meinen Stolz. Ich weiß es nicht.

Jacob Becker: Bin in der U-Bahn. Die nächste Station ist deine. Ich könnte aussteigen.

Mein Herz schlägt schnell, und die U-Bahn wird langsamer. Ich erkenne die braun-beige gestreiften Wände, eine weitere Geschmacklosigkeit aus den Siebzigerjahren, und warte angespannt auf Luises Antwort. Mein Herz schlägt schnell. Dann sehe ich, dass sie etwas schreibt. Die U-Bahn bleibt stehen. Und in genau dem Moment, als die Türen sich öffnen, kommt Luises Nachricht.

Luise König: Ich würde dich wirklich gern sehen.

Ich steige aus. Mein Lächeln ist breit und meine Schritte groß. Ich gehe zum Aufgang Lazarettstraße, und alles, was eben noch schlecht war, ist es plötzlich nicht mehr. Ich bin auf einmal gut gelaunt. Als hätte man mich eingeschaltet. Als wäre ich davor im Autopilot durch den Tag gelaufen.

Ich nehme die Stufen nach oben, immer zwei auf einmal, und sehe ihr Haus. Daneben hinter den Bäumen bemerke ich den Brunnen. Ich kann mir nicht vorstellen, dass es wirklich hier war. Dass Kristopher genau dort auf dem Boden gelegen hat. Luise hat ihn so gesehen. Das tut mir weh für sie. Und in dem Moment mir wird klar, dass es nicht schwach ist, eine Schwäche für jemanden zu haben. Es ist in Ordnung.

Luise

Ich gehe auf und ab, an den Mülltüten vorbei, die aufgereiht an der Wand neben der Garderobe stehen. Als es klingelt, zucke ich zusammen, und das, obwohl ich darauf gewartet habe.

Ich drücke den Knopf an der Gegensprechanlage.

»Hallo?«, sage ich.

»Ich bin's«, sagt er.

»Vierte Etage.«

Ich höre das Summen der Haustür und einen Augenblick später, wie sie aufgeschoben wird. In diesem Moment fällt mir ein, dass ich so gut wie nichts zu essen dahabe, weil ich nicht wusste, dass er kommen würde. Woher auch?

Meine Handflächen sind feucht. Ich stehe halb im Flur und umklammere den Türknauf. Die Energiesparlampe flackert. Ich bin nervös, und ich weiß nicht warum, weil es schließlich nicht das erste Mal ist, dass wir uns sehen. Aber es ist das erste Mal, dass er zu mir kommt. In diese Wohnung, die kein Zuhause mehr ist.

Seit Kristophers Tod war niemand mehr hier. Nur Mama und ich. Und die zwei Polizeibeamten, die uns damals über den *Vorfall* informiert haben. So haben sie es wirklich genannt. Den Vorfall. Und dieser komische Seelsorger, der mich eine halbe Stunde lang traurig angeschaut und mir versichert hat, dass es vollkommen okay ist, wenn ich weine. Ich habe nicht geweint. Ich war einfach nur froh, als er gegangen ist.

Ich warte auf das Geräusch des Aufzugs. Auf das Knattern der Türen, wenn sie sich schließen. Aber es bleibt still. Jacob nimmt die Stufen. Das war klar. Seine Schritte kommen näher. Sie werden lauter und lauter. Dann sehe ich ihn. Er taucht aus dem Halbschatten des Treppenabsatzes auf wie aus Wasser. Und mein Herz schlägt noch schneller. Und ich lächle ihn an. Es ist, als hätten meine Mundwinkel das allein entschieden, weil mein Gehirn gerade nicht funktioniert.

Jacob bleibt vor mir stehen. Und sein Blick ist voller Subtext.

Jacob

Ich stelle meine Tasche ab und ziehe die Schuhe aus. Es riecht nach Farbe. Die Diele ist dunkel und beengend, weil bis auf eine Tür alle geschlossen sind. Ein Großteil des Bodens ist vollgestellt mit Müllsäcken.

»Ich habe ausgemistet«, sagt Luise.

»Das sehe ich«, sage ich. »Gibt es einen Grund?«

Sie spielt mit ihrem Piercing.

»Es war die neue Aufgabe«, sagt sie dann.

»Verstehe.«

Luise deutet auf die einzige offene Zimmertür und sagt: »Das ist mein Zimmer.« Sie geht hinein, und ich folge ihr in einen Raum ohne Seele. In der Mitte stehen ein Bettgestell, ein leeres Regal und ein Schrank. Die Wände sind weiß. Fast zu weiß. Wie ein Neuanfang. Oder eine leere Leinwand, die auf ihre Bestimmung wartet.

»Ich hätte dir geholfen«, sage ich nach ein paar Sekunden.

»Ich weiß«, sagt sie, »aber du hast mir schon so viel geholfen.«

Ich sage nichts. Wir stehen einfach nebeneinander in Luises nacktem Zimmer und schweigen. Da sind keine persönlichen Gegenstände, keine Bilder … Nichts, worin man sie erkennen könnte, nichts, was dieses Zimmer eindeutig zu *ihrem* Zimmer macht. Irgendwie ist es ein tröstender Gedanke, dass man die Vergangenheit, zumindest zum Teil, mit ein paar Mülltüten und ein bisschen Farbe auslöschen kann. Als könnte man einzelne Stücke aus seinem Leben brechen und hinter sich lassen.

In diesem Augenblick weiß Luise noch, wie es vorher aussah, doch irgendwann wird es ihr schwerfallen, sich genau daran zu erinnern. Die Bilder werden mit der Zeit unbestimmt und verwaschen. Das ist der Segen der Vergangenheit – und gleichzeitig das Problem. Man kann nicht mehr nachsehen, wie es wirklich war. Die Vergangenheit basiert ausschließlich auf Erinnerungen und damit auf vielen subjektiven Wahrheiten. Ich gehe davon aus, dass die meiner Mutter völlig anders aussieht als meine.

»War deine Mutter denn in den letzten Tagen mal zu Hause?«, frage ich.

»Wir haben telefoniert«, sagt Luise. »Sie hat mich nur gefragt, wie es mir geht, und nicht, wo ich bin. Also musste ich nicht lügen.« Sie macht eine Pause. »Möchtest du was zu trinken? Ich hab nicht viel hier, aber …« Sie zuckt mit den Schultern. »Vielleicht einen Tee oder ein Mineralwasser?«

»Hast du deinen Magentee?«, frage ich.

Sie nickt, dann sagt sie: »Den hab ich immer.«

»Dann hätte ich gerne so einen«, sage ich.

Jacob

Wir stehen in der Küche und warten darauf, dass das Wasser kocht. Der Raum ist klein und nicht besonders gemütlich, aber er ist sauber.

»Deine Mutter weiß also gar nicht, dass du zu Hause bist«, sage ich.

»Nein«, sagt sie.

»Willst du das mit ihr denn nicht klären?«

»Da gibt es nichts zu klären«, sagt sie.

»Aber du vermisst sie doch«, sage ich.

»Natürlich. Aber nicht mehr als sonst auch.«

Ich lehne an der Spüle. Mein Magen knurrt, und Luise schaut mich mit großen Augen an.

»War das gerade dein Magen?«, fragt sie entsetzt.

Ich muss lachen. »Ja«, sage ich. »Ich war vorhin im Training. Ich hab Hunger.«

Luise zieht ihr Handy aus der Hosentasche. »Wir könnten was bestellen«, sagt sie.

»Oder wir könnten was kochen«, sage ich.

Sie weicht meinem Blick aus und schaut auf ihre Füße. »Ich habe doch vorhin gesagt, dass ich fast nichts dahabe«, sagt sie leise.

»Ich wette, du übertreibst«, antworte ich und öffne den Kühlschrank. Doch das tut sie nicht. Er ist fast so leer wie ihr Zimmer. Ich muss unvermittelt lachen. Aber Luise lacht nicht. Sie schaut erst ernst und dann weg.

»Lass uns einfach was bestellen, okay?«, sagt sie, und ich spüre, wie unangenehm es ihr ist. Als hätte ich über sie gelacht und nicht über den Kühlschrank. Ich bin so ein Idiot.

»Tut mir leid«, sage ich, »ich habe nur gelacht, weil ...«

»Ist schon gut«, fällt sie mir ins Wort. »Kein Problem.«

Das Wasser kocht. Luise gießt es in die beiden Tassen und stellt die Küchenuhr auf zehn Minuten. Ein paar Sekunden später verteilt sich der Geruch von Süßholz und Minze im Raum.

»Also gut«, sage ich. »Was hältst du davon, wenn ich uns Brote mache, und wenn wir später noch mal Hunger bekommen, bestellen wir irgendwas.«

»Ich will kein Brot«, sagt sie mürrisch. »Aber mach du dir ruhig eins. Ich bin mal kurz im Bad.«

Luise geht, und ich schaue mich in der Küche um. Es gibt einen Rest Brot, etwas Schinken und eine offene Packung Käse. Und einen Apfel. Er ist nicht mehr wirklich knackig, aber er wird schmecken. Im Vorratsschrank entdecke ich neben ein paar Konservendosen noch ein Glas Pfirsichmarmelade. Die Kombination aus allem könnte gut oder grauenhaft sein. Ich hoffe, sie wird gut.

Ich suche nach Tellern und Besteck und finde beides sofort, weil die meisten Küchen einer gewissen Logik folgen. So auch diese. Dann schneide ich alles in Scheiben. Das Brot kommt in den Toaster, oben drauf ein bisschen Butter, die langsam in den Teig schmilzt, und dann Schinken, Apfelscheiben, etwas Marmelade und abschließend ein Stück Käse. Die Zutaten reichen genau für zwei Brote. Eins für Luise und eins für mich.

Die Küchenuhr piept. Ich stelle sie ab und werfe die Teebeutel in den Müll. Als ich wieder aufschaue, steht Luise neben mir. Ihr Gesichtsausdruck ist eine Mischung aus beleidigt und neugierig.

»Hier«, sage ich und schiebe ihr einen Teller entgegen.

Sie zögert einen Moment, als müsste sie aus Prinzip Nein sagen. Dann fragt sie: »Was ist denn da drauf?«

»Na ja«, sage ich, »eben alles, was ich finden konnte.«

Luise

Es ist halb elf, und es riecht nach süßem Popcorn. Und nach Nachos mit Käse. Und nach Menschen mit vielen verschiedenen Parfums und Deos und frisch gewaschenen Haaren. Jacob steht neben mir. Wir sind eine schweigsame Insel umgeben von Unterhaltungen. Ich mag den Gedanken, dass wir diese Insel sind. So anders als die anderen und trotzdem mittendrin.

Eigentlich wundert es mich, dass wir hier gelandet sind. Wir beide, die wir in unserer Freizeit kaum das Haus verlassen. Die die Gesellschaft anderer eher meiden. Die lieber in Sandsäcke schlagen, als mit jemandem zu reden. Aber wir sind hier. Aller Unwahrscheinlichkeit zum Trotz.

Vor ein paar Stunden standen wir noch in der Küche und haben belegte Brote gegessen. Umgeben von vier Wänden, abgeschnitten vom Rest der Welt, so wie wir es mögen – oder so wie wir es kennen.

Jacob hat mir geholfen, das fast leere Regal und mein Bett wieder an ihre Plätze zurückzuschieben. Wir haben die Müllsäcke runtergebracht und die übrig gebliebene Farbe und das Malerzeug in den Keller gestellt – Kristopher hat viel zu viel von allem gekauft. Danach haben wir uns in meinem seltsam leeren Zimmer unterhalten und Musik gehört. Es war, als würden unsere Worte es mit neuen Erinnerungen füllen. Als wäre es ein Aquarium und wir die Fische. Wir haben über Filme und Serien gesprochen und über Lieder, die unser Leben verändert haben.

Dann war es plötzlich kurz vor neun und wir wieder hungrig. Also sind wir rausgegangen, Pizza essen. Und es war schön, dass ausnahmsweise mal ich Jacob etwas zeigen konnte. Sonst ist es nämlich meistens andersrum.

Bei mir um die Ecke gibt es ein Lokal mit Lieferservice. Es heißt *Pizza Verde*. Kristopher hat den Laden damals entdeckt. Das war im letzten Sommer kurz nach der Eröffnung. Wir haben oft dort bestellt. Ab und zu haben wir die Pizzen selbst abgeholt, aber meistens haben wir sie uns liefern lassen. Vor Ort gegessen haben wir nie. Das war also auch für mich neu. Wie eine weitere Episode einer Serie, die man schon kennt.

Und noch etwas war neu: Jacob und ich haben uns ein Getränk geteilt. Eine Orangenlimonade. Es war die letzte, die sie hatten. Wir haben aus einer Flasche getrunken. Das habe ich bisher immer nur mit Ming oder meinem Bruder getan. Oder mit meinen Eltern, aber das zählt irgendwie nicht. Und jedes Mal beim Ansetzen der Flasche habe ich die Wärme seiner Lippen gespürt. Er hat sie nach jedem Schluck kurz festgehalten und dann an mich weitergegeben. Wie ein Flüstern. Oder ein Geheimnis.

In dem Lokal gibt es nur einen langen Tisch. Wir haben uns zu einer anderen Gruppe gesetzt, und Jacob war ganz begeistert davon, dass alles regional ist und dass der Teig aus Dinkelmehl gemacht wird und dass es dort so außergewöhnliche Pizza-Sorten gibt. Wenn Jacob etwas toll findet, wird sein Wesen plötzlich lauter. Mir ist aufgefallen, dass das fast immer passiert, wenn es ums Essen oder ums Kochen geht.

Wir saßen eine Weile dort und haben die Karte studiert. Jacob hat ewig hin und her überlegt, was er nehmen soll. Am Ende hat er sich für eine *Pizza Capra* entschieden – Crème fraîche, Ziegenkäse, Mozzarella, Honig und Walnüsse – und ich mich für *Salame di Agnello*. Lamm-Salami. Meine absolute Lieblingspizza.

Um kurz vor zehn haben wir uns auf den Rückweg gemacht. Und ich war satt und gut gelaunt und für meine Verhältnisse gesprächig. Doch je näher wir der Wohnung kamen, desto enger wurde das Gefühl in meiner Brust – und ich immer schweigsamer. Ich wollte noch nicht zurück. Es hat sich angefühlt, als wäre ich eine Gefangene, die wieder in ihre Zelle geführt wird. Aber das war nicht der eigentliche Grund. Jedenfalls nicht der einzige. Die Wahrheit ist, ich wollte nicht, dass Jacob geht. Ich wollte mich noch nicht verabschieden.

Vielleicht hätte ich ihn bitten können zu bleiben. Vielleicht wäre er sogar geblieben. Aber mein Bett ist zu klein für uns beide – gerade mal neunzig Zentimeter breit. Und damit wäre es viel mehr Nähe gewesen, als ich hätte rechtfertigen können. Zumindest nicht mit Freundschaft.

Letzten Endes sind wir über einige Umwege hier gelandet. Im Kino. Umgeben von einem Meer aus Menschen, in dem wir zusammen untergehen. Wir stehen an der Kasse. Jacobs Brust an meinem Rücken.

Als wir an der Reihe sind, reiche ich der Kassiererin meinen Geburtstags-Gutschein. Ich muss nicht sagen, was wir anschauen wollen, denn es gibt nur einen Kinosaal und einen Film und eine Vorstellung. Außerdem geht es nicht um den Film. Es ist mir egal, was wir anschauen. Ich bin einfach froh, draußen zu sein. Mit Jacob.

»Ich habe unten leider keine Plätze mehr nebeneinander«, sagt die Kassiererin. »Nur noch oben auf dem Balkon.«

»Okay«, antworte ich, »dann auf dem Balkon.«

»Das kostet vier Euro extra.«

Jacob legt das Geld auf den Tresen, bevor ich es tun kann,

und die Kassiererin blickt über mich hinweg in sein Gesicht, und dann lächelt sie. Es ist ein anderes Lächeln als das, das eben in meine Richtung ging. Irgendwie echter. Mit mehr Funkeln in den Augen.

»Ich gehe mal davon aus, dass es euch nicht stört, dass es ein Pärchenplatz ist«, sagt sie.

»Ein was?«, frage ich.

Sie schmunzelt. »Ein Pärchenplatz. Das sind zwei Sitze ohne Armlehne dazwischen.«

Zwei Sitze ohne Armlehne dazwischen.

Ich schaue hoch zu Jacob, und er lächelt, und dann schlucke ich und sage: »Okay. Die nehmen wir.«

Die Kassiererin grinst und reicht mir die Tickets.

»Na dann«, sagt sie, »viel Spaß euch beiden.«

Jacob

Es ist beeindruckend, wie viel Aufmerksamkeit ein Mädchen ohne Haare auf sich zieht. Bisher ist mir das nie so wirklich aufgefallen, schließlich waren wir kaum draußen – und wenn doch, hatte Luise ihre Mütze an. Aber jetzt, hier, in diesem Moment fällt es mir auf. Luise muss nichts weiter tun. Sie muss nur einen Raum betreten. Und alle schauen sie an.

Auch ich schaue sie an. Aber aus anderen Gründen. Ich betrachte ihren runden Hinterkopf und den schmalen Nacken, beobachte, wie sie sich auf der Brüstung abstützt und nach unten sieht. Als wäre es die Reling eines Schiffes und der Parkettbereich der Ozean. Kurz frage ich mich, ob sie an ihren Bruder denkt. An das Badezimmerfenster und die Tiefe. Doch dafür wirkt Luise zu unbeschwert. Zu fröhlich. Sie blickt sich um und lächelt, bemerkt nicht mal, dass alle sie anstarren. Oder sie lässt es sich nicht anmerken.

Ich glaube, ich weiß, was die Leute denken, wenn sie sie sehen. *Mein Gott, das arme Ding. Was für ein bildhübsches Mädchen. Und sie ist doch noch so jung.* Dann schauen sie schnell weg. Vielleicht, weil ihnen klar wird, dass sie gaffen. Oder aber, weil sie sich nicht den Abend verderben lassen wollen. Krebs ist ein ziemlicher Stimmungskiller. Und was sollte es auch sonst sein? In einer Welt aus Schubladen bedeutet ein rasierter Mädchenkopf zwangsläufig Krebs. Niemand bei Verstand würde so etwas freiwillig tun.

Luise setzt sich neben mich, und ihre Augen leuchten schwarz. Wir halten Abstand, als würden wir auf eine dritte Person warten, die den Platz zwischen uns reserviert hat. Alle unterhalten sich, lachen und sind laut. Wir sind einfach nur da. *Stille Wasser sind tief*, denke ich, und dann frage ich mich, wie tief wir wohl zusammen sind, Luise und ich. Bei diesem Gedanken muss ich lächeln. Und sie erwidert mein Lächeln, als wüsste sie, was ich gerade gedacht habe. Ich rücke ein kleines Stück in ihre Richtung, und ich sehe ihr in die Augen. Sie blickt in meine, dann kommt auch sie ein bisschen näher. Nur ein paar Zentimeter. Wir berühren einander nicht, doch für eine dritte Person wäre jetzt kein Platz mehr.

Das Licht geht langsam aus, und Luises Knie streift für einen Moment meines. Mein Herzschlag ist überall. Die Luft fühlt sich an, als wäre sie elektrisch geladen. So wie kurz bevor es blitzt.

Luise

Ich greife in die Popcorntüte. Es raschelt, und dann spüre ich Jacobs Hand. Ich blicke zu ihm rüber, wir sehen einander an, bleiben viel zu lange in der Tüte. Keiner von uns bewegt sich. Keiner nimmt Popcorn heraus. Alles ist auf einmal langsamer. Bis auf meinen Herzschlag.

Der Film läuft weiter, aber wir schauen nicht mehr hin. Das Licht der Leinwand erhellt die rechte Hälfte von Jacobs Gesicht, die linke ist schwarz. Ich atme so flach, wie ich noch nie geatmet habe. Und dann, ganz plötzlich, streicht seine Fingerkuppe über meinen Zeigefinger. Ich halte die Luft an. Nur einen Augenblick. Die Tüte knistert, als wollte sie uns verraten. Seine Haut ist warm und weich.

Die Zeit steht still. Ich würde diesen Moment am liebsten einpacken und mit nach Hause nehmen. Dieses Gefühl und das Herzklopfen. Diese seltsame Spannung zwischen uns beiden.

Dann nimmt Jacob seine Hand aus der Tüte. Ich schlucke die Enttäuschung hinunter, will mich abwenden, aber Jacob streckt seinen Arm aus, und seine Augen flüstern: *Komm her zu mir.* Ich rücke näher an ihn heran, lege meinen Kopf auf seine Schulter, und sein Arm schließt mich ein. Ich spüre meinen Puls überall.

Dieser Moment ist mehr als nur Vertrauen. Es ist wie ein Einrasten. Als würden wir so gehören. Als wären wir richtig.

ZWEI STUNDEN SPÄTER
DIENSTAG, 11. APRIL, 00:13 UHR

Jacob

München schläft, aber wir sind noch wach. Die Gehwege sind nass, weil es draußen geregnet hat, während wir woanders waren. Ich habe auf die Leinwand geschaut, aber von dem Film nichts mehr mitbekommen. Er war wie weißer Lärm. Wenn mich jemand nach der Handlung fragen würde, ich hätte keine Ahnung.

Wir gehen nebeneinander her. Unsere Hände berühren sich fast. Sie schwingen aneinander vorbei. Ich spüre Luises Wärme. Solange ich denken kann, bin ich mit Distanz besser zurechtgekommen als mit Nähe. Aber vielleicht kannte ich Nähe gar nicht.

In der Ferne erkenne ich Luises Haus. Bald werden wir uns verabschieden, obwohl ich sie am liebsten einfach mitnehmen würde. Zu mir. Ich würde sie festhalten und mit geschlossenen Augen wissen, dass sie da ist, weil nur sie so riecht, wie sie riecht.

Große schwere Tropfen fallen aus den Baumkronen, die Luft ist feucht und kühl, und wir sind komplett allein. Als wäre die Stadt in der letzten Stunde evakuiert worden und als hätte man uns zurückgelassen. Als gäbe es nur noch Luise und mich. Der Himmel wirkt unendlich. Mit Wolken, die darüber ziehen wie Eisberge. Ich bin grenzenlos wach. Ich wünschte, der Weg wäre weiter, und der Moment noch etwas länger.

Wäre das hier ein Film, würde jetzt Musik einsetzen – vielleicht »The Moon Song« von Karen O. –, und ich würde Luises

Hand nehmen. Ich würde es einfach tun, weil ich keine Angst davor hätte, wie sie reagiert.

In derselben Sekunde, völlig aus dem Nichts, berührt Luise plötzlich sanft meinen Handrücken. Kurz und zaghaft wie eine Katze.

Ihre Augen sehen aus wie der Himmel. Wie ein schwarzes Meer. Luise lächelt. Ich greife nach ihrer Hand und halte sie fest.

Und dann gehen wir weiter. Als wäre nichts gewesen. Obwohl alles anders ist.

Luise

Ich kann den Hauseingang bereits sehen. Es fühlt sich an, als würde mein Magen summen. In meinem Kopf ist es laut und still. Ich bin voll mit Adrenalin.

Wenn man es genau nimmt, war es nur eine kleine Handbewegung, ein paar Zentimeter, nichts Besonderes. Aber in meiner Welt war es, wie einhundert Meter hoch zu springen. Aus dem Stand. Ohne Hilfsmittel. Und ich habe es getan. Ich bin gerade einhundert Meter hoch gesprungen.

Wir stehen vor meinem Haus. Es beginnt zu tröpfeln, die Luft riecht nach nasser Erde. Und Jacob sagt: »Da wären wir«, lässt aber meine Hand nicht los.

Und auch ich halte seine fest. Die Stille dehnt sich um uns aus, und der Regen wird stärker. Ich frage mich, ob es wirklich eine Rolle spielt, dass das Bett so klein ist. Immerhin habe ich mich getraut, seine Hand zu nehmen. Ich könnte ihn jetzt einfach fragen, ob er bleiben will. Ich müsste es noch nicht mal direkt tun. Ein *Wollen wir reingehen?* würde reichen. Es sind nur drei Wörter. Und meine Angst.

Plötzlich muss ich an das denken, was Kristopher in seiner letzten E-Mail geschrieben hat. Dass bald eben nicht jetzt ist. Und dass es nur ums Jetzt geht. Um diesen Tag und um diesen Moment.

Ich hole Luft, und Jacob sagt: »Ich könnte dir morgen helfen, wenn du willst…«

Ich atme aus. Eine Mischung aus Kohlenstoff und Mut. Dann nicke ich und sage: »Das wäre schön.« Auch das sind drei Wörter, aber es sind die falschen.

Jacob lässt meine Hand los. »Na dann«, sagt er, »gute Nacht.«

»Gute Nacht«, sage ich, obwohl ich sagen will: *Bleib hier*.

Er macht zwei Schritte rückwärts in den Regen, der jetzt aussieht wie Bindfäden, die senkrecht aus dem Himmel fallen. Dann geht er weg. Und ich schaue ihm nach, bis sein Umriss von der Dunkelheit verschluckt wird. Erst dann gehe ich ins Haus.

4:23 UHR

Luise

Ich konnte nicht schlafen. Mein Blick ist ziellos durchs Zimmer gewandert. Als würde er nach etwas suchen, woran er sich festhalten kann. Aber da war nichts mehr. Nichts zum Ablenken. Mein altes Ich habe ich übermalt, und mein neues habe ich noch nicht gefunden. Abgesehen davon war der Abend mit Jacob so frisch in meinem Kopf, als wären wir noch zusammen im Kino. Ich war voll mit diesem summenden Gefühl. Es war in meinem Bauch, es war überall.

Ich wollte nicht an Jacob denken. Aber ich konnte nicht damit aufhören. So wie wenn man anfängt, an einem Mückenstich zu kratzen.

Um 1:37 Uhr habe ich schließlich aufgegeben. Es war tröstend, die Lampe einzuschalten – wie ein Licht am Ende des Tunnels. Ein bisschen künstlicher Tag mitten in der Nacht. Wäre es nicht so spät gewesen, hätte ich Ming angerufen. Trotz des Streits. Trotz allem. Aber es war so spät, und ich konnte sie nicht anrufen. Und vielleicht hätte ich es auch dann nicht getan, wenn es von der Uhrzeit her gegangen wäre. Ich weiß es nicht.

Ich habe mir einen Tee gemacht, und dann bin ich durch die leere Wohnung zurück in mein Zimmer gegangen. Ich stand im Türrahmen und habe den Raum betrachtet, und in dem Moment wurde mir klar, dass er genauso ist wie ich: unfertig. Hin- und hergerissen zwischen Kindheit und Aufbruch. Wie ein angefangenes Bild, bei dem man nicht weiß, wie es am Ende aussehen wird.

Dann habe ich Jacob geschrieben. Ohne nachzudenken. Ich habe es einfach getan. Es war nur ein Satz: *Ich kann nicht schlafen.*

Seine Antwort kam innerhalb von Sekunden: *Ich auch nicht.*

Also sind wir zusammen wach geblieben. Und aus einer Nachricht wurden immer mehr. Ein Schlagabtausch aus WhatsApp-Sprechblasen. Auf einmal war es 2:47 Uhr und wir nach wie vor wach. Und dann hat Jacob geschrieben: *Wir könnten telefonieren?,* und ich war überrascht und ein bisschen verunsichert, habe aber Ja gesagt.

Anfangs war die Unterhaltung stockend und wir nervös, weil es am Telefon keinen Subtext gibt. Kein Gesicht, in dem man lesen kann, keine Gesten und keine Andeutungen. Doch es wurde besser. Und auf einmal war es ganz leicht, und die Themen endlos.

Jetzt ist es 4:23 Uhr, und wir reden noch immer. Unsere Stimmen sind müde, aber wir sind es nicht.

»Du könntest Ming auch einfach anrufen«, sagt Jacob.

»Ja, ich weiß«, sage ich.

»Aber du wirst es nicht tun …«, sagt er, und es ist eine Mischung aus Frage und Feststellung.

»Nein, das werde ich nicht.«

»Warum nicht?«, fragt er.

»Weil ich es hasse, wie sie mich anschaut, wenn wir skypen. Ich hasse diesen Blick. Und den Mitleids-Tonfall, den sie bekommt, wenn sie mit mir spricht. Als würde ich jeden Augenblick auseinanderbrechen.«

»Hast du ihr das mal gesagt?«, fragt er.

»Nicht in genau dem Wortlaut«, sage ich, »aber so ähnlich.«

Es entsteht eine Pause. Ich höre ihn atmen, dann sagt er: »Ich glaube, mit manchen Menschen muss man sich aussprechen, mit anderen ausschweigen. Vielleicht gehört Ming ja zur zweiten Sorte.«

Ich frage mich, ob er recht hat. Es könnte sein. Manchmal gibt es nichts zu reden.

»Ich vermisse sie«, sage ich.

Und Jacob antwortet: »Ich bin mir sicher, das geht ihr mit dir genauso.«

5:12 UHR

ALLERGIC TO IDIOTS

Jacob

Ich starre an die Zimmerdecke.

»Was ist eigentlich mit deinem Vater?« Ich weiß nicht, warum ich es frage, immerhin will ich nicht, dass sie nach meinem Vater fragt. Aber jetzt ist es zu spät, die Frage ist bereits gestellt.

»Papa hat uns schon lange abgeschrieben.«

»Wie meinst du das?«, frage ich.

»Ich glaube, wenn Kristopher nicht so krank gewesen wäre, wäre er schon viel früher ausgezogen.« Sie macht eine Pause. »Wahrscheinlich direkt nach meiner Geburt.«

»Genauso hat es meiner gemacht«, sage ich. Ich klinge bitter und verletzt. Ganz anders als ich klingen will. Ich wollte es eigentlich nicht laut sagen, aber ein Teil in mir wollte es wohl doch.

Ich überlege krampfhaft, wie ich das Thema wechseln kann, weil ich nicht darüber reden möchte. Nicht jetzt und auch nicht wann anders.

Luise scheint das zu spüren, denn sie sagt: »Weißt du, ich nehme meinem Vater noch nicht mal übel, dass er gegangen ist. Ich nehme ihm übel, dass er sich so verhält, als wäre nichts gewesen. Als wäre alles okay. Als wäre sein Sohn nicht aus dem vierten Stock gesprungen.« Sie seufzt. »Ich denke nicht, dass mein Vater sich *gewünscht* hat, dass Kristopher stirbt, aber ich glaube, dass er irgendwie erleichtert war, als es passiert ist. Als wäre es endlich vorbei.«

»Das ist ziemlich hart«, sage ich.

»So ist das meistens mit der Wahrheit«, antwortet sie.

Ich weiß, dass sie recht hat. Ich habe mein halbes Leben damit verbracht, die Wahrheit zu leugnen.

»Ich behaupte nicht, dass Papa Kristopher nicht geliebt hat«, sagt Luise nach einer Weile. »Das hat er.« Pause. »Aber vielleicht einfach nicht genug.«

Das könnte stimmen. Nicht nur für Luises Vater, sondern auch für meine Mutter.

6:32 UHR

Luise

Ich wandere durch die dunkle Wohnung. Mit nackten Füßen und leerem Magen. Es ist seltsam friedlich, was ungewöhnlich ist, denn eigentlich mag ich Dunkelheit nicht. In diesem Moment schießt mir plötzlich eins von Kristophers Wörtern durch den Kopf.

»Nyktophilie«, murmle ich und kann nicht anders, als zu lächeln.

»Wie bitte?«, fragt Jacob.

»Ach, nichts«, sage ich. »Nur ein Wort, das mein Bruder sehr mochte.«

»Sag es noch mal.«

»Nyktophilie«, sage ich.

»Ist das eine Vorliebe für die Nacht?«

»Ja«, sage ich überrascht.

»War das bei deinem Bruder der Fall?«, fragt Jacob.

»Phasenweise. Aber es ging nicht nur um dieses eine Wort«, sage ich, »Kristopher war besessen von Wörtern.« Ich muss lachen. »Er hat sie gesammelt wie andere Menschen Briefmarken und ganze Notizbücher damit vollgeschrieben.«

»Was waren das für Wörter?«, fragt Jacob. »Ich meine, einmal abgesehen von Nyktophilie.«

»Ganz unterschiedlich. Mal ging es ihm um ihren Klang, mal um die ursprüngliche Herkunft und mal um die Tatsache, dass die Bedeutung eines Wortes eine ganz andere sein kann, je nachdem, ob man es groß- oder klein- oder zusammenschreibt.« Ich klinge wie mein Bruder.

»Okay«, sagt Jacob. »Ich beiße an. Gib mir ein Klang-Wort.«

Ich gehe in die Küche und hole eine Flasche Mineralwasser aus dem Kühlschrank.

»Kuddelmuddel«, sage ich.

Jacob lächelt. Ich höre es genau.

»Verstehe«, sagt er. »Und was bitte hat es mit den unterschiedlichen Bedeutungen, je nachdem, ob man etwas zusammenschreibt oder nicht, auf sich?«

Die drei Beispiele, die mir einfallen, will ich nicht sagen, also sage ich: »Die konnte ich mir nie merken. Dafür kenne ich ein paar paradoxe deutsche Wörter.«

»Paradoxe deutsche Wörter?«, fragt er.

»Ja«, sage ich. »Gefrierbrand. Oder Doppelhaushälfte. Oder Selbsthilfegruppe.«

Jacob lacht. »Das ist mir nie aufgefallen«, sagt er.

»Mir auch nicht«, antworte ich.

Und für einen Moment ist es still. Nur sein Atem und meiner und unsere unausgesprochenen Gedanken.

»Mein Bruder hatte eine ganz andere Art zu denken als ich«, sage ich dann. »Viel komplexer und schneller. Als wäre sein Gehirn mindestens dreimal so groß wie meins.« Als ich das sage, fühlt es sich an, als würde etwas Wehmütiges in mir platzen und sich langsam ausbreiten. Wie ein Tropfen schwarzer Tinte in einem Glas Wasser. »Mein Bruder konnte sich alles merken«, sage ich leise. »Jede Kleinigkeit.«

Der Kloß in meinem Hals lässt kein weiteres Wort vorbei. Tränen steigen in meine Augen. Damit ich nicht anfange zu weinen, drehe ich mit einer Hand umständlich den Deckel der Wasserflasche auf und trinke ein paar Schlucke. Aber der Kloß bleibt.

»Was ist mit Wörtern wie Fernweh und Weltschmerz und Fingerspitzengefühl?«, fragt Jacob. »Mochte er die auch?«

»Die mochte er am liebsten.« Meine Stimme ist kurz davor zu brechen. »Er hat sie alle notiert.«

Irgendwann hat Kristopher mal zu mir gesagt: *Weißt du, was ich am liebsten an der deutschen Sprache mag, Lise?*

Ich: *Nein, was?*

Er: *Dass es Begriffe gibt, die in nur einem einzigen Wort beschreiben können, wofür man in anderen Sprachen mehrere Sätze benötigt.*

»Und welches mochte er am liebsten?«, holt Jacobs Frage mich in die Realität zurück.

»Fuchsteufelswild«, antworte ich, ohne darüber nachdenken zu müssen.

»Und du?«, fragt er. »Gibt es eins, das du besonders magst?«

»Geborgenheit«, sage ich.

Dann ist es still. Es ist die Art von Stille, die nichts verschweigt. Als könnte Jacob alles hören, was ich gerade nicht sage. Wie einsam ich bin. Dass ich mich bei ihm anders fühle. Bei ihm bin ich einfach nur ich. Luise. Nicht mehr und nicht weniger.

Ihm scheint das zu genügen.

Jacob

Es ist 7:48 Uhr. Ich gehe in meinem Zimmer auf und ab. In T-Shirt, Boxershorts und ohne Socken. Immer wieder dieselbe Strecke. Als wären unsichtbare Schienen zwischen dem Schrank und meinem Bett verlegt.

»Du kannst dir nicht vorstellen, wie froh ich bin, wenn ich endlich hier ausziehen kann«, sagt Luise plötzlich, und ich bleibe stehen.

»Ich glaube, das kann ich doch«, sage ich.

»Weißt du, was albern ist?«

»Nein, was?«

»Dass ich seit Kristophers Tod nicht ein einziges Mal das Fenster im Badezimmer aufgemacht habe.«

Ich schlucke, und es knackt in meinen Ohren.

»Ich konnte es nicht.«

»Das ist nicht albern«, antworte ich.

»Seine Fingerabdrücke müssten noch an dem Griff sein«, sagt sie leise. »Den habe ich als Einziges nicht geputzt.«

Ich weiß nicht, was ich sagen soll, also sage ich nichts.

»Kann ich dich mal was fragen?«, fragt sie.

»Natürlich«, sage ich.

»Hast du auch schon mal darüber nachgedacht, wenn eine U-Bahn in den Bahnhof einfährt, dass du einfach springen könntest? Ich meine, obwohl du weißt, dass du es nie tun würdest? Obwohl du es gar nicht *willst*?«

»Ja«, sage ich. »Ziemlich oft sogar.«

»Im Ernst?«, fragt sie.

»Ich glaube, diesen Gedanken hat fast jeder schon mal gehabt. Es redet nur niemand darüber.«

»Ich finde, man sollte darüber reden«, sagt sie.

»Man sollte über so vieles reden«, sage ich.

Ein paar Sekunden schweigen wir. Ich höre ihr beim Atmen zu.

Dann sagt sie plötzlich: »Ich lasse das Fenster nicht nur geschlossen wegen Kristophers Fingerabdrücken.« Sie sagt es schnell, als würde es sie Überwindung kosten, das zuzugeben.

»Warum dann?«, frage ich.

»Ich lasse es geschlossen, weil ich Angst davor habe, dass ich es aufmache und rausspringe«, sagt sie. »Einfach so. Dass ich auf das Fensterbrett klettere, die Arme ausbreite und springe.«

Ich stelle mir das große quadratische Fenster in Luises Badezimmer vor und wie sie dasteht und in die Tiefe blickt. Auf dasselbe Stück Boden wie damals ihr Bruder.

»Warum denke ich so was?«, fragt sie.

»Weil du fühlen willst, was er gefühlt hat«, sage ich, »und sehen, was er gesehen hat. Du willst es einfach verstehen.«

»Aber ich werde es nie verstehen«, sagt sie.

»Nein«, antworte ich, »hoffentlich nicht.«

»Er fehlt mir so«, flüstert sie, und ihre Stimme ist klein und bricht, und ich wünschte, ich könnte Luise in den Arm nehmen. Ich wünschte, ich könnte ihr sagen, dass alles gut wird. Aber ich weiß nicht, ob alles gut wird. Ich habe keine Ahnung.

Deswegen sage ich: »Um acht öffnet die Bäckerei am Rotkreuzplatz. Wir könnten uns dort treffen …«

Ich höre sie atmen, dann sagt sie: »Ich bin in zehn Minuten da.«

Luise

Es riecht nach Abgasen, obwohl kaum Verkehr ist. Die Sonne steht tief an einem melancholisch-blauen Himmel, halb verborgen hinter einer diesigen Schicht aus dünnen Wolken. Der Tag beginnt träge, und ich spüre bei jedem Schritt, dass ich die ganze Nacht wach war. Aber es ist ein gutes Gefühl. Als hätte ich ein Abenteuer erlebt, ohne die Wohnung zu verlassen.

Ich frage mich, wie viele E-Mails von Kristopher noch kommen werden, bevor er auf ewig schweigt. Ob es eher noch drei sind oder zwölf. Die Ampel schaltet auf Grün, und ich überquere die Straße. Ich hoffe, es sind zwölf, aber ich glaube es nicht. Ich glaube, es sind nicht mehr viele. Bei diesem Gedanken berühre ich das Tattoo an meinem Nacken. Es ist ein gutes Gefühl zu wissen, dass mein Bruder immer hinter mir stehen wird.

Das Rotkreuzklinikum ragt vor mir in den Himmel. Gleich bin ich da. Die Gehwege sind ungewöhnlich leer. Sie und die vielen freien Parkplätze verraten, wer über die Feiertage verreist ist. Zu Familienfesten. Sie werden für die Kinder Ostereier und Schokohasen verstecken. So hat Mama Kristopher immer genannt: Hase. Er war Hase und ich Hummel. Und wir eine Familie. Jetzt sind wir gesprengt. Einzelteile, die nicht mehr zusammenpassen, weil eines fehlt.

Ich biege rechts ab, und da ist Jacob. Er lehnt neben dem Eingang der Bäckerei und hört Musik. Je näher ich ihm komme, desto wacher fühle ich mich. Als würde mein Herz von innen anklopfen und mich wecken.

Plötzlich sieht er auf, als hätte er mich gespürt. Und für den Bruchteil einer Sekunde ist sein Blick ernst, doch dann ist er es nicht mehr. Seine Augen glänzen, und sein Mund wird zu einem Lächeln.

Jacob nimmt die Ohrstöpsel heraus. Ich stehe direkt vor ihm. So nah, dass ich die Musik hören kann, die leise weiterläuft. Er schaut mir in die Augen. Und sein Blick geht tiefer als bei jedem anderen Menschen. Als würde er etwas in mir erkennen, das sonst niemand sieht.

»Na du«, sagt Jacob, und seine Stimme klingt rau.

»Guten Morgen«, sage ich.

Dann nickt er zum Eingang. »Hunger?«, fragt er.

»Ziemlich«, sage ich.

Jacob nimmt meine Hand. Und dann gehen wir zusammen rein.

Jacob

Wir haben viel zu viel gekauft. Brot, Schinken, Eier, ein bisschen Obst und Tomaten. Luise hatte Lust auf Erdbeermarmelade, ich wollte Himbeeren.

Aus der Tüte riecht es nach Brot und Brezen. Und nach Croissants, die aus so viel Butter gemacht sind, dass ich jetzt schon weiß, dass sie einen Fettfilm auf meinen Fingern hinterlassen werden, wenn ich sie gleich auseinanderreiße.

Wir stehen an der Ampel. Genau zwischen Luises und meiner Wohnung. Links geht es zu ihr, rechts zu mir.

»Links oder rechts?«, frage ich.

»Rechts«, sagt sie, ohne zu zögern.

Also gehen wir zu mir. Es ist kurz vor neun und sonnig. In uns und draußen.

Später Nachmittag

Luise

Als ich aufwache, färbt sich der Himmel bereits dunkel für die Nacht. Es ist ein Ton zwischen Grau und Blau. Ich liege auf Jacobs Schulter, sein Herz schlägt gleichmäßig und ruhig gegen meine Schläfe.

Wir wollten uns nur kurz hinlegen. Ein paar Minuten die Augen zumachen. Das ist Stunden her. Ich kann mich nicht ans Einschlafen erinnern. Nur an den Traum. An mich im Mondschein. Am Ufer des Weihers. Das Licht war wieder matt und die Wasseroberfläche glänzend. Und da war nichts. Kein Geräusch, kein Wind. Bloß ich und die Dunkelheit. Nach einer Weile wurde mir klar, dass dieses Mal niemand kommen würde. Darauf gehofft habe ich trotzdem. Auf einen Umriss, ein Rascheln, auf irgendwas. Doch es blieb still und ich allein.

Irgendwann habe ich mich in die Wiese gelegt, und mein Blick hat sich in der Unendlichkeit des Himmels verloren. In der Schwärze und den Sternbildern. Fisch, Wassermann und Krebs. Sie waren heller als der Rest. Wie leuchtende Wegweiser in der Finsternis. Es sah aus, als wäre da oben noch etwas. Ein einsames, kleines Boot, das übers Firmament rudert. Dann bin ich aufgewacht.

Jetzt liege ich hier und fühle mich seltsam. Unbeschwert und traurig. Ich frage mich, warum Kristopher nicht gekommen ist. Und was es mit dem Sternbild Krebs auf sich hatte. Ich bin

Fisch, mein Bruder war Wassermann – aber warum Krebs? Und was sollte das kleine Boot?

Im Wohnzimmer geht Musik an. Nicht besonders laut, aber laut genug. Erst sind es nur unbestimmte Töne, doch dann werden sie zu einer Melodie, die ich kenne. »The Night We Met« von Lord Huron. Sie ist genauso wehmütig und wunderschön wie in der Nacht, als ich sie zum ersten Mal gehört habe. Genau hier. In diesem Bett. Auf Jacobs Schulter.

In der Nacht, als alles begonnen hat, anders zu werden. Nur, dass ich es zu dem Zeitpunkt noch nicht verstanden hatte.

21:24 UHR

Jacob

Wir sitzen zu viert am Küchentisch und essen Raclette. Ich kann Raclette nicht ausstehen, weil man dreihundert Jahre braucht, um eine normale Portion zu essen. Aber da Julia alles eingekauft und stundenlang vorbereitet hat, tue ich so, als würde ich es mögen. Ich lege ein großes Stück Käse in das winzige Pfännchen und platziere es unter der Grillplatte. *Gott, ich hasse Raclette.*

»Ich liebe Raclette«, sagt Julia und sticht in einen geviertelten Pilz. Mein Bruder lächelt verkrampft, Luise lächelt freundlich. »Ihr etwa nicht?« Sie schaut mich an.

»Doch«, sage ich. »Sehr.«

Arthur verkneift sich ein Lachen, und ich trete ihn unter dem Tisch.

Auf den ersten Blick ist alles so wie immer, aber auf den zweiten ist es das nicht. Etwas ist passiert, obwohl eigentlich nichts passiert ist. Luise und ich sind uns irgendwie nähergekommen. So nah, dass es sich anfühlt, als würde nicht mal mehr ein Stück Papier zwischen uns passen. Und damit meine ich nicht körperlich.

Ich greife unter der Tischplatte nach ihrer Hand. Unsere Blicke finden sich, und ihre Augen leuchten kohlrabenschwarz.

Arthur sagt: »Ich störe nur sehr ungern, aber dein Käse ist kurz davor zu verbrennen.«

Er hält mir mein Pfännchen entgegen. Ich nehme es und lege es auf meinen Teller, ohne Luises Hand loszulassen. Arthur schaut zwischen uns hin und her, als wären wir ein Tennismatch.

Und am liebsten würde ich sagen: *Ja, wir sind zusammen.* Aber das sind wir nicht.

Wir sind Luise und Jacob.

Was ihr das bedeutet, weiß ich nicht.

Mir bedeutet es alles.

Luise

Die Musik ist ausgegangen – und Arthur und Julia ins Bett. Also sind es nur noch wir. Es fühlt sich an, als würde etwas zwischen uns stehen, wie ein Hindernis, das ich nicht sehen kann. Als hätte ich etwas falsch gemacht. Oder etwas Blödes gesagt. Aber ich habe nichts Blödes gesagt.

Ich wische den Tisch ab, und Jacob macht die Raclette-Platte sauber. Dann frage ich: »Stört es dich, wenn ich die Musik wieder anmache?«

»Nein«, sagt er, »gar nicht. Die PIN ist 8702.«

Er klingt abgelenkt, als würde er nachdenken. Ich frage mich, worüber, sage aber nichts. Stattdessen greife ich nach seinem Handy. Es liegt auf seinem Platz im Regal über der Spüle. Ich tippe den Code ein und öffne Spotify.

Jacob hat nur eine Handvoll Playlisten. Sechs Stück. *Boxen*, *Laufen*, *Abschalten*, *Autobahn*, *Klavier* – und *Luise*.

Luise.

Ich schaue auf. Mein Herz schlägt schneller, und mein Hals ist trocken. Ich tippe mit dem Zeigefinger auf die Playlist mit meinem Namen. Sie geht auf. Und es sind zehn Songs. Ein paar davon kenne ich. Andere nicht. Den letzten hat Jacob erst vor ein paar Stunden hinzugefügt: »The Moon Song« von Karen O.

Ich wähle ihn aus. Und in dem Moment, als das Lied beginnt, spüre ich Jacobs Blick. Ich schaue hoch. Sein Gesicht ist angespannt, und seine Augen dunkel und wachsam, als würden sie mich studieren. Im Hintergrund läuft das Lied. Eine Frauenstimme und eine Männerstimme. Dazu Akustikgitarre. Es ist leise und hoffnungsvoll und berührt mich wie eine Umarmung.

Jacob und ich schauen einander an. Viel zu lang für einen normalen Blick. Und dann mache ich einen Schritt auf ihn zu. Und er auf mich. Wir sind einander so nah, dass ich aufblicken muss, um ihn weiter ansehen zu können.

»Warum heißt die Playlist *Luise*?«, flüstere ich.

»Du weißt warum«, flüstert er zurück.

Ich lege das Handy neben mich auf die Arbeitsfläche. Die Luft ist dünn und mein Mund trocken. Es fühlt sich an, als würde ich zittern. Meine Hände, meine Gelenke, alles. Der Augenblick dehnt sich aus. Bis es nicht mehr geht. Dann reißt er.

Luise

Unsere Lippen berühren sich. Sein Atem ist warm und flach und mischt sich mit meinem. Der Moment ist angespannt. Mein Herz rast. Es schlägt schneller und schneller und schneller. Jacob zieht mich an sich. Auf eine gute Art fest. Wir sind Körper an Körper, und ich verliere den Boden unter den Füßen. Seine Zungenspitze streift mein Piercing, und ich höre auf zu atmen. Eine Sekunde lang, zwei Sekunden, drei. Die Zeit steht still. Ich vibriere innerlich. Meine Muskeln zittern.

Dieser Kuss ist noch kein Kuss, nur der Anfang davon, und meine Arme sind voller Gänsehaut. Ich mache die Augen zu und höre nur noch uns. Dann drücke ich meine Lippen fester auf seine. Ich öffne den Mund. Spüre Jacobs Herzschlag an der Brust und seinen Atem auf meiner Haut. Unsere Zungen nähern sich. Er schmeckt nach Nachspeise.

Das Lied endet, und das nächste beginnt, und wir küssen uns weiter. Erst zaghaft, dann anders. Als wüssten wir plötzlich, wie es geht. Aber das stimmt nicht. Ich habe keine Ahnung. Ich weiß nur, dass nichts schlecht sein kann, das sich so anfühlt. Wie Brausepulver, das auf Wasser trifft.

Der menschliche Körper besteht aus zehn Billionen Zellen. In diesem Augenblick kommt es mir so vor, als würde ich sie alle auf einmal spüren.

Jacob

Ich halte Luise so fest, dass ich ihren Herzschlag spüren kann. Er hämmert durch ihre Brust schnell und laut gegen meine. Und meiner antwortet darauf. Wie ein Morsezeichen, das hin und her geht. Unser Atem füllt die Küche, als wäre sie ein Becken, das langsam vollläuft. Das Lied endet, dann beginnt ein neues. Keine Ahnung, wie es heißt. Es ist mir auch egal. Luises Piercing berührt ganz leicht meine Unterlippe. Ich schlucke, gleite mit der Zungenspitze über das Metall, dann weiter über die Kugel. Sie ist hart und glatt, und mein Puls ist überall. Es fühlt sich an, als würde ich beben. Als wäre ich eine Saite, die in Schwingung versetzt wurde.

Dann öffnet Luise zaghaft den Mund. Nur ein kleines bisschen. Ihr Atem riecht nach den Himbeeren, die sie vorhin gegessen hat. Süß und ein bisschen sauer. Meine Zunge sucht ihre und findet sie. Vorsichtig, tastend. Wir küssen uns schüchtern, und trotzdem knistert die Luft. So, als würde etwas in ihr liegen, das man nicht sehen kann. Nur fühlen. Anziehung, Chemie. Liebe.

Es gibt Augenblicke, die alles verändern. Die das Vorher ganz klar vom Nachher trennen. Die einen Punkt markieren, an dem etwas Neues beginnt. Das gerade ist so ein Punkt. So ein Augenblick.

Ich habe in meinem Leben schon viele Mädchen geküsst, doch nie hat es sich so angefühlt. Wie eine Zündschnur, die langsam runterbrennt. Schwerelos und grell. Als würde ich fliegen. Es ist wie angetrunken sein. Oder laut singen, wenn man weiß, dass einen niemand hört. Wenn man alles vergisst. Es ist, als würde man tanzen, ohne sich zu bewegen. Ein grenzenloses Durcheinander und zur selben Zeit vollkommene Klarheit.

Das gerade ist nicht nur einfach ein Kuss. Es ist der Anfang von uns. Von Luise und mir.

FREITAG, 14. APRIL

Luise

Meine Lippen sind rissig und trocken, und wenn ich Haare hätte, wären sie total verfilzt – und es wäre mir völlig egal. Die letzten Tage waren unwirklich. Jacobs Zimmer war eine eigene kleine Welt, die sich nur um uns gedreht hat. Es hat sich angefühlt, als hätten wir ein schwarzes Loch entdeckt und uns einfach davon verschlucken lassen. Plötzlich gab es nur noch Jacob und mich in seinem Bett und ab und zu etwas zu essen. Aber vor allem gab es mich in seinen Armen und seinen Mund auf meinem. Wir waren wie ein Knoten, den man nicht mehr aufbekommt. Arme und Beine und Lippen, die nicht aufhören, sondern nur noch anfangen.

Wir haben uns geküsst, bis wir irgendwann im Morgengrauen eingeschlafen sind. Stundenlang, nächtelang. Es ist, als wäre ich süchtig nach ihm. Nach dieser Nähe und dem Gefühl, vollkommen in ihm geborgen zu sein. Mehr ist nicht passiert. Küsse. Sonst nichts. Aber *was* für Küsse! Ich habe keine Worte dafür. Kristopher hätte garantiert eins gehabt. Vermutlich hätte er mir sogar den Fachbegriff nennen können. Ich kann es nicht. Genauso wenig wie ich aufhören kann zu lächeln – und das, obwohl ich auf dem Heimweg bin. In eine lieblose verlassene Wohnung, in die ich gar nicht will. Aber ich musste nach Hause. Ich brauchte dringend frische Klamotten, Duschzeug und ein Deo. Und natürlich meine Zahnbürste.

Als ich vor ein paar Tagen frühmorgens losgegangen bin, um

mich mit Jacob an der Bäckerei zu treffen, hätte ich nie für möglich gehalten, dass mein Leben nur ein paar Tage später so anders sein könnte. Als hätte ich einen Looping gemacht. Einen Schritt, der mich ganz woanders hingebracht hat. Ich erinnere mich an das, was Kristopher zu mir gesagt hat: *Denk immer daran, Lise, man ist immer nur eine Entscheidung von einem völlig anderen Leben entfernt.* Er hatte recht. Wie so oft. Jacob hat mir eine simple Frage gestellt: Rechts oder links? Wie wäre es wohl weitergegangen, wenn wir anstatt nach rechts, Richtung Jacobs Wohnung, nach links abgebogen wären? Hätten wir uns dann trotzdem geküsst? Wäre dasselbe passiert, nur eben bei mir zu Hause? Oder wäre alles anders gekommen?

Ich schließe die Haustür auf und gehe zum Briefkasten. Er ist so voll, dass die Post aus dem offenen Schlitz quillt. Ich hole alles heraus und nehme den Aufzug nach oben. Und irgendwie fühle ich mich seltsam leicht. Als wäre die harte Realität in den vergangenen Tagen etwas weicher geworden. Oder die Mauer um mich herum durchlässiger.

Die Fahrstuhltüren öffnen sich, und ich steige aus. Mein Blick fällt auf unsere Wohnungstür und den Deko-Kranz, den Mama kurz vor Weihnachten aufgehängt hat. Ich muss nicht lange hierbleiben. Wenn ich meine Sachen zusammengepackt habe, kann ich wieder gehen. Das ist ein tröstender Gedanke.

Als ich wenig später unseren Flur betrete, schlägt mir ein muffiger Geruch entgegen. Ich habe mal gehört, dass alte Menschen irgendwann anfangen, komisch zu riechen. Verlassene Wohnungen tun das anscheinend auch. Zumindest diese hier. Nach einer Mischung aus getrockneter Farbe und Leere. Und trotzdem lächle ich, während ich die Schuhe ausziehe und ein paar Fenster öffne – das im Bad lasse ich zu. Die frische Luft fließt durch mein Zimmer an mir vorbei und weiter in die Küche. Ich stecke mein Handy an den Strom. Das Ladekabel ist wie eine Nabelschnur, die es jeden Moment wieder zum Leben erwecken wird. Nach ein paar schwarzen Sekunden, leuchtet das Display auf, und der kleine angebissene Apfel erscheint. Irgendwann in den letzten Tagen ist mein Handy einfach ausgegangen. Ich habe es nicht mitbekommen. Es war mir egal.

Ich tippe die PIN ein, lege mein iPhone zur Seite und fülle Wasser in den Wasserkocher. Als ich ihn einschalte und die Teebeutel aus dem Schrank hole, überfällt mich ganz plötzlich der unbändige Wunsch, zum Fenster zu gehen und aus Leibeskräften hinauszuschreien, dass Jacob und ich zusammen sind. Dass wir uns geküsst haben. Und dass er genauso küsst, wie er mich anschaut. Doch es würde niemanden interessieren. Keinen da draußen.

Das ist der Moment, in dem ich begreife, dass es nichts wert ist, im Recht zu sein, wenn man dafür auf einen Menschen verzichtet, auf den man eigentlich nicht verzichten müsste. Auf jemanden, der noch da ist, der nicht tot ist, jemanden, den man lieb hat. Ich greife nach meinem Handy und wähle bei den Kontakten meine Favoriten. Es sind vier Einträge. Einer davon ist neu, ein anderer tot.

Aber an erster Stelle steht nach wie vor: *Ming*.

Luise

Es hat noch nicht mal geklingelt, da ist sie schon dran.

»Lu«, sagt Ming, »Hi.«

»Ich habe Jacob geküsst.« Es bricht ganz plötzlich aus mir heraus. Wie ein Niesen, das mich überfällt.

»Moment, du hast was?«, fragt sie verwirrt. »Wann?«

»Die letzten drei Tage«, sage ich.

»Okay, das ist krass«, antwortet sie. »Und wie ist es dazu gekommen?«

Ich erzähle ihr alles. Von der Therapie, dem Tattoo und von den E-Mails, die ich seit unserem letzten Gespräch von Kristopher bekommen habe. Ich setze genau da an, wo wir aufgehört haben, und höre da auf, wo wir jetzt sind. Ming hört zu, wir lachen. Und sie spricht mit mir, als wäre Kristopher nicht tot, sondern nebenan. Auf einmal bin ich wieder ich. Und wir wieder wir.

»Ich kann einfach nicht glauben, dass du ihn geküsst hast«, sagt Ming noch immer fassungslos. »Das hätte ich dir nie zugetraut.«

»Ich mir auch nicht«, sage ich.

»Jacob passt zu dir«, sagt sie unvermittelt.

»Wie meinst du das?«

»Ich habe ihn zwar lang nicht gesehen«, sagt sie, »aber er hatte immer diese stille nachdenkliche Art.« Sie macht eine Pause. »Genauso wie du.«

»Die hat er immer noch«, sage ich.

»Trotzdem irgendwie krass, dass du jetzt mit dem Typen zusammen bist, von dem früher fast alle Mädchen der Schule was wollten.«

»Du übertreibst«, sage ich.

»Tu ich nicht«, sagt sie. »Mädels stehen immer auf den Typ *Angry Young Men*. Und bei uns war das ganz klar Jacob.«

»*Angry Young* was?«, frage ich lachend.

»Den Begriff gibt es wirklich«, sagt Ming. »Wir haben ihn gerade erst in Englisch durchgenommen.«

»Okay, und was genau bedeutet *Angry Young Men*?«

»Den Ausdruck haben Journalisten geprägt«, sagt sie. »Er wurde zu einem Synonym für gesellschaftskritische Künstler und Schriftsteller der 1950er- und 1960er-Jahre. Der intellektuelle Bad Boy, wenn du so willst.«

»Ich wette, das hast du dir ausgedacht«, sage ich.

»Nein«, sagt sie, »schau mal bei Wikipedia. Da gibt es einen Artikel dazu.« Ming macht eine Pause. »Wo wir schon beim Thema sind«, fügt sie nach ein paar Sekunden hinzu, »... es gibt da diesen Jungen in meinem Englischkurs ...«

Jacob

»Du bist glücklich«, sagt Arthur mit einem Grinsen, das kaum auf sein Gesicht passt.

»Das bin ich«, antworte ich. Das zuzugeben ist untypisch für mich, was Arthurs erstaunter Blick bestätigt. Normalerweise würde ich die Augen verdrehen und etwas Blödes sagen, doch heute ist mein Lächeln genauso breit wie sein Grinsen.

»Dann seid ihr zwei jetzt also … zusammen?« Er klingt wie eine neugierige Mutter. Zumindest stelle ich es mir so vor.

»Ja«, sage ich, »das sind wir.« Mein Lächeln wird tatsächlich noch breiter.

»Das freut mich, kleiner Bruder«, antwortet Arthur. »Sieht ganz so aus, als wären wir beide glücklich.« Er hebt seine Kaffeetasse. »Auf die Liebe«, sagt er.

»Das ist ganz schön kitschig, findest du nicht?«, frage ich.

»Verdammt kitschig sogar«, sagt er, hält mir aber weiterhin seine Tasse entgegen.

Ich grinse und greife nach meiner, und dann stoßen wir auf die Liebe an. Mein großer Bruder und ich. Mit Tee und Kaffee und einem wissenden Grinsen.

Luise

Eine halbe Stunde später weiß ich, dass Ming etwas mit einem Typen hatte, der Markus heißt, der unglaublich gut küsst und dunkelblaue Augen hat – *mit längeren Wimpern als ich*, hat Ming gesagt. Passiert ist es letztes Wochenende bei einer Party. Eigentlich wollte Ming gar nicht hingehen, aber dann hat sie es sich anders überlegt. Wie war das noch mit der Entscheidung und einem ganz anderen Leben?

Markus und Ming sind ins Gespräch gekommen. *Es war total harmlos. Wir haben nur geredet.* Nach einer langen Unterhaltung und ein bisschen zu viel Bier haben sie nicht mehr geredet. Sie saßen auf den Stufen im Treppenhaus und haben rumgeknutscht. Weder sie noch er waren betrunken, maximal leicht angeheitert. Trotzdem tun beide seither so, als wäre nichts gewesen. Sie schauen einander im Englischunterricht an und dann schnell wieder weg. Es ist ungewohnt, sie so von einem Jungen reden zu hören. Ming und ich haben nie geschwärmt. Auf einmal tun wir es beide. Und irgendwie ist das schön. So normal. Es ist die Art von Drama, die man bei zwei Sechzehnjährigen erwarten würde. Als wären die letzten Monate nicht passiert. Nichts davon.

Ein Facebook-Chatfenster springt auf, bei dem in der oberen Leiste *Ming Vase* steht. Das ist schon seit Jahren ihr Spitzname, trotzdem muss ich noch immer lächeln, wenn ich ihn sehe.

»Auf dem Bild erkennt man ihn nicht so gut«, sagt Ming. »Seine Augen sind in Wirklichkeit viel schöner.«

Ich klicke auf das Foto, das sie mir geschickt hat.

»Ich finde, seine Augen sind auf dem Bild auch schön«, sage ich.

»Du hast recht«, sagt sie. Und dann: »Ich wünschte, ich hätte seine Wimpern. Schau dir nur mal diese Wimpern an.«

»Ich sehe da keinen Unterschied zu deinen«, sage ich.

»Seine sind viel dichter.« Es entsteht eine plötzliche Pause. Gleich wird Ming sagen, was sie gerade denkt. »Denkst du, er bereut es?«, fragt sie. »Ich meine, das, was zwischen uns war?«

»Warum sollte er es bereuen?«, frage ich zurück.

»Ach, ich weiß auch nicht«, sagt sie.

»Was ist mit dir? Bereust du es denn?«

»Nein«, sagt sie.

Stille.

»Warum schreibst du ihm nicht einfach?«, frage ich nach ein paar Sekunden.

»Etwa über Facebook?«

»Zum Beispiel«, sage ich.

»Das wäre armselig«, sagt sie. »Außerdem will ich ihm nicht nachlaufen.«

»Es wäre nicht armselig, es wäre mutig«, sage ich. »Und eine Nachricht macht dich noch nicht zu einem Stalker.«

Es entsteht eine Pause.

»Ich mag ihn«, sagt Ming ungewohnt unsicher. »Was ist, wenn er mich nicht mag? Wenn er mich langweilig findet?«

»Das kann ich mir nicht vorstellen«, sage ich.

»Ach, und warum nicht?«, fragt sie.

»Erstens, weil du einfach nicht langweilig bist, zweitens, weil du aussiehst wie ein Manga-Comic und Jungs auf Manga-Comics stehen. Und drittens, weil er sich davor eine ganze Weile mit dir unterhalten hat. Das hätte er wohl kaum gemacht, wenn er dich langweilig finden würde.«

»Du denkst also wirklich, ich sollte ihm schreiben«, sagt sie, »auch, wenn dabei vielleicht rauskommt, dass er nichts von mir will.«

»Ich denke, das ist immer noch besser, als irgendwann herauszufinden, dass er etwas von dir wollte, sich aber nicht getraut hat, es dir zu sagen.«

»Du hast recht«, sagt Ming. »Du hast so was von recht. Ich werde ihm schreiben. Jetzt gleich.« Pause. »Aber ich weiß nicht was.«

Die nächsten dreiundzwanzig Minuten feilen wir an zwei perfekten Sätzen. Dann sendet Ming sie ab.

»Du musst mir gleich schreiben, wenn er geantwortet hat«, sage ich.

»Das werde ich«, sagt sie.

Und einfach so sind wir wieder Ming und Luise. Nur in verliebt.

Luise

Ich mache den Rucksack zu und gehe ans Telefon.

»Hallo«, sage ich.

»Was hältst du von einem Wochenende am See?«, fragt Jacob.

Ich stutze. »An was für einem See?«

»Am Starnberger See. Arthurs Vater hat ein Haus dort.«

»Er hat ein Haus am Starnberger See? Nicht schlecht«, sage ich und denke: Arthurs Vater ist also nicht Jacobs Vater. Daher die zwei Nachnamen. Ein Rätsel weniger.

»Walter ist Immobilienmakler«, sagt Jacob. »Ohne ihn hätten wir niemals diese Wohnung bekommen. Er ist der Hauptmieter. Offiziell gibt es uns gar nicht.«

»So ist das also«, sage ich. »Ich hatte mich schon gefragt, wie ihr euch das leisten könnt.«

»Tja, jetzt weißt du's«, antwortet er. »Gar nicht.«

Wenn man es genau nimmt, weiß ich fast nichts – weder über ihn noch seine Familie. Bis eben hatte ich keine Ahnung, dass die beiden nur Halbbrüder sind.

»Arthur hat vorhin den Schlüssel bei seinem Vater abgeholt«, sagt Jacob. »Er will mit Julia für ein, zwei Tage ins Seehaus fahren.« Pause. »Er hat gefragt, ob wir mitkommen wollen.« Noch eine Pause. Diesmal länger. »Ich war noch nie dort, aber es gibt wohl zwei Schlafzimmer.«

Seine Stimme ist dunkel und mein Schlucken laut. Irgendwie fühlt es sich an, als wäre es etwas ganz anderes, in einem anderen

Bett in seinen Armen einzuschlafen. Als wäre das ein nächster Schritt und ich weiß nicht wohin.

Ich räuspere mich. »Und du bist dir sicher, dass es die beiden nicht stört, wenn wir mitkommen? Ich meine, sie wären doch bestimmt viel lieber allein?«

»Das habe ich ihn auch gefragt«, sagt Jacob.

»Und?«, frage ich.

»Er meinte, sie würden sich freuen, wenn wir mitkommen.«

Ich schiebe mein Piercing mit der Zungenspitze hin und her. Links, rechts, links, rechts, links, rechts. Dann sage ich: »Okay. Lass uns fahren.«

Und Jacob antwortet: »Wir sind in zwanzig Minuten da.«

Jacob

Luise und ich sitzen auf dem Rücksitz, und ich halte ihre Hand. Es läuft Musik – im Augenblick »Feel It Still« von Portugal. The Man –, und mein Daumen streicht langsam über ihren Handrücken. Es ist eine kleine, sanfte Berührung, die meinen Mund vollkommen austrocknet. So bin ich eigentlich nicht. Normalerweise bin ich ernster. Misstrauischer. Irgendwie auf der Hut. Mehrere Armlängen von anderen entfernt. Luise geht mir nah. Unter die Haut. Mit ihr fühlt es sich an, als würde ich mich im Leben wälzen, den Blick in den Himmel gerichtet. Sorglos. Luise lächelt mich an, mehr mit den Augen als mit dem Mund. Am liebsten würde ich sie küssen, aber ich tue es nicht. Vielleicht wird es irgendwann zwischen uns so sein, dass ich dem Impuls einfach nachgebe. Dass ich sie küsse, wann immer ich will. Vor allen anderen und nicht nur, wenn wir alleine sind. Ich mag diese Vorstellung.

Arthur bremst ab, und wir biegen in eine breite Kieseinfahrt. Er lässt das Fenster runter, tippt eine Zahlenkombination in das kleine Kästchen neben sich und sagt: »Da wären wir.«

Das Tor öffnet sich ganz langsam, als wollte es Spannung aufbauen. Bei mir funktioniert es. Luise und ich schauen durch die Frontscheibe. In der Dunkelheit erscheint ein teuer beleuchteter Bungalow mit großen Fenstern und schwarzen Dachziegeln. Arthur parkt, Luise lässt meine Hand los, und wir steigen aus.

Luise

»Erst eine kurze Führung und dann Abendessen?«, fragt Arthur.

Julia, Jacob und ich nicken.

»Sehr gut«, sagt er. »Wenn Sie mir dann bitte folgen würden …« Arthur schließt die Haustür auf. »Das alles hier gehörte mal zu dem riesigen Haus da drüben.« Arthur zeigt auf eine Reihe blickdichter Hecken rechts von sich. »Die Eigentümer sind seit Ewigkeiten mit meinem Vater befreundet und haben immer mal wieder Immobilien über ihn gekauft.« Er sagt das, als wäre das völlig normal. Als würde das jeder tun. Als ging es um Lebensmittel oder Schuhe oder ein neues Paar Hosen. »Irgendwann hat mein Vater sie gefragt, ob sie es sich vorstellen könnten, ihm diesen Teil des Grundstücks zusammen mit dem zweiten, kleineren Bootshaus zu verkaufen«, sagt Arthur und grinst. »Wie man sieht, konnten sie es sich vorstellen.« Er zeigt auf ein kleines Regal neben dem Eingang. »Im Haus bitte keine Straßenschuhe«, sagt er, zieht seine aus und fügt dann hinzu: »Sonst müssen wir den Boden wischen, bevor wir fahren. Und darauf hab ich echt keine Lust.«

Wir besichtigen das Haus, als wollten wir einziehen. Arthur führt uns von Raum zu Raum, er zeigt uns alles. Sogar die Abstellkammer. *Nur für den Fall, dass ihr nachts Klopapier oder Taschentücher oder so was braucht.* Als er das gesagt hat, bin ich rot angelaufen, Jacob hat betreten auf seine Füße geschaut, und Julia hat gelacht. Danach haben wir die Führung fortgesetzt.

Es ist ein schönes Haus. Etwas, das man nur mit viel Geld haben kann, das aber nicht nach zu viel Geld aussieht. Glatte Holzfußböden, ein großes Sofa mit Kissen und Decken, Gemälde an den Wänden, ein ausladender Couchtisch, daneben zwei Sessel. Die Einrichtung ist modern und trotzdem gemütlich. Ein rechteckiger Esstisch mit weißen Beinen und einer Tischplatte in demselben Farbton wie der Boden. Genauso ist es bei der Küche. Weiße Fronten mit Arbeitsflächen aus Holz. Alles hier erinnert mich an ein Anwesen in den Hamptons, nur eben in viel kleiner und am Starnberger See.

Arthur öffnet die großen Glasschiebetüren der beiden Schlafzimmer und die des Wohn-Ess-Bereichs. Plötzlich ist das halbe Haus offen. Frische Luft trifft auf abgestandene.

»Ich hole mal eben unsere Sachen«, sagt Jacob.

»Ich komme mit«, sage ich.

»Das brauchst du nicht. Ich bin gleich wieder da.«

Ich sehe ihm nach, dann gehe ich nach draußen auf die Terrasse. Das Haus liegt in L-Form in einem länglichen, leicht abschüssigen Garten mit Obstbäumen und Blumenbeeten. Es sieht aus wie ein Prospekt. Das Grundstück grenzt an einen kleinen Kanal, der wohl irgendwo in den Starnberger See mündet. Sein Wasser fließt träge unter den hängenden Ästen einer Trauerweide hindurch. Im schwachen Licht erkenne ich einen Steg, an dessen Ende ein Ruderboot festgemacht ist. *Ein Ruderboot.* Ich denke an den Fährmann und an Kristopher. Und an die Zwischenwelt, die es bestimmt nicht gibt. Das Mondlicht schimmert in hellen Tupfen auf der unruhigen Wasseroberfläche. Die Welt ist in ein blaues, mattes Licht getaucht. Alles ist genau wie in meinem Traum. Und gleichzeitig ganz anders.

Jacob

Der Kofferraum ist vollgestopft mit Rucksäcken und Taschen und Lebensmitteln. Fast so, als wollten wir für immer hierbleiben. Als wären wir geflohen.

Arthur und ich bringen das Essen in die Küche, dann holt er das restliche Gepäck, und ich räume währenddessen alles in den Kühlschrank. Nebenan duscht jemand. Das muss Julia sein, denn Luise steht am Wasser und blickt in die Nacht hinaus. Ich sehe ihre Silhouette durch das offene Fenster. Eine schmale Person, ohne Haare mit zierlichem Nacken. Ich liebe ihren Nacken. Er macht sie so verletzlich.

Nachdem ich die letzten Vorräte in den Schränken verstaut habe, gehe ich in Richtung Steg hinunter. Luise hat die Arme fest um ihren Oberkörper geschlungen. Als wäre sie einsam oder als wäre ihr kalt. Die Wiese unter meinen Schuhsohlen ist weich wie ein Teppich und die Luft klar und frisch. Es ist noch nicht ganz Sommer, dafür ist es noch nicht warm genug, doch der Winter ist eindeutig vorbei. Er hat seine schneidende Schärfe mitgenommen.

Als ich den Steg betrete, knarzt das Holz unter meinen Schritten. Blätter rascheln im Wind, und der Kanal gluckert vor sich hin. Es ist ein friedlicher Ort. Ein friedlicher Moment. Ich stehe hinter Luise und nehme sie in die Arme. Die Nacht hüllt uns in ihre Dunkelheit. Luise lehnt den Kopf an meine Brust, dann sagt sie: »Es ist schön hier.«

»Ja, nicht wahr?«, sage ich und küsse sie auf die Schläfe. Kleine Wellen schwappen gegen die Pfeiler des Stegs, das hohe Schilf wiegt sich im Wind.

»Es kommt mir so vor, als wäre das alles gar nicht echt«, sagt sie und dreht sich zu mir. Ihre Augen schimmern schwarz wie das Wasser. »Als wäre das hier nicht die Realität.«

»Aber es ist die Realität«, sage ich. »Wir sind beide wach, und wir sind beide hier.«

Luise lächelt mich von unten an, stellt sich auf die Zehenspitzen und küsst mich. Ihre Lippen sind ganz warm. Ich ziehe sie hoch und spüre ihren Körper an meinem. So nah es geht in jeder Hinsicht.

In diesem Moment fühlt es sich an, als gäbe es nur noch uns auf der Welt. Keine anderen Menschen, keinen Lärm. Nichts. Nur sie und mich und den Augenblick.

23:34 UHR

Luise

Julia und Arthur sind gleich nach dem Essen in ihr Zimmer verschwunden. Sie konnten gar nicht schnell genug von uns wegkommen. Jacob und ich haben aufgeräumt und dabei ziemlich laut geschwiegen. Es war die Art von Schweigen, die sich nicht ignorieren lässt. Zwischen uns waren so viele unausgesprochene Gedanken, dass sich die Luft fast klebrig davon angefühlt hat. Ich habe einen Topf abgetrocknet und währenddessen versucht auszublenden, dass uns nur eine Wand von einem riesigen frisch bezogenen Bett trennt. Es war, als würde dort eine Entscheidung auf mich warten, die ich noch nicht bereit war zu treffen. Eine überlebensgroße Entscheidung, die vor ein paar Tagen noch unendlich weit weg schien. Als wäre ich hier und sie in einer anderen Galaxis. Jetzt kommt es mir so vor, als läge sie direkt vor mir. Wie eine Schlucht, auf deren Grund etwas wartet, das ich nicht mal erahnen kann.

Ich nehme einen nassen Lappen und wische den Tisch ab, als aus dem Nebenzimmer plötzlich eindeutige Laute zu hören sind. Schweres Atmen, das langsam anschwillt. Ich spüre meinen Puls überall. Dann bemerke ich, dass ich aufgehört habe zu wischen, und wische weiter. Jacob geht an mir vorbei und öffnet die Schiebetür, die wir während des Essens geschlossen hatten.

»Wollen wir rausgehen?«, fragt er.

»Gern«, sage ich und bin froh, dass man mir nicht anhört, wie erleichtert ich bin.

Wir gehen zum Steg hinunter. Mit ein paar Decken und Kissen und einer Packung Chips. Die frische Luft tut gut. Ich denke an Sex, und ich denke an Sex mit Jacob. Früher habe ich nicht über Sex nachgedacht. Zumindest nicht so. Nicht konkret. Es waren vage Fantasien, nichts weiter. Natürlich habe ich mich gefragt, wie es wohl ist, mit jemandem zu schlafen. Wie es sich anfühlt, einen Jungen in sich zu spüren. Seine Bewegungen, die Stellen erreichen, die man vorher nicht kannte, die noch nie berührt wurden. Doch diese Jungs waren Teil meiner Fantasie. Es gab sie nicht wirklich. Sie hatten keine Gesichter und ich keine Gefühle für sie.

Ich schaue zu Jacob und beobachte ihn dabei, wie er sich eine der beiden Decken um die Schultern legt, dann blickt er auf und reicht mir die zweite.

»Hier«, sagt er.

»Danke«, sage ich und wickle mich ebenfalls ein.

Wir setzen uns einander gegenüber auf den Steg. Es fühlt sich an, als wollten wir beide etwas sagen, wüssten aber nicht was. Oder wie. Ich beuge mich vor und greife nach der Chipspackung, dann reiße ich sie auf. Ich tue es nicht, weil ich Hunger habe, ich habe noch nicht mal Lust auf Chips, ich tue es nur, um meine Hände irgendwie zu beschäftigen. Die Tüte ist offen, und ich frage mich, mit wie vielen Mädchen Jacob wohl schon geschlafen hat. Ob es eher drei waren oder fünf. Oder noch mehr.

»Wolltest du die Chipstüte nur aufmachen, oder wolltest du auch welche essen?«, fragt Jacob.

Er lächelt mich an, und ich weiche seinem Blick aus. Dann nehme ich eine Handvoll aus der Packung und reiche sie ihm.

»Ist alles okay bei dir?«, fragt er vorsichtig.

»Ja«, sage ich, aber der Ausdruck in seinem Gesicht verrät, dass er mir nicht glaubt. Bevor er noch etwas sagen kann, wechsle ich schnell das Thema. »Hat Arthurs Vater eigentlich viele Immobilien?«

Jacob mustert mich. Das Pi erscheint auf seiner Stirn. Mit dieser Frage hat er nicht gerechnet. Wie auch? Immerhin wusste ich vor drei Sekunden selbst noch nicht, dass ich sie stellen werde.

»Ich denke, es sind schon ein paar«, sagt er nach einer Weile. »Aber die meisten renoviert er nur, um sie anschließend weiterzuverkaufen.« Kurz ist es still, dann fragt er: »Und darüber hast du eben nachgedacht? Über die Immobilien von Arthurs Vater?«

Seine Augen funkeln, und ich schaue wieder weg.

»Nein«, sage ich so leise, dass man mich fast nicht hört.

»Worüber dann?«

Seine Stimme klingt heiser. Unsere Blicke treffen sich über der Chipstüte.

»Ich glaube, das weißt du«, sage ich.

Er sieht mich an, das Schilf raschelt im Wind.

»Denkst du, ich wollte mit dir hierherfahren, weil ich gehofft hatte, dass wir dann miteinander schlafen?«, fragt er.

»Nein«, sage ich und schlucke, »das denke ich nicht.«

»Dann denkst du also, ich will nicht mit dir schlafen?«, fragt er.

»Ich … ich weiß es nicht.«

Ein paar endlose Sekunden lang mustert er mich.

»Natürlich will ich das«, sagt er. »Aber die Frage ist, was du willst.«

Wir sehen einander an. Mit zuckenden Blicken, die von links nach rechts schnellen. Ich denke dreitausend Gedanken auf einmal, und dann sage ich: »Ich will es auch.« Und dann: »Aber noch nicht gleich.«

»Okay«, sagt er.

»Okay?«, frage ich.

»Ja.« Pause. Dann grinst er und fügt flüsternd hinzu: »Aber das gilt nicht fürs Küssen, oder?«

Jacob

Wir liegen nebeneinander auf dem Steg und schauen nach oben. Meine Lippen sind noch warm von unserem Kuss. Ich könnte sie die ganze Zeit küssen. Und ihr zuhören. Mich mit ihr unterhalten. Alles auf einmal.

»Erzähl mir von dem Traum«, sage ich.

»Da gibt es nicht viel zu erzählen«, sagt Luise. »Es ist immer derselbe Ort, es ist immer Nacht, und der Himmel ist dunkelblau und matt.« Ich schaue zu ihr rüber. Das Mondlicht scheint auf ihre Nasenspitze. »Es ist, als würde ich dort hingehen, um meinen Bruder zu treffen«, sagt sie. »Als wären wir verabredet.« Sie macht eine Pause, dann fügt sie hinzu: »Aber letztes Mal ist er nicht gekommen.«

»Vielleicht bist du nur aufgewacht, bevor er da war«, sage ich.

»Nein«, sagt sie. »Ich habe an dem Weiher gesessen und gewusst, dass er nicht kommen würde.«

»Was ist dann passiert?«

»Ich habe mich in die Wiese gelegt und in den Nachthimmel geschaut.« Sie wendet sich mir zu. »Welches Sternzeichen bist du?«, fragt sie dann.

»Krebs«, sage ich.

Sie mustert mich misstrauisch.

»Was ist? Ist das denn ein schlechtes Sternzeichen?«

Sie rappelt sich auf und schüttelt den Kopf. »Nein, ist es nicht.«

»Aber?«, frage ich und setze mich ebenfalls auf.

»In meinem Traum sah der Himmel aus wie ein tiefschwarzer See mit glatt gezogener Oberfläche. Als wäre er das Universum und gleichzeitig ein Ozean. Überall waren Sterne. Und an einer Stelle haben sich kleine Wellen gekräuselt, als würde das Wasser von etwas zerschnitten.« Ich sehe ihr an, dass sie gerade sieht, was sie mir erzählt. Ihr Blick ist auf ein unbestimmtes Nichts gerichtet. »Und dann habe ich es gesehen … ein kleines Boot, das durch den Himmel rudert.« Sie schluckt. »Ich glaube, mein Bruder ist bald auf der anderen Seite«, sagt sie. »Ich glaube, es werden nicht mehr viele E-Mails kommen.«

»Das weißt du nicht«, sage ich, um irgendwas zu sagen.

»Doch, das tue ich«, antwortet sie. »Ich weiß es genauso, wie ich in dem Traum wusste, dass Kristopher nicht kommen würde.«

Wir schweigen. Luise blickt auf den schwarzen Kanal, der an uns vorbeifließt, und ich beobachte sie dabei. Dann frage ich: »Und was hat das mit Sternzeichen zu tun?«

Luise sieht mich an. »Der Himmel war überzogen von Sternbildern«, sagt sie, »doch drei davon waren heller als alle anderen. Ich habe überhaupt keine Ahnung von Astrologie, aber aus irgendeinem Grund wusste ich, welche Sternzeichen es sind.«

»Welche waren es?«, frage ich.

»Wassermann, Fisch und Krebs«, sagt sie. »Kristopher war Wassermann, ich bin Fisch« – sie macht eine Pause –, »und du bist Krebs.«

Luise

Es hat abgekühlt. Wir holen noch ein paar Decken und Kissen aus dem Wohnzimmer und bauen uns ein Lager auf dem Steg. Als wir fertig sind, sieht es aus wie ein Vogelnest aus Daunen. Um uns herum stehen Teelichter und flackern im Wind. Die Chipspackung ist leer, jetzt essen wir Gummibärchen.

»Was willst du eigentlich später mal machen?«, frage ich.

Jacob grinst. »Du meinst, wenn ich groß bin?«

»Ja«, sage ich, »wenn du groß bist.«

»Ich habe keine Ahnung.«

Ich lege den Kopf schräg.

»Ganz ehrlich«, sagt er. »Ich weiß es nicht. Ich kann mir nichts vorstellen, das ich mein Leben lang machen möchte.«

»Das wundert mich«, sage ich.

»Warum?«, fragt er.

»Weil du so gerne kochst. Ich war mir sicher, du möchtest etwas damit machen.«

»Nein«, antwortet er ungewohnt kühl, »das will ich nicht.«

»Darf ich fragen, warum?«

Jacob mustert mich. Er drückt ein grünes Gummibärchen zwischen Daumen und Zeigefinger zusammen, dann sagt er: »Mein Vater ist Koch.«

»Okay?«, antworte ich. »Und das ist ein Problem, weil?«

»Weil ich nichts mit ihm gemeinsam haben will«, sagt Jacob. »Gar nichts.«

»Das wird schwierig. Ich meine, er ist dein Vater.«

Jacob reißt dem Gummibärchen den Kopf ab.

»Mein Vater ist ein Arschloch«, sagt er.

»Aber du bist kein Arschloch«, sage ich.

Er schaut hoch. »Und da bist du dir sicher?«

Ich nicke. »Ich weiß vielleicht nicht viele Dinge«, sage ich, »aber *das* weiß ich.« Ein paar Sekunden ist nur das Gluckern des Wassers zu hören, dann frage ich: »Hast du noch Kontakt zu ihm?« Trotz des schwachen Lichts erkenne ich, wie die Muskeln in Jacobs Kiefer hervortreten. Sein Blick sagt, dass er nicht darüber reden will. »Du hast mal erwähnt, dass er direkt nach deiner Geburt gegangen ist, aber ...« Ich beende den Satz nicht. Ich lasse ihn so zwischen uns stehen.

»Ich habe meinen Vater nie kennengelernt«, sagt Jacob knapp. »Ich weiß von meiner Mutter, dass er Koch ist. Dass er ein Restaurant in Berlin hat. Ich war nie dort. Und nein, er hat auch nie nach mir gesucht, falls das deine nächste Frage ist.«

»Willst du lieber über was anderes reden?«, frage ich.

»Nicht nötig«, sagt er, »es gibt nur nicht wirklich viel dazu zu sagen. Meine Mutter war schwanger, mein Vater wollte kein Kind, er ist gegangen. Das ist die ganze Geschichte.«

»Was ist mit deiner Mutter?«, frage ich.

»Was soll mit ihr sein?«, fragt Jacob angespannt.

»Wohnt sie in München?«

»In Dachau«, sagt er, und sein Lächeln ist nicht echt. »Was ist mit dir?«, wechselt er das Thema. »Was willst du später mal machen?«

Ich hätte gerne mehr erfahren, ihn mehr gefragt, doch der kühle Ausdruck in seinen Augen verrät, dass mehr gerade nicht möglich ist. Dass jede weitere Frage an einer Kruste kratzen würde, deren Blutung nur schwer zu stoppen wäre. Jacob sitzt mir direkt gegenüber, sein Knie berührt meines, und doch ist er unendlich weit weg. »Ich habe keine Ahnung«, sage ich schließlich. »Seit Kristopher sich umgebracht hat, habe ich mich kaum mit dem Rest meines Lebens beschäftigt. Was macht das auch für einen Sinn? Ich meine, man weiß ja ohnehin nicht, wie lange man hat.«

»Dann bist du ein *carpe diem*-Mensch?«

Ich weiß nicht, ob es ernst oder sarkastisch gemeint ist, also nehme ich es ernst.

»Nein«, sage ich, »ganz und gar nicht. Wenn jeder jeden Tag leben würde, als wäre es sein letzter, gäbe es nur noch Chaos.« Ich mache eine Pause. »Das heißt aber nicht, dass einen viele Pläne unbedingt weiterbringen.«

»Ich spreche nicht von Plänen«, sagt er. »Ich spreche von Träumen.«

Von Träumen, denke ich. Kristopher und ich haben viel über Träume geredet. Es waren Luftschlösser, die alle in dem Moment in sich zusammengefallen sind, als er aus dem Fenster gesprungen ist. Ich nehme drei Gummibärchen aus der Packung, zwei davon sind durchsichtig, meine Lieblingssorte.

»Also?«, fragt Jacob. »Wenn du machen könntest, was immer du willst, was wäre das?«

»Ein *One way*-Ticket nach Australien kaufen und so lange reisen, bis ich Heimweh bekomme.«

»Australien?«, sagt Jacob. »Das ist ganz schön weit weg.«

»Ich weiß«, sage ich. »Ich glaube, das ist der Punkt.« Pause. »Jetzt du. Was ist dein Traum?«

»Er ist ähnlich, aber anders«, sagt Jacob.

»Inwiefern anders?«, frage ich.

Er lächelt. Dieses Mal ist es echt. »Anfang des Jahres lief eine zweiteilige Doku im Zweiten«, sagt er. »Sie hieß *Street Food.*

Hast du sie gesehen?« Ich schüttle den Kopf. »Ich bin damals nur zufällig darüber gestolpert«, sagt Jacob. »Aber irgendwie hat mich das Thema nicht mehr losgelassen. Ich habe die Doku seitdem noch vier Mal angeschaut. Sie ist noch in der Mediathek.«

»Warum hast du sie so oft angeschaut?«, frage ich.

»Weil diese zwei Typen genau das gemacht haben, was ich gerne machen würde«, sagt er. »Um die Welt reisen und essen.«

Ich muss lachen. »Das klingt gut«, sage ich.

»Sie waren nicht in Restaurants, es gab nur Essen von der Straße. Einfache, einheimische Küche.« Er macht eine Pause. »Das würde ich auch gern machen. Ich würde gerne lernen, wie man auf diese Art kocht.«

»Und warum tust du es nicht?«, frage ich.

»Das hat viele Gründe«, sagt er.

»Zum Beispiel?«

»Keine Ahnung. Geld, Mut …«, er macht eine Pause, »du.«

»Meinetwegen musst du nicht bleiben«, sage ich.

»Was willst du damit sagen?«, fragt er und runzelt die Stirn.

»Na ja, Australien war nur so eine Idee. Wegen mir kann die Reise auch gern woanders anfangen.«

Jacob lächelt. Und es ist das Lächeln, das ich so mag. Erst ist es in seinen Augen, dann ist es überall.

Die Sonne schaut bereits über den Horizont und klettert langsam höher, doch es ist noch dunkel. Jacob hält mich in den Armen, und zusammen liegen wir unter einem Berg aus Decken. Die ersten Vögel beginnen zu zwitschern.

Wir waren die ganze Nacht wach und haben geredet. Und uns geküsst. Und noch mehr geredet. Über geträumte Träume und solche, die wir wahrmachen wollen. Darüber, dass Jacob sich kommenden Monat endlich ein Auto kaufen will und deswegen mehr arbeiten muss. Und über die Klausuren, die nach den Ferien auf mich warten. Wir haben uns unterhalten, bis wir leer waren. Jetzt liegen wir da und schweigen.

Jacob atmet gleichmäßig. Jeden Moment wird er wegdriften, aber noch sind seine Augen offen. Die Wolken spiegeln sich darin.

Ich kuschle mich an ihn, vergrabe mein Gesicht in seiner Halsbeuge und atme seinen Geruch ganz tief ein. Ich höre auf, mich gegen meine schweren Lider zu wehren. Dann fallen sie zu und ich in einen tiefen traumlosen Schlaf.

FREITAG 21. APRIL,
21:13 UHR

Luise

Wir sind länger im Seehaus geblieben als geplant. Aus ein paar Tagen wurde knapp eine Woche. Es war eine unbeschwerte Zeit mit einem Hauch von Sommer. Ich wäre am liebsten einfach dort geblieben. Aber Jacob muss arbeiten, Julia hat eine wichtige Hausarbeit vor sich, und ich muss lernen. Und Wäsche machen. Und Ming anrufen. Wir sind aus der Realität ausgebrochen, aber sie hat uns eingeholt. Das hat sie so an sich, die blöde Kuh.

Ich bin vor etwa einer Stunde wieder zu Hause angekommen. Und ich war nicht allein. Mama war da. Ich weiß nicht, wer von uns beiden sich mehr erschreckt hat, die jeweils andere zu sehen – sie oder ich. Auf diese unbeholfene Begegnung im Flur folgte eine ebenso unbeholfene Unterhaltung. Sie lief in etwa so:

Mama: Du bist wieder da.

Ich: Ja.

Mama: Das ist schön.

Betretenes Schweigen.

Mama: Hast du Hunger?

Ich: Nein.

Sie: Okay.

Ende des Gesprächs.

Danach sind wir voreinander geflohen. Wir haben so viele Räume wie möglich zwischen uns gebracht. Wie einen neutralen Puffer. Meine Mutter hat gekocht, ich habe mich um die Wäsche gekümmert. Wir waren wie zwei Hausfrauen, die sich meiden. Es war seltsam, Geräusche in der Wohnung zu hören, die nicht von mir kommen. Das war lange nicht mehr so.

Ich bin in mein Zimmer rübergegangen, habe mich aufs Bett gelegt und Musik angemacht – »Myth« von Beach House auf repeat. Ich glaube, ich wollte die Anwesenheit meiner Mutter übertönen und mich auf den Steg zurückträumen. In den Deckenberg und in Jacobs Arme.

Dieses Lied war auf seiner *Luise*-Playlist. Als ich ihn gefragt habe, was es mit mir zu tun hat, war seine Antwort: *Es hat mich sofort an dich erinnert. Gleich als ich es das erste Mal gehört habe. Es ist wie du. Melancholisch und irgendwie leicht.* Ich öffne die Augen, und mein Blick fällt auf den Laptop-Bildschirm neben mir. Auf den Namen der Playlist. Aus *Luise* ist *Luise & Jacob* geworden. Unsere Liste umfasst dreizehn Songs. Das ist ein guter Anfang.

Bei guter Anfang denke ich an Ming und setze mich auf. Ich greife nach meinem Handy und rufe sie an. Doch sie geht auch dieses Mal nicht hin. Seit ihr *Angry Young Man* sich vor vier Tagen gemeldet hat, ist sie wie vom Erdboden verschluckt. Und wieder die Mailbox. Mings Ansagetext ertönt. *Hi, hier ist Ming, hinterlasst mir eine Nachricht …* Dann piept es, und ich sage: »Ist das jetzt die vierte oder doch schon die fünfte Nachricht, die ich hinterlasse? Hm. Ich glaube, die fünfte.« Ich stehe auf und wandere durchs Zimmer. »Für den Fall, dass du dich fragst, wer dran ist: Hier ist Luise. Du weißt schon, deine beste Freundin. Die, die seit Tagen nur mit deiner Mailbox spricht.« Ich muss lachen. »Wie auch immer. Ich hoffe, es geht dir gut. Ruf mich an, ja? Bis dann.«

Ich lege auf, und im selben Moment klopft es an meiner Tür.

»Luise«, sagt meine Mutter, »hast du einen Moment?«

Eigentlich will ich Nein sagen, doch ich sage: »Klar«, und setze mich auf die Bettkante.

Sie macht einen Schritt in mein Zimmer, dann bleibt sie wie angewurzelt stehen und schaut sich irritiert um. Als wäre sie in eine Parallelwelt gebeamt worden. Sie mustert die weißen Wände und das fast leere Regal, und ihr Blick fragt, wo das ganze Zeug geblieben ist, doch sie bekommt keinen Ton raus. Sie steht mitten im Raum, und der Duft von Bolognese-Soße strömt an ihr vorbei, zu mir aufs Bett. In meine Nase. Ich habe doch Hunger.

»Wann hast du das alles gemacht?«, fragt meine Mutter schließlich.

»Am ersten Ferienwochenende«, antworte ich.

»Ganz allein?«

Ich nicke. »Na ja, fast«, sage ich dann. »Ausgemistet und gestrichen habe ich allein. Aber Jacob hat mir beim Runterbringen der Müllsäcke geholfen. Und er hat die Möbel mit mir zurückgeschoben.«

Wir schweigen. Die Dunstabzugshaube brummt in der Küche. Im Hintergrund ist meine Musik zu hören. Wie ein Flüstern.

»Wenn du mir gesagt hättest, dass du das machen willst, hätte ich mir freigenommen«, sagt meine Mutter.

Es lebe der Konjunktiv, denke ich und antworte: »Du wolltest etwas von mir?«

»Ja«, sagt sie und kommt auf mich zu. »Ich wollte dir den hier geben.«

Meine Mutter hält mir einen Umschlag entgegen. Standardgröße, weiß, mit Fenster.

Ich starre sie an.

»Ist das etwa …«, sage ich, doch der restliche Satz bleibt mir im Hals stecken. Wie eine trockene Brotkruste. Ich bekomme schlechter Luft. Als würde ich jeden Augenblick an dem Wort *Abschiedsbrief* ersticken.

»Ja«, sagt sie. »Es ist der von Kristopher.«

Ich will die Hand danach ausstrecken, aber ich kann mich nicht bewegen. Mein Körper ist steif. Als wäre es nicht meiner. Als hätte ich vergessen, wie man seine Arme bedient.

»Ich hätte ihn dir schon früher geben sollen«, sagt sie. »Das weiß ich jetzt.« Der Umschlag schwebt zwischen uns. Die Hand meiner Mutter zittert. »Vielleicht kannst du verstehen, warum ich es nicht getan habe, wenn du ihn gelesen hast.«

Mit diesem Satz legt sie den Brief auf mein Bett und verlässt dann das Zimmer. Der Teppich verschluckt ihre Schritte, sie schließt die Tür lautlos hinter sich. Dann bin ich allein. Ich betrachte den Umschlag, der unschuldig auf meinem Kopfkissen liegt. Auf derselben Stelle, wie damals der kleine weiße Zettel. Es ist ein anderer Überzug als damals. Ende Januar war es noch der mit den Schneeflocken, den Mama mir kurz davor zu Weihachten geschenkt hat. Mein Herz schlägt schnell, und alles fühlt sich langsam an.

Dieses Mal ist es mehr als nur ein Satz. Dieses Mal ist es ein Abschiedsbrief. Als wäre es damit amtlich.

Luise

Es tut mir leid, Mama. Das tut es wirklich. Aber ich glaube, insgeheim wussten wir beide, dass es so enden würde. Dass kein anderes Ende möglich gewesen wäre, weil ich das Problem war und dieser Schritt in letzter Konsequenz die einzige (Er)Lösung.

Ich wollte, dass du weißt, dass du nichts falsch gemacht hast, Mama. Es lag nicht an dir. Du hast alles getan. Alles richtig gemacht. Lise und du habt mich geliebt. Ich weiß das. Ich verstehe nicht ganz, warum ihr mich so geliebt habt, aber ich weiß, dass es so war. Und ich weiß, dass ich es euch oft nicht leicht gemacht habe.

Das hier ist ein Brief, den keine Mutter je bekommen sollte. Es ist ein Brief, den niemand je bekommen sollte. Und ich wünschte, ich müsste ihn nicht schreiben. Ich frage mich, ob du damit gerechnet hast. Da war immer so etwas in deinem Blick. Als wüsstest du etwas, was sonst niemand weiß. Vielleicht ist das so, weil du meine Mutter bist. Ich war mal ein Teil von dir. Du hast mich auf die Welt gebracht. Du warst immer da. Es muss dir schrecklich undankbar vorkommen, dass ich das Leben, das du mir geschenkt hast, einfach beende. Es tut mir leid. Ganz ehrlich. Ich wünschte, ich hätte einen anderen Weg gesehen. Aber es gab keinen. Meiner führt weg von dieser Welt. Ich entscheide mich für die Ungewissheit. Und ich hoffe, Lise hat recht und der Tod ist nicht das Ende. Ich hoffe, dass es eine andere Seite gibt. Ich hoffe, dass wir uns wiedersehen.

Es gibt keine gute Art, sich umzubringen. Man kann sich vor eine U-Bahn werfen oder sich die Handgelenke mit einer Rasierklinge aufschneiden. Man kann von Brücken springen oder mit dem Auto gegen

einen Baum fahren. Doch irgendjemand wird einen finden. Ich wollte nicht, dass ihr es seid. Deswegen das Fenster und deswegen auch dieses Datum. Omas Geburtstag. Die erste Gelegenheit, bei der ich sicher war, dass Lise und du lang genug nicht da sein werdet. Ich wollte sichergehen, dass ich auf keinen Fall mehr dort liegen werde, wenn ihr nach Hause kommt. Dass ich einfach weg bin.
Ich stand oft dort am offenen Fenster im Bad und habe hinuntergesehen. Es war ein friedlicher Anblick. Mir hat die Vorstellung gefallen, mit nur einem Schritt aus dem Leben zu gehen. Einen Augenblick zu fliegen. Ein paar flüchtige Sekunden lang den Wind auf meiner Haut zu spüren, meinen Herzschlag, das Adrenalin – und dann gar nichts mehr.
Ich will, dass du weißt, dass ich diesen Entschluss nicht bereuen werde. Es war kein plötzlicher Anfall. Ich habe nicht einfach das Fenster aufgemacht und bin rausgesprungen. Es war alles ganz genau geplant. Ich wollte das. Ich war weder manisch noch depressiv. Ich war voll da.
Ich weiß, dass du mich vermissen wirst. Und vermutlich wirst du darauf reagieren, indem du dich in die Arbeit stürzt – so wie du es immer getan hast. Ich hoffe, du vergisst nicht, dass du noch ein zweites Kind hast. Ein Kind, das nie Probleme gemacht hat. Lise braucht dich jetzt. Sie braucht dich mehr denn je. Denn sie wird es nicht verstehen.
Und auch, wenn ich ein schlechtes Gewissen dir gegenüber habe – und das habe ich –, am schwersten fällt es mir, sie zurückzulassen. Sie ist meine kleine Schwester, und in ihrer Welt bin ich überlebensgroß. Ich bin ihr bester Freund. Ich bin da, wenn sie nach Hause kommt. Jetzt bin ich es nicht mehr. Es wird ihr das Herz zerreißen, wenn sie erfährt, was ich getan habe. Ich war Lises Anker. Aber ein Anker hält auch zurück. Er stoppt jede Bewegung. Ich glaube, wenn ich erst einmal lang genug weg bin, wird sie feststellen, dass ich sie nur aufgehalten hätte. Zumindest hoffe ich das, denn es ist die Wahrheit.
Ich habe bei meinen Recherchen viel über die Trauerphasen gelesen, und so wie ich Lise einschätze, wird sie es eine ganze Weile nicht wahrhaben

wollen. Sie wird komplett dichtmachen. Ein normaler Abschiedsbrief würde ihr nicht reichen, ganz egal, wie genau ich ihr erklären würde, warum ich es getan habe. Daher bitte ich dich, ihr diesen Brief nicht zu zeigen. Für Lise habe ich mir etwas anderes überlegt. Ich habe ihr E-Mails geschrieben – die erste davon bekommt sie zu ihrem Geburtstag. Die anderen in den Wochen darauf. Ich werde Lise noch eine Weile begleiten, bei ihr bleiben, bis sie mich gehen lassen kann.

Du wirst auch noch einmal von mir hören. Aber das dauert noch ein bisschen.

Falls meine Handlungen dich jemals daran haben zweifeln lassen:

Du bist eine großartige Mutter. Und ich liebe dich.

Dein Kristopher

EIN PAAR STUNDEN SPÄTER,
SAMSTAG, 22. APRIL, 3:46 UHR

Jacob

Bis auf das kalte Mondlicht ist es dunkel im Zimmer. Ich stehe am Fenster und schaue nach draußen, das Handy ans Ohr gepresst. Luise hat aufgehört zu weinen. Oder es sind Tränen, die man nicht hören kann.

»Bist du sicher, dass ich nicht vorbeikommen soll?«, frage ich.

»Es ist dreiviertel vier«, sagt sie. Ihre Nase ist verstopft, und ihre Stimme klingt belegt.

»Na und?«, sage ich. »Der Weg ist derselbe, egal wie spät es ist.«

»Aber du musst morgen Vormittag arbeiten. Und ich muss lernen.«

»Das hat nichts mit jetzt zu tun.«

»Meine Mutter ist da. Es käme mir irgendwie falsch vor, dich heimlich reinzulassen.«

»Okay«, sage ich. »Dir ist aber schon klar, dass ich auch nur für eine Umarmung vorbeigekommen wäre, oder?«

»Wirklich?«, fragt sie.

»Wirklich«, sage ich.

Wenn Luise schweigt, ist es meistens laut. Ich weiß, dass sie mich niemals darum bitten würde, noch zu ihr zu kommen. Egal, wie gern sie es hätte. Weil es zu spät ist, weil es albern ist, weil es nichts an den Fakten ändert. Ihr Bruder ist und bleibt tot. Egal, ob ich zu ihr gehe oder nicht. Also reißt sie sich zusammen. Die Tatsache, dass sie sich besser fühlen würde, wenn ich sie eine Weile in den Armen halte, reicht als Grund nicht aus. Ich bin genauso. Vielleicht ist das normal, wenn man ein Schattenkind ist. Ich muss an meine Mutter denken. Obwohl ich das nicht will. An sie und die Wohnung, in der ich aufgewachsen bin. Es passiert einfach. Die Bilder sind da, bevor ich sie wegschieben kann. Dieser Ort war nie ein Zuhause. Die meiste Zeit war es dort selbst für Schatten zu dunkel.

»Bist du noch dran?«, fragt Luise.

»Ja«, sage ich und gehe in den Flur. Dort stecke ich meinen Schlüssel ein, ziehe mir Schuhe und eine Jacke an und verlasse die Wohnung.

Ich weiß, dass es das Richtige ist, zu ihr zu gehen. Sie braucht es nicht zu sagen.

Luise

Ich weine in Jacobs T-Shirt wie ein kleines Kind, umklammere den weichen Stoff, als wäre er ein Seil, an dem ich mich festhalten muss. Wir stehen nur ein paar Meter neben dem hässlichen Brunnen. Außer uns ist niemand da. Die Gehwege und Straßen sind geisterhaft ruhig. Nur mein Schluchzen ist zu hören und der auffrischende Wind in den Baumkronen. Es fühlt sich so an, als wäre mein Bruder zwei Mal gestorben. Ein Mal am 26. Januar 2017 und ein Mal heute Nacht. Der Schmerz ist derselbe. Dumpf und tief wie eine Wunde, die einfach nicht aufhören will zu bluten. Ich kann mich nicht mehr an Kristophers und meine letzte Unterhaltung erinnern. Oder daran, wie ich mich von ihm verabschiedet habe, an dem Tag, als er gesprungen ist. Dieser Teil meines Lebens ist einfach weg. Als hätte ich ihn verlegt. War es ein *Bis später*? Oder ein *Ich bin bald wieder da*? Ich weiß es einfach nicht mehr. Und ich weiß auch nicht, woher ich wusste, dass etwas nicht stimmt. Woher ich wusste, dass ich umkehren muss. Ich saß am gedeckten Tisch bei meiner Oma. Mit einem Stück Sachertorte, einer Tasse Kakao und dem unbestimmten Gefühl, dass ich Kristopher nicht hätte allein lassen dürfen. Mama ist bei Oma geblieben. Das Verhältnis der beiden ist schon schwierig genug, wie es ist. Wenn meine Mutter auch gegangen wäre, hätte Oma ihr das für immer vorgehalten. Sie hat die Situation mit Kristopher nie verstanden. In ihrer Welt gibt es keine psychischen Krankheiten.

Es gibt nur Krebs. Also bin ich allein nach Hause gefahren. Zu spät, wie sich herausstellte.

Ich kann mich nicht mehr daran erinnern, was Kristopher anhatte, als er dort auf dem Boden lag. Ich sehe noch das Blut und seine toten Augen. Vermutlich hat er eine Jeans und irgendeinen Pullover getragen, so wie meistens. Aber keine Schuhe. Er lag draußen in der Kälte mit dunkelblauen Stricksocken. Daran erinnere ich mich genau.

Jacob drückt mich an sich. Und es fühlt sich an, als würden seine Arme mich zusammenhalten. Wie ein Skelett von außen. Oder ein Verband.

Ich frage mich, ob mein Bruder den Wind noch gespürt hat. Und ob sein Ende so war, wie er es haben wollte. Ich wünsche es mir. Ich hoffe, es war das perfekte Ende eines viel zu kurzen Lebens.

MITTWOCH, 26. APRIL

Luise

Dr. Falkstein öffnet die Tür. Er trägt ein buntes Hawaiihemd, und seine Haut ist gebräunt. Ich schaue ihn an, als wäre er nicht echt, und er fängt an zu lachen.

»Hallo, Luise«, sagt er dann. »Schön, dass du da bist.«

Ich mustere ihn. Er sieht ganz anders aus. Irgendwie jünger. Sein Haar ist heller geworden und die Fältchen um seine Augen tiefer. Ich komme nicht darüber hinweg, dass er so ein buntes Hemd besitzt. Und es auch noch trägt.

Wir betreten das Behandlungszimmer, er lässt mir den Vortritt, und ich gehe an ihm vorbei.

»Das Sofa«, sage ich erstaunt und drehe mich zu ihm um. »Es ist weg.«

»Eine Patientin hat mich kürzlich darauf hingewiesen, wie unbequem es ist. Und sie hatte recht.«

»Sie haben meinetwegen das Sofa ersetzt?«

»Ja«, sagt er knapp. »Bitte, setz dich doch.«

Die neue Couch sieht aus wie aus einer alten College-Bibliothek. Sie ist breit und wuchtig, aus grünem Samt, mit großen durchgesessenen Kissen und Füßen aus dunklem Holz. Sie passt perfekt in den Raum. Intellektuell und gemütlich. Ich setze mich hin. Und sie fühlt sich genauso an, wie sie aussieht.

Dr. Falkstein lächelt zufrieden. Als würde er mir meine Gedanken ansehen. »Also, Luise«, sagt er dann, »wie ist es dir in den letzten Wochen ergangen?«

Wenn man jemandem eine Geschichte erzählt, kann man die Reaktionen in seinem Gesicht ablesen. Es sind Nuancen, die sich ändern, Muskeln, die sich anspannen und entspannen, ein kurzes Nicken, ein Stirnrunzeln oder eine senkrechte Falte zwischen den Augenbrauen.

Ich erzähle Dr. Falkstein alles, angefangen von Kristophers E-Mails und den Aufgaben, die er mir gestellt hat, über den Traum, den ich immer wieder habe, bis hin zu Jacob und unserer Zeit im Seehaus. Ich erzähle ihm, dass wir zusammen sind und dass Ming und ich uns ausgesprochen haben. Ganz am Schluss erzähle ich ihm von Kristophers Abschiedsbrief und der Endgültigkeit, die er hatte.

Dr. Falkstein hört mir zu. Er gibt mir das Gefühl, dass nichts und niemand in diesem Moment wichtiger ist als ich und meine Geschichte. Als ich fertig bin, ist es einen Augenblick absolut still. Ein Geräusch, als würde das Gesagte sacken.

Dann richtet sich Dr. Falkstein in seinem Sessel auf und fragt: »Was hat sich durch diesen Brief für dich geändert?«

»Ich bin nicht mehr so wütend auf meine Mutter«, sage ich. »Ich kann verstehen, dass sie ihn mir nicht gegeben hat.«

»War sie seitdem öfter zu Hause?«

»Abends, ja.«

»Wie ist das für dich?«

»Ungewohnt«, sage ich.

»Habt ihr miteinander gesprochen?«, fragt er.

»Sie meinen, ob wir uns ausgesprochen haben?«

Er nickt.

»Nein«, sage ich. »Aber wir sind freundlicher zueinander.«

Dr. Falkstein legt seinen Notizblock zur Seite.

»Wenn du an deinen Bruder denkst und an das, was er getan hat, was fühlst du dann?«

»Das kann ich nicht beschreiben«, sage ich.

»Gibt es etwas, das du ihm gerne sagen würdest?«

Ich antworte nicht.

»Dass er dir fehlt, vielleicht«, sagt er. »Oder dass du wütend auf ihn bist.«

Ich spiele an meinem Piercing herum.

»Ich würde ihm gar nichts sagen«, antworte ich. »Er ist tot. Er kann mich nicht hören.«

»Was ist, wenn er dich doch hören könnte?«, fragt Dr. Falkstein. »Wenn er in diesem Moment mit uns in diesem Raum wäre?«

Ich stelle mir vor, wie Kristopher auf dem Fensterbrett sitzt und er seine Beine vor der Holzverkleidung der Heizung baumeln lässt. Sein schmutzig-blondes Haar ist so unordentlich wie immer. Und seine Augen funkeln. Er sieht wieder aus wie mein Bruder. Nicht wie die Hülle, die tot auf dem Boden lag. Sein Blick ist voller Schalk, sein Grinsen unverkennbar.

»Wenn er hier wäre«, sagt Dr. Falkstein noch einmal, »was würdest du ihm dann sagen?«

»Dass ich nie aufhören werde, ihn zu vermissen«, sage ich, und meine Stimme besteht nur aus Zittern, bevor sie bricht.

»Was noch?«, fragt Dr. Falkstein.

»Dass er etwas in mir kaputtgemacht hat, das man nie wieder reparieren kann.«

Ich versuche, nicht zu weinen. Aber ich weine. Ich atme abrupt ein und aus. Mein Hals ist eng und trocken.

»Ich würde ihm sagen, dass es mir leidtut, dass ich mich nicht richtig von ihm verabschiedet habe.«

Ich vergrabe das Gesicht in meinen Händen wie in einer Höhle. Das Licht ist rötlich und die Luft feucht von meinen Tränen. Ich sehe mich, wie ich im Türrahmen stehe und in Kristophers Zimmer schaue. Ich erinnere mich wieder. Die Bilder sind plötzlich wieder da. Wie ein Felsmassiv hinter einer Nebelwand. Mein Bruder lag im Bett, und sein Blick war leer und weit weg. Ich hätte ihn umarmen können, mich noch kurz zu ihm setzen. Aber ich habe einfach nur *Tschüss* gesagt. Nur *Tschüss*. Dann bin ich gegangen. Weil ich sauer auf ihn war. Weil ich wollte, dass er mitkommt zu Omas Geburtstag. Weil er mich genervt hat. Und dann war er tot.

Ich spüre eine Hand auf meiner Schulter. Sie ist angenehm schwer und warm. Ich schaue auf und wische mir die Tränen weg. Dr. Falkstein sitzt neben mir und hält mir eine Taschentuch-Box entgegen. Es ist dieselbe wie neulich. Und wieder ziehe ich zwei heraus und trockne mein Gesicht.

Dr. Falkstein geht zu seinem Sessel zurück, und mein Blick fällt aufs Fensterbrett, doch Kristopher ist nicht mehr da. Er ist bereits eine ganze Weile nicht mehr da.

Ich glaube, es wird Zeit, ihn gehen zu lassen.

Jacob

Luise war sehr schweigsam, als sie vorhin von der Therapie gekommen ist. Als wäre sie leer. Ich habe nicht gefragt, wie es war, ich habe einfach Gnocchi al Forno für uns gemacht. Nach dem Essen sind wir ins Wohnzimmer gegangen, und ich habe Luise in den Arm genommen. Da liegt sie auch jetzt noch. Ihr Gesicht auf meiner Schulter, ihr Arm auf meiner Brust. Die ganze Wohnung riecht nach Tomatensoße und geschmolzenem Käse. Luise mag geschmolzenen Käse. Ich koche gern Dinge, die sie mag.

Wir liegen zusammen auf dem Sofa und schauen den ersten Teil der Street-Food-Doku, von der ich Luise neulich erzählt habe. Es war ihr Vorschlag, sie anzugucken. Ich weiß nicht, ob sie ihr gefällt, weil ich ihr Gesicht nicht sehen kann. Ich spüre nur ihren regelmäßigen Atem und ihren Brustkorb, der sich gegen meinen drückt.

Als ich mich frage, ob sie vielleicht eingeschlafen ist, betritt Arthur das Zimmer. Er wirft erst einen Blick auf uns und dann auf den Fernseher. »Das ist jetzt nicht wahr«, sagt er und mustert mich ungläubig. »Wie oft willst du dir diese komische Doku eigentlich noch reinziehen?«

Ich beuge mich vor, greife nach der Fernbedienung und drücke auf *Pause*.

»Brauchst du irgendwas?«, frage ich genervt.

»Nicht wirklich«, sagt er. »Ich hatte nur Lust auf einen Film.«

»Wie gut, dass du einen zweiten Fernseher in deinem Zimmer hast«, antworte ich.

»War ja klar.« Er verdreht die Augen. »Kann ich dann wenigstens den Rest Gnocchi haben?«

Ich kann mir ein Lachen nicht verkneifen. Es ging ihm nicht eine Sekunde lang um die Doku. Er wollte auch keinen Film schauen. Er brauchte einfach nur einen Grund, das Essen abzugreifen.

»Klar«, sage ich, »er gehört ganz dir.«

»Das wollte ich hören«, sagt er zufrieden und fügt dann hinzu: »Euch beiden noch einen schönen Abend.« Er zwinkert uns zu und verschwindet im Flur. *Was für ein Idiot*, denke ich.

»Er wollte gar keinen Film sehen«, sagt Luise. »Er wollte nur dein Essen.«

Sie sitzt in Jogginghose und mit angezogenen Beinen neben mir. Und sie sieht nicht so aus, als hätte sie geschlafen.

»So ist es«, sage ich.

»Wollen wir weiterschauen?«, fragt sie.

»Möchtest du denn weiterschauen?«

Sie nickt, dann kriecht sie zurück zu ihrem Platz auf meiner Schulter. Ich lege meine Hand auf ihren Kopf und drücke *Play*.

Luise

Ich habe den zweiten Teil der Doku mehr oder weniger allein angeschaut. Jacob ist nach nicht einmal einer Viertelstunde eingeschlafen. Er schläft immer noch.

Der Abspann läuft. Ich nehme die Fernbedienung und spule zurück zu Minute fünfzehn, dann schaue ich den Abschnitt über Mexiko ein zweites Mal an. Ich hatte keine Ahnung, dass es dort einen »Tag der Toten« gibt. Ein Fest, das farbenprächtig und laut ist und seltsam fröhlich gefeiert wird. Von hier kenne ich nur Beerdigungen und das endlose Herunterbeten von Rosenkränzen. Die Hinterbliebenen tragen Trauer und setzen sich schwarz gekleidet auf harte Holzbänke, um immer wieder dieselben Sätze zu wiederholen. Sie tun es bis zur Erschöpfung. Bis kein Gedanke mehr möglich ist. Zumindest war das so bei Kristophers Beerdigung. Eine kalt-feuchte Kirche Anfang Februar. Traditionell und katholisch. Oma wollte es so. Ich fand es schrecklich. Nichts an dieser Zeremonie hatte etwas mit meinem Bruder zu tun. Ich glaube, ihm wäre es anders lieber gewesen. Andererseits, vielleicht war es ihm auch egal. Alles, was er wollte, war weg. Und er war weg.

Ich nehme mein Handy vom Couchtisch und google »Tag der Toten«. Das erste Ergebnis ist ein Wikipedia-Eintrag. Ich wähle ihn aus und überfliege den Text.

Kurz darauf weiß ich, dass der *Día de Muertos* einer der wichtigsten Feiertage in Mexiko ist. Und dass dahinter der Glaube steckt, dass die Geister der Toten einmal im Jahr zum Ende der Erntezeit aus dem Jenseits zurückkommen. Angeblich tun sie es, um ihre Hinterbliebenen zu besuchen. Zu diesem Anlass schmücken die Mexikaner ihre Städte und Friedhöfe mit Blumen und Totenköpfen. Alles ist bunt und laut. Der Tag der Toten ist keine Trauerveranstaltung. Im Gegenteil. Eigentlich ist es mehr wie ein Volksfest, bei dem Musik gespielt, getanzt und gegessen wird. Und nachts leuchten die Friedhöfe im Kerzenlicht. Es gibt viele verschiedene Traditionen, viele variieren von Region zu Region. Am schönsten finde ich den Brauch, dass man den Toten kleine Geschenke bei ihren Gräbern versteckt, damit sie sie, wenn sie wieder gehen, ins Jenseits mitnehmen können. Man hinterlässt ihnen ein paar von den Dingen, die sie im Diesseits geliebt haben.

Ich schaue zu Jacob, der neben mir liegt und schläft. Sein Gesicht ist völlig entspannt. Er atmet ruhig, und seine Halsschlagader pulsiert. Ich berühre sie sanft mit der Spitze meines Zeigefingers, dann lehne ich mich zurück und schließe die Augen.

Ich wünschte, es gäbe auch hier einen Tag der Toten. Es wäre schön, wenn Sterben weniger schwarz und bedrohlich wäre. Und nicht so schrecklich endgültig.

Ich glaube, ich könnte sehr viel besser damit leben, wenn zwischen heute und dem Tag, an dem ich Kristopher wiedersehe, kein ganzes Leben läge, sondern immer nur ein Jahr. Es wäre wie das Gegenteil von Geburtstag feiern. Bei diesem Gedanken muss ich lächeln. Und wenig später schlafe auch ich ein.

MITTWOCH, 3. MAI,
16:33 UHR

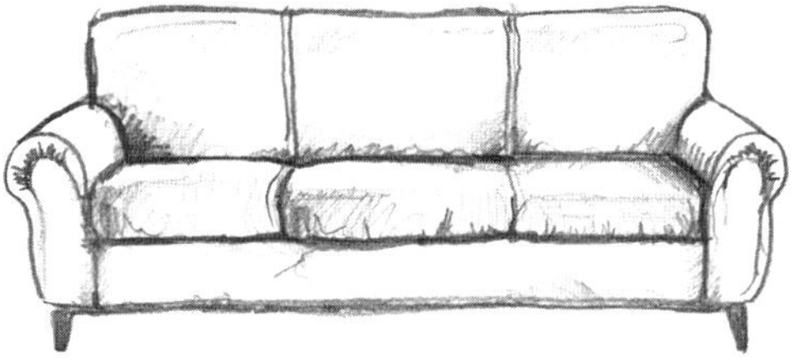

Luise

Ich sitze auf dem grünen Sofa bei Dr. Falkstein. Er ist am Telefon. Und während ich auf ihn warte und aus dem Fenster schaue, frage ich mich, warum es im Deutschen nur ein Wort für Himmel gibt. Man kommt in den Himmel, und der Himmel ist blau. Im Englischen kann man unterscheiden. Es gibt *sky* und *heaven*. Als wären es ganz klar zwei verschiedene Dinge. Ich wette, diese Tatsache hat Kristopher auch mal beschäftigt. Solche Sachen hat sonst er gedacht.

Die Sonne steht tief und wirft ihr warmes Licht an die Wände. Ich betrachte die Schatten. Unbeständig, halbdurchsichtig und ohne Substanz. So habe ich mich oft gefühlt. Als wäre ich nur ein Bruchteil von dem, was ich sein könnte. Mein Blick fällt auf den Hirsch auf seiner Lichtung. Auf sein erhabenes Geweih. Genauso hat mein Bruder sich früher immer vor mich gestellt, wenn jemand mich geärgert hat. Ich war schüchtern und unsicher, Kristopher war furchtlos. Zumindest hat es sich für mich so angefühlt. Ich musste mich nicht ändern, weil es meinen Bruder gab. Und dann gab es ihn plötzlich nicht mehr.

Ich weiß noch, wie ich am Morgen der Beerdigung im Badezimmer stand und in den Spiegel geschaut habe. In ein leeres Gesicht umrahmt von glatten Haaren. Fast schwarz. Wie dünne Vorhänge. Es war, als würde ich mich zum ersten Mal wirklich sehen. Schwach und klein mit einem Riss in der Seele. Und dann habe ich Kristophers Langhaarrasierer im Regal bemerkt. Er lag da, als hätte er auf mich gewartet. Die Länge war auf drei Millimeter eingestellt. Ich habe den Rasierer eingeschaltet, ihn angesetzt und mir den Kopf rasiert. Einfach so. Es war ganz leicht. Ein sauberer Schnitt zwischen vorher und nachher. Als wollte ich der Welt zeigen, dass ich nicht mehr dieselbe bin. Kein Schatten mehr. Ein neues Ich, das immer da war, tief verborgen in mir drin. Ich stand da und habe mich angesehen. Und da war nicht nur ich. In meinem Gesicht habe ich einen Hauch von Kristopher erkannt. Seit diesem Tag hat es sich anders angefühlt, ich zu sein. Als hätte die Schwäche wirklich mit meinen Haaren zu tun gehabt und nicht mit der Tatsache, dass ich mich hinter ihnen verstecke.

Eine Woche später habe ich mir das Piercing stechen lassen. Auch das war nicht geplant. Ich bin an dem Laden vorbeigekommen, stehen geblieben und reingegangen. Als sie nach meinem Ausweis gefragt haben, habe ich ihnen von meinem toten Bruder erzählt. Davon, dass er aus dem Fenster gesprungen ist. Danach wollten sie keinen Ausweis mehr sehen. Sie haben mir eine Nadel durch die Unterlippe gestochen, und ich habe den Schmerz genossen. Vielleicht, weil er so körperlich war und nicht seelisch. Ein Schmerz, der wieder vergeht. Wie bei der Tätowierung.

Die Tür geht auf, und Dr. Falkstein betritt den Raum. Er wirkt gestresst.

»Bitte entschuldige die Verspätung, Luise«, sagt er und setzt sich mir gegenüber auf seinen Sessel. »Ich hatte gehofft, es würde schneller gehen.«

»Kein Problem«, sage ich.

»Danke für deine Nachsicht.«

Es gibt tatsächlich Menschen, die so reden. Er sagt das wirklich. *Danke für deine Nachsicht.*

»Nun aber zu dir, Luise.« Er lehnt sich zurück und mustert mich. »Nach unserem letzten Gespräch warst du sehr aufgewühlt. Wie geht es dir heute?«

»Besser«, sage ich. »Es gibt nicht viel zu erzählen. Die meiste Zeit war ich zu Hause und habe gelernt.«

»Wo war deine Mutter?«, fragt er.

»Auf einer Fortbildung«, sage ich.

Dr. Falkstein runzelt wertend die Stirn.

»Sie hat versucht, sie abzusagen«, sage ich, »aber es ging nicht.«

Kurz wirkt er überrascht darüber, dass ich meine Mutter in Schutz nehme, doch er kommentiert es nicht.

»Kann ich Sie mal was fragen?«, frage ich.

»Selbstverständlich«, sagt er.

»Kennen Sie das Gefühl, dass man glücklich ist, obwohl man es nicht sein sollte.«

»Bist du denn glücklich?«, fragt er.

Ich nicke.

»Und warum solltest du es nicht sein?«

»Weil mein Bruder tot ist«, sage ich. »Wenn ich ihn wirklich so sehr geliebt habe, wie kann ich dann glücklich sein?«

»Der Zusammenhang stimmt so nicht«, sagt Dr. Falkstein. »Du bist ja nicht glücklich, *weil* er tot ist.«

»Das nicht«, sage ich. »Aber es fühlt sich irgendwie selbstsüchtig an, glücklich zu sein. Als wäre es falsch.«

»Es ist nie falsch, glücklich zu sein«, sagt er.

»Kann sein, aber …« Ich breche mitten im Satz ab. »Ich habe Schuldgefühle.«

»Wem gegenüber?«, fragt er.

»Meinem Bruder gegenüber«, sage ich.

»Nur, damit ich das richtig verstehe. Du hast Kristopher gegenüber Schuldgefühle«, sagt Dr. Falkstein. »Obwohl er sich umgebracht hat.«

»Ja«, sage ich.

»Das bedeutet also, dass du nicht glücklich sein darfst, weil er sich das Leben genommen hat. Richtig?«

»Nein«, sage ich, »nicht, weil er sich das Leben genommen hat, sondern weil er tot ist.«

»Aber er ist tot, weil er sich das Leben genommen hat«, sagt Dr. Falkstein. »Es war seine Entscheidung. Er wollte es so.«

»Ich weiß«, sage ich. »Das ändert nichts daran, dass ich ein schlechtes Gewissen habe.«

Dr. Falkstein lehnt sich zurück und sieht mich an. Ein paar Sekunden lang. Dann sagt er: »Du bist ein wirklich bemerkenswertes Mädchen, Luise.«

»Warum?«, frage ich.

»Das, was dein Bruder getan hat, gehört zu den selbstsüchtigsten Dingen, die ein Mensch tun kann. Und trotzdem hast *du* Schuldgefühle.«

»Sie haben keine Ahnung, was in Kristopher vorging«, sage ich. »Er hatte seine Gründe.«

»Natürlich hatte er die«, sagt Dr. Falkstein. »Genauso wie du deine Gründe hast, glücklich zu sein.« Er lehnt sich nach vorne und stützt die Ellenbogen auf seinen Knien ab. »Luise, es ist wichtig, dass du eine Sache verstehst. Du hast ein Recht darauf, glücklich zu sein.«

»Mir kommt es vor wie Verrat«, sage ich. »Es ist noch zu früh.«

»Wann wäre es denn nicht mehr zu früh?«, fragt Dr. Falkstein. »In sechs Monaten? In einem Jahr? In zwei?«

Ich zucke mit den Schultern. »Keine Ahnung«, sage ich.

»Luise, ich habe deinen Bruder nie persönlich kennengelernt.

Ich weiß nur das, was du mir von ihm erzählt hast. Und so wie ich das sehe, war ihm wichtig, dass du glücklich bist.«

»Haben Sie nicht eben noch gesagt, mein Bruder war selbstsüchtig?«

Er schüttelt den Kopf. »Was ich gesagt habe, war, dass das, was dein Bruder getan hat, zu den selbstsüchtigsten Dingen gehört, die ein Mensch tun kann. Das ist etwas anderes.«

»Es ist Wortklauberei«, sage ich.

»Nein, ist es nicht. Jemand, der sich umbringt, weiß für gewöhnlich genau, was er tut. Er ist sich im Klaren darüber, dass das, was er vorhat, anderen Menschen wehtun wird. Dein Bruder wusste das auch. Er hat es dir ja sogar noch geschrieben.«

Mein Herz schlägt schneller. Ich werde wütend. »Aber damit sagen Sie doch, dass er selbstsüchtig war. Dass er wusste, was er tut, und er es trotzdem getan hat. Genau das sagen Sie damit doch.«

»Der Akt als solcher war unglaublich selbstsüchtig«, sagt Dr. Falkstein. »Die Art, wie er es getan hat, war es nicht.« Pause. »Er hat versucht, es richtig zu machen.«

»Man kann es nicht richtig machen«, sage ich.

»Wie man es nimmt. Immerhin hat er einen Weg gefunden, dich noch eine Weile zu begleiten. Wenn du mich fragst, tut man das nur für jemanden, den man wirklich liebt«, sagt Dr. Falkstein. »Und wenn man jemanden wirklich liebt, dann will man, dass dieser Jemand glücklich ist.«

»Dann glauben Sie also nicht, dass er enttäuscht von mir wäre?«, frage ich.

»Nein, das glaube ich nicht.«

»Und Sie sagen das jetzt auch nicht nur, damit ich mich besser fühle?«

»Du wirst dich ohnehin erst besser fühlen, wenn du es selbst glaubst«, sagt er.

»Toll, und was ist, wenn ich es nie glaube?«

Dr. Falkstein lacht auf.

»Darf ich dich etwas fragen, Luise?«

Ich nicke.

»Wünschst du dir denn nicht, trotz allem, was passiert ist, dass dein Bruder glücklich ist, wo auch immer er jetzt sein mag?«

»Natürlich tue ich das«, sage ich.

»Und warum ist es dann so abwegig, dass er dasselbe für dich will?«

Jacob

Mein Blick fällt auf den gedeckten Tisch, dann auf die Uhr. Luise wird jeden Moment da sein.

»*Gott*, riecht das gut«, sagt Arthur andächtig, als er in die Küche kommt. »Was ist das?«

»Eine Überraschung für Luise«, sage ich, wasche die Petersilie und fange an, sie zu hacken.

»Also, wenn das so ist, bin *ich* Luise.«

Ich muss lachen. »Los, geh weg, Arthur, ich muss hier fertig werden.«

Er schaut mir sehnsüchtig über die Schulter. »Denkst du denn, dass es vielleicht ein paar Reste geben wird?«

»Es wird mehr als nur Reste geben«, sage ich. »Ich habe die doppelte Menge gemacht. Julia und du bekommt eure Portionen morgen.«

»Hab ich dir eigentlich schon mal gesagt, wie großartig du bist?«, fragt Arthur und wuschelt mir durch die Haare.

»Hör auf damit«, sage ich lachend. »Ich will keine Haare in der Petersilie.«

»Okay, okay, ich geh ja schon«, sagt er. »Ach ja, Andrea war vorhin da und hat die Wäsche gebracht. Ich habe dir deine Sachen aufs Bett gelegt.«

»Danke«, sage ich. »Wie geht's ihr denn?«

»Wie immer«, sagt er. »Ausgeglichen und fröhlich.«

»Beneidenswert« antworte ich.

Arthur geht in Richtung Flur, dann bleibt er noch einmal stehen und sagt: »Da war ein Brief für dich im Briefkasten.«

Ich lege das Messer zur Seite. »Was für ein Brief?«, frage ich.

»Er ist von ihr«, sagt Arthur.

Es ist nur ein Satz, aber ich atme anders. Meine Muskeln spannen sich an.

»Wirf ihn weg«, sage ich.

»Bist du dir sicher?«, fragt er. »Immerhin ist sie deine Mutter.«

»Sie ist auch deine Mutter«, sage ich.

»Nur biologisch. Meine echte Mutter ist Andrea.«

Das war immer der Unterschied zwischen uns beiden. Wir haben dieselbe Mutter, aber vollkommen verschiedene Leben. Auch Arthurs Vater ist gegangen – aber er hat ihn mitgenommen. In eine heile Welt. Vor drei Jahren haben Arthur und er dasselbe für mich getan. Und dafür bin ich ihnen dankbar. Aber eigentlich war es zu spät.

»Soll ich ihn wirklich wegwerfen?«, fragt Arthur ernst.

»Ja«, sage ich. »Ich will ihn nicht lesen.«

Ich weiche seinem Blick aus, spüre ihn aber noch. »Na gut«, sagt er nach ein paar Sekunden. »Du findest ihn im Mülleimer im Flur. Nur für den Fall, dass du es dir anders überlegst.«

Mit diesem Satz verlässt er den Raum. Im selben Moment piepst die Küchenuhr. Das Essen ist fertig.

Luise

Ich habe keine Ahnung, was genau ich gerade esse. Irgendwas aus dem Ofen. Ein Auflauf. Und er schmeckt einfach unglaublich. Nach Hackfleisch und Knoblauch und Karotten, Kräutern und Erbsen. In einer tomatig-würzigen Soße mit Kartoffelpüree und geschmolzenem Käse.

Ich schlucke runter und frage: »Was ist das?«

»Es nennt sich *Shepherd's Pie*«, sagt Jacob.

»Es schmeckt großartig«, sage ich.

»Danke, das freut mich.«

»Nein, ganz ehrlich«, sage ich, »es schmeckt absolut fantastisch.«

Jacob lächelt, doch seine Augen sind kühl. Wir sitzen zu zweit am Tisch und essen. Zwischen uns eine Kerze und angespannte Stimmung. Minuten vergehen ohne ein Wort. Ich versuche, mich auf den Geschmack zu konzentrieren, auf dieses warme weiche Gefühl in meinem Mund. Doch die Stille, die ich normalerweise so schätze, ist dieses Mal kaum auszuhalten. Sie ist wie eine Person, die man nicht um sich haben will.

Ich habe versucht, mir einzureden, dass alles in Ordnung ist. Aber eigentlich habe ich sofort gespürt, dass irgendwas nicht stimmt. Schon in dem Moment, als Jacob mir vorhin die Tür aufgemacht hat. Ich wollte ihn küssen, aber er hat mich nicht mal umarmt. Ich lege mein Besteck weg.

»Hab ich was falsch gemacht?«, frage ich vorsichtig.

Jacob schaut auf. »Nein«, sagt er, aber es klingt nicht wirklich überzeugend. Sein Blick fällt auf meinen Teller. »Willst du noch ein bisschen was? Es ist genug da.«

Eigentlich habe ich keinen Hunger mehr, aber Jacob ist schon aufgestanden, also sage ich: »Ja, gern.«

Er holt die Auflaufform aus dem Ofen und schneidet mir ein weiteres Stück ab. Dann kommt er an den Tisch zurück. Er lächelt. Und wieder ist es nicht echt.

Wir essen weiter, und alles ist still. Es läuft nicht mal Musik. Man hört uns atmen und schweigen. Und dazwischen Besteck auf Porzellan. Ich sehe immer wieder zu Jacob hinüber, doch der schaut nur stur auf die gemusterte Serviette neben seinem Messer. Es wirkt, als wäre er gar nicht da.

»Ist wirklich alles in Ordnung?«, frage ich nach einer Weile.

Er sieht mich an. »Ja«, sagt er, »ist es.« Und sein Tonfall klingt final.

»Du lügst«, entgegne ich. »Irgendwas stimmt nicht mit dir. Hab ich mich nicht genug über das Essen gefreut? Ist es das?« Pause. »Ich meine, hätte ich …«

»Es hat nichts mit dir zu tun«, fällt er mir ins Wort.

»Womit dann?«, frage ich.

Er legt genervt die Gabel zur Seite. »Ich will nicht darüber reden, okay?«

»Nein, es ist nicht okay«, antworte ich. »Sag mir, was los ist.«

Jacob steht auf und bringt seinen Teller zur Spüle. Er wendet mir den Rücken zu.

»Warum tust du das?«, frage ich. »Warum sprichst du nicht mit mir?«

Er ignoriert mich.

»Hey, ich habe dich was gefragt«, sage ich laut.

Ein plötzlicher Ruck geht durch Jacobs Körper, und er dreht

sich zu mir um. Mit einem harten Blick und einem angespannten Kiefer. Ich mustere ihn wie einen Fremden. Wie jemanden, der mich an jemanden erinnert, es aber nicht ist.

»Was ist los?«, frage ich. »Warum bist du so wütend?«

»Das geht dich nichts an«, sagt er. Er sagt es nicht laut, er schreit nicht. Seine Stimme ist ruhig und gleichmütig. Ich glaube, das ist das Schlimmste. Wie kontrolliert er ist.

Mein Hals wird eng. Ich schiebe meinen Stuhl zurück und stehe auf.

»Es geht mich nichts an?«, frage ich.

»Ich hatte dir gesagt, dass ich nicht darüber reden will.« Er klingt wie eine Maschine.

Ein paar Sekunden stehen wir einander reglos gegenüber. Wie bei eincm Duell. Ich frage mich, wer von uns beiden den entscheidenden Satz sagen wird. Den Satz, der einen von uns zum Sieger und den anderen zum Verlierer erklärt. Ich spüre meinen Herzschlag bis in die Fingerkuppen. Das Blut rauscht in meinen Ohren.

Und dann sage ich: »Mir ist immer wieder aufgefallen, dass ich so gut wie nichts von dir weiß.« Ich schlucke trocken. »Dass da so viele Leerstellen sind. Aber ich wollte es nicht sehen. Ich habe es einfach ignoriert und mir eingeredet, dass ich dich kenne.«

»Das tust du auch. Du kennst mich«, sagt Jacob und macht einen Schritt auf mich zu, doch der Tisch steht zwischen uns.

»Tue ich das?«, frage ich. »Bis vor ein paar Tagen wusste ich noch nicht mal, dass Arthur dein Halbbruder ist. Du hast es nie erwähnt.«

»Weil es keine Rolle spielt.«

»Ich weiß auch sonst nichts von deiner Familie. Und du weißt alles von meiner. Ich habe dir sogar die Dinge erzählt, die ich nicht sagen wollte.« Er weicht meinem Blick aus. »Sogar die, die richtig wehgetan haben, habe ich dir erzählt.« Dann sieht er mich wieder an. »Ich war vollkommen ehrlich zu dir, Jacob. Du warst das nicht.«

»Ich habe nicht gelogen«, sagt er.

»Nein, du hast ausgeklammert.«

Er schließt einen Moment die Augen und schüttelt den Kopf. »Weil das alles nichts mit dir zu tun hat.« Er klingt fast verzweifelt, als er das sagt. Als wäre es offensichtlich und ich zu dumm, es zu verstehen.

»Du lügst, ohne zu lügen«, sage ich.

»Ich verstehe nicht, was du meinst.«

»Das Kochen zum Beispiel. Du liebst das Kochen.«

»Jetzt kommt das schon wieder«, unterbricht er mich. »Du klingst schon fast wie Arthur.«

»Du hast so viel Talent, aber anstatt etwas daraus zu machen, verschwendest du lieber deine Zeit mit total idiotischen Jobs, die dich weder weiterbringen noch wirklich interessieren.«

»Es geht dich einen Schreißdreck an, womit ich mein Geld verdiene!«, spuckt er mir entgegen, und seine Stimme überschlägt sich. Die Wassergläser auf dem Tisch klirren. Ich sehe ihn an, sage aber nichts. »Nur weil ich dir ein, zwei Mal etwas von mir erzählt habe, heißt das noch lange nicht, dass du das Recht hast, dich in mein Leben einzumischen!«

Seine Worte liegen wie ein Echo in der Luft. Ein Nachgeschmack. Und sein schwarzer Blick ist voller Wut. Einen Moment bleibe ich reglos stehen, dann schlucke ich und schiebe den Stuhl ein Stück weiter zurück. Bei diesem Geräusch, ändert sich der Ausdruck in Jacobs Gesicht. Als würde er von woanders her wieder zu sich kommen. In seinen Augen liegt ein Anflug von Panik. Seine Lippen sind fahl.

»Ich sollte gehen«, sage ich und mache einen Schritt in Richtung Tür.

Er schneidet mir den Weg ab und hält mich an der Schulter fest.

»Nein, ich«, sagt er und bricht ab. Sein Blick bittet mich zu bleiben, aber ich will weg. »Es tut mir leid, das … das, was ich eben gesagt habe …« Er bricht wieder ab.

Ich schiebe sanft seine Hand weg, dann sage ich: »Ich will das so nicht.«

»Was willst du so nicht?«

»Ich will nicht mit jemandem zusammen sein, der mir nicht vertraut. Und du vertraust mir nicht.« Jacob will etwas sagen, aber ich schüttle nur den Kopf. »Du denkst vielleicht, dass du mir vertraust, aber du tust es nicht. Nicht wirklich.«

Sein Blick ist leer, als ich die Küche verlasse. Und ich bin leer. Doch leider nicht leer genug, um die Enttäuschung nicht zu spüren.

Jacob

Ich bin wütend, unendlich wütend. Auf alles. Aber vor allem auf mich. Auf das, was ich zu Luise gesagt habe. Ich habe es noch nicht mal so gemeint. Die Worte waren plötzlich da. Schneller als ich. Es war die Enttäuschung, die immer wieder kommt, egal, wie lange es her ist. Aber es hatte nichts mit ihr zu tun. Gar nichts. Luise konnte nichts dafür. Es war dieser beschissene Brief. Und die Tatsache, dass ich einfach nicht aufhören konnte, an ihn zu denken. Mich zu fragen, was sie geschrieben hat, obwohl ich es eigentlich längst weiß. Das, was sie immer schreibt. Wie kann sie noch immer so wichtig sein? Nach allem, was vorgefallen ist? Nach allem, was war. Dieses Miststück.

Ich starre auf das Muster der Serviette. Es zittert vor meinen Augen und verschwimmt. Ich habe vergessen, wie heiß Tränen sind, die von ganz unten kommen. Aus der Tiefe der Erinnerungen. Das letzte Mal ist lange her. Es war wahrscheinlich auch ihretwegen. Es ist immer ihretwegen. Meine Mutter ist wie eine Tretmine. Alles ist in Ordnung, solange man ihr nicht zu nahe kommt. Falls doch, ist danach nichts mehr so, wie es war.

Meine Nase ist verstopft, mir ist heiß. Ich bin so voll mit unterschiedlichen Empfindungen, dass es sich anfühlt, als würde ich jeden Moment reißen. Als wären es einfach zu viele – verklebt zu einem Klumpen, der immer größer wird. Ich bewege mich nicht, ich sitze einfach nur da. Die Tränen fallen aus meinen Augen auf die Serviette. Sie saugt sie auf und wellt sich.

Ich höre Schritte im Flur und halte den Atem an. Aber es ist eindeutig Arthur. Ich hatte gehofft, es wäre Luise. Dass sie doch nicht gegangen ist. Dass sie nur im Flur stand oder kurz im Badezimmer war. Aber sie ist weg.

»Jacob?«, sagt Arthur und legt tröstend seine Hand auf meine Schulter. Ich will aufhören zu weinen, aber es geht nicht. Ich höre Stuhlbeine über den Holzboden schrammen, Arthur streicht mir über den Rücken. »Was ist los? Was hast du?«, fragt er und setzt sich neben mich. Ich kann nicht antworten. Ich bin sogar wütend auf ihn. Hätte er mir nicht von dem Brief erzählt, wäre das alles nicht passiert. Ich weiß, dass das lächerlich ist und irrational. Und unfair.

Arthur steht auf. Ich will einfach nur, dass er geht. Dass er mich in Ruhe lässt. Aber das tut er nicht. Er tut nie das, was ich will. Immer nur, was er will.

»Hier«, sagt er, »trink das.«

Ich weiß nicht, ob es an dem Tonfall liegt oder an dem unmissverständlichen Befehl, doch ich schaue auf, nehme das Glas Wasser, das er mir entgegenhält, und trinke.

»So«, sagt Arthur dann. »Und jetzt sag mir, was passiert ist.«

Luise

Ich stehe genau zwischen Jacobs und meiner Wohnung. An derselben Ampel, an der wir schon mal zusammen standen. Frühmorgens. Hand in Hand. Damals hat er gefragt *Links oder rechts?,* und wir sind zu ihm gegangen. Und alles ist anders geworden. Besser. Jetzt wird es grün. Aber ich gehe nicht los. Ich bleibe stehen. Vielleicht sollte ich umkehren. Vielleicht habe ich überreagiert. Ich wünschte, ich hätte überreagiert.

Das Handy vibriert in meiner Hand. *Jacob*, denke ich und schaue aufs Display. Doch es ist keine Nachricht von Jacob. Es ist eine neue E-Mail. Absender: *futureme.org*.

Ich schlucke bei dem Anblick. Und dann frage ich mich, ob es die letzte ist. Der Abschied. Das Ende. Wenn es so ist, will ich es nicht wissen. Ich spüre meinen Puls direkt unter der Haut. Ich sehe ihn in meinen Augen.

Die Ampel schaltet auf Rot. Ich kann Kristophers Mail nicht hier lesen – irgendwo am Straßenrand. Aber ich kann auch nicht warten, bis ich zu Hause bin.

Ich blicke mich um. Hinter dem U-Bahn-Aufgang sehe ich eine Einfahrt, die in einen Innenhof führt. Ich gehe hinein. Kies knirscht unter meinen Füßen, hohe Bäume säumen den Weg. Und plötzlich ist es ganz ruhig. Kein Autolärm mehr, nur noch Vögel. Hinter dem Gebäude entdecke ich einen Teich mit Fischen, daneben eine weiße Bank. Der Lack ist abgeblättert, die Füße sehen aus wie Löwentatzen. Außer mir ist niemand da. Ich bin allein.

Futureme.org

An: luise.koenig@gmail.com

Alles neu macht der Mai

Meine liebe Lise,

ich habe ein Lied für dich gefunden. Das war schon irgendwann im letzten Jahr. Aber ich habe immer wieder vergessen, es dir zu zeigen. Es ist ein Klavierstück. Und ich weiß ja, wie sehr du Klavier liebst. Im Nachhinein betrachtet, passt der Titel perfekt – auf eine etwas morbide Art und Weise. Das Stück heißt »Look At The Mess I've Made« von Cherylin MacNeil. Es ist auf dem Soundtrack eines Films, den ich sehr beeindruckend fand. *Oh Boy* mit Tom Schilling. Hab ich dir noch von dem Film erzählt? Ich weiß es nicht mehr. Genug davon. Ich wollte nur sichergehen, dass ich dieses Mal daran denke, dir davon zu schreiben. Ich höre es gerade. Wenn du es jetzt auch anmachst, hören wir es gemeinsam. ☺

Ich öffne Spotify mit einem Kloß im Hals und einem brennenden Gefühl in der Brust. Meine Finger zittern, als ich den Namen des Klavierstücks eingebe. Ich vertippe mich drei Mal dabei. Sie zittern, als ich meine Kopfhörer anschließe. Und sie zittern, als ich auf Play drücke. Einzelne traurige Töne formen sich zu einem melancholischen Ganzen. Eindringlich und klagend. Tränen sammeln sich in meinen Augen. Ich weiß nicht, ob es an dem Stück liegt oder an der Vorstellung, dass mein Bruder genau diese Melodie gehört hat, als er diese Zeilen schrieb. Es ist alles auf einmal. Die schwermütige Stimmung, der Streit mit Jacob, die Angst, dass diese E-Mail Kristophers letzte sein wird. Ich schließe einen Moment die Augen und höre nur noch hin, blende den Rest aus, konzentriere mich auf meinen Atem und den Klang. Alles wird ruhig. Mein Kopf ist still. Dann öffne ich wieder die Augen, wechsle zum Mail-Programm zurück und lese weiter.

Du hast mich einen Steg weiter gebracht. Ich wusste, dass du auch diese Aufgabe erfüllen würdest, weil es eigentlich nie etwas gab, das du nicht für mich getan hättest. Ich glaube, ich habe mich nie wirklich dafür bedankt. Nie richtig. Ich bin dir unendlich dankbar, Lise. Ohne dich hätte ich es nicht geschafft. Weder im Leben noch nach dem Tod. Ich weiß das. Und ich will, dass du es auch weißt.

Ich nähere mich der anderen Seite. Ich kann sie von hier aus zwar noch nicht sehen, doch ich kann sie bereits spüren. Es wird wärmer und die Luft immer klarer.

Der Fährmann hat mich vorhin hier abgesetzt und ist weitergefahren. Die vorletzte Etappe ist die längste. Er wird also eine Weile weg sein. Bevor er abgelegt hat, hat er mir noch gesagt, was du als Nächstes zu tun hast. Ich werde dich nicht anlügen, Lise, diese Aufgabe wird dir nicht gefallen. Sie wird dir ganz und gar nicht gefallen. Aber sie ist wichtig. Es ist die vorletzte und die vielleicht schwierigste von allen. Dieses Mal bist du nicht allein damit. Mama wird dir helfen. Du hast den Vorteil, dass du schon geübt hast. Deine letzte Aufgabe war die Generalprobe, die Trockenübung für diese hier. Jetzt geht es an *mein* Zimmer. Oder sollte ich sagen, an das Zimmer, das niemandem mehr gehört und voll ist mit Abfall, von dem ihr euch nicht trennt.

Ich nehme an, du hast dich bereits gewundert, warum ich so viel weiße Farbe gekauft habe, so viel Abdeckplane und so viel Tape. Deswegen. Ihr habt bis Ende des Monats Zeit, um meine Sachen auszumisten. Alles muss weg. Zumindest fast. Ich habe den Fährmann überredet, dass jede von euch etwas von mir behalten darf. Als kleine Erinnerung. Anfangs war er dagegen, aber letzten Endes hat er zugestimmt. Nur, damit es keine Missverständnisse gibt, Lise: eine Sache, mehr nicht. Das ist der Deal. Sonst nimmt er mich nicht mit.

Ich weiß, dass das alles nicht leicht für euch wird, aber es sind nur Dinge. Sie sind nicht ich, sie gehören mir nicht mehr, und sie sind mir egal. Wenn ich ganz ehrlich bin, bin ich froh, wenn sie weg sind. Sie sind wie Spinnweben, die mich in meinem alten Leben festhalten. Die meisten Dinge braucht man nicht, Lise. Ich habe das zu spät verstanden. Aber du bist klüger als ich. Vielleicht begreifst du es jetzt schon.

Als ich vor ein paar Tagen auf dem Weg hierher war, saß ich in dem Ruderboot und habe nach unten geschaut auf den Grund der Welt. Auf die Lichter und auf dich. Es ist viel passiert, seit ich nicht mehr da bin. Einiges hat sich geändert – vor allem *du*. Du bist zu deiner Sonne geworden und hast aufgehört, mein Mond zu sein. Und das ist gut so, Lise. Du darfst mich in deinen Gedanken behalten, solange du willst, aber du darfst mich auch gern mal vergessen. Für ein paar Tage oder Wochen. Oder Monate. Oder noch länger. Ich weiß, dass du mich lieb hast. Wenn ich eines weiß, dann das.

Ich melde mich das nächste Mal Anfang Juni. Aber keine Angst, ich schaue auch so immer mal wieder bei dir vorbei. Vermutlich in deinen Träumen. Angeblich kommen Verstorbene am liebsten in Träumen zurück. Hast du das gewusst? Ich habe jetzt schon mehrfach davon gelesen. Bei näherer Überlegung ist es eigentlich ganz logisch. Ich kann mir keinen besseren Ort vorstellen, an dem man sich verabreden könnte, als an der Schwelle des Bewusstseins. Wir treffen uns einfach zwischen den Welten, Lise. Was meinst du? Ich werde da sein, wenn du mich brauchst.

Vermutlich irgendwo am Wasser. Dann schwimmen wir zusammen.

Ich hab dich wahnsinnig lieb, kleine Schwester. Daran kann auch der Tod nichts ändern.

Ich melde mich im Juni wieder.

Dein Kristopher

20:12 UHR, AM SELBEN TAG

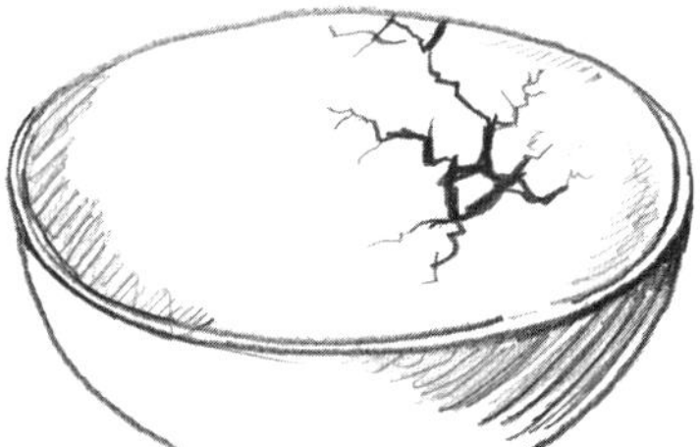

Jacob

Arthur holt zwei Flaschen Tegernseer aus dem Kühlschrank, macht sie auf und reicht mir eine davon. Ich würde ihm gerne sagen, was ich zu Luise gesagt habe, warum sie gegangen ist. Aber ich bringe es nicht über mich.

»Ich gehe jetzt einfach mal davon aus, dass du ihr nichts erzählt hast …«, sagt Arthur.

»Das stimmt nicht«, sage ich. »Sie weiß, dass mein leiblicher Vater Koch ist, dass er ein Restaurant in Berlin hat und dass ich ihm nie begegnet bin.« Ich trinke einen Schluck und füge dann hinzu: »Und sie weiß, dass Iris in Dachau wohnt.«

Arthur mustert mich erstaunt. »Es ist gut, dass du ihr davon erzählt hast. Das ist ein Anfang.«

»Ich hätte es ihr lieber verschwiegen«, sage ich.

»Aber das hast du nicht getan.«

»Nein.«

»Was hat dich davon abgehalten, ihr alles zu sagen?«, fragt Arthur.

»Ich hasse es, darüber zu reden«, sage ich. »Ich will nicht mal daran denken.« Denn wenn ich das tue, kommen die Bruchstücke zurück. Die Bilder und Gefühle eines Kindes, das sich bewusst an fast nichts erinnert und trotzdem nichts vergessen hat. Das ist der Bodensatz, der alles überdauert. Was wann passiert ist, verschwimmt mit der Zeit. Doch das, was wir gefühlt haben, bleibt gestochen scharf. Emotionen werden nicht blass.

Sie zeichnen uns. »Ich wünschte, ich könnte diese ganze Scheiße einfach hinter mir lassen.«

»Du solltest mit Luise darüber reden«, sagt Arthur.

»Auf keinen Fall. Ich will sie nicht zusätzlich belasten.«

»Sie könnte bestimmt besser mit dir umgehen, wenn sie die Wahrheit wüsste.«

»Das klingt ein bisschen so, als wäre ich gestört«, entgegne ich.

»Hör auf mit dem Blödsinn«, sagt Arthur. »Du bist einer der besten Menschen, die ich kenne, und das weißt du genau.« Er macht eine Pause. »Aber wenn man deine Geschichte nicht kennt, ist es fast unmöglich, dich zu verstehen.«

»Das weiß ich«, sage ich, »aber ich kann es ihr nicht erzählen.«

»Und warum nicht?«

»Weil ich mich in der Rolle des armen kleinen Jungen hasse, okay?«, fahre ich ihn an. »Ich will nicht, dass sie mich so sieht. Ich bin das nicht mehr. Ich bin nicht mehr so schwach.«

»Ist Luise denn in deinen Augen schwach?«

Ich schaue auf. »Was?«, frage ich gereizt. »Natürlich nicht.«

»Wenn du Luise nicht als schwach empfindest, warum sollte sie dich dann als schwach empfinden?«

»Weil ich es war.«

»Du warst ein Kind«, sagt Arthur. »Ein wehrloses Kind. Du kannst nichts dafür. Du hast nichts falsch gemacht.«

Ich versuche zu atmen, aber es fühlt sich so an, als würde ich nicht genug Luft bekommen. Als wäre mein Brustkorb zu eng.

Ich hatte immer blaue Flecken. Sie waren fast schwarz. Meine Mutter hat allen erzählt, ich wäre ein Wildfang. *So sind Jungs eben,* hat sie gesagt. Ich war nicht so. Ich konnte so still sein, dass niemand mich bemerkt hat. So still, als wäre ich gar nicht da. Als gäbe es mich nicht.

Manchmal brennen die Erinnerungen in mir wie ein Feuer. Von ganz unten bis in mein Bewusstsein. Die Gegenwart legt sich in Schichten darüber. Wie Sediment. Wie eine Decke, die versucht die Vergangenheit zu ersticken. Doch irgendwo im Verborgenen glimmt sie weiter. Die meiste Zeit spüre ich es nicht, doch dann kommt ein Anruf von ihr. Oder ein Brief, in dem sie schreibt, wie leid es ihr tut, in dem sie schreibt, dass sie mich lieb hat und wie viel sie an mich denkt. Dass sie sich noch eine Chance wünscht. Nur eine letzte Chance.

Diese leeren Worte sind wie ein plötzlicher Luftzug, der die Flammen mit Sauerstoff versorgt.

Und dann beginnt alles von vorn.

Luise

Mama ist zurück von ihrer Fortbildung. Als ich die Wohnungstür aufschließe, sitzt sie auf ihrem Koffer im Flur. Ihre Schuhe hat sie noch an. In der einen Hand die Hausschlüssel, in der anderen das Handy. Sie sieht auf. Ihre Augen sind glasig und rot.

»Du hast seine E-Mail bekommen«, sage ich.

Sie nickt und wischt sich die Tränen von den Wangen, aber da kommen bereits die nächsten. Auf einmal wirkt sie ganz klein und verloren, wie sie da auf ihrem Koffer sitzt. Als würde sie am liebsten fliehen und alles hinter sich lassen.

»Wenn wir sein Zimmer ausräumen«, sagt sie, und ihre Stimme bricht, »dann ist er wirklich weg.«

»Er ist schon lange wirklich weg«, sage ich.

Sie schluchzt los. Und ich schließe die Wohnungstür hinter mir.

SAMSTAG, 6. MAI, 17:41 UHR

Luise

Wir haben frühmorgens angefangen, Kristophers Zimmer auszuräumen. Um kurz nach sieben. Wir waren müde, aber es schien so, als wollten wir es beide so schnell wie möglich hinter uns bringen. Wie eine schmerzhafte Prozedur beim Zahnarzt oder als würden wir an einer Studie teilnehmen, die das menschliche Verhalten in emotionalen Stresssituationen untersucht. Meine Mutter und ich, abgeschnitten vom Rest der Welt. Zwei Fremde, die sich eigentlich kennen, eingesperrt in einem Zimmer, das sie an alles erinnert, woran sie nicht erinnert werden wollen. Wir waren höflich und zuvorkommend und bemüht. Es war fürchterlich.

Sie: Womit möchtest du anfangen?

Ich: Ist mir egal. Wie es dir lieber ist.

Sie: Nein, wie es dir lieber ist.

Ich: Ich weiß ehrlich gesagt nicht, wo ich anfangen soll.

Sie: Was hältst du davon, wenn du den Schrank nimmst und ich den Schreibtisch.

Pause.

Sie: Wir können es aber auch sehr gerne umgekehrt machen. Mir ist wirklich beides recht.

Letzten Endes haben wir einfach irgendwo angefangen. Ich weiß nicht mehr wo. Jede für sich. Wir haben kaum miteinander gesprochen. Jetzt sitzen wir auf einem leeren Stück Boden inmitten des Chaos und essen belegte Brote. Ich versuche, nicht an

Jacob zu denken, aber ich denke an ihn. Er hat sich nicht bei mir gemeldet. Und ich mich nicht bei ihm. Ming meinte, ich soll ihm Zeit geben. Mein Bauchgefühl sagt, ich soll ihn anrufen.

Mama legt ihr Sandwich auf den Teller und greift in eine der offenen Schreibtischschubladen neben sich.

»Das ist jetzt schon die siebte alte Fernsehzeitung, die ich finde«, sagt sie kopfschüttelnd und zeigt mir die April-Ausgabe einer *Hörzu*-Zeitschrift aus dem Jahr 2012. Es lief *Jurrassic Park*. Bei diesem Anblick muss ich schmunzeln. Ich kann nicht anders. Das ist so sehr mein Bruder. »Kristopher hat wirklich nichts weggeschmissen. Nicht mal Kassenzettel.«

»Ich glaube, er hat das alles gar nicht wahrgenommen«, sage ich.

»Ich wünschte, ich würde es auch nicht wahrnehmen«, sagt sie, und ich muss lachen. »Ganz ehrlich, das ist ja kaum auszuhalten.«

»Es kommt mir fast so vor, als hätte er das absichtlich gemacht«, sage ich.

»Du denkst, er hat das alles gehortet, damit wir etwas zum Wegwerfen haben?« Sie hebt fragend die Augenbrauen und zeigt auf die Fernsehzeitung. »Seit 2012?«

»Okay«, sage ich und verkneife mir ein Lächeln, »das ist wohl eher unwahrscheinlich.«

Meine Mutter greift nach ihrem Brot und beißt noch einmal ab.

»Weißt du, wovor ich Angst habe?«, sage ich.

Sie runzelt die Stirn. »Nein, wovor?«, fragt sie mit vollem Mund.

»Vor den Dingen, die nicht nur Abfall sind, die wir nicht aufheben dürfen.«

Sie trinkt einen Schluck und hält mir die Wasserflasche entgegen.

»Wir dürfen aufheben, was immer wir wollen«, sagt sie. »Es gibt da keine Regeln.«

»Doch«, antworte ich und nehme ihr die Flasche ab, »die gibt es.«

»Nein.« Ihr Tonfall ist ernst. »Kristopher war mein Sohn, und ich darf von ihm behalten, was immer ich will. Und dasselbe gilt für dich.«

»In seiner E-Mail stand, dass jede von uns nur eine Sache behalten darf«, sage ich. »Hat er dir das nicht geschrieben?«

»Doch, das hat er«, sagt sie. »Aber das ist nicht mehr seine Entscheidung. Kristopher hat seine getroffen, und wir treffen unsere.«

Ich weiche ihrem Blick aus. Sie hat recht. Ich weiß, dass sie recht hat. Mit allem. Kristopher ist tot, und er hat nicht nach unserer Meinung gefragt.

»Ich werde trotzdem nur eine Sache aufheben«, sage ich schließlich und schaue hoch.

Sie wirkt irritiert. »Warum?«, fragt sie.

»Weil das alles nicht mehr seine Sachen sind, sondern nur noch Sachen. Und weil …«

Ich breche den Satz ab.

»Und weil?«, fragt sie.

»Der Grund ist albern«, sage ich.

»Findest du den Grund albern, oder denkst du, dass ich ihn albern finden könnte?«

»Ich glaube, du findest ihn albern.«

»Und wenn schon«, sagt sie. »Für dich ist es ein Grund.« Pause. »Also, warum noch?«

»Ich weiß, dass das verrückt klingt«, sage ich, »und wahrscheinlich gibt es keine Zwischenwelt und auch keine andere Seite. Und vermutlich ist Kristopher einfach tot, und es ist total egal, ob wir dieses blöde Zimmer ausräumen oder nicht.« Ich spiele mit der Zunge an meinem Piercing herum. »Aber was, wenn es doch eine andere Seite gibt? Und wenn er wirklich auf dem Weg dorthin ist und nie ankommt, nur weil wir uns nicht an die Regeln halten?«

Meine Mutter mustert mich. Es ist ein Blick, den ich nicht recht einordnen kann. Irgendwo zwischen *Bitte nicht sie auch noch* und *Was ist, wenn sie recht hat?*

»Glaubst du das denn?«, fragt sie nach einer Weile.

»Ich weiß nicht, was ich glaube«, sage ich. »Aber ich glaube nicht, dass Menschen nur Zellen sind, die sterben. Ich glaube, dass danach etwas passiert.« Ich schlucke. »Vielleicht will ich das aber auch einfach nur glauben.«

Es entsteht eine längere Pause, dann sagt sie: »Okay. Wir halten uns daran. Jede nur eine Sache.«

»Wirklich?«, frage ich.

»Wirklich«, sagt sie. »Komm schon. Lass uns weitermachen.«

Jacob

Ich habe den Brief meiner Mutter nicht gelesen. Ich habe sie alle gelesen. Jeden einzelnen. Aber diesen nicht. Weil er nichts ändert. Meine Mutter ist eine schwache Frau, und das wird sie immer sein. Und ich werde sie trotzdem lieben.

Ich bin in den Flur gegangen, habe den Brief aus dem Abfalleimer gefischt und ihn dann im Spülbecken angezündet. Es war schön, der Flamme dabei zuzusehen, wie sie das Papier langsam auffrisst. Nach ein paar Sekunden waren ihre Worte weg. Übrig geblieben ist nur Asche.

Danach haben Arthur und ich zusammen aufgeräumt und dabei kein Wort gesprochen. Irgendwann kam Julia dazu. Wir saßen zu dritt bis spät in die Nacht in der Küche und haben über Dinge geredet, über die ich sonst nie rede. Über die Liebe. Und Luise. Über das, was sie gesagt hat. Und was ich gesagt habe. Ich habe nichts ausgelassen. Ich habe ihnen die ganze ungeschönte Wahrheit gesagt.

Arthur und Julia haben *Shepherd's Pie* gegessen und mir zugehört. Sie haben genickt und den Kopf geschüttelt, mir gut zugeredet und mich ermutigt. Sie haben mich verstanden. Sie haben nicht nur so getan.

In dem Moment wurde mir klar, dass ich eine Familie habe. Einen großen Bruder, der so viel mehr ist als halb, und Julia, bei der es sich anfühlt, als würde ich sie schon viel länger kennen. Und dann noch Luise. Immer wieder Luise.

Luise

Meine Mutter und ich arbeiten uns durch die Schichten wie Archäologen. Oder Minensucher. Wir wissen, dass wir auf irgendetwas stoßen werden, wir wissen nur nicht wann.

Ich ziehe die Schublade des Nachtkästchens auf. Ganz langsam, als würde ich erwarten, jeden Moment eine Bombe darin zu finden, die ich durch das Öffnen mechanisch auslöse. Aber da ist keine Bombe – zumindest auf den ersten Blick. Obenauf liegen drei CDs: *Loc-ed After Dark* von Tune-Loc, *Vulture Street* von Powderfinger und *Get Born* von Jet. Ihr Anblick brennt in meinen Augen wie beißender Qualm, den man nicht sehen kann. Es gibt Explosionen, die alles in Schutt und Asche legen, und es gibt welche, die augenscheinlich nichts zerstören. Elektromagnetische Bomben. Nach außen hin ist nichts passiert, aber in Wirklichkeit bricht alles zusammen. Ich starre auf die drei Alben, mit denen mich mein Bruder fast in den Wahnsinn getrieben hat. Wenn es ihm gut ging, liefen sie ständig. Tagelang. Ununterbrochen von morgens bis abends. Er hat erst auf *Stopp* gedrückt, wenn er ins Bett gegangen ist. Manchmal nicht mal dann.

Ich hole die Jet-CD aus der Schublade. Das kalte Plastik liegt in meinen Händen wie ein weiterer wertloser Gegenstand. Aber er ist es nicht. Er hat meinem Bruder etwas bedeutet. Kristopher hat dieses Album geliebt. Ich drehe die Hülle um und betrachte die Titel. Lied Nummer zwei war *sein* Lied. Er konnte nicht stillsitzen, wenn es lief. Als würde die Musik ihn infizieren. Ich erinnere mich daran, wie mein Bruder zu diesem Song getanzt hat. Mit geschlossenen Augen und ausgestreckten Armen. Als wäre er ganz allein auf der Welt. Ich erinnere mich noch genau an sein Lächeln. Es war nicht für jemand anders bestimmt, nur für sich selbst. Für den Moment.

Die Erinnerungen an meinen Bruder explodieren ganz tief in meinem Inneren, irgendwo zwischen den Organen. Der Schmerz ist körperlich. Wie ein dumpfer Schlag. Tränen laufen über mein Gesicht. Doch ansonsten merkt man mir von außen nichts an. Meine Mauern halten stand.

»Was hast du da?«, fragt meine Mutter und setzt sich neben mich auf die Bettkante. Ich wische mir über die Wangen und reiche ihr wortlos die CD.

Sie atmet hörbar ein. »Mein Gott«, sagt sie. »Die hat er so oft gehört.« Sie schluckt angestrengt, dann schüttelt sie den Kopf. »Er hat mich mit diesem einen Lied zu Tode genervt.«

»Mich auch«, sage ich mit belegter Stimme. »Denkst du, diese drei Alben gelten als eine Erinnerung?«

»Ich würde sagen, ja«, sagt sie.

Und dann legt sie mir vorsichtig den Arm um die Schulter, als wüsste sie nicht, wie ich darauf reagieren werde. Im ersten Moment weiß ich es selbst nicht. Im zweiten lege ich meinen Kopf auf ihre Schulter. Ein paar Sekunden lang bleiben wir so sitzen. In einem Augenblick der echten Nähe.

Kein anderer Mensch kann verstehen, wie ich mich gerade fühle – nur meine Mutter.

19:47 UHR,
IMMER NOCH SAMSTAG

Luise

Wir haben Kristophers Zeichnungen gefunden. Eine ganze Mappe voll. Sie waren in einer Schublade – und wir nicht darauf gefasst. Es war wie zuvor bei den CDs. Nur noch ein bisschen schlimmer, weil es dieses Mal wirklich ein Stück von ihm war.

Mama hat seine Bilder eine Weile einfach nur angestarrt. Ich glaube, sie hat sogar aufgehört zu atmen. Dann hat sie sich an der Schreibtischplatte festgehalten und ist langsam zu Boden gegangen. Als wäre sie schwer verletzt. Und dann hat sie so geweint, dass mein Herz wehgetan hat. Ich habe noch nie jemanden so weinen sehen. So verzweifelt. Es war wie ein Damm, der bricht. Ich stand neben ihr und sie neben sich. Sie überwältigt und ich überfordert. Und dann bin ich in die Hocke gegangen und habe sie umarmt. Ganz fest. Mit beiden Armen, während sie sich in Tränen aufgelöst hat.

Jeder Mensch geht anders mit Trauer um. Dr. Falkstein hat in einem unserer Gespräche mal gesagt, es hat etwas mit Resilienz zu tun – der Fähigkeit, sein inneres Gleichgewicht wiederzufinden. Meine Mutter hat über Monate hinweg alles geschluckt. Sie hat jedes Gefühl in sich vergraben und die Wahrheit verdrängt. Doch in dem Moment, als sie die Mappe gefunden hat, kamen sie zurück. Alle auf einmal. Kristophers Zeichnungen sind noch da, aber ihn gibt es nicht mehr. Er ist weg. Er hat alles hinter sich gelassen. Erinnerungen, uns, seine Skizzen und Entwürfe. Es ist wie mit den Höhlenmalereien der Menschen, die lange vor uns existiert haben und inzwischen längst tot sind. Ihre Bilder beweisen, dass es sie einmal gab. Dass sie gelebt haben. Dass sie hier waren. Wir haben heute die meines Bruders ausgegraben. Und mit ihnen Mamas verschüttete Gefühle.

Jacob

Es könnte ein schöner Abend werden, wäre da nicht meine Laune. Seit Luise gegangen ist, fühle ich mich verkatert. Als wäre ich angeschlagen. Ich habe bestimmt vierzig Mal angefangen, ihr zu schreiben, aber keine der Nachrichten abgeschickt. Letzte Nacht habe ich von ihr geträumt. Ich weiß nicht mehr genau was, aber als ich aufgewacht bin, dachte ich für einen kurzen Moment, sie läge neben mir. Doch ihre Bettseite war leer. Früher gab es bei mir keine Bettseiten. Nur mein Bett. Und ich lag in der Mitte. Jetzt liege ich links.

Die Garnelen köcheln in einer cremig-tomatigen Soße vor sich hin. Ich gebe noch einen Schluck Fischsud hinzu und die Kirschtomatenhälften, dann probiere ich einen Löffel. Es fehlt nur noch ein bisschen frischer Basilikum. Und etwas Pfeffer. Dann ist sie fertig. Ich lege ein Tagliatelle-Nest nach dem anderen vorsichtig ins kochende Wasser und stelle zehn Minuten auf der Küchenuhr ein.

In einer halben Stunde kommen Walter und Andrea zum Abendessen, und ich habe keinen Hunger. Trotzdem war die Aussicht auf dieses Essen der einzige Grund, heute Morgen überhaupt aufzustehen.

Ich bin zum Viktualienmarkt gefahren und habe Obst, Gemüse, frische Garnelen und Baguette gekauft. Den restlichen Tag stand ich dann in der Küche und habe Antipasti gemacht. Bruschetta, Büffelmozzarella mit Tomaten, Parmaschinken mit

Honigmelone, gegrilltes Gemüse und gratinierte Miesmuscheln. Ich hatte eindeutig zu viel Zeit. Aber Walter liebt italienische Vorspeisen. Und was übrig bleibt, wird Arthur vernichten. Gutes Essen wird in diesem Haus nicht schlecht.

Ich wünschte, Luise würde kommen. Ich wünschte, sie würde mit uns essen. Und ich wünschte, ich hätte die richtigen Worte, um ihr zu erklären, was in mir vorgeht. Und um mich bei ihr zu entschuldigen.

Luise

Mama und ich haben einen Spaziergang gemacht. Nicht besonders lang. Nur zwanzig Minuten. Wir sind schweigend nebeneinander hergegangen, wie zwei halbe Menschen, die sich gegenseitig stützen. Ich war froh, dass sie da war.

Als wir wieder in der Wohnung waren, hat Mama mich gefragt, ob sie die Zeichnungen als Erinnerung behalten darf. Ich habe an die kleinen Fische in meinem Nacken gedacht und genickt. Ich glaube, Kristopher hätte es so gewollt. Danach haben wir weiter sein Zimmer ausgeräumt. Vertieft in Gedanken und Stille. Es war andächtig. Wie ein Ritual. Der frühe Abend wurde langsam später und der Raum immer leerer.

Der Vorteil daran, in einem Haus mit so vielen Parteien zu wohnen, ist, dass man heimlich sehr viel Müll entsorgen kann, ohne dass jemand etwas merkt oder weiß, wer es war. Dieses Mal waren es wir.

Wir haben gerade weitere fünf Tüten nach unten gebracht und uns alle paar Sekunden über die Schultern geschaut wie Einbrecher.

Jetzt sind wir wieder in der Wohnung. Es riecht nach aufgewirbeltem Staub und Vergangenheit. Mama geht in die Küche und holt uns etwas zu trinken, ich gehe in das Zimmer meines Bruders und sehe mich um. Der Kleiderschrank und das Bücherregal sind leer. Der rechte Schubladen-Container des Schreibtisches auch. Der linke wartet noch.

Es tut gut und gleichzeitig weh, Kristopher aus seinem Zimmer verschwinden zu sehen. Die Spinnweben zu entfernen, die ihn hier festgehalten haben.

Ich setze mich im Schneidersitz vor Kristophers Schreibtisch und öffne die unterste Schublade. Und dann finde ich endlich, was ich die ganze Zeit über finden wollte. Wovon ich insgeheim befürchtet hatte, dass sie das Einzige sein könnten, das er nicht aufgehoben hat. Aber er hat sie aufgehoben.

Seine Notizbücher.

Luise

Es sind fünf Bücher randvoll mit Wörtern. Mein Bruder hat sie über Jahre hinweg gesammelt. Ich schlage das oberste auf und gleite mit den Fingerkuppen über die Einkerbungen, die die Mine des Kugelschreibers hinterlassen hat, dann blättere ich durch die Seiten. Sie wellen sich nach außen hin und machen dieses knisternde Geräusch, das Papier nur macht, wenn es zu fest von Hand beschrieben wurde.

Kristopher hat Hunderte von Wörtern aufgeschrieben. Ganz unterschiedliche und komplett durcheinander. Diese Notizbücher sind wie sein Fingerabdruck. Ein Spiegelbild seiner Gedanken, seines manischen Ichs. Neben einigen Einträgen stehen Definitionen und Erklärungen, neben anderen nicht. Seine Schrift ist mal gut leserlich, mal gehetzt und geschmiert. Aber es ist immer dasselbe Blau. Kristophers Blau. Ja, mein Bruder war manisch. Und er war depressiv. Und er war großartig.

Mama betritt den Raum, in jeder Hand ein Glas mit Eiswürfeln. Der Duft von Minze erreicht mich, kurz bevor meine Mutter es tut. Sie setzt sich neben mich und gibt mir einen Eistee, dann fällt ihr Blick auf die vielen Wörter, und sie lächelt.

»Ich habe mich schon gefragt, wo diese Bücher geblieben sind«, sagt sie und blickt mir über die Schulter. Ihre Augen wandern über das Papier. Sie sind geschwollen, und ihre Nase ist rot. Als wäre sie allergisch. Sie betrachtet die vollgeschriebenen Seiten. »Er war ein seltsamer Junge«, sagt sie nach einer Weile.

»Schon als er klein war. Ganz anders als die anderen Kinder.« Sie macht eine Pause. »Das hat sich geändert, als du geboren wurdest.« Sie lacht kurz auf und sieht mich an. »Dich hat er sofort gemocht. Vom ersten Moment an. Ihr zwei hattet schon immer eine ganz besondere Verbindung.« Sie macht noch eine Pause, dann fügt sie hinzu: »Ich glaube, die habt ihr noch.«

Wir blättern durch die Bücher. Seite für Seite. Ich lese *Gefrierbrand, Holzeisenbahn, Selbsthilfegruppe, Wahlpflichtfach, Doppelhaushälfte*. Und darunter:

jemanden festnehmen (inhaftieren) vs. jemanden fest nehmen (hart rannehmen im Bett)
zusammenkommen (sich treffen) vs. zusammen kommen (zur selben Zeit einen Orgasmus haben)
gut zu Vögeln sein (tierlieb) vs. gut zu vögeln sein (gut im Bett)

Als Jacob und ich gestritten haben, habe ich behauptet, dass ich immer ehrlich zu ihm gewesen bin, aber das stimmt gar nicht. Ich hätte ihm diese drei Beispiele problemlos nennen können, als er mich danach gefragt hat. Ich habe mich genau an sie erinnert. Es war mir nur zu peinlich, sie laut auszusprechen.

Ich denke an Jacob und frage mich, wie es ihm wohl geht. Und was er macht.

Er fehlt mir.

Jacob

Walter hat Wein mitgebracht, Julia eine Nachspeise und Arthur die passende Musik. Erst lief der Soundtrack von *Der Pate*, inzwischen läuft »L'italiano« von Toto Cutugno.

Wir sitzen zu fünft am Küchentisch, der so voll beladen ist, dass ich mich frage, wann seine Beine nachgeben werden. Keiner spricht, alle essen. Ich mag den Gesichtsausdruck, den Menschen bekommen, wenn sie etwas wirklich genießen. Diesen Moment, wenn sie die Augen schließen und ganz still werden. Es ist wie eine Sprache, die nur der Gaumen versteht, die alles andere kurzzeitig ausschaltet.

Walter greift nach einer weiteren gratinierten Miesmuschel. »Es tut mir leid, wenn ich mich wiederhole«, sagt er und schaut zu mir, »aber Junge, du bist einfach begnadet.«

Arthur tunkt ein Stück Baguette in ein Schälchen mit Öl und Salz und sagt: »Mach ihm lieber keine Komplimente, Papa. Das kann er gar nicht leiden.«

»Wirklich nicht?«, fragt Andrea erstaunt. »Gibt es dafür denn einen Grund?«

»Er wird sauer, wenn man ihm sagt, wie fantastisch er kocht und dass er etwas aus seinem Talent machen sollte«, antwortet Arthur, bevor ich dazu komme, etwas zu sagen. »Glaub mir, ich weiß, wovon ich spreche. Wir streiten seit Jahren deswegen.«

»Ich koche wirklich gern«, sage ich und schaue genervt in Arthurs Richtung. »Ich will nur kein Koch werden, das ist alles.«

»Siehst du diesen Blick«, sagt Arthur zu Andrea und zeigt auf mich. »Ich sagte doch, es macht ihn sauer.«

»Also, ich finde dein Essen ganz ausgezeichnet, Jacob«, sagt Andrea.

Walter mustert mich mit gerunzelter Stirn. Ich weiß, was er denkt. Er kennt meine Mutter und die ganze Wahrheit. Er weiß, dass ich als Kind angefangen habe zu kochen, weil Iris mir fast nie etwas gemacht hat. Sie hat es einfach vergessen. Peters Bier hat sie nie vergessen. Bei uns zu Hause gab es fast nur Dosen und Toastbrot. Ich habe einen Teil meines Taschengelds für Essen ausgegeben. Wenn ich gekocht habe, hat sie mich ab und zu gelobt. Das hat sie sonst nie getan. Irgendwann hat sie mir dann erzählt, dass mein Vater gekocht hat. Da war ich fünfzehn. Sie stand im Türrahmen und hat gesagt: *Ich glaube, das war damals einer der Gründe dafür, warum ich mich in ihn verliebt habe.* In dem Moment habe ich mir geschworen, dass ich niemals Koch werde. Davor war es mein Traum.

21:12 UHR,
IMMER NOCH SAMSTAG

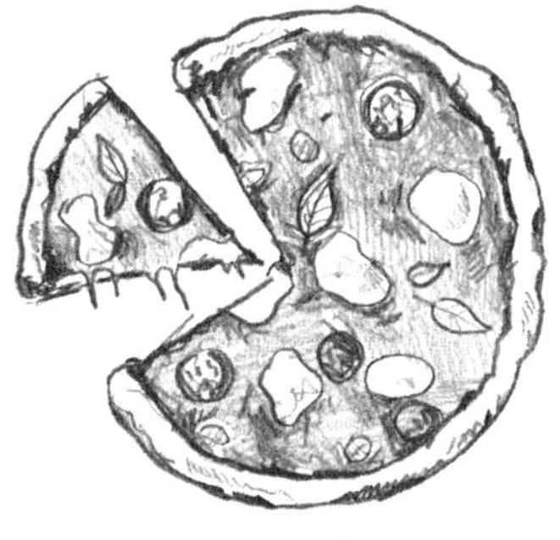

Luise

Es ist dunkel geworden, und das Zimmer ist leer – bis auf die Möbel. Sie sind das Einzige, was übrig ist. Sie und die Schatten an den Wänden. Ich stehe mitten im Raum und schaue mich um, und in meinem Verstand schwirren Wörter wie Mücken in der Nacht.

Fingerspitzengefühl, Geborgenheit, serendipity, natsukashii.

Natsukashii mag ich besonders. Es ist japanisch und bedeutet so etwas wie Nostalgie. Aber es ist mehr als das. Es ist dieses Gefühl, das in uns wach wird, wenn wir uns an etwas Liebgewonnenes erinnern, das lange her ist. Wie zum Beispiel ein Gericht, dass man als Kind sehr gemocht und seitdem nicht mehr gegessen hat. Isst man es nach Jahren wieder, bekommt man beim Essen dieses ganz bestimmte warme Gefühl. Dasselbe Gefühl, das man als Kind schon hatte. Das ist natsukashii. Eine Erinnerung, die wir genauso empfinden wie damals. Als wäre keine Zeit vergangen. Auch Orte können natsukashii sein. Oder Gerüche. Für mich ist es natsukashii, wenn ich Milch rieche, ganz kurz bevor sie kocht, weil Kristopher und ich als Kinder immer Schokoladenpudding gemacht haben. Oder wenn ich Michael Jackson höre. Oder bunte Putzhandschuhe sehe. Natsukashii ist ein gutes Wort für ein noch besseres Gefühl.

»Also, ich weiß ja nicht, wie's dir geht«, sagt meine Mutter, als sie wieder ins Zimmer kommt, »aber ich bin am Verhungern. Was hältst du von Pizza?«

»Klingt gut«, sage ich.

»Pizza Verde?«, fragt Mama.

Ich nicke und antworte: »Das wird natsukashii.« Doch ich glaube, meine Mutter versteht mich nicht. Kristopher hätte es verstanden.

Wir gehen in den Flur. Ich fühle mich staubig und eklig. Hätte ich nicht so großen Hunger, würde ich noch duschen. Mama klimpert mit den Hausschlüsseln herum, ein eindeutiges Zeichen dafür, dass ich mich mit dem Schuheanziehen beeilen soll.

Also binde ich mir schnell die Schnürsenkel zu, nehme die schwarze Kapuzenjacke von der Garderobe und öffne schwungvoll die Wohnungstür.

Und da steht Jacob.

Jacob

»Jacob«, sagt Luise. »Was … was machst du denn hier?«

Ihre Augen sind groß und müde mit einem Ausdruck, der nicht verrät, was in ihr vorgeht. Neben ihr steht eine Frau. Eindeutig ihre Mutter. Ich hatte sie mir irgendwie anders vorgestellt. Weniger sympathisch.

»Ähm«, sage ich. »Die Haustür unten war offen, da bin ich einfach reingegangen.« Meine Stimme klingt seltsam fremd. »Aber wie es aussieht, passt es gerade nicht so gut. Ich kann auch wann anders wiederkommen.«

»Nein«, sagt Luise und schüttelt den Kopf. »Es passt sehr gut.«

Sie schaut zu ihrer Mutter.

»Ja«, sagt die dann und schaut von ihrer Tochter zu mir. »Sehr gut.«

Wir stehen da und schweigen, dann frage ich: »Wollten Sie und Luise denn nicht gerade irgendwo hingehen?«

»Nur kurz Pizza holen«, sagt sie und schaut dann zu Luise. »Was denkst du, Hummel? Ich könnte doch einfach kurz alleine gehen, und du und Jacob …« Sie zögert einen Moment. »… deckt einstweilen den Tisch.«

Luise nickt. »Gute Idee«, sagt sie.

»Möchtest du auch eine Pizza, Jacob?«, fragt Luises Mutter.

»Nein, danke«, sage ich, »ich habe bereits gegessen.«

»Dann vielleicht eine Pannacotta?«, fragt sie. »Die ist wirklich gut.«

»Mama«, murmelt Luise.

»Na gut, ich bin ja schon weg.«

Sie geht an mir vorbei. Doch dann bleibt sie noch einmal stehen und dreht sich zu mir um.

»Ich bin übrigens Natalie König«, sagt sie und streckt mir die Hand entgegen. Kurz bin ich erstaunt, aber ich nehme sie. »Es freut mich, dich kennenzulernen, Jacob.«

»Mich freut es auch«, sage ich.

Sie lächelt und lässt meine Hand los.

»Also. Ich bin gleich wieder da«, sagt sie.

Dann ist sie wirklich weg.

Luise

Ich schalte das Licht im Flur ein und schließe die Wohnungstür hinter uns. Es ist komisch, dass Jacob auf einmal hier ist. Als wäre er eine Halluzination, hervorgerufen von meinem Hunger und der Müdigkeit.

Ich drehe mich zu ihm um, und für ein paar Sekunden stehen wir einander in ohrenbetäubender Stille gegenüber, dann plötzlich sagt er: »Es tut mir leid. Es tut mir leid, was ich gesagt habe. Alles. Das war gemein und unnötig und …« Er macht eine Pause. »Und außerdem stimmt es nicht. Es geht dich sehr wohl etwas an. Und es ist dein Recht, deine Meinung zu sagen.« Jacob steht verloren vor mir. Er sieht müde aus. »In den letzten Tagen habe ich viel über Vertrauen nachgedacht«, redet er weiter. »Und da ist mir klar geworden, dass ich nicht weiß, wie Vertrauen geht.« Er vergräbt die Hände tief in den Hosentaschen. »Bevor ich dich getroffen habe, habe ich in meinem Leben genau zwei Menschen vertraut. Arthur und seinem Vater. Sonst niemandem.«

Seine Stimme bricht weg, und ich nicke, weil ich nicht weiß, was ich sagen soll.

»Ich werde dir das alles genau *ein Mal* erzählen«, sagt er. »Ein Mal. Und ich werde nicht ins Detail gehen. Erstens, weil deine Mutter gleich wiederkommt, und zweitens, weil ich es hasse, darüber zu reden.«

»Okay«, sage ich.

Jacob schließt einen Moment die Augen und holt ganz tief Luft. So, als wollte er seine gesamte Geschichte in nur einem Atemzug hinter sich bringen. Dann findet sein Blick meinen, und er beginnt zu erzählen.

Luise

Jacob war drei Jahre alt, als seine Mutter Peter kennenlernte. Er war charismatisch, dominant und an ihr interessiert. Mehr brauchte es nicht. Iris hatte es noch nie gut ausgehalten, allein zu sein. Sie war die bessere Hälfte, das schwache Geschlecht. Und Peter ein ganzer Mann. Sie heirateten zu schnell. Aus einer Laune heraus. Ein paar Monate später begannen die Handgreiflichkeiten. Erst schlug er nur sie, dann auch Jacob. Iris hat nichts unternommen. Sie hat dabeigestanden und zugesehen, manchmal hat sie geweint. Wenn Peter nicht da war, ist sie heimlich zu Jacob gegangen und hat ihn getröstet. Sie hat dann Dinge gesagt wie: »Du musst damit aufhören, ihn zu reizen.«

Als Reaktion hörte Jacob auf zu sprechen. Die meisten in der Gegend hielten ihn für stumm. Er war dieser kleine, stille Junge mit den vielen blauen Flecken, die angeblich vom Spielen kamen. Vom wilden Herumtollen. Doch niemand konnte sich vorstellen, dass dieses Kind herumtollte. Niemand hatte ihn je dabei gesehen. Ein paar Nachbarn schöpften Verdacht. Sie riefen sogar ein paarmal die Polizei und das Jugendamt – wegen der blauen Flecken und weil der Junge so mager war. Doch Iris behauptete immer und immer wieder, dass Peter ihrem Sohn ein liebevoller Vater sei, ein gutes Vorbild, jemand, zu dem er aufblicken könne.

Die Leute hörten auf nachzufragen, und Jacob wurde älter. Anfangs war er ein guter Schüler, doch dann wurden seine Noten schlechter, und er war oft aggressiv und sein Verhalten auffällig. Zwei Mal musste er sogar die Schule wechseln. Die Lehrer hielten ihn für dumm, niemand fragte nach.

Mit fünfzehn begann Jacob zu boxen. Seine Englischlehrerin brachte ihn darauf, erzählte ihm, wie sehr es ihrem Sohn geholfen hatte. Jacob ging sechs Mal die Woche trainieren. Er hatte Talent, war schnell. Lernte, seine Wutausbrüche zu kontrollieren, *sich* zu kontrollieren. In der Schule ging es wieder aufwärts. Er war also doch nicht dumm. In dieser Zeit fand Walter heraus, dass sein Sohn einen Halbbruder hatte. So lernte Jacob Arthur kennen, und sein Leben wurde besser.

Bis Jacobs Stiefvater versuchte, diesen Kontakt zu unterbinden. Es kam zum Streit. Doch dieses Mal wehrte sich Jacob. Als Peter auf ihn losging, schlug er ihn fast krankenhausreif.

Von da an begannen sich die Dinge zu ändern. Jacob hat sie geändert, nicht seine Mutter. Er ist zum Jugendamt gegangen, und Walter hat seine Vormundschaft übernommen. Das ist jetzt knapp drei Jahre her.

Jacob

Ich hätte nicht gedacht, dass es sich so anfühlen würde, ihr alles zu erzählen. Es ist gut, dass sie es jetzt weiß. Ich habe schnell geredet, mir keine Zeit zum Nachdenken gegeben. Wir standen einander gegenüber im Flur, und Luise hat einfach nur zugehört. Zwei Mal hat sie geweint. Doch sie hat kein Wort gesagt. Das musste sie auch nicht. Es war alles in ihrem Gesicht: Mitgefühl, Anteilnahme, Liebe.

»Der Grund, warum ich nicht darüber reden will«, sage ich schließlich, »ist, dass ich das nicht mehr bin. Ich bin jetzt jemand anders.«

»Ich weiß«, sagt Luise und sieht mich von unten an. Es ist ein Blick, der unsicher fragt, ob es okay ist, mich in den Arm zu nehmen. Ob es mich stört. Ob es mir lieber wäre, wenn sie es nicht tut.

Ich schlucke und mache einen Schritt auf sie zu, und sie einen auf mich. Dann steht sie vor mir. Ich spüre ihre Wärme und sehe die Müdigkeit in ihrem Gesicht. Die Schatten, die die vergangenen Tage unter ihren Augen hinterlassen haben, ihre hohe Stirn, ihre kleine Nase. Luise stellt sich auf die Zehenspitzen und legt ihre Arme um meinen Nacken. Ich schließe sie in meine und hebe sie hoch, und sie hält mich fest. Sie ist so viel kleiner und zierlicher als ich, trotzdem gibt mir diese Umarmung Sicherheit und ein Gefühl von Geborgenheit, das ich so nicht kannte. Als könnte ich mich bei ihr fallen lassen. Und als würde sie mich auffangen.

Luise küsst mich. Ich schließe die Augen und lege ihr eine Hand in den Nacken, halte ihren Kopf, spüre ihre Lippen auf meinen.

Es ist wie zu Hause ankommen.

Jacob

Wir standen eine Weile im Flur und haben uns geküsst. Luises Wangen sind noch ganz rot. Irgendwann haben wir aufgehört. Nicht weil wir wollten, sondern weil wir dachten, dass ihre Mutter zurückkommt. Aber sie war es nicht. Es war einer der Nachbarn.

Wir sind in die Küche gegangen, haben den Tisch gedeckt und währenddessen auf unsere Art geschwiegen. Danach hat Luise mir von Kristophers letzter E-Mail erzählt. Und von ihrer vorletzten Aufgabe.

»Du darfst nur eine Sache behalten?«, frage ich.

»Ja«, sagt sie.

»Das ist ziemlich hart.«

»Nicht wirklich. Mir ist die Wahl nicht besonders schwergefallen.«

»Du weißt, was du behältst?«

Sie nickt. »Erinnerst du dich noch an die Notizbücher, von denen ich dir erzählt habe?«

»Du meinst die mit den Wörtern?«, frage ich.

»Ja«, sagt sie. »Ich habe sie beim Ausräumen gefunden.« Sie macht eine Pause. »Die will ich behalten.«

Jacob

Luises Mutter stellt eine Papiertüte auf den Tisch. Die ganze Küche riecht nach Schinken und Salami und Knoblauch.

»So«, sagt sie. »Ich habe dir jetzt einfach mal eine Pannacotta mitgebracht, Jacob.« Frau König stellt ein kleines Glas mit Schraubverschluss vor mir auf den Tisch. »Wenn du sie nicht gleich essen willst, nimmst du es eben mit.«

»Danke«, sage ich. Sie lächelt. Ihre Augen sind rot und geschwollen. Das war vorhin in der schwachen Flurbeleuchtung nicht zu sehen.

»Und für dich, Hummel«, sagt sie und öffnet kurz den oberen Pizzakarton, um sicherzugehen, dass sie ihr den richtigen gibt. »Eine Pizza Salami.« Luise und ihre Mutter sehen einander an. Es ist ein Blick wie eine kleine Versöhnung. »Es ist Lammsalami.« Pause. »Du liebst doch Lamm«, sagt ihre Mutter, und in ihrer Stimme ist Unsicherheit zu hören.

»Ja«, sagt Luise. »Ich liebe Lamm.«

Wir sitzen zu dritt am Küchentisch, und Luises Mutter fragt mich höflich aus. Wie alt ich bin, was meine Pläne sind, warum ich nicht mehr zu Hause wohne. Ich bin ehrlich, doch die Details behalte ich für mich.

»Ich weiß einfach noch nicht genau, was ich machen will.« Das ist nicht mal gelogen. Ich weiß es wirklich nicht. Luise schaut auf ihre Pizza. Ich glaube, am liebsten würde sie sagen: *Aber ich weiß es. Er will Koch werden.*

»Das verstehe ich«, sagt Luises Mutter. »Ich habe auch lange nicht gewusst, was ich beruflich machen will.« Sie unterbricht sich. »Wobei«, sagt sie dann, »das stimmt nicht. Ich wusste es sehr wohl, aber ich wusste eben auch, wie mein Vater reagieren würde.«

»Das hast du mir nie erzählt«, sagt Luise.

»Ach«, sagt sie, »dein Opa war Chirurg. Natürlich wollte er, dass ich auch Chirurgin werde. Und *nicht nur so eine kleine OP-Schwester.*« Sie imitiert eine Männerstimme.

»Wieso *nur*?«, frage ich.

»Mein Vater wollte nicht, dass ich jemandem das Besteck reiche, er wollte, dass ich selbst operiere. Das wollen alle Chirurgen.«

»Und warum wolltest du das nicht?«, fragt Luise.

»Ich hatte nicht das Herz dafür«, sagt sie. »Nicht jeder ist dazu geeignet zu schneiden. Ich war es nicht.«

»Hast du es denn überhaupt versucht?«

»Nein. Und das musste ich auch nicht. Ich mochte die Vorstellung lieber, dafür zu sorgen, dass alles da ist, wo es hingehört. Dass der Ablauf einer Operation reibungslos klappt.« Sie zuckt mit den Schultern. »Der beste Chirurg ist nur so gut wie sein OP-Team.«

»Was hat Opa dazu gesagt, dass du OP-Schwester geworden bist?«

»Er war enttäuscht von mir«, sagt sie.

»So ein Blödmann«, sagt Luise, und ihre Mutter lacht.

»Ja, das war mein Vater. Zumindest auch.«

»Er schien nie ein Problem mit deinem Beruf zu haben«, sagt Luise nachdenklich. »Ich meine, zumindest kam es mir nie so vor.«

»Er hat sich irgendwann damit abgefunden«, sagt sie. »Toll

fand er es nicht. Aber irgendwann habe ich verstanden, dass es keine Rolle spielt, wie er es findet, sondern nur, wie ich es finde. Es gehört zum Erwachsenwerden dazu, seine eigenen Entscheidungen zu treffen … Manche Menschen lernen das nie. Sie tun ihr Leben lang das, was man von ihnen erwartet, aber nie das, was sie wollen.« Luises Mutter schüttelt den Kopf. »Ich stelle mir das schrecklich vor. Ich meine, ich weiß, dass mein Vater nicht immer richtig fand, was ich getan habe, aber er hat mich respektiert.« Sie greift nach dem letzten Stück Schinken-Pizza in ihrem Karton. »Im Nachhinein denke ich, dass es viel schlimmer ist, sich selbst zu enttäuschen als jemand anders.«

»Ich will niemanden enttäuschen«, sagt Luise.

»Das verstehe ich gut. Aber irgendjemanden enttäuscht man fast immer«, sagt ihre Mutter. »Das Problem ist, dass man sich selbst oft am schwersten verzeiht. Deswegen ist es nicht so wichtig, was andere denken. Unterm Strich zählt nur, was man selbst will.«

Sie beißt in die Pizza, und es wird andächtig still. Ihre Worte sickern langsam in meinen Verstand. Und ich weiß, dass sie etwas in mir verändern.

MITTWOCH, 10. MAI

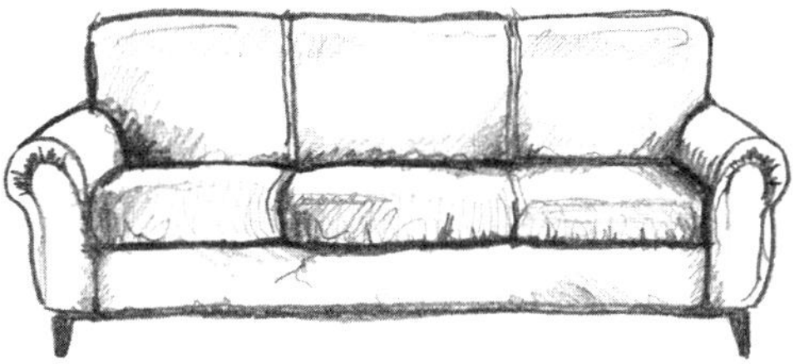

Luise

»Dann ist das Zimmer deines Bruders jetzt ganz leer?«, fragt Dr. Falkstein.

»Ja«, sage ich, »Jacob, meine Mutter und ich haben vorgestern die Möbel auseinandergebaut. Jetzt ist nichts mehr da.«

»Das muss schwer gewesen sein«, sagt er.

»Anfangs schon«, sage ich, »dann nicht mehr.«

»Was ist mit den CDs passiert?«

»Wir haben sie gespendet«, sage ich.

»Und die Kugelschreiber?«, fragt er.

»Verschenkt.«

»Jede von euch hat wirklich nur eine Sache behalten?«

»Ja«, sage ich.

»Das ist beeindruckend«, sagt er. »Was macht ihr jetzt mit dem Zimmer?«

»Mein Bruder hat in der E-Mail an mich nichts davon geschrieben«, sage ich, »aber in der an unsere Mutter stand, dass sie es vermieten soll.«

Dr. Falkstein zieht überrascht die Augenbrauen hoch. »Das ist ziemlich viel verlangt«, sagt er.

»Kristopher hat immer ziemlich viel verlangt«, sage ich.

»Und wie gehst du damit um? Ich meine, was hältst du von der Idee?«

»Er hat es absichtlich nicht in eine der Aufgaben geschrieben. Er überlässt meiner Mutter die Entscheidung.«

»Okay«, sagt er, »aber was denkst du?«

»Das hat Mama mich auch gefragt«, sage ich. »Ehrlich gesagt weiß ich es nicht. Das Zimmer ist leer. Und jetzt, wo seine Sachen nicht mehr da sind, ist es irgendwie nur noch ein Zimmer.« Ich mache eine Pause. »Verstehen Sie, was ich meine?«

»Ich denke schon«, sagt Dr. Falkstein.

Ein paar Sekunden ist es still, dann sage ich: »Eine Kollegin meiner Mutter lässt sich gerade scheiden. Sie sucht eine Wohnung.«

»Das würde sehr gut passen«, sagt er.

»Ja«, sage ich, »das würde es. Und diese Kollegin ist richtig nett. Ich kenne sie seit Jahren.«

»Das klingt gut«, sagt er. »Und vielleicht müsste deine Mutter dann auch nicht mehr ganz so viel arbeiten.«

»Kann sein«, sage ich, auch wenn ich bezweifle, dass das je passieren wird. Meine Mutter ist so. Sie braucht ihre Arbeit. Sie ist ein Teil von ihr. Dieser Job gibt ihr ein Gefühl von Kontrolle in einer Welt voller Chaos. Er hat ihr das Leben gerettet, als ihr Sohn es sich genommen hat. Ich habe eine Weile gebraucht, sie zu verstehen. Aber jetzt habe ich sie verstanden.

Dr. Falkstein legt seinen Notizblock zur Seite. »Ich würde sagen, das war's«, sagt er. »Wir müssen die Behandlung nicht fortsetzen, wenn du das nicht willst.«

Ich lege den Kopf schräg. »Wollen Sie damit etwa sagen, ich bin geheilt?«, frage ich sarkastisch.

Er lächelt, dann entgegnet er: »Du bist auf einem ziemlich guten Weg.«

Sein Blick ist väterlich. Wie der eines guten Freundes, von dem ich kaum etwas weiß.

»Das heißt dann also, dass wir rein theoretisch mit den Gesprächen weitermachen könnten«, sage ich. »Zum Beispiel alle zwei Wochen.«

»So ist es«, sagt er. »Theoretisch könnten wir das.«

»Okay«, sage ich, und wir stehen auf. Dr. Falkstein begleitet mich wie immer nach draußen. Wir gehen am Empfangsbereich vorbei, und wenig später öffnet er mir die Tür. »Dann sehen wir uns also Mittwoch in zwei Wochen?«, frage ich.

Dr. Falkstein lächelt und nickt. »Mittwoch in zwei Wochen«, sagt er. »Pass auf dich auf, Luise.«

»Sie auf sich auch.«

Luise

Als ich um kurz vor sechs nach Hause komme, ist die Wohnung dunkel. Mama ist noch nicht da. Aber sie wird bestimmt gleich kommen.

Ich schalte das Licht ein, schließe die Tür hinter mir und hänge meine Jacke auf. Als ich mich umdrehe, bemerke ich, dass zum ersten Mal seit Langem alle Türen zum Flur weit offen stehen. Es ist ein ganz anderes Gefühl als vorher. Ich stelle meinen Rucksack auf den Boden und gehe in Kristophers altes Zimmer. Alles ist weiß und nackt, und wenn man spricht, hallt es. Ich versuche, mir meinen Bruder hier vorzustellen. Aber es geht nicht. Er ist weg.

Ich höre, wie ein Schlüssel ins Schloss gesteckt wird, dann Mamas Schritte.

»Hummel?«, sagt sie. »Hummel, bist du da?«

Ich will antworten *Ja, in Kristophers Zimmer*, aber das hier ist nicht mehr Kristophers Zimmer. Es ist nur noch ein leerer Raum.

»Ah, da bist du ja«, sagt Mama und kommt auf mich zu. »Ich habe etwas für dich.« Kurze Pause. »Es ist nur eine Kleinigkeit.«

»Okay, und was?« Ich klinge skeptisch und neugierig.

»Die hier.«

Sie hält drei CDs vor mir hoch: *Loc-ed After Dark, Vulture Street* und *Get Born.*

»Du hast sie aufgehoben?«, frage ich angespannt.

»Natürlich nicht«, sagt sie. »Wir hatten einen Deal, schon vergessen?« Sie lächelt. »Ich habe sie vorgestern für dich bestellt. Heute kamen sie an.« Pause. »Ich wollte, dass du sie hast. Sie sind neu«, sagt sie. »Aber die Erinnerungen sind dieselben.«

Bei diesem Satz wird mein Hals trocken, und mein Brustkorb zieht sich zusammen. Wenn ich jetzt antworte, werde ich weinen.

»Hast du etwas dagegen, wenn ich Musik anmache?«, fragt Mama.

»Nein«, sage ich, und ihr Gesicht verschwimmt vor meinen Augen.

Der Song startet, und mein Herz beginnt, schneller zu schlagen. Als wäre es seit Kristophers Tod meistens zu langsam gewesen. »Are You Gonna Be My Girl« von Jet. Mein Bruder hat dieses Lied geliebt. Es lief zwei Sommer lang. Gerade startet der dritte.

Meine Mutter dreht die Stereoanlage im Wohnzimmer voll auf, und es fühlt sich an, als würde das ganze Haus vibrieren. Jede Wand, jedes Fenster, jede Zelle in meinem Körper. Tränen laufen über meine Wangen, und ich weiß nicht warum.

Mama kommt ins Zimmer. Sie lächelt. Und dann fängt sie an zu tanzen. Unbekümmert und frei. So wie damals Kristopher. Mit weit ausgestreckten Armen und einem Ausdruck im Gesicht, der nicht von dieser Welt ist. Ich schaue ihr zu, wie sie tanzt, sehe, wie sie loslässt, und lasse mich anstecken. Das Lied fließt durch mich hindurch. Die Stimme des Sängers, die Gitarren, die Bässe, das Schlagzeug. Ich bin dieses Lied. Ich bin mein Bruder. Und dann tanze ich. Ich tanze, wie ich noch nie getanzt habe. Es geht nicht darum, schön zu sein, es geht nicht darum, jemandem zu gefallen, es geht um gar nichts – außer den Moment. Kristophers Wörter tauchen in meinen Gedanken auf und wieder unter. Genau wie er. Ich sehe ihn grinsen. Und lachen. Ich sehe ihn, wie er in seinem Ruderboot sitzt, ganz oben, ganz kurz vorm Himmel, schon fast auf der anderen Seite. Und ich tanze.

In einem von Kristophers Notizbüchern stand der Ausdruck *Tarantismus*. Der Begriff geht auf den Tarantelstich zurück und auf den damit nicht selten einhergehenden unkontrollierbaren Drang zu tanzen. Eine moderne Interpretation lautet: *Das Überwinden von Melancholie durch Tanzen*. Vielleicht tun wir das gerade. Vielleicht ist es unsere Art, Abschied zu nehmen. Oder wir leben einfach.

Dann beginnt Kristophers Lieblingsstelle. Die Gitarren werden schneller, der Sänger lauter, wir nähern uns dem Höhepunkt. Und wir tanzen. Meine Mutter und ich – in Kristophers altem Zimmer.

SAMSTAG, 3. JUNI, 21:03 UHR
ARTHURS GEBURTSTAG

Luise

Ich beobachte Jacob durch den Badezimmerspiegel, er ist so konzentriert, dass ich mir ein Lachen verkneifen muss. Es ist derselbe Blick, den er auch beim Boxen hat.

»Ich glaube, du musst ein bisschen schneller machen«, sage ich über das summende Geräusch des Rasierers hinweg. »Es ist schon kurz nach neun.«

»Es dauert, so lange es dauert«, sagt Jacob stoisch, setzt den Langhaarrasierer wieder an und zieht die nächste Bahn. Unzählige winzige Haarsplitter fallen ins Waschbecken. Wie dunkle Sägespäne. Jacob bewegt meinen Kopf ganz behutsam hin und her, kippt ihn, betrachtet ihn von allen Seiten, damit er keine Stelle übersieht. Es ist ein seltsam intimer Moment. Wir beide allein in der Wohnung, seine Hand an meinem Nacken, ich in Unterwäsche, er in Boxershorts.

Dass er mir den Kopf rasiert, ist irgendwie besonders und gleichzeitig total trivial. Etwas Alltägliches, das man nicht jeden machen lassen würde. Eine Art von Nähe, die man nur mit wenigen Menschen teilt. Oder nur mit einem. Ich mit ihm.

Jacob berührt mich sanft an der Wange. Und auf jeder Ebene. Ich kann mir nicht vorstellen, dass man sich noch näher kommen kann. Dass es mehr gibt als das hier. Als ihn und mich. Und das, was uns verbindet. Ich betrachte sein kantiges Gesicht, seinen fokussierten Blick, die dunklen, fast schwarzen Augen, die Art, wie er die Stirn in Falten legt und immer wieder nachdenklich die Lippen aufeinanderpresst. Er hat das schönste Gesicht. Ein Gesicht, das ich stundenlang ansehen könnte. Manchmal tue ich es, wenn er noch schläft. Bei den meisten Menschen trägt er eine Maske, bei mir nicht. Bei mir ist er echt.

Jacob schaltet den Rasierer aus, legt ihn weg und betrachtet meinen Kopf noch einmal ganz genau aus jedem möglichen Winkel.

»Ich denke, es ist gut so«, sagt er und sucht meinen Blick im Spiegel. »Was meinst du?«

Ich will gerade antworten, da klingelt sein Handy. Als er die Nummer sieht, wechselt der Ausdruck in seinen Augen im Bruchteil einer Sekunde von entspannt zu aufgeregt. Auf diesen Anruf wartet er seit Tagen.

»Los«, sage ich, »geh ran.«

»Okay«, antwortet er, schließt kurz die Augen, atmet tief ein und nimmt ab.

»Jacob Becker … nein, überhaupt nicht … natürlich … okay …« Jacob geht im Badezimmer auf und ab wie ein Raubtier im Käfig. »Ja, auf jeden Fall … ja, verstehe.«

Ich frage mich, was er versteht. Die Luft im Bad ist wie Dampf. Warm und abgestanden und noch feucht vom Duschen. Ich spüre einen dünnen Schweißfilm auf meiner Haut und mache das Fenster auf. Der Wind ist nicht wirklich kühl, aber immerhin weht einer.

Jacob geht rüber in den Flur, während ich mit Klopapier die Haarspäne aus dem Waschbecken wische. Als ich den feuchten Klumpen in den Mülleimer neben der Toilette werfe, begreife ich es. *Das Fenster ist offen.* Ich habe es aufgemacht. Und es ist nichts Schlimmes passiert. Ich bin nicht gesprungen.

Der Stein ist kühl unter meinen Handflächen. Ich blicke nach unten. Auf die Bodenplatten neben dem hässlichen Brunnen. Mein Herz beginnt schneller zu schlagen. Das ist alles.

»Ich hab es!«, sagt Jacob, und ich drehe mich um. »Ich hab es wirklich bekommen.«

Er ist fassungslos und glücklich. Und verwirrt. Alles auf einmal.

»Du hast es bekommen?«, frage ich.

Er nickt. »Ich fange Mittwoch an.«

Jacob

Luise springt an mir hoch. Sie freut sich, als ginge es um sie, als wäre es ihre gute Nachricht. Ich schließe Luise in die Arme und dann die Augen. Ihr Herz schlägt dumpf und schnell. Sie hat kühle Hände, und ihr Lachen steckt mich an.

Ich weiß, dass das erst mal nur ein Praktikum ist. Nur drei Monate und damit eigentlich keine große Sache. Aber es geht nicht um das Praktikum. Es geht darum, dass einer der angesehensten Köche dieser Stadt mich vielleicht ausbilden will. Dass er mein Potenzial sieht. Und dass niemand irgendwelche Strippen dafür ziehen musste. Keiner, der jemanden kennt, der jemanden kennt. Das war ganz alleine ich. *Ich.* Und ein paar Menschen, die mich lange genug in die richtige Richtung geschubst haben.

»Ich wusste, dass er sich für dich entscheiden wird«, sagt Luise und schaut mich an.

»Ich nicht«, sage ich und vergrabe mein Gesicht in ihrer Halsbeuge.

Es ist immer noch seltsam für mich, wenn jemand an mich glaubt. Ich warte dann immer auf ein Lachen. Auf irgendwas, das relativiert, was gerade gesagt wurde. Weil es früher immer so war. Es fällt mir auch heute noch leichter, gemeine Dinge zu glauben.

In irgendeinem Buch habe ich mal gelesen, dass jeder von uns mindestens ein Kapitel hat, das er nicht laut vorlesen würde. Bei mir sind es zwei Bände: meine Kindheit und ein Großteil meiner Jugend.

Aber dieses Kapitel hier liebe ich.

Es ist ein Anfang, von dem ich das Ende noch nicht kenne. Ein neuer Band und ein weiterer Schritt weg von damals. Irgendwo anders hin. Wohin ist mir egal. Aber nicht mit wem.

»Wir müssen los«, flüstert Luise.

»Ja, das müssen wir«, flüstere ich zurück.

Luise

Musik kommt uns entgegen wie ein Wegweiser, und das Lagerfeuer flackert und schickt kleine glühende Funken in den Nachthimmel. Es gibt Songs, die sind einfach nur gut. Und es gibt Songs, die einen glücklich machen. »When The Day Comes« von Eric Krasno ist so einer.

Wir nähern uns einer großen Gruppe Menschen. Sie steht geschlossen vor uns wie ein einziger Organismus. Viele Rücken, die eine Mauer bilden. Dann öffnet sie sich an einer Stelle, und plötzlich sind wir ein Teil davon. Wie zwei Fische, die Schutz in einem Schwarm finden und verschluckt werden.

Jacob nimmt mich in die Arme, und dann küsst er mich. Ich schließe die Augen. Seine Zunge schmeckt nach Cola, und seine Hände vergraben sich in meinem Oberteil. Ich liebe es, wenn er das tut. Wenn er nicht anders kann. Wenn er sich so in mir verliert und ich mich in ihm.

Jemand will an uns vorbei, rempelt uns an, entschuldigt sich kurz und geht weiter. Jacobs Augen funkeln glücklich, und er lächelt. Alles an diesem Moment ist leicht. Als würden wir ganz knapp über dem Boden schweben. Es riecht nach Grillfleisch und Bier und Zigaretten. Und nach dieser sommerlichen Unbeschwertheit, die man den Winter über immer vermisst. Wir sind umgeben von einem Gewirr aus Stimmen und Musik und Gesprächsfetzen. Und sind glücklich.

Wir finden Arthur und Julia am Lagerfeuer. Ich begrüße sie

und gratuliere ihm. Arthur lacht laut und ansteckend. Dann legt er den Arm um mich, so wie es nur ein Bruder tut. Fest, aber nicht zu fest. Körperlich, ohne körperlich zu sein.

In genau diesem Augenblick leuchtet das Display meines Handys auf. Es vibriert ein Mal. Und da weiß ich es. Ich weiß, was jetzt kommt. Ich weiß, dass es ein Abschied wird. Ich weiß es so, wie man manche Dinge einfach weiß. Unumstößlich. Wie Wahrheiten, die einen vor der Realität erreichen. Ein paar Sekunden bleibe ich einfach stehen. Und mit mir die Zeit. In meinem Kopf wird es andächtig still. Nur mein Herzschlag bleibt übrig.

»Jacob«, sage ich und greife nach seiner Hand.

Er sieht zu mir rüber, und dann sieht er es mir an. Dass etwas nicht stimmt. Dass sich in den letzten Minuten etwas grundlegend geändert hat.

Er runzelt die Stirn. »Ist alles okay?« Sein Blick ist besorgt. Seine Stimme auch.

»Ja«, sage ich, und ich weiß nicht, ob es gelogen ist. Vielleicht ein bisschen. Vielleicht auch nicht.

»Was ist mit dir?«, fragt er.

»Ich … ich muss nur kurz weg.«

»Wie meinst du das, du musst weg? Wohin?«, fragt er.

Ich schaue ihn nur an, antworte aber nicht.

»Soll ich mitkommen?«

»Nein«, sage ich. »Bleib du hier. Es dauert nicht lang.«

»Bist du sicher?«

Ich nicke.

»Na gut. Und wo finde ich dich?«

Ich deute in Richtung Wasser. »Am Ufer.«

»Okay«, sagt er, und ich gehe.

Luise

Meine Schritte sind kaum zu hören, mein Herz schlägt laut. Direkt am See ist es kühler. Insektenschwärme schweben als Wolken knapp über dem Wasser.

Ich gehe am Ufer entlang, bis die Musik kaum noch zu hören ist. Weit genug, um wirklich allein zu sein. Um ungestört weinen zu können. Weit genug für das, was jetzt kommt. Es fühlt sich an, als würde mein Körper vibrieren, aber meine Hände sind vollkommen ruhig, als ich sie ausstrecke. Als hätten sie lange genug Zeit gehabt, sich vorzubereiten. Und dann frage ich mich, ob man dafür jemals genug Zeit hat.

Einen Moment stehe ich nur da, doch dann setze ich mich auf die kühlen Steine und schaue über den See und weiter in den Himmel. Und ich erkenne keinen Übergang. Keine Linie, die das eine vom anderen trennt. In der Entfernung ist alles dunkelblau-schwarz mit einem Hauch Grün. Die Blätter der hohen Bäume rascheln, der See plätschert, als würde er atmen. Das hier ist ein guter Ort für einen Abschied.

Okay, denke ich und schließe kurz die Augen, dann hole ich tief Luft. Ich spüre, wie sie meine Lunge ausdehnt, und rieche das moorige Wasser.

»Du schaffst das«, sage ich zu mir selbst.

Dann gebe ich meine PIN ein und öffne das Mailprogramm. Und da ist sie. Eine neue E-Mail. Absender: *futureme.org.*

Futureme.org

An: luise.koenig@gmail.com

Du weißt, was jetzt kommt

Meine liebste Lise,

der Fährmann hat mich eben abgesetzt. Ich bin drüben, Lise. Auf der anderen Seite. Es hat neunzehn Jahre und ein paar Monate gedauert, aber letzten Endes bin ich angekommen.

Und zum ersten Mal ist es kein halbes Gefühl. Nicht diese abartige Mischung, die ich von früher kenne. Du weißt, welche ich meine … Ich war die meiste Zeit meines Lebens nicht weg und nicht da. Jetzt bin ich weg. Und das ist gut so, Lise.

Ich habe letztes Mal geschrieben, dass das Ausräumen meines alten Zimmers die vorletzte Aufgabe war. Doch es war die letzte. Ich dachte, das macht es vielleicht leichter. Zu denken, dass danach eine noch größere, noch schwerere Aufgabe wartet. Und vielleicht stimmt das sogar. Vielleicht ist Abschiednehmen die schwerste Aufgabe von allen. Andererseits nehmen wir schon seit Jahren Abschied.

Du weißt, wie ich sein konnte. Ein Teil in mir war auf eine Art dunkel, die man sich nicht vorstellen kann, wenn man es nicht selbst erlebt hat. Im besten Fall erlebt man es nie. Es gibt Orte in einem drin, die sind so schwarz, dass man nichts mehr sehen kann. Dass man sich vollkommen verliert. In der eigenen Leere. Man verschwindet in einem Loch. Und fällt und fällt und fällt.

Und dann gab es dich. Du hast am Ende jedes Tunnels auf mich gewartet. Wie ein kleines Licht. Keine Ahnung, warum du es getan hast. Aber du warst immer da. Und Lise, du hast keine Vorstellung davon, wie dankbar ich dir dafür bin. Es gibt kein Wort dafür. Gäbe es eines, würde ich es kennen.

Aber es gibt einen anderen wunderbaren Ausdruck: *serendipity.* Er kommt aus dem Englischen und bedeutet: *etwas Gutes finden, ohne es gesucht zu haben.* Genau das wünsche ich dir, Lise. Und zwar ein Leben lang. Immer und immer wieder. Ich wünsche dir Menschen, die zu dir passen. Die auf eine ähnliche Art anders sind. Die verstehen, wie du denkst. Die *dich* verstehen. Und ich wünsche dir Liebe. Unendlich viel davon.

Die Zeit ist gekommen, kleine Schwester. Der Abschied. Es tut mir leid, dass ich gehen musste. Immer noch und für immer. Wir werden uns wiedersehen, du und ich. Aber zwischen heute und diesem Tag liegt noch ein ganzes Leben. *Dein* Leben. Es hat noch nicht mal wirklich angefangen. *Du* hast noch nicht mal wirklich angefangen. Kratz an der Oberfläche. Darunter warten neue Welten. Dinge, die ich nie erleben werde und die du nie vergessen wirst. Momente, die dir niemand nehmen kann.

Ich wünsche dir ein wundervolles Leben, Lise. Wir sehen uns auf der anderen Seite. Ich warte dort auf dich.

Dein Kristopher

Ich starre in die schwarze Nacht und weine lautlos. Ich wollte meinen Bruder nicht gehen lassen. Ich wollte, dass er bleibt. Aber er hat recht, ein Teil von ihm war niemals wirklich da. Irgendwie verschwommen. Als wäre er gefangen hinter einer beschlagenen Scheibe. Vielleicht sind manche Seelen nicht für diesen Ort gemacht. Vielleicht sind sie nur auf der Durchreise und gehören in Wirklichkeit ganz woanders hin.

»Luise?«

Ich drehe mich um, und hinter mir steht Jacob. Er sieht mich an, und er weiß es. Einfach so. Ohne Erklärung.

»Komm her«, sagt er.

Ich stehe auf und gehe zu ihm, dann schließt er mich in die

Arme, und ich weine. Ich lehne mich gegen ihn, meinen Kopf an seine Brust, meine linke Hand vergrabe ich in seinem T-Shirt. Mit der rechten umklammere ich mein Handy.

Jacobs Herz schlägt gleichmäßig gegen meine Schläfe, und ich schließe die Augen. Der Wind dreht und trägt Stimmen und angeheitertes Gelächter zu uns. Jacob legt seine Hand auf meinen Kopf. Es ist ein geborgenes Gefühl in seinen Armen, als wären sie ein Umhang, der mich vollkommen einhüllt. Eine Weile bleiben wir so stehen. Ein paar Minuten lang. Dann sagt Jacob leise: »Luise … schau mal, da.«

Ich mache die Augen auf. Jacob nickt mit dem Kinn in Richtung See, und ich folge seinem Blick. Da sind acht gefaltete Papierboote, die in Ufernähe auf dem Wasser treiben. Eines davon trennt sich vom Rest, kommt langsam näher und stoppt an Jacobs Schuh.

Ich stehe reglos da und schaue auf das kleine Boot. *Das muss ein Zufall sein. Ein seltsamer, sehr unwahrscheinlicher Zufall.* Ich bücke mich danach und nehme es aus dem Wasser. Das Papier ist eingeweicht, aber es reißt nicht. *Es muss ein Zufall sein. Oder es ist keiner.* Ich betrachte das kleine Boot in meinen Händen, dann blicke ich in den Himmel. Ich weiß, dass meine Stimme brechen wird, wenn ich es sage, trotzdem flüstere ich in die Nacht: »Danke, Kristopher.«

Sie bricht, und ich weine. Und ich bin glücklich und gleichzeitig traurig. Verloren und geborgen. Aber ich bin nicht allein.

Jacob streicht mit dem Daumen über meinen Handrücken. Es gibt nicht viele Menschen, die die Möglichkeit bekommen, sich so von jemandem zu verabschieden. Ich hatte sie.

»Lass uns gehen«, sage ich.

»Okay«, sagt Jacob, und im schwachen Licht erkenne ich die unzähligen winzigen Härchen, die wie kleine dunkle Nadeln in seinem Gesicht kleben. Es muss passiert sein, als er vorhin im Bad sein Gesicht in meiner Halsbeuge vergraben hat. Als hätte ich auf ihn abgefärbt.

Jacob und ich gehen zu den anderen zurück. Die Musik wird lauter. Und das Leben geht weiter.

In einer perfekten Welt wäre mein Bruder noch da. In dieser ist er weg – und doch wird er es niemals wirklich sein.

Weil ich ihn nie vergessen werde.

FÜNF MONATE SPÄTER
DIENSTAG, 31. OKTOBER
DÍA DE MUERTOS

Jacob

Die Musik ist laut und die Blicke der anderen Besucher entsprechend empört. Kristophers Grab ist ein Meer aus Blumen. In allen Farben. Mit großen und kleinen Blüten. Es ist ein buntes Chaos. Wie eine Wildwiese, die der Natur besonders gut gelungen ist.

Luises Mutter wippt im Takt zu »Waiting For A Song« von Dan Auerbach und steckt lange Kerzen in die Erde. Ming hilft ihr dabei. In Berlin sind gerade Herbstferien. Sie war die ganze Woche hier. Luises Mutter nimmt eine zweite Packung Kerzen aus einer Plastiktüte und reicht Ming ein paar. Es sind keine Grabkerzen. Sie sind viel zu grell und zu groß. Fast wie Fackeln. Als sie fertig verteilt sind, sieht Kristophers Grab aus wie ein gigantischer Geburtstagkuchen.

Arthur und ich haben bunte Totenköpfe in Mexiko bestellt. Zusammen mit einer »Virgen de Guadalupe«-Figur aus Hartplastik. Sie trägt ein gemaltes Kleid auf ihrem Skelett und Rosen um den Kopf. Die Sachen kamen vorgestern an. Neben der Ware und der Rechnung lag noch eine Postkarte in dem Paket. Auf der Vorderseite war auf Englisch ein mexikanisches Sprichwort gedruckt: *They tried to bury us. They didn't know we were seeds.* Es ist ein großartiger Satz. Er ist mir nicht mehr aus dem Kopf gegangen. Vielleicht, weil er so stur und trotzig ist. Wenn Menschen wie Samen sind, sind sie nicht unterzukriegen. Nicht einmal, wenn man sie begräbt. Es gibt nichts, das sie aufhalten kann. Denn egal, was passiert, irgendwie kämpfen sie sich zurück an die Oberfläche. Sie überleben. Sie geben nicht auf. Luise ist so ein Mensch. Dickköpfig und klug und unkaputtbar.

Ich sehe zu ihr rüber. Sie kniet neben dem Grab ihres Bruders. Schwarze Erde klebt an ihren Fingern. Es ist derselbe Farbton wie ihre Augen. Wie Kohle.

Bevor wir vorhin losgefahren sind, habe ich ihr den Kopf wieder rasiert. Jetzt ist er rund und fast nackt. Provokant und gleichzeitig irgendwie verletzlich.

Sie hat mir erzählt, dass sie sich damals, am Morgen von Kristophers Beerdigung, aus einem Impuls heraus dazu entschieden hat. Dass es eine Kurzschlusshandlung war, ein sauberer Schnitt. Dass sie nicht darüber nachgedacht hat. Sie hat es einfach getan. Im Nachhinein ergibt es Sinn.

Ein Kopf ohne Haare ist ein Code, den andere automatisch übersetzen. Meistens ist es keine freie Entscheidung, sondern Krebs, ein Tumor, ein Kriegseinsatz. Früher bekamen Soldaten den Kopf rasiert. Zur Uniformierung. Man hat den Häftlingen in Konzentrationslagern die Haare abrasiert. Genauso wie Hexen im Mittelalter. Es war eine weitere Möglichkeit, ihnen die Würde zu nehmen.

Wenn Haare wieder nachwachsen, ist es, als würde man nicht Gras, sondern Haar über eine Sache wachsen lassen. Wie ein Zeichen dafür, dass man etwas überwunden hat, dass eine Sache ausgestanden und vorbei ist. Und irgendwann ist es nach außen hin so, als wäre nie etwas passiert. Als wäre nichts gewesen.

Das erste Mal war es bei Luise keine bewusste Entscheidung. Es war der verzweifelte Wunsch nach einem neuen Anfang. Nach etwas anderem. Und dabei herausgekommen ist sie.

Kristophers Tod hat sie verändert. *Sie* hat sich verändert. Das wäre auch dann noch so, wenn ihre Haare länger wären, nur, dass man es nicht mehr sehen würde. Ich glaube, genau das will sie nicht. Ich glaube, sie will, dass man es sieht. Dass man *sie* sieht.

Julia hat neulich nach einem ihrer Kulturwissenschafts-Seminare erzählt, dass man in Japan gebrochene Gegenstände mit Gold repariert. Dass so letzten Endes aus einem Fehler etwas wird, das das Objekt noch schöner macht. Noch spezieller. Dass das Gold aushärtet und den Gegenstand stärker werden lässt. Und einzigartig.

Genauso ist es bei Luise. Sie hat seelische Narben, die sie der Welt mit ihrem nackten Kopf zeigt. Und mit ihnen ihre Stärke. Als ich sie damals im Treppenhaus gesehen habe, war ich sofort fasziniert von ihr. Jetzt liebe ich sie. Ihre Widersprüchlichkeit. Wie zart sie sein kann. Und wie stark. Luise ist auf eine ganz eigene Art schön. Unkonventionell und herb. Eine trotzige Kriegerin. Sensibel und gleichzeitig widerstandsfähig. Etwas in ihr ist zerbrochen, aber es hat sie nicht kaputt gemacht.

Ich ziehe die Postkarte aus meiner Tasche – ich habe sie laminieren lassen, damit sie nicht aufweicht, wenn es regnet. Ich glaube, sie hätte Kristopher gefallen. Ich glaube, das alles hier hätte ihm gefallen.

Ganz besonders die Stärke seiner Schwester.

Luise

Dieses Grab ist genauso wie mein Bruder in seinen Hypermanien. Unordentlich und eigentlich zu viel. Wie ein Fehler im Gesamtbild. Vereinnahmend und faszinierend.

Die anderen Gräber sind erwartungsgemäß ernst. Schließlich ist der Tod eine ernste Sache. Weiße Kerzen in rotem Plastik, strenge Kränze, angemessene Blumen. Kristophers ist wie eine Parodie auf das alles. Als würde es sich über den Tod lustig machen.

Er wäre begeistert davon gewesen. Ich kann ihn mir bildlich vorstellen. Jedes verächtliche Schnauben und jeder pikierte Blick hätten ihn gefreut.

Es wird dunkel. Jacob und Ming zünden die Kerzen an. Sie ragen wie Fackeln aus dem Grab. Mama zieht eine Packung Schokoladenkekse aus ihrer Handtasche und versteckt sie unter den Blumen. Arthur sieht sich grinsend um und stellt eine Flasche Tegernseer daneben. Und ich stecke den letzten der zwölf dunkelblauen PaperMate-Kugelschreiber in die Erde.

Nur für den Fall, dass er kommt.

DANKSAGUNG

Wenn ich eines vom Schreiben gelernt habe, dann dass jeder Roman eine Reise ist. Mit Höhen und Tiefen und Abkürzungen und Irrwegen. Mit Abschnitten, die richtig Spaß machen, und schwarzen Löchern, die einem unüberwindbar erscheinen. Sie lauern in dunklen Gassen, wollen einen einsaugen und verschlucken. Manchmal ist der Weg das Ziel und manchmal das Wort *Ende*. Manchmal liebt man die Figuren, und manchmal verflucht man sie. Manchmal sogar gleichzeitig.

Ich habe selten so lange für einen Roman gebraucht. Fast sechs Monate. Manche Geschichten verlangen einfach mehr, sie fordern und überfordern. Doch wenn man dann das Ziel erreicht, ist das Gefühl einfach unbeschreiblich. Nach dem letzten Punkt war ich auf eine nicht gekannte Art müde. Und stolz. Und erleichtert. Meine Figuren und ich haben es ins Ziel geschafft – und waren es dann auch.

Luise, **Jacob & Kristopher** – ihr habt es weder euch noch mir immer leicht gemacht. Andererseits hattet ihr es auch nicht leicht, also ist das okay. Ich danke euch für diese Geschichte. Und dafür, dass ich sie erzählen durfte. Ich habe noch nie bei einem Buch so viel geweint. Ihr werdet mir fehlen. Ich danke euch für die sechs sehr intensiven, anstrengenden und wunderschönen Monate.

Und Luise: Ich habe gestern zufällig herausgefunden, dass dein Name *lebendige Streiterin* bedeutet. Also ich finde ja, das passt.

Tina – ein sehr großes Stück des Dank-Kuchens geht mal wieder an dich. Danke dafür, dass du mich manchmal sogar dann noch verstehst, wenn ich es selbst nicht mehr tue. Danke für die Kleinigkeiten, die guten Ideen und dein offenes Ohr. Danke fürs Gut-Zureden. Und für deine Freundschaft.

Rita – du hast mich wieder angefeuert und begleitet. Du hast mit mir gelacht und geweint und mich aufgebaut. Wäre ich der Frodo dieser Geschichte, dann wärst du Sam. Danke, dass du da bist – und das in jeder Hinsicht.

Eva – noch kennst du nur das Konfetti der Geschichte. Einzelne Punkte, die du in deinem Kopf zu einem Ganzen verbindest – so wie du es als Kind schon getan hast. Aber irgendwann kennst du das Gesamtbild. Einige der Konfetti-Schnipsel sind nur so geworden, wie sie sind, weil du so bist, wie du bist. Ich danke dir für die Sprachnachrichten aus meiner Hosentasche. Sie waren großartige Gefährten. Und du bist das auch.

Adriana – zu wissen, dass du im Ziel auf mich wartest (mit der Tüte, dem Carlos und stundenlangem Lachen), hat mich noch jedes Mal dort ankommen lassen. Ohne dich im Ziel wäre ich vielleicht nicht weitergegangen. Danke für deine Freundschaft. Danke für Grace & Kelly. Und danke für alles. Erst du machst mich zur Fürstin.

Julia – danke für deine Begeisterung. Sie bedeutet mir wirklich viel.

Meine Geschwister: Tanja & Nico – ich bin so unendlich dankbar, nicht in Luises Situation zu sein. Ich bin dankbar dafür, dass es euch gibt. Und dass ihr gesund seid. Und glücklich – zumindest die meiste Zeit.

Michael – danke, dass du auf dieselbe Art anders bist wie ich. Ich liebe dich.

PLAYLIST

Luise & Jacob (& Kri

Erstellt von: Jacob Becker • 24 Songs

PLAY ...

TITEL	KÜNSTLER
+ The Only Thing	Sufjan Stevens
+ No Other Way	Paolo Nutini
+ Free Stuff	Edward Sharpe & The Ma
+ Little Rain	The Rolling Stones
+ The Great Escape	Patrick Watson
+ 17	Youth Lagoon
+ Wanna Be Startin' Somethin	Michael Jackson
+ Dark Red	Steve Lacy
+ All Of My Life	Kevin Morby
+ The Night We Met	Lord Huron
+ 3 Rounds and a Sound	Blind Pilot
+ Heart Of Stone	The Raveonettes
+ Boris	BOY
+ Not For Nothing	Mutual Benefit
+ The Bucket & The Rag	You Raskal You
+ Myth	Beach House
+ Blonde on Blonde	Nada Surf
+ Lorraine's Song	TheresSa Andersson
+ The Moon Song	Karen O
+ Feel It Still	Portugal. The Man
+ Look At The Mess I've Made	Cherylin MacNeil
+ Are You Gonna Be My Girl	Jet
+ When The Day Comes	Eric Krasno
+ Waiting On A Song	Dan Auerbach